VOIX DANS LA NUIT

ŒUVRES DE FREDERIC PROKOSCH TRADUITES EN FRANÇAIS

Les Conspirateurs (The Conspirators), roman,
traduit par Jacqueline Duplain, Marguerat (Lausanne), 1944.

Les Asiatiques (The Asiatics), roman,
traduit par Max Morise, Gallimard, 1947.

Sept fugitifs (The Seven Who Fled), roman,
traduit par Rose Celli et Joan Smith, Gallimard, 1948,
repris dans l'Imaginaire, 1980.

Nuit des humbles (Night of the Poor), roman,
traduit par Monique Guilbot-Souparis, Gallimard, 1949.

Pas de quatre (The Idols of the Cave), roman,
traduit par Henriette de Sarbois, Gallimard, 1952.

Hasards de l'Arabie heureuse (Nine Days to Mukalla), roman,
traduit par Henriette de Sarbois, Gallimard, 1955.

La Tempête et l'Écho (Storm and Echo), roman,
traduit par Ludmila Savitzky, Gallimard, 1956.

Béatrice Cenci (A Tale for Midnight), roman,
traduit par Henriette de Sarbois, Gallimard, 1958.

Un chant d'amour (A Ballad of Love), roman,
traduit par Marcelle Sibon, Fayard, 1961.

Les Sept Sœurs (The Seven Sisters), roman,
traduit par Marcelle Sibon, Stock, 1964.

Le Manège d'ombres (The Dark Dancer), roman,
traduit par Élisabeth Gille, Stock, 1967.

Le Naufrage du Cassandre (The Wreck of the Cassandra), roman,
traduit par Élisabeth Gille, Stock, 1967.

Le Manuscrit de Missolonghi (The Missolonghi Manuscript), roman,
traduit par Élisabeth Gille, Stock, 1968.

Mon immense Amérique (America, My Wilderness), roman,
traduit par Marcelle Sibon, Stock, 1973.

Frederic Prokosch

VOIX DANS LA NUIT

traduit de l'anglais par Léo Dilé

Fayard

Cet ouvrage est la traduction intégrale, publiée pour la première fois en France, du livre de langue anglaise :

VOICES — A MEMOIR

édité par Farrar/Straus/Giroux, New York.

Introduction

Mon père, pour mon septième anniversaire, m'offrit un exemplaire des contes de Grimm avec une sorcière dorée, un loup doré, une rose dorée imprimés sur la couverture. Le volume était illustré de gravures magnifiques, dans un style voisin de celui de Gustave Doré ; comme j'avais beaucoup de peine à lire (j'en ai encore, bien souvent), les dessins devinrent les contes, et les contes se changèrent en dessins.

C'est ainsi que j'appris à considérer la joie et la souffrance humaines sous forme visuelle : sous forme de reines atroces, d'ogres carnivores, de joyaux de mauvais augure. Ma vision de l'existence fut à jamais fixée en motifs visuels : je considérai guerres, épidémies, assassinats, avec une intensité optique, pareils aux vues d'une lanterne magique, à la fois plus vraies et plus fausses que la réalité.

Quand je pensais à Beethoven, je voyais son masque mortuaire convulsé, et les décors ennuagés de la Symphonie pastorale. Quand je pensais à *l'Iliade* ou à *l'Énéide,* je voyais Patrocle dans les bras d'Achille, et Didon couchée avec Énée dans la grotte retentissante.

Je passai des frères Grimm à Hans Christian Andersen comme des gens plus âgés passent de Balzac à Proust. Quand on me demande : « Qui vous a influencé ? », j'éprouve une certaine perplexité. Grimm et Andersen, à coup sûr. Et après ? Les réponses deviennent artificielles. Ni Balzac, ni Proust, bien qu'ils fussent mes dieux. Pas même le plus grand de tous, Tolstoï, dont *les Cosaques* m'ont toujours paru la plus belle histoire que l'on ait jamais écrite. Sûrement pas Dickens. Et bien certainement ni Joyce, ni Faulkner, ni Hemingway.

Chaucer, oui. Sûrement Cervantès. Dostoïevski, peut-être. Melville, c'est possible. Et Joseph Conrad, indubitablement. Un temps, je fus sous le charme de Céline. De Céline, j'appris l'importance du magnétisme dans le style : il m'enseigna à relâcher, à accélérer, à rendre plus parlée ma façon d'écrire. Et de Céline, je passai à son opposé, Camus. Je vénérai Camus, mais je l'aimai comme on aime quelqu'un de glacial et d'inaccessible, tandis que Céline avait une barbare fureur apparentée à mes terreurs secrètes.

Je pourrais dire que mon premier livre, *les Asiatiques,* était une amoureuse coalition (« réalisme magique ») de Grimm, Cervantès, Conrad, Céline et d'une cinquième puissance, plus furtive : la poésie de Lorca, trop lumineuse pour être réaliste, et trop immédiate pour être surréaliste.

En bref, un sens du mystère m'a toujours paru constituer la racine même de tout grand art, qu'il s'agisse de Rembrandt ou de Beethoven, de Shakespeare ou de Léonard. Et quand je pense à mes propres ouvrages, à un beaucoup plus humble niveau, ils me semblent tous enveloppés d'une irisation ambiguë.

Dans *Voix dans la nuit,* mes mémoires, je me suis efforcé de saisir la vérité de mes diverses victimes, tout comme j'ai tenté de saisir la fugace irisation de mes papillons. Mais en m'efforçant de saisir cette vérité, je me suis surpris à tâtonner dans un paysage de merveilleux fantômes, cette frise somnambulique de silhouettes errantes et de décors changeants qui compose notre « passé ». Pour être véridique on doit toujours mentir un peu, tout comme on doit pour mentir être un peu véridique. Et le passé ne ressuscite que dans un clair-obscur onirique où joie et chagrin deviennent les masques nombreux qui cachent les visages et les voix des années à jamais enfuies, à seule fin de reparaître sous un autre déguisement.

Dans les vignettes qui composent *Voix dans la nuit,* j'ai tenté, année après année, de fixer l'insaisissable vérité d'un caractère ainsi que la vérité parallèle des grandes œuvres d'art.

Je me suis efforcé de pénétrer, chez Eliot et Gide, chez Auden et Chirico, chez Mann et chez Nabokov, la nature secrète des fluides qui finissent par s'agglomérer en œuvre d'art.

Dans *Voix dans la nuit,* tout est vrai. Tout a réellement eu lieu. Visages, endroits, voix, tout était bien là. Mais tout cela n'a repris vie qu'une fois les masques de la mémoire placés sur les visages effacés, et une fois que les ombres du temps ont commencé de s'allonger sur les paysages incertains.

LE MONDE
DE
LA JEUNESSE

Le Ver luisant

Nous habitions dans une vallée, près de Prairie du Sac, une petite villa entourée de bouleaux. La grande rivière Wisconsin traversait notre paysage, verte, lustrée, avec son odeur de poisson-chat. Chaque matin, j'allais sur la berge regarder les moules, et me demandais quelle étrange excitation nouvelle m'apporterait la journée.

A trois kilomètres de notre villa s'élevait une colline appelée le Poste d'observation de Faucon noir. Sur cette colline, bien des années plus tôt, le chef indien Faucon noir s'était battu contre les hommes blancs avec ses derniers guerriers survivants. Le Poste d'observation de Faucon noir se dressait au loin, gris, nu, pareil à un cône gigantesque, entouré de vagues de sumacs et d'un désert de chardons.

Un jour de plein été, je partis sur un étroit sentier de vaches. Je dépassai colline après colline en suivant toujours les méandres du sentier de vaches. Des chipmunks bondissaient à travers les branches ; un engoulevent de la Virginie appelait ; les bouleaux agitaient les bras en signe de tremblante reconnaissance. Enfin, j'arrivai au pied du Poste d'observation de Faucon noir, sur quoi le soleil brillait avec une intensité cuivrée. J'escaladai les degrés de gros rochers couverts de lichen ; je montai, montai jusqu'à l'extrême sommet où un faucon criait dans le désert.

Debout à la cime, je dominais la rivière sinueuse, qui brillait avec la grandeur du Nil ou de l'Amazone. Des nuées de papillons traversaient les airs, noirs, jaunes, pourpres. J'errai des heures parmi les crevasses du Poste d'observation de Faucon noir en quête de tomahawks, de pointes de flèches, de fragments de totems.

Sauge, menthe et romarin épiçaient l'atmosphère. Des myriades de sauterelles animaient la chaleur estivale. Je trouvai une plume de faucon, un crâne de cervidé, une peau de serpent à sonnettes. Tout cela semblait se référer au tragique destin des guerriers indiens.

Je descendis un ravin où coulait un fleuve de verge d'or. Une brise faisait frissonner les feuilles des bouleaux. Déjà le soleil se couchait, et la rivière étincelait. Assis sur un rocher, je regardai l'eau rougeoyante, qui semblait affluer d'une préhistoire sans fond.

Une grue volait au-dessus de ma tête, battant de ses ailes sauvages, neigeuses. Les grillons se mirent à grésiller. Les collines sombraient dans les ténèbres. La nuit se glissait dans la vallée comme une troupe d'animaux silencieux. Je m'avançai vers la berge, à la recherche du poudreux sentier de vaches ; mais les étoiles brillaient sur une jungle impénétrable.

Une brindille craqua derrière moi. Je perçus le musc des guerriers nus. J'entendis leurs pas, le cliquetis de leurs tomahawks. Je bondis derrière un rocher, et me mis à courir en direction de la rivière. Mais la rivière s'était évanouie dans l'immensité de la nuit, et les arbres se déployaient autour de moi, m'encerclaient de leur noire menace.

Alors, tout à coup, des papillons de nuit animèrent l'atmosphère. Leurs tendres ailes éclairées par la lune glissaient à travers le feuillage, au-dessus de moi. Certains d'entre eux étaient lents, blancs, silencieux ; ils flottaient, pareils à des flocons de lune. D'autres, rapides et noirs comme des balles d'armes à feu, ressemblaient à des éclats de ténèbres plus profondes. Je rampai à travers les broussailles, guidé par la danse des papillons qu'éclairait la lune ; enfin, j'entendis le frais et noir glouglou de la rivière.

Je vis la lampe, dans la villa, briller faiblement derrière les bouleaux. Les moustiques geignaient ; les lucioles étincelaient rythmiquement.

Ma mère s'élança de la véranda en criant :

— Oh ! mon chéri ! D'où viens-tu ? Je te croyais perdu ! Viens manger ton *Sauerbraten...*

Et mon père déclara, pensif, en tripotant son pince-nez :

— Curieuse date à choisir pour une excursion dans le désert. L'archiduc d'Autriche vient d'être assassiné à Sarajevo !

Ces mots pleins de mystère : « Sarajevo, assassiné, archiduc », se fondaient en une étrange psalmodie rituelle, qu'environnaient les étincelles des lucioles.

Du Wisconsin nous passâmes au Texas, et nous fixâmes dans la ville d'Austin, qui s'élève au bord du fleuve Colorado. Je n'avais que huit ans, et Austin me terrifiait. J'avais peur des scorpions, des cactus et des libellules qui volaient en fougueux zigzags, comme armées d'un aiguillon venimeux.

Nous habitions la Vingt-troisième Rue Ouest, tout près de la rue du Rio Grande ; il y avait deux figuiers derrière la maison, et une débauche de tournesols. Au-delà se dressait la Résidence Cochrane, que l'on disait hantée, drapée de lierre et de barbes de mousse du Texas ; encore plus loin s'étendaient les champs de lupins bleus qui descendaient vers le ruisseau.

Je fuyais chaleur et cactus sous les ombrages musqués qui dominaient le ruisseau. Là, je rôdais l'après-midi, chassant les fastueux papillons du Texas, tels que le *Papilio cresphontes,* un géant noir et crème, et le *Dione vanillae,* merveille cramoisie tachetée d'argent.

Mon père enseignait la linguistique et la philologie à l'université. Cet homme au fin profil avait le regard pénétrant, noir, et la voix caressante. Ayant fui l'Autriche, bien des années auparavant, à la suite d'un scandale compliqué d'un duel, il s'était embarqué pour l'Amérique, rebelle et sans le sou. Un soir, à Milwaukee (c'est du moins ce qu'il me dit un jour), il eut la vision d'une vaste multiplicité de langues anciennes, qui se fondaient en un panorama englobant tout. Après quoi, il se consacra de toute son âme à un seul but : démêler, à partir de ce dédale, l'histoire des langues indo-européennes. Sa vision s'accomplit en un chef-d'œuvre philologique de proportions héroïques et d'une lucidité digne d'un saint. Cela s'intitulait *Histoire des langues indo-européennes,* et fut publié après sa mort par la Yale University Press.

Je me revois assis dans un figuier tandis que mon père arpentait le jardin ; en secret, je l'écoutais émettre ses consonnes et ses diphtongues. Ces petits fragments de dialectes disparus retraçaient dans l'air, comme les cris des oiseaux, le mystérieux périple du langage humain entre les profondeurs de la jungle et ses complexités modernes. Mon père tâtonnait à la recherche des sons et des structures d'étranges langages disparus comme un plongeur en quête de perles, au fond de l'océan. Lorsque enfin je lus son chef-d'œuvre, après sa mort, je décelai, dans ces migrations labyrinthiques de diphtongues anciennes, les accents d'une poésie épique plus méandreuse que *l'Odyssée* et plus interminable encore que *le Mahabharata.*

Un jour, Anna Pavlova arriva dans la ville d'Austin.

— Curieux, dit mon père, que Pavlova vienne à Austin.

— Et pourquoi ne viendrait-elle pas à Austin ? répliqua ma mère assez plaintivement. Cela me paraît tout à fait naturel. Il est normal que l'on y vienne. N'oublie pas, je te prie, qu'Austin est la capitale du Texas, et que le Texas est le plus grand des États d'Amérique.

Ma mère, assise au piano, jouait les mazurkas de Chopin. Tapi sous le piano, j'écoutais intensément la musique de Frédéric Chopin, avec lequel je me sentais une parenté mystérieuse à cause de l'identité de nos prénoms. Je n'ai jamais aimé personne autant que j'aimais ma mère souffrante ; encore aujourd'hui, dans mes rêves, je la revois les yeux fixés sur la partition, les doigts plongés dans les mélodies de Chopin.

— Très bien, dit mon père. Va voir Pavlova.

Nous allâmes donc un après-midi dans un petit théâtre en stuc, près du campus universitaire, où l'on projetait les films de Fatty Arbuckle, Mary Pickford et Douglas Fairbanks. Ce petit théâtre aux angelots dorés accueillait ce jour-là Pavlova. Le rideau se leva sur une forêt aux tons pastel. Violons et violoncelles se plaignaient doucement, insidieusement. Je me penchai en avant sur mon siège à l'entrée du rang de ballerines, glissant sur les pointes comme des phalènes à travers les bois crépusculaires.

Les arbres se mirent à briller ; la musique s'accéléra. Ma mère me serra le coude.

— C'est *le Ver luisant*! chuchota-t-elle.

Le ravissement me roidissait. Le *corps de ballet* * commença de se balancer avec une délicatesse fiévreuse. Pavlova s'élançait vers le ciel, plus fantôme que femme, et le rideau tomba dans une vague d'applaudissement.

Après *le Ver luisant* venait une fantaisie impromptu de Chopin, une brève bacchanale de Glazounov, et un adagio extrait de *la Belle au bois dormant*. La dernière de toutes les danses était *le Cygne* de Saint-Saëns. Pavlova glissait sur une mer imaginaire, plus oiseau que ballerine, plus spectre que femme. Le rideau retomba dans un silence extasié ; ma mère murmura :

— Quelle révélation pour Austin !

Le lendemain après-midi, Pavlova vint à la maison prendre le café. Quelque machiavélique stratagème de ma mère avait réussi. La grande danseuse descendit d'un *jitney* ** et fit son entrée au salon dans un parfum de violette, toute en renards argentés.

— Comme notre petit Austin doit vous paraître primitif après les velours de Saint-Pétersbourg ! dit ma mère en versant le café.

Pavlova leva sa tasse et l'examina discrètement. Sur un côté, il y avait un portrait de l'empereur François-Joseph. C'était le plus bel objet de la maison, en dehors des œuvres complètes de Goethe qui appartenaient à mon père.

Pavlova se pencha en avant. J'entends encore sa voix de vif argent :

— *Je suis absolument* * *enthusiastisch* de votre bel État du Texas !

Elle parlait un mélange de français papillotant, d'allemand sifflant et d'anglais glougloutant. Déjà commençaient à me fasciner les mots bizarres, les expressions melliflues, et les propos de Pavlova s'attardent encore avec une étrange précision dans mon esprit. Ses paroles dansaient dans l'air, pareilles à des papillons multicolores ; ses doigts ne cessaient de tambouriner vivement sur la tasse de café. Elle parlait de Chicago, d'Oklahoma City, de Boston. Les noms de ces villes, prononcés de sa

* En français dans le texte. (N.d.T.)

** Espèce de taxi. (N.d.T.)

voix gaie et vive, prenaient l'éclat de Paris, Vienne et Monte-Carlo.

— Ma petite Gertrude a un exquis talent de danseuse, dit ma mère. Ma chérie, viens danser ta jolie mazurka pour Pavlova.

Elle mit un disque sur le vieux Victrola éraillé, et nous entendîmes Vladimir de Pachmann jouer Chopin. Ma sœur écarta les bras, leva prestement la jambe, et la mazurka s'anima sous ses mouvements rapides, enfantins.

Pavlova ne la quittait pas d'un regard gentiment malicieux. Elle s'écria :

— *Sehr charmant *!* Elle est *absolument* reizend!*

Puis elle parla des cowboys de l'Oklahoma et des gangsters de Chicago. Sur moi, elle fixa ses yeux lumineux avec une intimité sinistre :

— ...Et toi, mon garçon, qu'as-tu l'intention de devenir ? Cowboy ou gangster ?

Elle roulait des yeux sinistres autour de la pièce, comme si elle eût détecté une menace tapie dans le vase de roses et le buste de Mozart. Ses ongles éclairés par le soleil voletaient sous son menton, aussi capricieux que des lucioles.

Je ne cessais d'observer du coin de l'œil son visage. Elle avait l'air étonnamment anguleuse après les ondoiements du *Cygne,* et son opacité me désenchantait après le translucide *Ver luisant.* Mais j'entrevoyais dans ses yeux de braise, doux et néanmoins étrangement inquiets, un domaine passionnel situé à des distances galactiques d'Austin.

* En français dans le texte. (N.d.T.)

L'abîme

Un matin que nous mangions nos crêpes à l'ombre du chèvrefeuille, mon père déclara tristement :

— Nous quittons le Texas. Nous allons vivre en Pennsylvanie.

Il disait cela de sa voix douce, mais inexorable, qui donnait au mot *Texas* un air de désolation où la psalmodie des Noirs s'élevait des bas-côtés drapés de mousse, et où les champs de lupins bleus brillaient d'une énorme et sauvage innocence.

Ma peur du Texas et des Texans s'était muée en un fol et bondissant amour. Chaque jour, après l'école, je descendais en courant au ruisseau regarder les têtards se tortiller dans les tourbillons d'eau rouge. La magnificence des papillons aux ailes rouges et argent évoquait la grandeur sanguinaire du Texas. Le Texas sentait le roc, le cheval et la salamandre. La pensée de quitter le Texas me serrait le cœur.

Et pourtant, le mot *Pennsylvanie* revêtait un mystère sombre et feuillu où de grands fleuves glougloutants se déversaient à travers des forêts impénétrables.

Nous fîmes rapidement nos malles, prîmes le train pour Saint-Louis, et arrivâmes enfin à Bryn Mawr, dans une maisonnette à bardeaux.

Les haies de Bryn Mawr étaient plus paisibles que les cactus d'Austin, et la faculté de Bryn Mawr était formée de vieilles filles maigres, délicates, qui avaient lu *la Coupe d'or* et citaient

Mallarmé. Je pris conscience des années vingt dans la bibliothèque de Bryn Mawr. Les vieilles filles me lançaient des coups d'œil soupçonneux tandis qu'assis là, en culotte de golf, je lisais *la Princesse Zoubaroff* et *En deçà du paradis.* Je dévorai *la Comtesse tatouée, Dame changée en renarde,* et lus avec ahurissement une histoire intitulée *la Mort à Venise.* Dans cette histoire, je sentais que les délices de l'intellect étaient cernées d'ombres obscures et de sinistres sous-entendus.

Un jour, mon père annonça :

— Thomas Mann vient dîner.

L'on mit des roses dans un vase et des rallonges à la table. Le grand homme arriva, approuva du chef, admira la dinde. Il y avait aussi Katia Mann et les jumeaux, Klaus et Erika, ainsi que trois doctes dames de l'université, Miss Donnelly, Miss Bascom et Miss Maddison. Tout le monde parlait à voix très basse. Miss Maddison déclara soudain :

— Vous avez beau dire, ma chère Florence, j'affirme qu'il est désuet !

— Qui donc, ma chère ? demanda Miss Bascom.

— Marcel Proust, répondit Miss Maddison.

— Je ne l'ai pas lu, avoua Miss Bascom. C'est déplorable, mais c'est comme ça.

— Ne le lisez pas, ma chère, se hâta de répliquer Miss Maddison. Il est aussi languissant que Maurice Maeterlinck. Mais du moins, quand je lis Maeterlinck, je vois une lueur à l'horizon, alors que quand je lis Marcel Proust je suis perdue dans une jungle.

J'écoutais intensément les paroles de ces dames érudites, dans l'espoir d'absorber par un genre d'osmose une connaissance plus aiguë des profondeurs de la littérature. Leurs accents mêmes évoquaient une familiarité avec les essences poétiques, qui paraissaient ressembler à des massifs de fleurs ensoleillés plutôt qu'à un désert crépusculaire.

La Montagne magique était sur le point de paraître en Amérique. Certaines rumeurs commençaient déjà de circuler sur ce chef-d'œuvre, et les dames de Bryn Mawr se trouvaient déchirées entre deux factions, celle d'un « symbolisme philosophique » et celle d'un « visualisme impressionniste », ce qui expliquait leur excitation en présence de Thomas Mann, lequel avait jadis rencontré mon père à Leipzig.

Ma sœur Gertrude, espèce de Diane aux cheveux châtain roux, avait déjà pris parti pour les symbolistes philosophiques. Parmi les jeunes de Bryn Mawr, elle écrivait un essai sur Émile Verhaeren. Quant à moi, je préférais encore les romans de F. Scott Fitzgerald, qui avaient une saveur étrangère aussi bien aux symbolistes qu'aux visualistes.

— Ils ont inventé quelque chose qu'ils nomment le courant de conscience, déclara Miss Bascom. Dites-moi donc, Lucy : que diable peut bien être ce prétendu courant de conscience ?

— Ça veut dire tout noter, répondit avec alacrité Miss Donnelly. Je dis bien *tout,* ou presque, à l'exception de ce qui n'est point publiable. Dorothy Richardson fait ça. Virginia Woolf fait ça. Je dis bien *tout,* y compris le papier mural, les abeilles et l'accablement. Tout ce qui vous passe par la tête quand vous essayez de faire un somme.

— Même les moustiques ? demanda Miss Bascom, espiègle.

— Je ne suis pas sûre au sujet des moustiques, repartit finement Miss Donnelly, mais cela m'évoque les touches des peintres pointillistes.

Elle jeta un coup d'œil significatif à Thomas Mann.

— ...Pensez par exemple à Seurat. Un seul point lumineux contient un monde de sous-entendus !

— Quelle merveilleuse époque nous vivons ! s'écria Miss Maddison avec enthousiasme. Elle fourmille de brillants esprits et de merveilleuses découvertes, n'est-ce pas, Lucy ?

Après dîner, les trois doctes dames traversèrent le terrain de hockey, et la famille de Thomas Mann se promena d'un air pensif au jardin. Ma mère marchait avec Katia, ma sœur avec Klaus et Erika ; sur la pointe des pieds, je suivais mon père qui passait avec Mann devant les massifs de rosiers.

Même le dos de Thomas Mann avait la sombre grandeur d'un chêne. Le cou, les oreilles, les épaules, irradiaient une invincible solennité. Je résolus de me rappeler scrupuleusement les lentes phrases sombres de Thomas Mann.

— Le fatal, disait-il, c'est que Tolstoï n'avait pas d'ironie. C'est un miracle qu'il ait réussi à écrire aussi bien qu'il l'a fait. Dans un roman, l'ironie est comme le sel dans la soupe aux pois. Elle apporte la saveur, la nuance. Sans sel, c'est insipide.

« Mais l'ironie est une chose, et l'humour en est une autre, continua-t-il. Chez Dickens il y a de l'humour, mais pas assez d'ironie. Çà et là, nous en trouvons une trace, mais cela sombre vite dans l'humour. Il n'y a rien à redire à l'humour, notez bien. Même chez Dante, il y en a une ombre. Mais quant à l'élever à la dignité d'art — laissons cela à Aristophane. Ou à ce cher vieux Wilhelm Busch. Quand je cherche une définition de l'humour, je me tourne toujours vers Wilhelm Busch. La malice réaliste, et puis l'éclair d'absurdité ! »

— Maintenant, prenons Aschenbach, dit mon père. Il est une création mystérieuse, n'est-ce pas ? Très ambiguë, me semble-t-il. Sommes-nous censés nous identifier avec Aschenbach ?

— Mon Dieu, si je devais recommencer *Der Tod in Venedig,* tout serait fort différent. Après tout, relativement parlant, j'étais encore un débutant. Un débutant de génie, mais tout de même un débutant. Aschenbach est trop naïvement traité comme un symbole. Il est l'âme de l'artiste, inextricablement liée par une maladie intérieure. Il en résulte une mystification plutôt qu'une illumination. Un jour, j'écrirai un livre sur la maladie de l'artiste et la descente fatale dans la mystification. Même chez Hölderlin et Novalis, oui, même chez Goethe en personne on voit cela — cette brusque et sauvage plongée dans les miasmes de la mystification.

Mon père dit :

— Nietzsche affirmait que nous ne devons pas trop profondément scruter l'abîme, de peur que l'abîme ne nous rende soudain notre regard.

Thomas Mann entendit mes pas, et se retourna brusquement. Sur son visage, je lus une soudaine et bizarre inquiétude. Ses yeux, intensément attentifs et pourtant profondément tournés vers l'intérieur, se teintaient d'un chagrin, d'un désespoir inexplicables. Il y avait quelque chose de presque horrifiant dans cette face puissamment colorée, assombrie de pressentiments, creusée par l'anxiété, déchirée par une lutte interne.

Il fronça le sourcil durant quelques instants puis me considéra d'un air indulgent.

— Et *toi*? As-tu une ambition ?

— Je n'en suis pas bien sûr encore, dis-je d'un ton coupable. Le tennis. Les livres. La chasse aux papillons.

Il battit des paupières comme s'il détectait là un trésor de significations cachées.

— La chasse aux papillons. Oui. Je vois. Très bien.

Ses yeux brillaient d'une intensité furieuse, électrique, comme s'il essayait de découvrir une forme fuyante derrière un voile. Puis ses lèvres s'incurvèrent peu à peu en un petit sourire triste, comme si une vision espérée s'était évanouie en fumée.

Il se retourna et dit à mon père :

— ...Revenons à cette question de l'ambiguïté. C'est comme un miroir qui reflète un miroir qui reflète encore un autre miroir. Au bout d'un certain point, cela vous étourdit. Mais on ne saurait se méprendre au sujet de l'essence. L'œuvre d'art doit refléter l'ambiguïté inhérente à l'âme de l'artiste ; mais l'ambiguïté inhérente à l'œuvre d'art diffère beaucoup de l'ambiguïté inhérente à l'artiste, bien que l'ambiguïté de l'une reflète l'ambiguïté de l'autre...

Je ne cessais de contempler, fasciné, le dos de Thomas Mann. Les étoiles commençaient à briller ; une brume flottait sur le terrain de hockey. La tête de Mann se dressait au-dessus de ses épaules comme un rocher moussu, et les mots qu'il prononçait se déployaient comme des bois de cerf à partir de son crâne.

Après son départ, j'allai à ma chambre noter tout cela par écrit ; ce fut le premier des dialogues que je griffonnai fidèlement dans mes carnets. Cet aperçu momentané d'un abîme au cœur de la grandeur fut un tournant dans ma tâtonnante adolescence. Je me sentis entraîné comme à bord d'un voilier vers un océan nocturne et sans rivage.

Après cet aperçu de ténèbres secrètes au cœur de Thomas Mann, je fus lancé dans mon voyage, un voyage long et hasardeux. Un voyage à travers les grandes et vieilles villes du monde, à travers ports de mer et piazzas, à travers palazzos et taudis. Un voyage à la recherche de l'artiste en tant que héros, en tant qu'énigme, en tant que martyr, en tant que révélation, et enfin en tant que fragment de l'humanité.

Le style

Un parc menait à travers un hallier de saules et de cornouillers, et s'ouvrait sur une immensité de moelleuse pelouse inclinée. Deux cygnes flottaient paresseusement sur un étang rond où croissaient des roseaux, et une grande flèche de granit s'élevait en haut de la colline.

C'était Haverford College, institution quaker comme il faut, sur la Lancaster Avenue, au sud de Bryn Mawr. Je me sentais irrémédiablement déplacé dans cette atmosphère collet monté, provinciale. A Bryn Mawr, les dames bavardaient sur Proust et Valéry, mais à Haverford les professeurs parlaient en chuchotant de Walt Whitman.

Quatre des professeurs de Haverford m'ont laissé une impression profonde. Ils enseignaient non par un processus d'énumération ou d'analyse, mais par un appel de clairon à l'imagination rebelle.

Le professeur Lockwood enseignait le latin. Il s'était identifié avec Plaute. Quand il nous enseignait *les Ménechmes,* il se transformait en jumeaux, représentant un jumeau avec son bras gauche et l'autre avec son bras droit, en sorte que les jumeaux avaient l'air à la fois distincts et pourtant irrésistiblement identiques. Quand il enseignait *le Soldat fanfaron,* il se métamorphosait en matamore, roulant des yeux, gonflant les joues, brandissant les poings, se caressant la panse. Il portait des pantalons et des chaussettes de golf, une paire de lunettes à monture de corne, ce qui donnait de la conviction à sa vision du lieutenant vaniteux. C'est ainsi que j'appris à aimer la littérature des Romains.

Le professeur Comfort enseignait le français. Cet homme triste, ironique, était accablé de chagrins, de symptômes et d'anxiétés. Lorsqu'il parlait de Tartuffe, ses lèvres pâlissaient de haine, et l'ombre de l'hypocrite planait sur la salle de classe comme l'ombre d'un ogre. Lorsqu'il parlait de Phèdre, ses yeux rosissaient de fièvre, et sa voix se glaçait de passion incestueuse. Lorsqu'il nous enseignait La Fontaine, sa voix incarnait en succession rapide un renard, une cigogne, une tortue, nous donnant de la sorte une image de la ruse, de l'orgueil et de la léthargie. C'est ainsi que j'appris à aimer la littérature de France.

Le professeur Gray enseignait la littérature anglaise. C'était un Anglais étiolé dont le père avait été maître du Jesus College à Cambridge. Il portait des guêtres de couleur fauve, et dans sa manche un mouchoir en soie. Il introduisait à Haverford, avec un air de délicatesse blessée, les finesses maniérées des comédies de la Restauration, et il inscrivait au tableau noir les noms euphoniques de ses dramaturges : Etherege, Wycherley, Congreve, Vanbrugh et Farquhar. Sa calligraphie était si exquise, et ces noms étaient si enivrants que je voyais instantanément devant moi, comme en train de danser le menuet, une rangée de bellâtres, de roués et de rustres, de ducs à œillades et de duchesses adultères, tournoyant dans un nuage de poudre, d'épigrammes et de robes à paniers. C'est ainsi que j'appris à aimer la littérature d'Angleterre.

Le professeur Rufus Jones était légendaire à Haverford, à la fois quaker illustre et philosophe célèbre. Il avait une épaisse moustache rouge, d'énormes dents saillantes, et les intonations bégayantes d'un vieux sénateur indigné. Quand il traversait à pied le campus en balançant sa canne à poignée d'os, les arbres eux-mêmes paraissaient empreints d'une probité inaltérable. Quand il faisait un cours sur Aristote, sa voix pétillait de sel attique, et quand il parlait de Platon ses yeux brillaient de poésie marine. Mais son préféré, c'était Héraclite. Il était amoureux d'Héraclite. Quand il parlait d'Héraclite, il devenait pareil à Zeus, homérique. Dans sa voix j'entendais les échos d'un tonnerre olympien, et ses poings levés brandissaient les foudres d'un orage invisible. C'est ainsi que j'appris à aimer la philosophie des anciens Grecs.

Mon meilleur ami, à Haverford, était un garçon nommé John Lineaweaver. Un jour que j'étais couché dans l'herbe du jardin de la vieille bibliothèque, il s'agenouilla près de moi et se mit à parler d'Edith Sitwell. Je n'avais jamais entendu parler d'Edith Sitwell, mais lorsqu'il cita son nom je me représentai aussitôt une rangée de marionnettes habillées d'indienne.

John était un petit bonhomme cagneux à face de tortue de mer. Il n'arrêtait pas de fumer, et sa chambre était remplie de fumée de tabac. Sur son bureau, en place d'algèbre, des numéros de *The Dial* [Le Cadran]. Aucune revue américaine n'a jamais approché de l'excellence de *The Dial.* John, blotti dans son fauteuil jusqu'à quatre heures du matin, savourait les poèmes d'avant-garde imprimés dans *The Dial.*

Il avait un compagnon de chambre tout aussi excentrique, appelé John Dickson Carr. Carr était un être aux yeux de lémur, que ses goûts portaient nettement vers les néo-romantiques. Il devint par la suite un célèbre auteur de romans policiers, mais à l'époque il écrivait des imitations de G. K. Chesterton.

Lorsque j'entrais dans la chambre au milieu des nuages de fumée de cigarettes, j'entendais les cris aigus de voix irritées et de condamnations passionnées. Carr se portait dans un aigre fausset à la défense d'Alfred Noyes, tandis que John Lineaweaver agitait comme un drapeau son exemplaire de *Tender Buttons* [Tendres boutons]. *Tender Buttons* était un livre d'une mystérieuse dame appelée Gertrude Stein. Ouvrage rarissime ; John avait déniché son exemplaire dans une librairie d'occasion, aux abords de Philadelphie.

Mon pauvre saint John ! Jamais tu n'as vacillé dans tes loyalismes ; jamais tu ne t'es fourvoyé dans tes divinations ; jamais tu n'as hésité dans tes convictions ! Si jamais je devais me laisser aller à écrire une hagiographie, je la consacrerais à l'âme de mon ami John Lineaweaver. Il a beau être mort et oublié, je me souviendrai toujours de lui comme du seul et unique Américain totalement indifférent à l'argent. Méprisant impitoyablement la popularité, tout à fait indifférent à la réussite, il était invinciblement fidèle à son propre sens de l'excellence. Il avait beau vivre dans l'angoisse constante de l'insomnie et des hémorroïdes, sa consécration aux œuvres de Gertrude Stein était héroïque.

Vint le mois de juin ; les cygnes de Haverford plongeaient la tête dans l'eau cristalline. Vinrent les vacances. Nous décidâmes, John et moi, d'aller en « pèlerinage littéraire » à Paris. Aussi, par un matin de juillet, nous embarquâmes-nous en troisième classe à bord du *Berengaria* ; neuf jours après, nous arrivions à la gare Saint-Lazare.

C'était notre premier voyage à Paris, et nos yeux brillaient d'excitation. Dans les années vingt, le mot *Paris* suscitait un frisson d'aventure. Notre première journée là-bas fut sombre et bruineuse. Les rues paraissaient désolées. Même la concierge avait un air hostile. Le quai Voltaire exsudait une odeur d'artichauts gâtés qui se mêlait aux senteurs plus sournoises de la Seine. Nous mangeâmes une omelette graisseuse près de la statue de Jeanne d'Arc, et passâmes notre après-midi à errer dans les salles du Louvre.

— Que tout est sombre ! m'écriai-je. C'est à peine si l'on peut distinguer la Joconde !

— Mais cela ajoute à la subtilité. A Paris, décréta John, tout n'est que subtilité.

Le lendemain matin, le soleil se leva à contrecœur. Nous flânâmes rue Jacob en direction du boulevard Saint-Germain. C'était l'époque où Paris était encore ridiculement bon marché, et notre chambre, quai Voltaire, coûtait un dollar par jour. Au Flore, notre Cinzano coûtait dix cents, service compris. Nous fumions nos Gauloises, à la terrasse, en regardant les passants.

M'étant figuré Paris grandiose, étincelant, exquis, j'étais affreusement déçu. La ville avait l'air triste, sale, morne. Mais soudain, tandis que je tirais consciencieusement sur ma cigarette amère, un changement s'opéra en secret sur la ville. Un brouillard s'était soudain levé. L'air devenait lucide, éloquent. Même le café-filtre noir, dans les tasses brunes hexagonales, prenait une profondeur nouvelle et une insinuante opulence.

— On la sent dans l'atmosphère, s'écria dévotement John, la grandeur de la littérature ! Il y a une avenue Victor-Hugo (non que je tienne tant que ça à Victor Hugo). Il y a une rue Valéry, et j'adore Paul Valéry. Un jour, il y aura un boulevard Marcel-Proust. J'en ai la conviction.

Nous avions pensé inclure Gide et Colette dans notre pèlerinage, mais cette perspective semblait pleine de risques inconnus. Notre français était encore hésitant, notre *savoir-faire* * élémentaire. Aussi décidâmes-nous de concentrer nos efforts sur deux grands expatriés dont les œuvres étaient énigmatiques, mais dont les personnes paraissaient accessibles. John avait griffonné des pages dans le style du *Portrait de l'artiste,* et il éprouvait à l'époque une vénération sans bornes pour Joyce.

— Joyce, déclara-t-il, ça va sans dire. Je ne décollerai pas de la librairie de Sylvia dans l'attente du jour où Joyce viendra la voir.

— Et puis, il y a Stein, dis-je avidement.

— Oui, il y a Stein, répondit John avec douceur. J'ai entendu dire qu'elle reçoit très bien ses admirateurs.

John avait écrit un petit conte dans la manière de *Trois vies.* Il l'intitulait *Anna Achillopoulos.* C'était le triomphe du sous-entendu, ainsi qu'un modèle de clarté froide, intrépide.

— Et il y a Wharton, avançai-je avec prudence.

John prit une expression sévère et distante. Edith Wharton avait beau vivre à Paris, on la considérait maintenant comme faisant partie d'une oligarchie périmée, poussiéreuse. Je ne m'en rappelais pas moins *Ethan Frome* comme un impitoyable petit chef-d'œuvre, et préférais en secret l'albâtre whartonien au granit steinien ou au porphyre joycien.

Ce qui me frappait chez les Parisiens, c'était la beauté avec laquelle ils parlaient leur français. Ils le parlaient avec un genre d'élégance nerveuse, dédaigneuse. J'étais impressionné par leurs gestes désinvoltes, leurs regards pénétrants. Je sentais que Paris avait créé la mentalité de ses habitants, tout comme le caractère de ses habitants avait créé la ville, pierre par pierre. Je m'enchantais de voir comment les rues de Paris

* En français dans le texte. (N.d.T.)

s'étaient gravées dans la mentalité parisienne, tout comme le parfum des fleurs fait partie du pommier fleuri.

Je tombai amoureux de Paris, non point extatiquement ainsi que plus tard, mais avec suspicion et malaise, comme si je m'étais attendu à être trahi. La cause en était la lumière du soleil, telle qu'elle coulait sur les édifices, avec la réticence et le magnétisme du rêve. Penché sur le parapet du pont du Carrousel, je regardais les ombres ramper le long de la berge d'en face. Les tours de Notre-Dame se faisaient incandescentes comme des lanternes. Ou bien, m'étant arrêté dans une ruelle, près de la place du Tertre, je voyais l'éclat du couchant, sur les dômes du Sacré-Cœur, le transformer en une mosquée au milieu d'un désert. Ce jeu de la lumière et de l'ombre transfigurait la ville en labyrinthe de merveille humaine, de chagrin humain, d'humaine méchanceté.

Nous décidâmes, un soir, de faire une visite idolâtre. La perspective paraissait redoutable ; nous entrâmes néanmoins dans l'immeuble, et j'actionnai avec douceur mais fermeté la sonnette d'ivoire.

Assise dans un fauteuil en peluche rouge, les genoux largement écartés, elle était plus petite que je ne m'y attendais (je m'attendais à une géante) ; elle avait la voix moins sonore, et des façons moins intimidantes. En réalité, elle avait quelque chose de très délicat. Son visage avait beau être rude et ridé comme celui d'un alpiniste, en même temps il offrait un aspect civilisé, doucement contemplatif.

— Nous venons de visiter l'Espagne ; l'Espagne m'a beaucoup plu, mais Alice répétait sans arrêt que l'Espagne était assez effrayante.

Debout à la fenêtre, Alice approuvait rythmiquement du chef. Une ombre lui barra le visage, et elle se métamorphosa en Gitane.

J'avais déjà développé une étrange adresse à me remémorer les dialogues, en me les imprimant dans la conscience, pour ainsi dire. Penché en avant, tendu comme à l'écoute d'un oracle, j'étais bien résolu à capter les moindres intonations steiniennes, et même, le cas échéant, la steinienne absence de signes de ponctuation.

— ...Les Goyas étaient très bien, les Grecos plus qu'honorables, mais les Murillos et les Zurbaráns m'ont laissée insensible. Alice exprimait une méfiance profonde à l'égard des Zurbaráns, mais en arrivant à Majorque, Majorque nous a inspiré confiance. Nous avons arpenté le marché, et humé les melons. Les melons majorquins sont subtils et alléchants, mais les poissons majorquins sont naïfs et sans prétention. La nourriture n'a rien d'extraordinaire ; mais il y a un petit restaurant bien tenu dont je vous donnerai l'adresse ; il faudra que vous alliez manger leurs pigeons.

— Mais en définitive, vous préférez Paris à Majorque ? demandai-je avec impétuosité.

— Paris a son propre bouquet, bien sûr, mais sa séduction est très spéciale. Alice déplore les urinoirs publics, et les prétend superflus. J'ai expliqué cent fois à Alice que tous les Parisiens sont des buveurs de vin, et que chez un monsieur la vessie est plus impatiente que chez une dame. Moi aussi, je déplore les urinoirs, mais j'avoue que j'y suis habituée. En France, il faut s'adapter au parfum des urinoirs. Je dis parfum, mais ce mot est un euphémisme. J'avais vingt-neuf ans, et je n'étais qu'un bébé en matière de culture ; c'est en 1903 que je me suis installée avec Leo ; nous avons résolu d'élire domicile rue de Fleurus. Je terminais mon roman que j'ai appelé *Q.E.D.* puisque j'estimais que son achèvement était démontré.

Miss Toklas, à la fenêtre, s'agitait, tambourinait au carreau. Puis, cachée derrière le rideau, elle caressa les glands cramoisis.

— ...Il ne s'agissait pas d'une conversion sans réserve à la francophilie, poursuivait doucement Gertrude. A certains moments, j'avais le mal du pays, mais peu à peu ces moments se sont faits plus rares. Je conservais des amis en Amérique ; je leur écrivais ; nous mangions du pain de maïs avec de la mélasse et de la tarte aux pommes le dimanche, et quelquefois un peu de fromage avec la tarte. On a de ces habitudes natives, et il serait fou de les combattre. Il demeure toujours en soi un Américain qui sommeille ; on a beau s'adapter aux pissoirs, aux crèmes glacées, à la cupidité, on a beau faire, on reste Américain. Même Alice, cette romanichelle, est à sa façon profondément américaine.

Alice approuva de la tête d'un mouvement rapide, oblique,

avec la collaboration d'Anne-Marie Bourgnon et Renée Bernard
FEMMES DE CARACTÈRE
Réalisation de Jean-Luc Léridon

ALAIN CANU

Jean Diwo

Lydie revient sur les ter[illegible]les, dans le Languedoc, après la mort de son père. Une concurrence amoureuse fera rebondir le conflit entre Lydie et sa mère.

JEAN DIWO
Les Dames du faubourg
(Denoël)
Jusqu'à la Révolution, la saga d'une famille d'artisans parisiens dont la vie est liée au Faubourg-Saint-Antoine, haut lieu de l'ébénisterie française.

PASCAL LAINÉ
Jeanne du Bon Plaisir
ou les Hasards de la fidélité
(Denoël)
La destinée mouvementée de Jeanne, jeune servante d'auberge dans le Périgord, qui choisira de rester fidèle à Pierre, son fiancé, au lieu de devenir la maîtresse de Louis XV.

tié brisée se retrouve dans le scénario de son feuilleton, que nous avons vu récemment : « Deux amies d'enfance ».
A travers le courrier reçu, il apparaît que le mariage peut être pour l'amitié un sérieux écueil, mais aussi – et c'est peut-être le plus grave – la maladie, le chagrin, le chômage et les ennuis financiers.
A croire finalement que l'amitié, la vraie, est la chose au monde la plus rare et la moins partagée.

14.55 TENNIS

En direct de Wimbledon

INTERNATIONAUX DE GRANDE-BRETAGNE

Commentaires de Daniel Cazal et Gérard Holtz

Voir la présentation page 94

19.40 LE THÉÂTRE DE BOUVARD

Une émission proposée et présentée par Philippe Bouvard

20.00 JOURNAL

puis regarda par la fenêtre, comme saisie par quelque chose de curieux : un chat sur un toit ou une vision du passé.

Je jetai un coup d'œil aux tableaux, mais il faisait trop sombre pour les distinguer nettement. Sur une petite table en acajou, il y avait un compotier de pommes, une carafe remplie de vin, un coffret laqué noir.

— Vous assistiez à la première du *Sacre du printemps,* n'est-ce pas ? s'enquit John, presque en retenant son souffle.

— Ce n'était pas la première, mais la seconde. Il y a une différence très nette entre une première et une seconde représentation. L'on devrait toujours se méfier d'une première. C'est la seconde qui compte et révèle le parfum véritable. Le parfum de la première est brouillé par le cérémonial, et ces clameurs de la première n'étaient que cérémonial. On se trouvait en 1913, un an avant la guerre. Ensuite, la guerre s'est abattue sur la France, et l'heure n'était plus aux parfums. La deuxième représentation était extrêmement calme. On aurait entendu voler une mouche. Fini le cérémonial.

Je regardai plus attentivement Gertrude Stein. Oui, l'œil gauche était plus étroit, et même un peu méchant comme dans le tableau de Picasso. Elle parut lire mes pensées, et dit :

— ...Est-ce que je ressemble vraiment au Picasso ? J'ai vendu un beau Picasso intitulé *Jeune fille à l'éventail.* Je l'ai vendu parce qu'Alice avait besoin d'une occupation. Maintenant, elle a son occupation qu'elle nomme Plain Edition [L'Édition courante]. Elle a ces jolis livres, reliés de jolies reliures simples ; elle est maintenant occupée, et joue son rôle en littérature.

Doucement, je demandai :

— Avez-vous une philosophie précise, Miss Stein ?

Elle redressa majestueusement la tête, et déploya pensivement les doigts.

— Un écrivain doit toujours essayer d'avoir une philosophie ; il devrait en outre avoir une psychologie, une philologie et bien d'autres choses. Sans une philosophie, une psychologie et toutes ces diverses autres choses, il n'est pas vraiment digne du nom d'écrivain. Je suis d'accord avec Kant, Schopenhauer, Platon et Spinoza ; en matière de philosophie, c'est tout à fait suffisant. Mais, bien entendu, une philosophie n'est pas la même chose qu'un style. Un écrivain doit avoir du style. De nos jours, c'est le principal. Proust a un certain style, mais il fléchit dans les moments de crise, et ne me dites pas que Joyce ait un style, car je ne puis l'admettre. Faire joujou avec des noms et des adverbes n'est pas plus un style que faire joujou avec des idées n'est une philosophie. Certains écrivains n'ont malheureusement pas le moindre style ; pourtant, même cela peut valoir mieux que d'avoir un style d'une grande vulgarité. Certains écrivains de ma connaissance écrivent dans un style d'une grande vulgarité, ce qui est pire encore que de n'avoir pas de style du tout. Il faut détruire toutes les vieilles façons d'entendre les choses, les vieilles façons de voir les choses, les vieilles façons de dire les choses. Les choses ont cessé d'être des choses individuelles, ayant un commencement et une fin ; elles se sont mises à être des choses différentes, sans fin ni commencement. Vous comprenez maintenant ce que j'entends pas découvrir un certain style ; j'ai trouvé un style différent, sans fin ni commencement...

Gertrude Stein (m'expliqua John) avait inventé une façon nouvelle de dire les choses : à savoir, elle racontait une histoire sans raconter une histoire. Elle disait à quoi les gens ressemblaient grâce à une accumulation de moments tissés ensemble par le mouvement rythmique de son style. Elle omettait les signes de ponctuation (m'avait expliqué John) afin de rendre plus continu ce rythme de l'existence.

Sa voix continuait à bourdonner, sans fin ni commencement, et le monde s'assemblait comme les fragments d'un puzzle. Mais alors, elle me regarda dans les yeux avec une soudaine lueur de curiosité, comme si elle eût essayé de découvrir un style plus neuf et plus doux. Elle eut un sourire un peu étrange, hocha la tête avec un certain désenchantement, et une ombre barra la pièce tandis qu'Alice tirait les rideaux.

Chez Sylvia

Au bout de cinq semaines à Paris, nous n'avions plus d'argent ; alors, nous décidâmes de retenir nos places de retour sur le *Mauretania.* Je pliai bagage ; dans mon sac de toile, je glissai une reproduction de la Joconde avec un exemplaire d'*Albertine disparue.*

John souffrant de crises de dysenterie, j'éprouvais une tendre sollicitude envers lui. L'avant-veille de notre départ, il murmura par-dessus son *filtre *:*

— J'ai appelé Sylvia, ce matin. Il vient prendre le thé aujourd'hui.

— Nous sommes invités ? demandai-je avidement.

— Les inconnus ne sont pas admis. Mais nous pourrons nous faufiler dans la librairie pour jeter un petit coup d'œil.

Nous voilà donc à quatre heures au 12 rue de l'Odéon, où Sylvia tenait sa librairie, *Shakespeare & Co.* Chez Sylvia régnait toujours un parfum d'avant-garde. Au mur, des photographies de Joyce, Ezra Pound et D.H. Lawrence ; sur la table, des opuscules imprimés à Venise et Florence.

Sylvia, debout sur le seuil, en costume de tweed feuille-morte, avait le visage ferme, intense, la mâchoire grecque et des yeux d'acier.

— Il est arrivé ? demanda John.

* En français dans le texte. (N.d.T.)

— Non, il n'est pas arrivé, répondit Sylvia, glaciale.

— Vous êtes sûre qu'il viendra ?

— Absolument pas, mon cher, dit Sylvia.

J'étais en train de feuilleter une édition originale rare d'*A Lume Spento* quand la porte d'entrée cliqueta doucement ; un silence se fit dans la petite librairie.

Sylvia conduisit par le bras l'excentrique génie dans le bureau ; nous entendîmes un bruit de tasses et un murmure de voix.

A pas de loup, je m'approchai de la porte entrebâillée ; je m'apprêtai mentalement à capter les déclarations du grand homme.

J'entendis Sylvia qui disait :

— Oui, nous le vendons étonnamment bien. Vous seriez surpris de voir les jeunes Bostoniens qui entrent sur la pointe des pieds demander un exemplaire. Il y avait une dame de Cincinnati qui portait un chapeau couvert de roses. Elle a décidé d'acheter trois exemplaires pour en faire cadeau à ses tantes.

— Délicieux, ce thé, dit l'autre d'un ton absent. Comment l'appelez-vous ? Darjeeling ?

— Lapsang souchong, ronronna Sylvia. Je l'ai acheté chez Hédiard.

— Et ces tartes aux prunes sont bien savoureuses.

— Elles viennent de chez Rumpelmeyer, dit Sylvia.

Elle me vit regarder à la dérobée par l'entrebâillement, et m'appela d'un ton jovial :

— ...Eh bien, entrez donc, vous deux ! Il ne mord pas.

Nous pénétrâmes donc sur les pointes dans le bureau, et je contemplai de tous mes yeux le grand novateur. Les mains serrées sur mon béret, j'attendis qu'il révélât son étrangeté.

Distant, dyspepsique, il ne quittait pas des yeux sa tasse de thé. Il avait l'air d'un médecin de campagne aigri. Il portait un nœud papillon à pois, un gilet serré, un pansement collé à l'œil gauche ainsi qu'un champignon. Il avait quelque chose de pointu : menton aigu, saillant ; nez très mince, en pointe ; doigts pareils à des crampons verts, effilés.

Nous nous assîmes sur les chaises de rotin ; Sylvia apporta nos deux tasses supplémentaires, et l'arôme subtil du thé se répandit dans l'air.

Il y eut un long silence gêné. Nul ne soufflait mot. Joyce interrompait son silence par de petits grognements, tressaillements et hochements de tête.

Puis John demanda poliment :

— Dites-moi donc, Mr. Joyce. Buck Mulligan a-t-il pour modèle un être vivant quelconque ?

— Le docteur Gogarty, n'est-ce pas ? dit Sylvia avec un coup d'œil latéral.

— En dépit des superstitions du vulgaire, aucun de mes romans n'est un roman à clés. Je laisse aux amateurs les personnages à clé. Mr. Micawber n'a *pas* été modelé sur le père de Charles Dickens, et le baron de Charlus n'était *pas* le portrait d'un illustre pédéraste.

Lorsqu'il prononça le mot « pédéraste », un imperceptible sourire affecté lui plissa les lèvres ; après quoi il prit sa tasse, et but à petites gorgées d'un air de sainte nitouche. Il était à la fois vêtu en dandy et plutôt débraillé ; à sa main gauche, je remarquai deux énormes bagues en or. Il tenait une canne de jonc serrée entre ses genoux osseux ; comme à contrecœur, il en caressait la pomme.

— ...Je ne devrais pas boire de thé : Nora dit que c'est très constipant. Tous les Anglais sont constipés, me répète sans cesse Nora, tout ça à cause de ces millions de tasses de thé traîtresses.

Je me sentais profondément désenchanté. *Ulysse* m'avait laissé perplexe : trop compliqué, trop allégorique, cela manquait de la simplicité légendaire. Pourtant, j'avais espéré quelque chose de plus étrange, de moins pédant, de moins terre à terre. Je contemplais avec une nervosité perplexe le pansement oculaire.

— ...Ces éclairs sont excellents, dit-il en se léchant le bout des doigts. Mais je ne devrais pas en manger. Nora dit qu'ils donnent des flatulences.

Son œil unique me scruta de biais avec une soudaine perspicacité comme si l'amusait la profondeur de mon désenchantement.

— ...Allons, fit-il, assez sur les flatulences. Vous brûlez de me poser une question. Allez-y !

A ma grande horreur, je m'aperçus que je n'avais pas la moindre question à poser. Je tâtonnai.

— Que pensez-vous de Virginia Woolf ? laissai-je échapper follement.

— Virginia Woolf ? répéta-t-il avec un sourire fin. Un nom impressionnant, je vous l'accorde tout à fait. Elle a épousé son loup * de mari à seule fin de changer de nom. Virginia Stephen n'est pas un nom pour une femme de lettres d'avant-garde. Un jour, j'écrirai un livre sur le caractère approprié des noms. Geoffrey Chaucer, comme il se doit, rend un son paillard, et Alexander Pope ne pouvait être qu'Alexander Pope. Colley Cibber était un petit sot sans grande élégance ; quant à Shelley, il était aussi Percy que Bysshe.

Il se radossa en minaudant un peu. Puis il considéra sa canne avec une expression de mélancolie profonde.

— Estimez-vous qu'elle ait acquis la maîtrise du courant de conscience ? demandai-je faiblement.

De son œil visible, il me lorgna d'un air mauvais, et pencha une tête indignée :

— Juste ciel, qu'avez-vous dit ? Le courant de conscience ? Qu'est-ce que ça peut bien être que *ça ?*

— C'est le grand monologue final de Molly Bloom, non ?

— Molly Bloom était une dame qui avait les pieds sur terre, répliqua-t-il d'un ton menaçant. Elle ne se serait jamais laissée aller à quelque chose d'aussi raffiné qu'un courant de conscience. Lorsque j'entends le mot « courant » prononcé avec une aussi révoltante suffisance, je pense à de l'urine plus qu'au roman contemporain. Et d'ailleurs, ce n'est pas nouveau, c'est loin d'être le *dernier cri* **. Shakespeare l'emploie continuellement, beaucoup trop à mon avis, et il y a *Tristram Shandy,* sans parler de l'*Agamemnon.* En réalité, le courant de conscience n'existe pas ; ça ressemble plutôt à un genre de brouillard épais. Par-dessus le marché, l'expression est hideuse, et je vous supplie de ne plus jamais proférer de pareilles balivernes sur le courant de conscience.

Je me sentais humilié, trahi. Je ne voyais aucune trace de splendeur cachée. Et pourtant, durant un instant, tandis que je le fixais d'un regard désolé, j'aperçus dans son œil unique une

* *Wolf* = loup. (N.d.T.)
** En français dans le texte. (N.d.T.)

lueur de complicité, comme un cierge brillant dans une chapelle déserte. Et durant cet instant, grâce à quelque étrange effet de la lumière déclinante, je me sentis seul avec Joyce dans la pièce et dans le monde crépusculaire.

Après son départ, je furetai dans la librairie. Je tombai sur un volume intitulé *A Book Concluding with As a Wife Has a Cow : A Love Story* [Un livre qui se termine par : comme une épouse a une vache, histoire d'amour], et je vis sur la page de titre qu'il était publié par la Plain Edition. Je jetai un coup d'œil sur le *Manifeste du surréalisme* d'André Breton et sur *Antheil et le traité d'harmonie,* d'Ezra Pound. Mais tout ce que je pus m'offrir, ce fut une mince plaquette intitulée *De notre temps,* recueil de nouvelles d'un jeune auteur appelé Ernest Hemingway.

Une Sarah Bernhardt

Quand j'eus seize ans, un brusque changement se produisit dans ma vie. Par une journée ensoleillée, j'empoignai une raquette et envoyai une balle contre un mur. La résonance de harpe de la raquette, le vol de la balle neigeuse, son riche et grave grondement quand elle heurta la paroi de bois : le sentiment de puissance contenu dans la balle était comme un cri de libération. Je pris soudain conscience de la force contenue dans mon corps. Je considérai le monde avec un impétueux appétit au lieu d'une timide perplexité.

je tombai passionnément amoureux du tennis. Chaque matin, j'allais au court m'exercer aux torsions et coups en biseau de mon service. Derrière le court, il y avait un mur où je traçais de petits cercles à la craie ; là, je travaillais mes volées, mes drives, mes amorties.

J'oubliais les dessins d'Aubrey Beardsley et les vers de Walter de la Mare. Maintenant, rien ne comptait pour moi que les balles couvertes de feutre, la raquette nerveuse, miroitante, le gazon uni, ensoleillé.

Avec l'âge, trois choses m'ont apporté un sentiment de paix et de bonheur : le scintillement du soleil sur l'eau, le soleil reflété sur une vieille façade, les ombres traversant une grande pelouse ensoleillée. C'étaient comme les échos de trois types différents d'expérience humaine : le flamboiement de l'aventure, l'irisation de l'amour, l'ombre d'un repos et d'une harmonie intérieurs.

Un énorme portail de fer s'élevait au bord de Montgomery Avenue ; à travers les barreaux de fer forgé l'on distinguait un océan de gazon. C'était le vieux club de cricket Merion, inséré au centre de Haverford. Le pavillon du club, à bardeaux bruns, avait un air victorien collet monté. Les messieurs portaient pantalon de flanelle et souliers de sport perforés ; les dames, longues jupes plissées et chapeaux informes. Mrs. Crawford Madeira arborait même une rose au sien tandis que Mrs. J. Apsley Gardiner portait un serre-tête, comme Suzanne Lenglen, manifestation d'audacieux modernisme qui faisait froncer le sourcil aux membres d'un certain âge.

La véranda du pavillon était bordée de fauteuils à bascule en bois qui donnaient sur l'immensité calme de la pelouse ; cette mer verte, unie, tachetée de vives silhouettes blanches, hante encore mes rêves comme un emblème de paix et de bonheur.

Assis sur la véranda, je contemplais Big Bill Tilden. C'était la première fois que j'apercevais Tilden, qui devint ensuite mon idole. Il affrontait Dick Williams, champion du club, joueur d'une éblouissante et foudroyante virtuosité. C'étaient Dick Williams et Maurice McLoughlin, « la comète de Californie », qui les premiers avaient haussé le tennis au rang de spectacle. Mais ce fut Tilden qui le haussa au niveau du grand art.

Assis là, le souffle coupé, je contemplais ces puissants services en boulets de canon qui envoyaient la balle à travers les airs à plus de deux cents à l'heure. Si par hasard ce service manquait la ligne, il y avait toujours le second service, qui rasait le filet à un angle irrattrapable.

Les drives électriques de Tilden étaient d'un éclat diabolique. Il envoyait ses revers à travers le court ainsi que des traînées de feu. Ses balles coupées glissaient par-dessus le filet et tombaient, tuées net dans leur élan ; ses balles déviées s'incurvaient traîtreusement vers les angles éloignés.

Après le match, il donna une accolade théâtrale à Dick Williams en s'écriant :

— Somptueusement joué, Dick ! Tu as été absolument étincelant !

Je devins un aficionado. Je le regardais jouer dans tous les tournois. J'étudiais intensément son style ; j'essayais d'acquérir la maîtrise de ces drives en flèche, de ces petites balles coupées traîtresses, de ces coups latéraux de cobra. Et je découvris une chose curieuse. Dans le cas des autres grands joueurs, vous les voyiez simplement tels qu'ils étaient, tapant prosaïquement dans la balle, faisant de leur mieux, gagnant ou perdant suivant les fois. Mais dans le cas de Tilden, c'était différent. Ce n'était pas seulement Tilden en train de jouer au tennis. C'était Tilden, metteur en scène inspiré de lui-même ; c'était sa vision d'un Tilden encore plus glorieux que le Tilden visible : un grand virtuose qui envoyait ses drives éclatants, éblouissants, comme une ballerine célèbre fait ses entrechats. Dans cette vision, selon moi, résidait sa grandeur unique. La puissance de son imagination le hissait au-dessus du domaine physique, et son éclat touchait au surnaturel.

Ce n'était pas un bel homme. Il avait une longue face chevaline, un grand corps maigre, désarticulé, conquérant. Mais à peine entrait-il sur le court que l'atmosphère s'électrisait. Le public retenait son souffle ; le court semblait flamboyer ; le corps de Tilden émettait un magique rayonnement. Jamais une faute. Point de « jours où l'on n'est pas en forme ». Tilden estimait devoir à son public son feu d'artifice habituel. Et quand il jouait contre un joueur plus faible, loin de souhaiter l'anéantir il s'arrangeait pour lui insuffler une excellence neuve et saisissante.

J'achetai tous ses livres, écrits dans un style d'un romantisme enjoué. Son chef-d'œuvre était un gros volume bleu intitulé *Match Play and the Spin of the Ball* [Jeu de match et l'Effet à la balle]. Je méditai longuement sur les chapitres « Tactique » et « Stratégie ». « Ne modifiez *jamais* un jeu gagnant », écrivait-il, « et modifiez *toujours* un jeu perdant. » Je scrutai les diagrammes, retins les maximes, parcourus les photographies en fin de volume. Ces vieilles images fanées avaient une aura fabuleuse. Là, en longues toilettes édouardiennes et chapeaux mille-feuilles, il y avait l'invincible Mrs. Satterthwaite et l'infatigable Mrs. Lambert-Chambers. Elles établirent un record, à Wimbledon, en envoyant la balle, aller et retour, non moins de quatre-vingt-dix fois lors d'un seul moment crucial. Là, en long pantalon rayé, avec des raquettes de forme bizarre, il y avait les fameux frères Doherty, lesquels firent une Mecque de Wimbledon. Il y avait tous les grands excentriques, l'impénétrable Brookes et le gigantesque Gobert, le clownesque Roumain Mishu et l'impétueux baron de Morpurgo, ainsi que le scintillant Alonso, venu de Madrid, et l'espèce de Bouddha Shimizu, venu de Yokohama.

Je ne cessais de m'exercer au tennis avec un zèle passionné. Je travaillais mes demi-volées, mes smashes. J'apprenais à envoyer mon revers droit sur la ligne, et à donner un puissant effet à mon second service. Ma façon d'aborder le jeu était plus jubilante que combative, et le son vibrant de la raquette me faisait l'effet du cor au chien de chasse frémissant.

Un jour, je finis par coincer Bill Tilden au club de cricket de Germantown. C'était juste avant son match décisif contre Lacoste à la Coupe Davis. Le premier jour, Lacoste avait pulvérisé le vieillissant « Little Bill » Johnston, mais le vieillissant « Big Bill » Tilden avait brillamment battu le jeune Cochet. Le deuxième jour, dans les doubles, Tilden et son partenaire Frank Hunter avaient défait de justesse Jean Borotra et Jacques Brugnon. Le troisième jour, Cochet fut trop agressif pour « Little Bill » ; le destin de la Coupe dépendait maintenant de « Big Bill ». L'Amérique avait monopolisé la Coupe Davis au cours des grandes années de Tilden, et c'était la première fois que la France arrivait en finale.

— S'il vous plaît, Mr. Tilden, auriez-vous l'amabilité de me dédicacer votre chef-d'œuvre ? demandai-je en tendant le volume et un stylo flambant neuf.

Il signa, parafa, et j'ajoutai rapidement :

— ...J'ai aussi lu vos romans, *Mixed Troubles* et *The Love Game.*

Tilden se mit à rire.

— Ça ne vaut rien du tout. J'ai toujours aspiré à devenir un romancier. Mais je n'étais pas doué. De simples niaiseries, voilà tout ce que c'est.

Je rougis et repris avec ardeur :

— Je tiens à vous dire, Mr. Tilden, que vous êtes depuis longtemps mon grand homme. J'espère que vous battrez Lacoste. Je vous souhaite une glorieuse victoire !

Tilden me considéra, songeur, comme pour déceler une *arrière-pensée* *, et je saisis la brève lueur d'une étrange intimité secrète. Après quoi, il eut un sourire triste ; sa voix se fit malicieuse et badine :

— Eh bien, je vais vous dire une chose, mon garçon. Le tennis est plus qu'un simple sport. C'est un art, comme le ballet. Ou comme une représentation théâtrale. A mon entrée sur le court, je me sens pareil à Anna Pavlova. Ou bien à Adelina Patti. Ou même à Sarah Bernhardt. Je vois la rampe en face de moi. J'entends chuchoter le public. J'éprouve un frisson glacé. Gagne ou meurs ! C'est maintenant ou jamais ! C'est le moment crucial de ma vie. Mais je suis vieux, mon garçon, vieux. Mes jambes me lâchent. Le dernier acte sera-t-il tragique ?

Il ramassa ses raquettes et traversa la terrasse à longues foulées dégingandées, de sa démarche affectée d'autruche. Il paraissait tiré à quatre épingles dans son long pantalon de neige et son chandail en point natté galonné de bleu, blanc, rouge. Mais je remarquai la calvitie qui lui envahissait le crâne, et ses paupières qui frémissaient d'appréhension.

Lacoste, chargé de six raquettes flambant neuves, sortit du pavillon. C'était un petit homme pimpant, en casquette de toile blanche. Il avait dix ans de moins que Tilden ; il n'avait pas joué dans les doubles ; il avait l'air très calme, précis, imperturbable.

Tandis qu'ils commençaient à se réchauffer, mon cœur se serra. Lacoste ressemblait à une machine nerveuse, implacable ; Tilden, grand, osseux, paraissait soudain très vulnérable. Il retira son chandail, sourit gaiement à Lacoste ; l'arbitre prit place, et le match fatal commença.

J'ai peine à me résoudre à décrire ce match déchirant. Les drives de Lacoste avaient une régularité de métronome. On eût dit que toute son existence il s'était entraîné pour ce match, tant il s'adaptait intelligemment à l'éblouissant éclat de Tilden. Car Tilden *fut* brillant ; brillant à vous fendre le cœur. Ses drives éloquents se trouvaient bien là dans toute leur ancienne gloire. Ses majestueux services étaient aussi fracassants que jamais. Mais le cœur me manquait. Je sentais plus que je ne voyais la fragilité des jambes et l'épuisement de l'esprit.

* En français dans le texte. (N.d.T.)

Mon front ruisselait de sueur. Les larmes me brouillaient les yeux. Je brûlais de m'élancer sur le court pour injecter dans les veines de Tilden une partie de mon propre sang jeune, ardent, intarissable.

Le match dura quatre sets tragiques ; quand il fut terminé, j'aperçus Dick Williams, debout sous la grande tente à rayures bleues.

— Eh bien, nous avons perdu la Coupe Davis, dit-il avec une générosité stoïque. Peut-être que ça vaut mieux. Les Français ont été magnifiques. Et ils sont jeunes, mon garçon, jeunes ! *Addìo, giovinezza !*

— Et Tilden...

— Oh ! Tilden ! Il n'y aura jamais de plus grand joueur. Mais c'est la fin. L'amère et triste fin.

Il souriait d'un air de compassion, en merveilleux sportif qu'il était. Mais je n'avais pas encore l'âge du stoïcisme, et les ombres qui barraient le court évoquaient le rideau final tombant sur *Phèdre.*

LE MONDE
DE
L'ART

Niagara

Mes examens passés à Haverford, je résolus de me consacrer à la peinture. Au musée de Philadelphie, les paysages hollandais m'impressionnaient. J'achetai donc des tubes de peinture à l'huile, un pinceau, une palette, m'assis dans le jardin, et dessinai des paysages imaginaires. Je peignis des routes bordées de peupliers dans la manière de Hobbema, et de vieilles forêts perdues dans la manière de Ruysdael.

Mais je me lassai des scènes hollandaises, et recherchai quelque chose de plus aventureux. J'essayai chutes d'eau et falaises dans le style de Gustave Doré, sombres îles désertes dans le style d'Arnold Böcklin.

A la bibliothèque du Bryn Mawr College, je contemplais les livres de la Nonesuch Press, et les volumes illustrés de la Golden Cockerel Press. J'entrepris de faire des bois gravés imités d'Eric Gill, et des croquis arachnéens dans le style d'Albert Rutherston.

L'odeur des livres m'attirait de plus en plus. J'aimais le parfum du bougran fin, l'éclat de l'or sur le maroquin, les veines cireuses du batik, les volutes marbrées du « Cockerell », tout cela fort à la mode au cours des années vingt où l'on aimait les livres.

Il y avait à Philadelphie une boutique appelée Librairie du Centaure, spécialisée dans les éditions rares, à tirage limité, des années vingt. Je n'arrêtais pas d'explorer ses rayons, et feuilletais les volumes de la Beaumont Press, qui comprenaient de charmants ouvrages de Walter de la Mare. Au cours des années vingt, de la Mare était mon poète favori ; chez ses trolls, fantômes et gobelins je devinais une sombre ambivalence.

De temps à autre, je me rendais à New York dans ma voiture décapotable Modèle A, et passais la journée entière à fureter dans des librairies d'occasion. J'avais très peu d'argent, mais je possédais un certain flair, et il m'arrivait de faire une affaire pour un dollar. Je m'asseyais à Washington Square pour caresser mes trophées. Au cours des années vingt, Washington Square était un endroit minable où des fillettes jouaient à la marelle, des garçons aux billes, et de vieux bonshommes renfrognés, aux échecs dans l'angle sud-ouest. Washington Square avait la poésie miteuse et grise d'un album relié en vieux velours passé. Dans la brume légère de Washington Square, je feuilletais mes « occasions », et c'est là que je découvris pour la première fois la puissance musclée de *Roan Stallion,* les motifs capricieux de *Tulips and Chimneys* [Tulipes et Cheminées], la musique rococo de *Harmonium.*

Le volume de vers de Wallace Stevens me plaisait surtout. Sa musique tintait faiblement comme celle d'un vieux clavecin. Cela convenait bizarrement à l'atmosphère du Square où les cris des enfants se mêlaient à l'appel du marchand de glaces, et où de vieux doigts racornis maniaient pions et fous.

L'on était en 1929. *Look Homeward, Angel* [Aux sources du fleuve] venait de paraître, et j'appris que Thomas Wolfe enseignait l'anglais à l'université de New York, à Washington Square. J'avais beau nourrir à part moi des réserves sur *Look Homeward, Angel,* la vague océanique qui balayait ces pages me transportait.

Donc, un jour, je pris mon courage à deux mains, grimpai l'escalier, me présentai devant sa chaire et lui demandai :

— Voudriez-vous déjeuner avec moi chez Ruby Wang, Mr. Wolfe ?

Thomas Wolfe leva vers moi sa face humide, bombée, et me répondit :

— Bien sûr. O. K. Certainement. Déjeunons chez Ruby Wang.

Chez Ruby Wang était un restaurant chinois dans un immeuble en brique sale, à un pâté de maisons à peine de la décrépitude poussiéreuse de Washington Square. Le restaurant de Ruby Wang avait un aspect très fragile. Chaises et tables étaient en bambou fendu, et le menu se trouvait griffonné sur un papier mince comme une toile d'araignée. Les assiettes, en raison de leur texture pareille à de la coquille d'œuf, étaient presque impondérables. Même la nourriture avait une saveur évanescente et triste. Le corps énorme et la voix grave, grondante, de Thomas Wolfe donnaient aux couverts l'aspect de breloques dans un frêle Lilliput.

Nous commandâmes du *chow mein,* et bûmes de la bière tiède. Tom Wolfe, penché sur la table, murmurait confidentiellement :

— Ce matin, l'une de mes étudiantes, une délicieuse enfant nommée Deirdre Rosebottom, m'a demandé si j'étais cousin ou peut-être neveu de Virginia Woolf. Je me suis expliqué sur les *o* : elle a deux *o* comme dans *booby* [nigaud], alors que je n'ai qu'un seul *o*, hélas, comme dans *whore* [putain]. Mon étudiante a eu l'air affreusement choquée. Mon Dieu, ça n'est pas ma faute, hein, si je ne suis ni cousin ni neveu de Virginia Woolf ? Peut-être était-ce une gaffe au départ que d'avoir un nom tel que Wolfe. Il y a Humbert Wolfe, le poète, qui écrit de petits poèmes décharnés. Il y a Leonard Woolf, le romancier, qui écrit sur des jungles. Il y a d'autres Loups * encore, trop nombreux pour être énumérés. Quel soulagement que d'être Marcel Proust ! Aucun danger de perdre son identité !

La serveuse apporta notre déjeuner, ainsi que des baguettes.

— Vous servirez-vous de baguettes, messieurs ? Ou préférez-vous des fourchettes, les gars ?

— J'essaierai les baguettes, répondit Wolfe après une hésitation pesante au cours de laquelle ses yeux fixaient le riz d'un air inquiet.

La serveuse donna les baguettes, et Wolfe s'attaqua au riz qui éludait ses baguettes avec une dextérité d'insecte. Il ne cessait de piquer dans le riz avec une détermination fiévreuse, tandis que des gouttelettes de sueur perlaient à son front. Il

* *Wolf* = loup. (N.d.T.)

roulait des yeux horrifiés en essayant de maîtriser ses baguettes. Mais les petits grains de riz dégoulinaient, s'élançaient en flèche des baguettes pour atterrir par terre, dans la bière, sur le beurre.

— ...On dit que chez tout homme gros il y a un homme mince qui cherche à s'échapper, reprit-il. Je soupçonne que chez un petit homme il y en a toujours un grand qui cherche à s'échapper. Prenez Napoléon. C'était un petit homme avec un grand qui essayait de s'échapper. Maintenant, prenez-moi. Je suis un homme grand avec un petit qui essaie de sortir. Toute ma vie, j'ai senti crier en moi ce sale petit misérable. Max Perkins me dit sans arrêt : « Plus de délicatesse, Tom, plus de délicatesse. » Je frémis d'horreur ; c'est ce petit homme à l'intérieur de moi ; il n'arrête pas de se lamenter sur la délicatesse, et je suis incapable de délicatesse. Je me sens pareil au Mississippi. Qu'il se déverse ! Qu'il se déverse ! Je ne peux rien faire d'autre ; au diable la délicatesse ! Pensez à *Moby Dick.* On a déclaré que c'était le grand roman américain. Jusqu'ici, veux-je dire. J'insiste sur le « jusqu'ici ». Il y en a de plus grands qui s'annoncent. Mais considérez *Moby Dick.* Et maintenant, où donc est la délicatesse, je vous le demande un peu ? Virginia Woolf... *voilà* la délicatesse, si c'est là ce que vous cherchez. Elinor Wylie a de la délicatesse. Edith Sitwell a de la délicatesse. Mais Dieu tout-puissant, qu'est-ce qu'un homme tel que moi peut faire d'une chose comme la délicatesse ? Je sens la grandeur me traverser de son vaste flot hurlant ! Ne riez pas ! Je ne blague pas malgré ces baguettes !

Il tenta un dernier effort désespéré, et plongea ses baguettes dans le riz, qui jaillit de l'assiette ainsi qu'un nuage de confetti.

Il se recula sur sa chaise, et cueillit un grain sur sa paupière.

— ...Absolument diaboliques, ces baguettes. Les Chinois doivent être sadiques !

La chaise fit entendre un craquement et s'effondra sous lui. Il la repoussa avec indignation, et en attrapa une à la table voisine. La verrerie valsa, tintinnabula, la bière tituba sur la nappe, et Wolfe foudroya la serveuse d'un regard tout bouillonnant de férocité.

— ...Mademoiselle, je vous prie ! *Une fourchette ! J'abandonne les* * baguettes !

* En français dans le texte. (N.d.T.)

« C'est tout moi, voyez-vous, gronda-t-il en empoignant la fourchette avec désolation. Je suis trop maladroit pour me servir de ces instruments. Ils sont trop raffinés, trop chics. Max Perkins me dit sans arrêt : " De la subtilité, Tom ! De l'adresse et de la discipline ! " Mais je suis incapable de discipline. Je suis pareil au fleuve Mississippi. Le Mississippi a-t-il de la subtilité ? Le Mississippi se sert-il de baguettes ? »

Ses yeux voraces erraient sur l'assiette avec désespoir. Son front brillait de sueur. Sa bouche se mit à trembler. Il avait l'air d'un volcan au bord de l'éruption.

— ...« Regarde Hemingway, dit Perkins. Sous la brusquerie, il y a une discipline. » Mais je ne veux pas devenir un nouveau Hemingway, bon Dieu de bon Dieu ! Perkins me dit : « Regarde Fitzgerald. Sous le brillant, il y a une délicatesse. » Mais par le Christ, je ne veux pas être un autre F. Scott Fitzgerald. Je veux être un Niagara, pas un délicat petit filet d'eau.

« Maintenant, prenez Whitman, continua-t-il. Les tourbillons ne l'effrayaient pas. Il faisait ce qu'il avait à faire, et il n'y avait pas d'autre façon de le faire. Il y aurait beaucoup à dire contre Whitman, et je devine que c'était une tapette, mais en cas de coup dur il avait la véritable virilité. Pas la virilité de Hemingway, je veux dire la *vraie* virilité. Le Niagara ne lui faisait pas peur ! Les tourbillons ne lui faisaient pas peur ! »

Il appuya les poings sur la table, qui trembla dangereusement, et la lumière de la fenêtre fit miroiter la sueur de son visage. Il eut un brusque hoquet, et aspira l'air avec une expression de triomphe. On aurait dit un nageur en train de s'élever du fond d'un tourbillon. Ses yeux fous, noyés dans la graisse, brillaient comme ceux d'un sanglier, et sur ses lèvres, les bulles étincelaient d'une exultation sauvage.

Je pris congé de lui sur le seuil de l'université de New York ; il me dit :

— Merci pour le déjeuner, mon pote.

— Tout l'honneur a été pour moi, Mr. Wolfe.

Ses yeux s'assombrirent de gratitude, et il disparut dans le hall.

Je regagnai le square et m'assis sur un banc. Je feuilletai *Black Armour* [Armure noire], un recueil de poèmes d'Elinor Wylie.

Mais l'atmosphère étouffante donnait à ces vers un aspect irréel ; ils s'envolaient comme les graines de petits pissenlits.

Les années vingt touchaient à leur terme, la Crise emplissait l'atmosphère, et les bâtiments de brique rouge avaient un air de déréliction. Les fillettes attachèrent leurs ceintures ; les garçons ramassèrent leurs billes ; la tête des vieux bonshommes, dans leur coin, tomba sur leur poitrine, et ils s'endormirent.

Feu et glace

Un jour, mon père annonça que nous nous transférions à New Haven. Il quittait Bryn Mawr pour une chaire de professeur à Yale. Ses cheveux grisonnaient, il avait laissé pousser un petit bouc, et il avait l'air extrêmement érudit tandis qu'il se promenait au jardin et cueillait une fleurette au poirier. Tenant la fleur entre deux doigts, il la contemplait avec la même curiosité que s'il se fût agi d'un groupe de consonnes préhistoriques.

Je fis mes adieux à Dick Williams, à Mrs. Crawford Madeira, et emballai tristement mes raquettes, ainsi que les œuvres complètes de Ronald Firbank. Je pris la direction du nord, du Connecticut, dans la petite Ford grinçante qui finit par rendre l'âme à mon arrivée poussive à Fountain Street, où nous vécûmes cinq ans au milieu des forsythias et des cornouillers.

Les années trente arrivèrent. Pour moi, elles arrivèrent un matin où j'étais couché dans un hamac, sous un pommier en fleurs. Ayant reçu au courrier du matin un mince volume bleu, je le feuilletais avec une excitation croissante :

O guetteur dans le noir, tu éveilles
Nos rêves d'éveil, nous sentons
Ton doigt sur la chair à vif...

J'avais le souffle coupé de ravissement. Le vent fouettait les pétales du pommier dont la blancheur scintillait comme un vol d'écume sur la mer.

J'ai eu bien des héros dans ma longue vie errante ; certains flamboyèrent et déclinèrent ; d'autres s'attardèrent doucement ; trois ou quatre brillèrent plus clair à mesure que les années s'assombrissaient. Durant six ou sept ans, je fus intoxiqué d'Auden. Cette musique vibrante de guérillero me hantait. Sans cesse, je murmurais ses vers dans les bois au crépuscule, dans les cités lointaines, dans les sombres transepts gothiques, dans les ruelles malodorantes. Auden planait sur mon esprit comme une présence pâle, impénétrable, à la fois étrangement intime et pourtant étrangement antagoniste, à la fois animalement proche et pourtant animalement aliénante, évoquant tout ce que j'aurais pu être, mais n'étais pas, tout ce que j'aurais pu faire, mais ne faisais pas, tout ce que j'aurais pu subir, mais ne subissais pas, tout ce que j'aurais pu croire, mais obstinément refusais de croire.

Et si en fin de compte, des décennies plus tard, j'en vins à éprouver pour Auden de la pitié, voire de l'horreur, jamais je n'oublierai ces merveilleux instants sous le pommier, où toute ma conception de la poésie s'illumina d'une clarté neuve, et où les feuilles se mirent à répercuter l'écho d'un rythme océanique.

Après ma lecture de *The Orators* [Les Orateurs], mon enthousiasme pour les années trente fut sans bornes. Tout un panorama d'émerveillements se déploya à l'horizon. Je lus *les Enfants terribles,* de Jean Cocteau, et *les Indifférents* d'Alberto Moravia. Je lus avec étonnement *Tandis que j'agonise* et *l'Autobiographie d'Alice B. Toklas;* je lus avec délices *les Vagues* et *l'Arbre de Judée.* Je lus non sans quelque suspicion *Mort dans l'après-midi,* de Hemingway, et je lus avec stupéfaction *Voyage au bout de la nuit* de Céline. Mais les livres que j'aimai le mieux furent *la Condition humaine,* d'André Malraux, *la Vagabonde,* de Colette, et les *Sept contes gothiques* de la baronne Blixen.

Je m'embarquai dans un roman intitulé *Violence on the Road*

[Violence sur la route]. Cela se passait dans les ténèbres d'une Amérique insoupçonnée. D'étranges silhouettes, pareilles à des voleurs dans la nuit, couraient à travers les broussailles ; un géant noir comme du charbon présidait à des rituels à moitié fous. Je cherchais à tâtons les replis d'une Amérique oubliée. Mon style sautait nerveusement de la netteté cassante de Malraux à la tristesse aromatique de Colette et à la sagesse lapidaire de la baronne Blixen. J'achevai l'ouvrage dans un état de jubilation angoissée, et, trois jours après, le jetai dans les flammes de l'incinérateur.

Je me tournai vers la poésie. J'étais sorti des bois hantés de de la Mare. Mes poèmes se firent contournés, exotiques, impénétrables. J'y parlais de montagnes et de déserts, d'icebergs et de caravanes. Mon désir d'être imprimé devint manie irrépressible. Un jour, j'allai en voiture à New York visiter un magasin nommé Société du papier Japon, et parcourus les rayons dans une transe d'émerveillement et de spéculation. De grandes feuilles de papier magnifique pendaient aux murs, et reposaient sur les rebords des fenêtres : translucides papiers de Chine, papiers or et argent du Japon, vélins irisés d'Amsterdam, rouleaux marbrés de Palerme, parchemins soyeux de Paris, lumineuses impressions à la main de Barcelone. Tandis que je caressais ces merveilleux papiers, l'excitation me tournait la tête. Je possédais vingt-cinq dollars ; je dépensai le tout pour ces papiers somptueux, repris ma voiture et mis le cap sur Philadelphie.

J'avais un ami dans la ville de Rosemont, située au nord de Bryn Mawr. Il se nommait John McDevitt et dirigeait une petite imprimerie. Je lui donnai mes papiers en le suppliant d'imprimer de minuscules plaquettes, pour lesquelles je choisis un caractère appelé Sans-Serif, conçu par Eric Gill. McDevitt imprima les poèmes sur Hollande Van Gelder, papier de riz du Japon, Kelmscott anglais, Navarre français, Fabriano italien, parchemin bruxellois et vélin irisé, quelques exemplaires seulement de chaque, que je signai et numérotai consciencieusement. Puis on les relia de cordons de soie d'or, d'argent et de bronze étincelants, en marbrures tournoyantes, en agates tourbillonnantes, en lumineux lapis lazuli.

Ces opuscules me ravirent au point que chaque année,

durant trente ans, je fis imprimer un poème dans un format similaire au moment de Noël. Je les expédiais de Paris, de Florence, de Bangkok, de Venise et de Singapour, reliés de mauve, de vermillon, de violet, avec étiquettes de chrome, de chêne et d'ambre gris, dédicacés à mes divers amis pour leur rappeler que j'existais encore. Certains de ces ouvrages ont survécu, extraordinairement rares et quelque peu défraîchis, trouvailles pour bibliophiles et triomphes chez Sotheby. Mais la plupart d'entre eux ont rejoint les cendres du passé, minuscules flocons multicolores flottant aux abords de Vénus ou de Mercure.

Pourtant, la ville autour de moi demeurait placide et prosaïque. Les salles de l'université avaient un aspect compassé, prismatique, et le lierre, sur les murs, luisait d'un lustre académique. J'allai rôder dans les bois, et vis les érables devenir flammes. Assis sur un rocher, j'écrivais des vers à la manière de Saint-John Perse.

Robert Frost, un jour d'hiver, vint à New Haven parler à l'Elizabethan Club. C'était un bel homme aux cheveux gris, aux yeux à demi cachés sous les sourcils. Il nous lut « Bouleaux », « Feu et Glace », « Halte auprès des bois par un soir de neige ». Il les lisait très simplement, très doucement, de façon fort émouvante, ses yeux d'acier mi-clos sous leurs cils ; ses lèvres se mouvaient avec une bienveillance majestueuse, avunculaire.

Dans la bibliothèque de Yale se trouvait un manuscrit de « Halte auprès des bois par un soir de neige ». Je l'avais lu souvent car il était exposé dans une vitrine lumineuse. Griffonné d'une écriture verticale, massive et têtue, ses vers lents, gris, mordus par le gel *, m'obsédaient :

Les bois sont jolis, profonds, sombres,
Mais j'ai promesses à tenir,
Et longue route à faire avant de m'endormir,
Et longue route à faire avant de m'endormir.

* *Frost* = gel. (N.d.T.)

Il lisait cela d'une façon très belle, avec une simplicité fraîche, grise. La sincérité grise de Robert Frost m'émouvait, m'enchantait.

Après les lectures, il y eut des biscuits, de la limonade et de la bière. J'étais assis à côté de Frost tandis qu'il répondait à des questions, et j'observais ses yeux rétrécis tandis qu'il serrait son verre de bière.

— Yeats ? Oui, oui, je dois l'avouer, je reste un admirateur de Willie Yeats. On a beau dire, malgré tout, il y a chez Yeats une certaine grandiloquence. Autrefois, je vivais dans le Buckinghamshire, près de l'endroit où Milton a écrit *Paradis perdu.* C'était aussi tout près de la tombe de Thomas Gray. Eh bien, Milton... voilà la véritable, l'indiscutable grandiloquence ! Mais chez Yeats, la grandiloquence a toujours quelque chose de suspect. Elle ne sonne pas vrai. Pas à mes oreilles, en tout cas. Et maintenant, Gray. *Voilà* un poète. Je me sentais fort proche de Gray. Son *Élégie* a quelque chose de très humble et de très authentique...

« Ezra Pound ? Vous le savez, Ezra possède un véritable flair. Il est extrêmement adroit dans ce qu'il fait. Il aurait pu devenir un vrai poète, s'il n'était pas aussi arrogant. Il a gaspillé tout son temps à faire étalage de sa prétendue culture. J'aimais beaucoup ce bon vieil Ezra, il possédait un authentique talent lyrique, mais il y avait toujours cette satanée arrogance...

« T.S. Eliot ? Mon Dieu, je me trouve étrangement embarrassé. Tom Eliot était très vulnérable, il a toujours été hypersensible, et dans ses poèmes il essayait de cacher cette vulnérabilité maladive. Il essayait de la cacher sous un masque d'intellectualité. Nous y voilà : ce masque sec et fragile d'intellectualité. Il a ruiné sa poésie. Elle est devenue desséchée, artificielle. Ce qui ne va pas, chez Eliot, c'est cette note persistante d'inauthenticité... »

Finalement, un pâle et maigre professeur se leva pour exprimer ses remerciements. Dans le son de sa voix je décelai une légère teinte d'ironie.

— Nous avons eu parmi nous, ce soir, un très distingué poète. Un poète authentiquement américain, jusqu'aux moelles citoyen de la Nouvelle-Angleterre. Il nous a parlé des pommes, des bouleaux et de la neige ; l'âme de la Nouvelle-Angleterre palpite dans ses rythmes...

Frost se pencha vers moi pour chuchoter :

— Ces salauds me tuent !

Il empoigna son verre à bière vide, et ferma ses yeux d'acier.

Puis il les rouvrit lentement et regarda à travers ses cils. On eût dit un vieux tigre irritable, à l'affût derrière les barreaux de sa cage.

Je le raccompagnai à son hôtel à travers la nuit sombre et aigre. Les rameaux désolés grinçaient. La neige volait en rafales. Nous dépassâmes la Hillhouse Avenue aux pelouses luisantes de glace, où les vieilles demeures de Nouvelle-Angleterre brillaient d'un éclat noir derrière leurs chandelles de glace. Le vent furieux de décembre descendait en flèche l'avenue ; Frost remonta son col et poussa un gémissement de haine :

— Les stupides salauds !... Toujours à parler d'Eliot. Il les a tous bien eus. Quelle bande de charlatans maniérés ! S'il y a au monde quelque chose que je déteste, c'est bien un charlatan maniéré !

Soudain, une rafale de vent traversa les arbres, et lui arracha le chapeau de la tête. Le couvre-chef tournoyait et dansait sur la chaussée.

Je m'élançai après le chapeau qui valsait le long de l'avenue, et le rendis à Frost échevelé, hors de lui. Il se l'enfonça de nouveau sur le crâne en me fixant d'un regard délirant. Un instant, le réverbère lui illumina le visage. Il avait l'air presque hystérique.

Puis il me fit un large sourire et dit :

— Merci, mon garçon. Bien aimable.

Et brusquement, un grand rire silencieux lui tordit la face.

Nous traversâmes la pelouse neigeuse au centre de la ville ; les trois églises lugubres, tapies dans la nuit, avaient l'air de trois sorcières. Nous marchions en silence à travers la neige, qui semblait suppurer sous mes pas. Nous fîmes halte à la porte de son vilain vieil hôtel, et je dis assez tristement :

— Bonne nuit, Mr Frost. Et merci pour les poèmes.

Ses yeux larmoyants me fixaient à travers leurs longs cils gelés. Leur haine et leur méchanceté s'étaient radoucies en un profond chagrin, un chagrin sans nom.

Neige

Ce fut un hiver furieux, sauvage. Des pattes de neige s'agrippaient au bord des fenêtres comme si une armée d'ours polaires essayaient de grimper dans la maison. Le vent hurlait comme un fou ; les branches du pommier criaient ainsi que des chats blessés. Il y avait dans cet hiver au Connecticut une jubilation féroce. Afin de pouvoir me rendre en voiture à l'université, je déblayais les congères.

Agé de vingt-quatre ans, j'étais déjà spécialiste de Chaucer. Les traditions familiales rendaient la chose inévitable. Mon père avait décidé que je devais préparer un doctorat de philosophie ; or, j'éprouvais une sainte aversion contre l'idée même de doctorat de philosophie. Je n'en suivis pas moins avec obéissance les cours des professeurs Tinker, Brooke et Nettleton. J'étudiai même le gothique sous la férule de mon austère père, dont le regard s'attendrissait étrangement lorsqu'il se posait sur moi dans la salle de classe.

Un jour, il déclara soudain :

— Tu as le génie de la philologie !

— Je voudrais bien, murmurai-je. Mais je suis sûr que non.

Ce qui ne l'empêcha pas de me tapoter le dos avec une affection distraite, seul geste d'affection qu'il eut jamais envers moi.

Je décidai, *faute de mieux* *, de faire ma thèse sur Chaucer.

* En français dans le texte. (N.d.T.)

J'aimais *les Contes de Cantorbéry,* surtout le *Conte du chevalier* et le *Conte du meunier.* La notion de pèlerinage médiéval à Cantorbéry m'était fraternelle, et les pèlerins ressemblaient aux personnages des contes de fées de mon enfance. Spenser m'ennuyait ; Milton m'intimidait ; Dryden me heurtait ; Pope me vexait ; Blake m'embarrassait ; Wordsworth me déprimait ; Keats m'étouffait ; Shelley me gênait ; Tennyson m'irritait ; Browning me laissait froid. Restaient Chaucer, Shakespeare et Byron. Je finis par me décider pour Chaucer, et le professeur Young m'aiguilla habilement vers les « Apocryphes chauceriens », conglomérat de pièces et de morceaux médiocres dont aucun n'était en réalité de Chaucer lui-même, mais qu'une dynastie d'auteurs besogneux, quatre siècles durant, avait faussement attribués à Chaucer. Le professeur Young avait des boucles neigeuses et de grands yeux noirs de bison ; je sentais qu'il considérait ces apocryphes avec une tendresse particulière, du fait qu'il était impossible d'y trouver le moindre soupçon de valeur littéraire, et qu'ils permettaient par conséquent une recherche désintéressée.

J'étais rebuté par ces apocryphes, mais gagné par la tendresse du professeur. J'en vins à les considérer comme une horde d'épaves, de spectres et d'orphelins, laids, privés de famille, désolés, qui avaient désespérément besoin de ma sollicitude. Un an durant, je concentrai donc mon amour du mieux que je pus sur ces apocryphes, et mon père s'enchanta de ma thèse de doctorat sur *les Apocryphes chauceriens.* Il me tapota le dos en disant :

— Bravissimo, mon garçon. Il est facile d'écrire sur *Hamlet,* mais il faut de la ténacité pour écrire sur des bêtises. Tu as beau dire, tu as un véritable génie pour la philologie !

Pour me délasser des apocryphes, je me tournai vers le squash. Tout l'hiver, je jouai au squash avec une intensité fiévreuse. Chaque matin, je me rendais en voiture au gymnase Whitney pour travailler mes drives en flèche, mes services subtils, mes traîtresses amorties. Je devins meilleur au squash que je n'avais jamais été au tennis. J'avais de longues jambes puissantes, un torse vif et souple ; j'éprouvais une affinité pour la petite balle noire et la raquette allongée.

Mon ambition se fit passionnée. Je désirais ardemment

devenir champion. Ma manie de flexibilité, désastreuse sur le court de tennis, prit goût à la raquette et à la balle de squash comme un canard à l'eau. Mes drives latéraux acquirent une précision d'acier ; mes amorties à l'angle s'affalaient au sol ainsi que des prunes pourries.

Un jour, j'allai à Hartford disputer un match au club de squash. La journée avait l'éclat du diamant ; la neige couvrait rocs et prairies, si brillante qu'elle m'aveuglait ; le vent fusait à travers les fentes de ma vieille Chrysler décapotable. J'étais amoureux de ce magnifique roadster modèle 72, jaune canari vif avec de petites ailes sur le bouchon du radiateur. Je l'avais acheté d'occasion deux cents dollars ; c'était tout de même une jolie voiture, dont j'étais passionnément épris. J'en rêve encore. Je rêve que je l'ai garée sur la Via Veneto, et que son éclat canari stupéfie les Romains.

J'arrivai à Hartford à quatre heures. Le match était à cinq heures et demie. En longeant la rue, j'aperçus la *Hartford Accident and Indemnity Company.* « Quelle chance ! » me dis-je avec ravissement. J'avais aimé « Dimanche matin », et m'enchantais du « Monocle de mon oncle * ». Wallace Stevens était dans ce temps-là mon poète américain favori. J'étais charmé par les ornementations tintinnabulantes de *Harmonium,* qu'enveloppait en même temps un calme quasi bouddhique.

Une dame à lunettes me demanda :

— Puis-je vous être utile ?

— Mr. Stevens ? répondis-je.

— Dans le couloir, à gauche.

Je continuai ma route et frappai à la porte.

— Entrez, fit une voix lointaine.

Je tournai le bouton de la porte avec autant de circonspection que s'il se fût agi d'une coquille d'œuf.

Et il fut là, en plein devant moi, incroyablement proche, me semblait-il, malgré la voix et le regard lointains. En regardant son visage, je songeai à un nuage dont les courbes paraissaient flotter au bord de l'évaporation.

— Excusez-moi, Mr. Stevens, dis-je. Je suis venu à Hart-

* En français dans le texte. (N.d.T.)

ford pour un match de squash. En passant, j'ai eu l'idée d'entrer vous voir.

Les yeux gris saumon se rapprochèrent lentement, comme aimantés, et une atmosphère de prophétie imminente emplit la pièce.

— Vous jouez, déclara le poète, avec une balle *très* noire, sur un court *très* blanc, avec une raquette *très* allongée. C'est bien ça ?

— Il s'agit d'un jeu très bizarre, dis-je. Très absurde et très éreintant.

— Si je comprends bien, la *forme* a autant d'importance dans le squash que dans le tennis ?

Il disait cela avec une certaine ruse, comme à la recherche d'une faiblesse en moi.

— Pas tout à fait, répondis-je avec ardeur. Le tennis est essentiellement un jeu de texture. Le squash est un jeu d'angles et, pourrait-on dire, de mascarade !

J'étais ravi de tomber sur un mot qui avait des chances de plaire à Stevens. Je me penchai en avant sur mon siège, comme si une intimité venait de s'établir.

— C'était fort aimable à vous de venir me voir, dit-il doucement.

— Je suis enchanté d'être ici !

— Mais pourquoi *moi* ? demanda le poète avec méfiance. Je suis bien loin de la texture et des angles de l'athlétisme.

— J'ai adoré « Suzanne et les Vieillards » ! Et « Peter Quince au clavier » !

Il me considéra avec une placidité orientale.

— Vous m'avez l'air d'un athlète plus que d'un esthète, murmura-t-il.

— Je ne suis pas un esthète, Mr. Stevens. Je n'ai jamais essayé d'avoir l'air d'un esthète.

— Point tant *avoir l'air* que *paraître,* dit le poète de manière énigmatique.

Il gratta son menton neigeux, et son visage devint encore plus énigmatique. On eût dit qu'il prononçait une formule d'algèbre.

Il se détendit dans son fauteuil ; deux petites fossettes lui creusèrent les joues. Il fixa des yeux l'encrier avec un léger amusement.

— ...Pater disait que tous les arts aspirent à la condition de la musique. La musique étant forme pure. Mais la musique est-elle véritablement forme pure ? Dans la musique, il y a l'imminence perpétuelle d'une révélation. Voilà qui est bien éloigné de la forme pure. C'est le contraire de la forme pure. La musique hésite au bord du chaos, et se trouve sauvée par miracle. Qu'est-ce que *ça* a à voir avec la forme ? La forme pure est un simple camouflage. La forme pure n'est qu'un dessin destiné à cacher les tourbillons d'une anarchie accumulée. Du thé ?

— Je vois, dis-je. Oui, merci.

Il appuya sur un bouton et regarda par la fenêtre. Une cascade lumineuse emplit soudain la pièce. J'entendis le tic-tac d'une pendule, et vis un coffret de laque qu'un rayon de soleil enflammait.

Par contraste avec le coffret de laque, le visage du poète avait l'air étrangement quelconque, presque informe dans sa gentillesse et son discret anonymat. Ses mains caressaient le buvard comme s'il se fût agi d'un document légal.

Puis la lumière s'approfondit brusquement. Les yeux du poète ressemblèrent à des pierres dans la face d'une idole ; ses gestes se firent lents, voluptueux, volumineux.

— ...Mais pourquoi donc êtes-vous devenu assureur ? demandai-je d'un ton suppliant.

— Simple concours de circonstances. Un destin favorable.

— Vous croyez *donc* au destin ?

— Je crois à la croyance en un destin. Ce n'est pas le destin qui compte. C'est la foi en un destin, ou, pour être plus précis, c'est la foi en la foi en un destin. Comme un oignon à l'intérieur d'un oignon caché à l'intérieur d'un autre oignon encore.

J'approuvai du chef avec espoir, attendant une clé pour cette métaphore.

— ...Délicieux, ce thé, n'est-ce pas ? Un ami me l'envoie de Pékin. Par valise diplomatique. J'aimerais beaucoup voyager dans une valise. Sinon en valise diplomatique, du moins dans la poche * d'un kangourou. L'arôme en est fort séduisant, à la façon chinoise. Un jeu étrange, dites-vous. Un jeu de lignes et

* *Diplomatic pouch* = valise diplomatique. *Pouch* = poche. (N.d.T.)

de mascarades. Il me faut réfléchir à tout cela. Ça me paraît extrêmement décadent...

Mon match de squash m'avait épuisé. Je gisais en nage à côté du bar, aspirant avec lassitude, à l'aide d'une paille, le contenu d'un haut verre translucide. Tout, autour de moi, tournait ; la lumière était pareille à un voile, derrière quoi tourbillonnait un chaos imminent.

Les oranges amères et les brillantes ailes vertes
Semblent appartenir à un cortège funèbre
Déroulé à travers l'eau large, sans bruit.
La journée est comme de l'eau large, sans bruit...

J'entrai dans la salle de douches, et sentis la vapeur tournoyer autour de moi ; les bulles de savon jaillissaient comme des balles de ping-pong à travers la brume. J'aperçus la face lisse comme savon de Wallace Stevens, qui flottait lentement dans l'air ainsi qu'une bulle irisée.

Puis je passai au vestiaire, une serviette autour des reins, m'assis sur un banc et me mis à griffonner sur un bloc. Je tâchais de me rappeler ses paroles exactement telles qu'il les avait prononcées, et de les noter aussi fidèlement que possible. La voix de Wallace Stevens paraissait flotter dans l'air, orientale et distante ; elle sentait le savon, la vapeur et l'hamamélis.

J'essayai de me représenter son visage, mais il glissa dans le vide. Son visage était aussi malaisé à décrire qu'une amibe. Plus je m'efforçais de le voir, et plus ses traits s'effaçaient. Cette face lisse, nébuleuse, avait quelque chose d'un peu sinistre. Elle grandissait et s'ennuageait encore, comme le ciel avant un orage. Le « bruit comme de tambourins » était une danse au bord du gouffre, et les « pizzicati de Hosanna », les emblèmes d'un cauchemar.

Je rentrai en voiture à travers la nuit éclairée par la lune. Le froid s'était intensifié. Les ornières de la route éclataient et craquaient sous les pneus. Les phares jetaient une lente vague de chrome sur les arbres, un éclat onduleux sur les granges et les clôtures. Dans cette lueur où se mêlaient phares et clair de lune, le paysage du Connecticut acquérait un nouvel aspect métallique. Je distinguais une majesté neuve dans les rocs et les plantes à feuilles persistantes, une splendeur nouvelle dans les granges et les clôtures.

Devant moi se dressait un cerf. Les phares l'éblouissaient. Je freinai ; la voiture glissa, stoppa. J'éteignis les phares ; le cerf s'éloigna en dansant, s'évanouit sans bruit dans le décor de troncs d'arbres et de clair de lune.

Le voile noir

L'hiver se mua en printemps, le printemps en été, avec une tension brillante, ardente, différente de celle des autres printemps ou des autres étés. Juin mourut dans une sauvage explosion d'orages hurlants ; juillet jaillit comme une épée hors de son fourreau. A New Haven, ce mois de juillet fut d'une chaleur insupportable. Les chapeaux de roues, dans la rue, tournoyaient comme des boules de feu. Des flaques noires semblaient suspendues au-dessus de l'asphalte pareil à du mastic, et l'air, au-dessus d'Elm Street, tremblait comme une gelée.

Un jour, je feuilletais un énorme vieil atlas relié de bougran gris, et qui sentait la tente moisie. En regardant la côte libanaise, je vis les collines couvertes de cèdres. Je me déplaçai vers l'est en direction de la Syrie, à travers les pierres et les gorges. A Damas se dressaient les abricotiers sans fruits, et des pèlerins passaient, venant de Transcaucasie. Je marchai sous la pluie, sur la route, au-delà de Baalbek, et j'aperçus l'Oronte qui coulait rapidement parmi les rochers. Les nuages, à l'est, devenaient distincts. Assis sur une pierre, je regardai autour de moi. Au loin, je vis le bétail qui se rendait au pâturage, et dans la vallée, en bas, la fumée qui s'élevait des fermes.

Je regardai, derrière moi, vers la route de Baalbek, et vis un homme qui venait vers moi. Grand, fort, il s'avançait d'un pas balancé, vigoureux. J'eus un instant d'inquiétude. Puis je l'entendis se mettre à chanter, tout bas d'abord, puis plus fort en se rapprochant. Bientôt, je pus distinguer les paroles. C'était une vieille chanson française. Alors, il me vit assis au bord de la route, et brusquement se tut.

A travers les zébrures grises de l'aube, je le voyais m'observer du coin de l'œil. Il s'arrêta et me sourit. Je lui dis « bonjour » en français.

— Bonjour ! fit-il.

Il abaissa vers moi des yeux interrogateurs, les jambes largement écartées, un joyeux sourire aux lèvres.

— ...Bonjour, beau jour, jour magnifique ! Et que diable faites-vous là, mon charmant ami ?

Je lui répondis que je me reposais, en route vers Homs.

— C'est aussi mon chemin, déclara-t-il affectueusement. Nous allons faire un bout de route ensemble, hein ?

De jour en jour, cette vision d'un continent devenait plus vive dans mon esprit. Elle ne cessait de grandir dans le noir ; elle s'infiltrait dans mes rêves. Je me réveillais la nuit avec la vision soudaine d'une ville tropicale, d'un vieil hôtel minable, d'un pique-nique au bord du Brahmapoutre ; j'allumais, et la notais rapidement.

Sur mon bureau se mit à s'amasser une énorme pile de notes.

Chaque jour, à la bibliothèque Linonian, je m'absorbais dans des mémoires, des journaux, des histoires, des explorations des jungles birmanes, des voyages vers les lointaines lamaseries tibétaines.

Assis dans un fauteuil, je regardais par la fenêtre. Les étudiants, couchés dans l'herbe, griffonnaient sans fin dans leurs petits carnets. Mais ce que je voyais, c'étaient les marais infestés d'insectes de l'Irrawady, les temples au bord du Gange, les ruelles de Bénarès.

La pile de notes devenait de plus en plus haute, touchée par le soleil tombant sur Darjeeling. Elle se mit à frémir, à fumer, à gronder. Un soir, elle explosa. J'entendais les voix sous ma fenêtre. Penché en avant sur mon siège, je commençai d'écrire, comme en hypnose :

Au loin, dans la rue, je vis le veilleur de nuit s'approcher avec sa lanterne.

J'hésitai quelques instants, regardai dans le noir, écoutai attentivement. Puis j'écrivis :

Il chantait pour lui-même d'une voix douce, douloureuse. En me voyant il se tut, sa face de pomme ridée se fit tendue et solennelle. Il me dépassa vite. Et puis, en arrivant à l'angle, il se remit à chanter, à psalmodier, si j'en croyais le son de sa voix, sur un avenir de désastres, les chagrins des vieux hommes, la fin de l'amour.

Le paysage asiatique s'animait de plus en plus. Je voyais l'ombre portée par un brin d'herbe à Srinagar, un pou agrippé à l'oreille d'un enfant d'Allahabad. J'entendais un homme chanter en traversant à pied les neiges du Caucase. Je regardais les gouttes tomber des rames dans une rivière au clair de lune.

Tout cela prenait vie inexplicablement sur mes pages, tandis que je griffonnais, griffonnais jusqu'à trois heures du matin. Et, un soir de janvier, je traçai les dernières lignes :

Alors, le plongeon dans l'eau fraîche, son flot vert me parcourant le corps, la sensation de mes muscles qui s'allongeaient et se tendaient; puis, quand je regrimpai sur la rive et me tins debout parmi les fougères, le soleil scintillant sur chaque goutte de cristal qui tremblait contre ma peau, le beau soleil chaud qui me faisait frémir le corps d'ardeur et d'affection. Oui, il n'y avait pas à dire, je me sentais très heureux.

Je sortis dans le jardin noir, frais, brumeux. Les étoiles à demi cachées bougeaient vaguement parmi les nuages. Je sentais l'odeur des plantes hivernales à feuilles persistantes. Le monde me semblait merveilleusement proche. En touchant le rosier sans feuilles, je tremblai de ravissement. Puis je regrimpai l'escalier, me jetai sur mon lit et m'endormis.

La secrétaire de mon père, Miss Zerner, dactylographia soigneusement mon manuscrit en cinq exemplaires que je me hâtai d'expédier, deux à New York et trois à Londres. Un matin, à mon réveil, ma mère m'appela au téléphone. C'était un câblogramme de Chatto et Windus, à Londres :

Enchanté par Les Asiatiques. *Offre cent livres à titre d'à-valoir. Harold Raymond.*

De joie, je dansai la gigue, et envoyai aussitôt un câble d'acceptation. Deux heures après, ma mère me rappelait au téléphone. C'était un câblogramme de Faber et Faber, à Londres :

Enchanté par Les Asiatiques. *Offre cent cinquante livres à titre d'à-valoir. T. S. Eliot.*

J'écrivis aussitôt une triste lettre d'excuse à Eliot, disant que deux heures plus tôt j'avais accepté une offre de Chatto et Windus. A trois heures de l'après-midi, le téléphone retentit pour la troisième fois. Un troisième câblogramme était arrivé de Londres :

Enchanté par Les Asiatiques. *Offre deux cent cinquante livres à titre d'à-valoir. Hamish Hamilton.*

J'écrivis promptement un mot affectueux mais plein de regret à Hamilton, pour expliquer que j'avais accepté une offre de Chatto et Windus.

Frappé de l'étrange similitude entre les câblogrammes, j'adressai une lettre sémillante à Harold Raymond, de Chatto et Windus. Je lui fis part de la coïncidence, lui envoyai mes compliments, et inclus des suggestions pour la présentation du livre : dos d'ébène, plats de toile jaune, jaquette dorée ornée d'une gravure sur bois chinoise.

Ce fut le plus heureux jour de ma vie. Courant à travers le jardin, je me sentais si léger, dans une telle extase que j'avais l'impression de voler. Le brillant soleil d'hiver abaissait un regard bienveillant, et le tintement, dans l'air, provenait des cloches d'une lamaserie voisine.

Trois semaines plus tard, le livre fut accepté par la maison Harper, à New York. Elle m'offrait un à-valoir de sept cent cinquante dollars. J'acceptai avec joie, et envoyai une lettre exubérante accompagnée de suggestions pour la présentation du roman : dos de toile bouffante noire, à décor compliqué de lotus ; jaquette dorée, couverte d'une foule d'Asiatiques.

Maintenant, j'avais assez d'argent pour reprendre le bateau à destination de l'Europe. Je résolus de passer un an ou deux au King's College de Cambridge. La vision de Cambridge était pleine de connotations : byroniennes et miltoniennes autant que housmanesques, et rehaussée des reflets doucement agités sur la Cam.

Je passai l'hiver à jouer au squash, le printemps à jouer au tennis, l'été à nager dans les eaux cristallines et envahies d'algues du détroit de Long Island. Puis, en septembre, je vendis ma vieille Chrysler pour cinquante dollars, et retins un passage en classe touriste à bord du paquebot *Aquïtania.*

Je passai trois jours à New York au Barbizon-Plaza. Un matin, Eugene Saxton m'appela de son bureau :

— Miss Millay arrive d'Austerlitz. Pourriez-vous déjeuner avec nous au Vanderbilt ?

Gene Saxton était un adorable éditeur pickwickien de chez Harper, qui ressemblait à un personnage dans une gravure de Phiz. Mon affection pour Saxton se teintait de goût des antiquités. Son gilet gris à carreaux sur lequel pendillait mélodieusement la grosse chaîne d'or de sa montre m'intriguait et me consolait.

Je pris l'autobus pour me rendre au Vanderbilt, et trouvai Saxton assis au bar. A côté de lui était assise une dame en costume de flanelle grise, chemise à rayures bleues et cravate de soie verte. Elle avait les joues gonflées, luisantes ; ses cheveux pendaient, flottants et incolores ; elle avait les yeux troubles, larmoyants, comme usés par les lamentations.

— Miss Millay a commandé un martini, dit Saxton assez furtivement.

— Je prendrai moi aussi un martini, s'il vous plaît, répliquai-je avec politesse.

— J'ai passé toute la matinée à signer mes livres, déclara Miss Millay. Je n'en puis plus. Voyez donc. J'ai la main qui tremble. C'est l'inconvénient de la célébrité. On se trouve entraîné dans le tourbillon. On fait des choses que l'on ne devrait pas faire, on dit des choses que l'on ne devrait pas dire, et la vie devient affreusement quelconque, superficielle et vulgaire. *Jamais* je n'aurais dû consentir à lire mes poèmes en public. Ça les vulgarise tellement ! Je me fais l'effet d'une prostituée.

— Mais non, pas une prostituée, chère Edna, dit Saxton alarmé.

— C'en est fichtrement près. On se sent tellement pelotée ! Je pense sans arrêt à Emily Dickinson. Tous ces milliers de bouts de papier... Personne jamais ne l'a pelotée, elle, de cette façon vulgaire et macabre. Un autre martini, mon chéri ? Il y a tant de choses qui m'effraient ! J'ai travaillé avec George Dillon à ces poèmes de Baudelaire, et l'ombre de Baudelaire fait paraître toute chose effrayante.

Nous passâmes à la salle à manger, Miss Millay toujours cramponnée à son verre de cocktail. Nous déjeunâmes d'une langouste et d'un abricot frappé. Miss Millay leva son verre et le tint droit devant elle ; en contemplant l'olive, elle louchait légèrement.

Miss Millay n'avait jamais été une beauté, et son visage présentait un peu la consistance du cuir, mais il subsistait des traces de charme fringant et de vulnérabilité juvénile. J'éprouvais un loyalisme envers Miss Millay qui remontait aux folles années vingt. *Wine from These Grapes* [Du vin de ces grappes] venait de paraître, et j'étais tristement déçu, mais je ressentais encore de l'affection pour *Second April* [Deuxième avril] et *Fatal Interview* [Fatale entrevue].

— Les sonnets que j'aimais le mieux, murmurai-je d'un ton à demi coupable, étaient « Seulement jusqu'à la fin de cette cigarette » et « Oh ! dors à jamais dans l'antre latmien ».

Elle me lança un coup d'œil de panique.

— Vous dites *aimais*. Alors, c'est du passé ? Tant pis. C'est plutôt un choc, mais il peut arriver pire, fût-ce aux meilleurs d'entre nous.

Elle se dérida un peu. Sa voix devint basse, intime :

— ...Laissez-moi vous raconter cette soirée avec Elinor Wylie, reprit-elle. Il y a bien des années de cela, on nous comparait assez pompeusement ; or, je disais toujours : « Elinor est une *amande glacée* *, mais je suis une noix amère. » Elinor Wylie était considérée comme une beauté à vous couper le souffle, et il faut absolument que je vous raconte cette soirée avec Elinor. Nous avions été l'une et l'autre invitées à dîner par une dame âgée, une Mrs. Potter ou une Mrs. Palmer ; il y avait des candélabres de cristal et des bouteilles de champagne. Elinor portait un voile d'organdi noir, à moins que ce ne soit du tulle, pas le genre qui sert aux enterrements, mais avec de petits pois noirs dessus, car elle avait eu une attaque et sa beauté était en miettes. Après dîner, les invités passèrent au salon, où un certain Mr. Hoffman se mit au piano. La pluie cinglait les vitres, et ce bruit se mêlait à la musique. Après la musique, Mrs. Potter se pencha en avant pour déclarer : « Miss Wylie, excusez-moi, je dois vous faire un aveu. J'ai toujours été amoureuse de vos vers si merveilleusement ciselés ! *L'Aigle et la Taupe* était absolument exquis ; votre beauté, elle aussi, était exquise ; on aurait dit un diadème ! » Je jetai un coup d'œil à la pauvre Elinor, et ce fut véritablement effrayant. Elle se dressa comme un fantôme, traversa la pièce en titubant, et je vis son visage voilé de noir qui se reflétait dans les miroirs. Je me levai pour regarder par la fenêtre ; la pluie noire tombait à verse, et, dessous, la tragique Elinor faisait des signaux désespérés pour appeler un taxi.

— Une bien triste histoire, commenta Gene Saxton en baissant les yeux.

— Ainsi, vous voyez ce que je veux dire en parlant de choses pires qui se produisent. On peut finir en portant des voiles, et en s'enfuyant sous la pluie battante.

Elle ne quittait pas des yeux l'olive, avec une fixité hypnotique, comme si la clé de quelque secret se trouvait emprisonnée dedans. Puis elle cueillit une cigarette dans un étui plat en argent, et l'alluma cérémonieusement de ses doigts tachetés de rousseur.

* En français dans le texte. (N.d.T.).

L'éternuement

Arrivé à Cambridge par un samedi bruineux d'octobre, après avoir déposé mes bagages à la maison universitaire, je me rendis en hâte à King's Parade. Je marchai à travers la pluie qui luisait sur la grande chapelle, et m'arrêtai sous les saules qui pendillaient au-dessus de la Cam. Je humais l'air, cherchant la musique d'*Il Penseroso*. Puis je tendis l'oreille à un fugitif écho de *Childe Harold*.

Le premier ami que je me fis à Cambridge était un Américain nommé Andrew Chiappe. Des années plus tard, il devint un grand spécialiste de Shakespeare à Columbia, mais à Cambridge, c'était un petit bonhomme replet aux cheveux bouclés qui avait une tendance à loucher à la fois spirituelle et inquiétante. Son œil droit me considérait avec une expression d'accusation furtive, tandis que son œil gauche regardait au loin avec un désespoir nacré.

Je venais à Cambridge, soi-disant, pour étudier de vieux manuscrits chauceriens, mais passais le plus clair de mon temps à plaisanter et cancaner avec Andrew. Nos bavardages acquirent peu à peu une complication quasi cabalistique, pleine de citations érudites et d'allusions ésotériques. Un étranger qui entrait dans la pièce n'avait aucune idée de ce dont nous parlions. Quand nous parlions de Proust, nous paraissions blaguer sur la flagellation, et quand nous bavardions à propos de Yeats, cela avait l'air d'une discussion sur la sorcellerie celtique.

Je rencontrai pour la première fois Andrew, un soir, alors que je butinais à la librairie Heffer. Nos doigts convergèrent vers une édition originale de *The Winding Stair* [L'Escalier en colimaçon].

— Je vous demande pardon, murmurai-je.

— C'est moi qui vous demande pardon, dit vivement Andrew.

— J'aime beaucoup Yeats, fis-je, songeur.

— Je le vénère positivement, dit Andrew. Venez, allons lire du Yeats en buvant une tasse de thé.

Nous allâmes donc prendre le thé, et Andrew me lut majestueusement :

A califourchon sur la fange et le sang du dauphin,
Esprit après esprit ! Les forges fendent le flot,
Les forges dorées de l'empereur !
Des marbres de la piste de danse
Brisent d'aigres furies de complexité,
Ces images qui pourtant
Engendrent des images neuves,
Cette mer déchirée par les dauphins, tourmentée par les gongs.

Chaque soir, je me rendais à bicyclette à travers la petite pluie fine jusqu'à Portugal Place où je jouais au squash avec mes amis Basil, Colin et Alastair.

Portugal Place donnait sur la désolation apathique de Jesus Green. Les petites constructions sales sentaient la suie et la décomposition ; l'on était loin du marbre et du chrome de Yale. Au vestiaire, il y avait une seule douche avec un filet d'eau tiède ; les murs étaient tendus de maillots de bain moisis et de serviettes pourrissantes. Mais l'endroit présentait un prestige inaccessible, car j'ambitionnais désespérément de devenir le champion de squash de Cambridge.

Le jeu de squash en Angleterre était beaucoup plus souple qu'en Amérique. La raquette était plus délicate, et la balle plus élastique. Mes drives meurtriers, si efficaces à New Haven, se révélaient inefficaces à Cambridge où ils rebondissaient du mur avec une impuissance molle. Aussi adaptai-je mon jeu au style anglais plus subtil, et imitai-je les coups nerveux, félins, du grand Égyptien Amr Bey, le champion du monde, qui jouait de temps à autre à Cambridge.

Je renonçai aux cigarettes, et bus de l'eau glacée en place de bière. Mes amorties devinrent plus précises, mes lobs plus trompeurs, et mon expression plus digne du sphinx, comme celle de l'incomparable Amr Bey.

Un soir, je rentrais de Portugal Place à bicyclette. Une pluie couleur d'ardoise assombrissait les murs de Saint John's College, et les chambres de Trinity et de Caius s'allumaient.

Une sombre silhouette encapuchonnée se tenait devant Bowes et Bowes, le libraire. Une mince lueur jaune, venue de la porte qui s'ouvrait, tomba sur son visage. Je sautai à bas de ma bicyclette, l'appuyai contre le mur et criai :

— Une tasse de thé vous ferait plaisir, professeur Housman ?

Il parut perplexe, menacé même. Il se tripotait la moustache. Puis il sourit et accepta de la tête. Je l'avais déjà rencontré une fois lors d'un dîner à Trinity.

Doucement il répondit :

— Et pourquoi non ? Je crains bien que l'heure du thé ne soit depuis longtemps passée, mais il fait frisquet et j'aimerais beaucoup une tasse de thé au Whim [Caprice].

Le Whim était un petit salon de thé assez quelconque, près de la librairie. Il y avait là des banquettes graisseuses, aux ressorts détendus, et des coussins élimés qui perdaient leurs plumes. On servait des toasts, des biscuits à la farine d'avoine, et toutes les tasses étaient fêlées. Mais c'était un endroit douillet pour s'asseoir tandis que la pluie criblait les carreaux ; je venais souvent lire au Whim les plus récents poèmes d'Auden.

— Mais pourquoi diable avez-vous choisi Manilius, professeur Housman ? demandai-je. A coup sûr, Manilius est loin de faire partie des vraiment grands poètes.

— Ne parlons pas de Manilius. J'ai choisi Manilius parce qu'il était ennuyeux. Manilius m'ennuie horriblement. Il m'a toujours ennuyé, et m'ennuiera toujours.

— Et c'est pour ça que vous l'avez choisi ?

— Précisément, mon cher enfant. Il faut maintenir une distinction rigoureuse entre les sphères de l'érudition et les domaines de la poésie.

— Mais un spécialiste de la poésie ne devrait-il pas être également un amoureux de la poésie ?

Le professeur découvrit ses dents.

— Il le devrait sans aucun doute, mais c'est loin d'être obligatoire. Regardez-*moi*. J'ai beau être le plus grand spécialiste vivant de Manilius, j'en suis venu à vomir les vers flasques de Manilius. Et j'ai finalement cessé de sonder la métrique de Manilius quand je me suis rendu compte que la haine peut être une lentille aussi déformante que l'amour.

Lorsqu'il dit « l'amour », une curieuse rougeur se répandit sur les joues du vieux professeur — une rougeur pleine de tendresse, mais aussi d'anxiété profonde. Une goutte de pluie accrochée à ses joues avait l'air d'une larme de chagrin ancien.

Il inclina légèrement la tête.

— ...Vous êtes assez naïf d'avoir écrit un chef-d'œuvre. Je suis d'accord avec les critiques. *Les Asiatiques* est en effet un petit chef-d'œuvre. Mais votre air de simplicité n'est-il qu'un élément de votre ruse, ou votre ruse n'est-elle qu'un aspect de votre simplicité profonde ?

Je me mis à rire.

— Les deux, peut-être.

— J'en étais sûr.

Le vieil homme hocha la tête.

— ...Chez tout Américain, il y a un air d'incorrigible innocence qui semble dissimuler une ruse diabolique.

Il y eut un silence. La pluie redoublait, crépitait contre les carreaux, menaçante. Deux jeunes étudiants à peau sombre, assis sur une longue banquette sale, débattaient avec des gestes tranchants de la signification des « Hollow Men » [Hommes creux].

Du coin de l'œil, je regardai le professeur. Son col blanc, empesé, s'enfonçait dans son cou ; au bord, il y avait une minuscule tache rouge, due à une coupure de rasoir. Son visage avait une expression distante, étrangement sereine, avec ses sombres sourcils en broussaille et son épaisse moustache blanche. On eût dit un vieux maréchal illustre, mais fatigué. Tandis que je l'observais, il semblait reculer jusque dans une époque antérieure, se retirer peu à peu dans les brumes de l'horizon.

Cela faisait plus de quarante ans qu'*Un gars du Shropshire* avait paru, et ses *Last Poems* [Derniers poèmes] dataient de 1922. De sorte que lorsque son frère Laurence réunit les vers posthumes sous le titre de *More Poems* [Autres poèmes], à la fin des années trente, on parla de Housman comme d'un poète du siècle précédent.

Je mentionnai Eliot.

Ses yeux se troublèrent, comme s'il eût regardé à travers un voile.

— Eliot ? Ah ! Il est gratuitement et fortuitement obscur. On sait que l'obscurité cache un vide intérieur. Non qu'Eliot soit vide. Pas du tout. Bien au contraire. J'ai aimé sa délicieuse petite chanson sur un marin phénicien mort. Mais selon moi il doit y avoir un *frisson* *, et sans ce brusque *frisson** un poème reste superficiel.

— Un frisson ? Oui, je l'ai ressenti ! C'est parfois merveilleux, n'est-ce pas, mais il y a de nombreux types de frissons, ne croyez-vous pas, professeur Housman ?

Il acquiesça du chef, et essuya les gouttes de pluie de ses joues avec un mouchoir taché de sang. Ses paupières se contactèrent soudain, comme sous l'effet d'un vieux souvenir obsédant.

— Il y a le frisson du chien qui flaire le lièvre, dit-il doucement. Et il y a le frisson de l'homme qui marche seul dans la nuit, et se trouve tout à coup au bord d'un précipice.

Alors, il projeta le visage en avant, sa face se convulsa, et durant un instant fut d'une férocité quasi aveugle. Les yeux dilatés de terreur, il tendait la main comme en quête de secours, ou peut-être en signe d'adieu.

Puis il éternua. Ce fut un éternuement formidable, cataclysmique. Grimpant furtivement à travers les narines, il rougissait les yeux, crispait le front. Housman, les mains agrippées à la poitrine, se calma petit à petit.

Il se passa les doigts le long du nez comme afin de s'assurer qu'il existait encore. Puis il dit avec un air de majesté :

— ...Il y a un vieux proverbe espagnol : « Femme malade vit longtemps. » C'est pourquoi j'essaie de me protéger en

* En français dans le texte. (N.d.T.)

n'étant pas *trop* robuste, en n'étant pas *tout à fait* en bonne santé, en étant *un peu* malade. C'est le plus sage, en fin de compte. Ne soyez jamais *trop* bien portant ! Et je m'en vais vous citer un autre proverbe. Chinois, cette fois. Dans une tornade, le chêne bien portant est déraciné tandis que le frêle bambou ploie et se redresse.

Il s'adossait au coussin avec un air objectif, cependant teinté d'inquiétude, de tremblante attente. Son visage paraissait calme et sévère, mais dans les profondes rides affaissées il y avait une petite palpitation nerveuse, comme celle d'une voile dans l'attente de la tempête.

Le ragoût

A Cambridge, quand vint le mois d'avril, l'herbe était lustrée, odorante. Les feuilles pendaient au-dessus des ponts en festons géants, et les filets de tennis étaient déployés en travers des gazons, derrière Trinity. Les moutons paissaient paresseusement le trèfle, au King's Paddock. D'un lent bateau plat venaient les tendres accents d'une guitare.

Andrew me dit qu'E. M. Forster se trouvait de passage à Cambridge, et je déposai un petit mot à la loge du portier de King's. Forster était de longue date une silhouette indécise à l'horizon, et j'avais de ses romans une opinion très contradictoire. Tendrement ironique, il était pourtant d'une misanthropie noire. Il possédait une acuité psychologique jointe à une irisation morale. Mais sous ces traits changeants, comme la chair sous une carapace de tortue, je devinais un Forster plus étrange et plus vulnérable.

En traversant King's Parade, j'éprouvais une vive curiosité. Il était debout au soleil, devant King's Chapel. Je le reconnus tout de suite à son petit menton pointu et à la lueur d'autodépréciation dans ses yeux timides, tombants.

— Pardon ! J'ai cinq minutes de retard, dis-je.

— Pas du tout, vous êtes merveilleusement ponctuel.

— Écoutez la cloche ! Une heure.

— Oui, la cloche... Jolie cloche, hein ?

Il projetait la tête en avant, et sa voix tournait au fausset.

Puis il devint soudain sérieux. Il fronça le sourcil avec une certaine impétuosité.

— ...L'on éprouve toujours ce type de loyalisme juvénile envers King's. C'est la chapelle, je suppose. En Angleterre, il n'y a rien de pareil à la King's Chapel. Elle est au niveau de Chartres, et même du Taj Mahal. A propos, avez-vous jamais vu le Taj Mahal ?

— Non, répondis-je.

— Et les péniches aménagées en habitations de Srinagar ?

— Pas même, dis-je avec remords.

— Je m'en doutais. Votre livre est bien trop poétique pour s'inspirer d'un vulgaire tourisme.

Il inclina brusquement la tête.

— ...Écoutez le gazouillement des oiseaux ! Ils médisent comme des enragés, j'en suis sûr. Les oiseaux sont affreusement malveillants.

Il parut saisi, comme surpris de ce qu'il s'entendait prononcer. Il cligna des yeux avec embarras, et serra des lèvres prudentes.

— ...Déjeuner ? ronronna-t-il.

— Oui, fis-je, et nous traversâmes la rue en direction de la Bouilloire en cuivre.

— J'aime beaucoup la Bouilloire en cuivre, murmura-t-il mélodieusement. Mrs. Marsh est une dame authentique. On peut toujours se fier à Mrs. Marsh. Quand elle appelle cela une côtelette d'agneau, l'on peut être certain que c'est une côtelette d'agneau. A l'écriture du menu, l'on voit qu'il s'agit d'une dame.

Nous entrâmes dans le restaurant, et nous assîmes près de la fenêtre.

— Bonjour, Mr. Forster !

— Bonjour, Mrs. Marsh.

— Belle journée, n'est-ce pas ?

— J'ai écouté les oiseaux. Il n'y a rien de tel qu'un oiseau par une journée comme celle-ci, Mrs. Marsh !

Mrs. Marsh approuva paisiblement du chef.

— Une volaille, alors, si je comprends bien.

— Oh ! pas ce genre d'oiseau-*là*, ma chère ! Je voulais parler du gazouillis. En voilà des manières ! Positivement venimeux.

Mrs. Marsh posa sur la table deux menus calligraphiés, et considéra Mr. Forster avec une perplexité bienveillante.

— ...Carrelet frit... murmura Forster. Eh bien, le délicieux de l'affaire, c'est que lorsque vous appelez cela du carrelet, c'est en effet invariablement du carrelet, et quand vous nommez cela de la sole, c'est indiscutablement de la sole de Douvres.

— Un carrelet, alors ? demanda Mrs. Marsh.

— A aucun prix, Mrs. Marsh. Je vois que vous avez du ragoût. Un ragoût de mouton à l'irlandaise, sans hésitation.

Mrs. Marsh s'éloigna avec une expression perplexe, et Forster dit gaiement :

— ...Eh bien, il y a toujours eu Alexandrie. Et l'important, à Alexandrie, c'était Cavafy, cela va sans dire. Je n'irais pas jusqu'à affirmer que c'était un poète *irrésistible.* Il ne m'a jamais subjugué comme Yeats et tous les autres. C'était davantage un rôdeur. Savez-vous ce que j'entends par rôdeur ? Il obtenait ses effets en rôdant furtivement, pour ainsi dire. Il avait un certain piquant, si vous voulez bien me pardonner cette banalité, mais c'était un piquant particulier, de sa propre invention sournoise. Prenez ce poème au sujet du miroir. Un homme regarde un miroir, et voit tous les garçons qui ont autrefois fait l'amour devant ce miroir y faire encore l'amour. Il les voit tous dans le miroir. Très poignant, dirais-je, mais nettement *sui generis.*

Son visage prit une expression alexandrine avec ses longues paupières tombantes et son mince nez pointu. Ses lèvres mêmes avaient un air alexandrin : sèches, de guingois, couleur pruneau. Il y avait chez Forster une bizarrerie titubante, angoissée ; je ne savais jamais avec certitude quand il était sérieux et quand il plaisantait.

Je l'interrogeai sur Joyce :

— Avez-vous jamais rencontré Joyce ?

— Dieu non. Vous me connaissez. Je suis assez casanier. Joyce était fort éloigné de ma propre sphère. La saleté humaine et les excroissances humaines l'obsédaient. Elles symbolisaient le mal, et pourquoi non ? Tout écrivain digne de ce nom a son symbole du mal. Je ne nie pas que Joyce soit brillant, mais c'est aussi un peu un charlatan.

— Et Mrs. Woolf? Quels sont vos sentiments pour elle ?

— J'adore passionnément Virginia. Mais ne vous méprenez pas. C'est jusqu'ici platonique. Pourtant, Virginia est bizarre. Elle a des *idées fixes* *. Elle semble persuadée que *tous* les hommes sont pédérastes. Si je mentionne un jeune poète quelconque, la première chose qu'elle demande, c'est : « Dites-moi donc, je vous en prie, Morgan, le cher enfant est-il pédéraste ? » Je rougis et garde bouche close. J'essaie de ressembler au sphinx. Mais ma figure ne s'y prête pas.

— Et il y a Lawrence, bien sûr. Aimiez-vous D. H. Lawrence ?

— Mon Dieu, ici vous me coincez ! Est-il vraiment indispensable que vous notiez tout ça ? Il me semble assez brutal de noter tout ça. J'ai rendu visite à Lawrence dans le Sussex, mais c'était parfaitement *comme il faut**, vous pouvez tout noter, il n'y avait pas l'ombre d'une inconvenance. Quel homme charmant c'était, si doux mais — oh ! — si difficile ! Je pouvais dire n'importe quoi, il grimaçait toujours de douleur, tant il était vulnérable. *Femmes amoureuses* m'ennuyait, mais je n'osais l'avouer. Si ampoulé, si boursouflé ! Mais je ne l'aurais dit pour rien au monde. Ce cher vieux Bertie — c'est comme ça qu'on l'appelle —, il voyait les choses en noir et blanc. Il voyait tout de manière extrême, jamais modérée ni rationnelle. Et bien sûr, il ne cessait de concocter ses propres symboles du mal. Les oiseaux, par exemple. Les renards également. Pas les serpents. Il aimait bien les serpents. Il partageait mes idées sur Joyce. « Trop prétentieux de moitié », disait Bertie. Flaubert idem. « Ça n'est pas mon genre », afirmait brutalement Bertie.

« Tiens, voici Mrs. Marsh. Excellent, Mrs. Marsh. J'étais sûr que vous vous distingueriez avec ce ragoût. Un dessert ? Bien entendu. Je recommande le pudding à la mélasse. Quand vous dites que c'est de la mélasse, je peux être certain que c'est de la mélasse. »

Mrs. Marsh s'éloigna avec un sourire impénétrable, et Forster reprit doucement :

— ...Oui, notez tout cela. Mes *tête-à-tête** avec Mrs. Marsh

* En français dans le texte. (N.d.T.)

sont toujours révélateurs. Voilà comment doit être un dialogue. Révélateur, mais non exhorteur. Pourtant, je ne l'ai pas dit à Bertie. Si je l'avais dit, il aurait grimacé de douleur. Et d'ailleurs, quelle importance?... Bertie et moi, nous étions des romanciers mineurs, nous travaillions par petites gouaches; ce n'était pas comme Tolstoï ou Balzac.

— Pourtant, *la Route des Indes*...

— Mon Dieu, nous y voilà. Toujours *la Route des Indes.* J'en ai par-dessus la tête, de *la Route des Indes.* Mon préféré, à moi, c'est *The Longest Journey* [Le Plus Long Voyage]; mais peut-être trouvez-vous cela pervers de ma part. Si vous demandez à un auteur lequel de ses ouvrages il préfère, son choix sera sûrement pervers.

— Dans *la Route des Indes*, il y a de merveilleux moments.

Mais Forster ignora ma remarque.

— Allons, je vous en prie, ne notez pas ceci, je vous en prie, ça paraît un peu vieille fille, mais, on a beau dire, Bertie a toujours été un parfait gentleman. Je ne sais pourquoi je l'appelle Bertie; devant lui, c'était toujours Lawrence, mais ici, avec Mrs. Marsh, je me sens toujours un peu provocant. Je ne parle pas de l'accent de Lawrence, lequel, en mettant les choses au mieux, était discutable. Je songe à son point de vue, qui était hautement *simpático.* Jamais l'ombre d'une inconvenance, là-bas, dans le Sussex. Quoi qu'il ait pu faire dans ses livres, sa vie privée était au-dessus de tout soupçon.

Soudain, il agita les épaules, comme afin d'en secouer un châle, et contempla son pudding avec un regard sombre, méditatif. Il prit sa fourchette, la tint à la façon d'un sceptre, et les rides, sur son front, revêtirent une dignité hiéroglyphique.

Il était sur le point de parler, mais brusquement changea de nouveau de rôle. Il s'essuya les lèvres avec sa serviette, et me considéra d'un air coupable.

— ...Quelles sottises je vous ai racontées! C'est le temps. Fièvre printanière. J'ai bien peur que ce ne soit l'heure de ma sieste. Je vous en prie, excusez-moi!

Et durant un instant, pareil à la lueur dans l'œil d'un crocodile, j'aperçus un autre Forster, vautré paresseusement au bord d'un marais. J'entrevis un petit Forster solitaire et carnivore, tapi derrière le Forster fuselé, alexandrin.

Je pris congé de lui à l'angle, devant Ryder et Amies, et le regardait franchir le portail de King's en direction de la chapelle. Il oscilla sur la pelouse, hésitant dans le soleil, et disparut parmi les ombres comme une illusion d'optique.

Les écouteurs

Walter de la Mare vint à Cambridge par une chaude journée d'avril ; assis sur la pelouse, nous l'écoutâmes nous lire ses poèmes. Il avait l'air d'un vieux moine, assis là sur le banc, tournant les pages comme s'il se fût agi des feuillets d'un précieux manuscrit ancien.

Il nous lut « Les écouteurs », « Lettibou », « Épitaphe » et « Argent ». Nous dînâmes tous au Sanglier bleu, puis nous rendîmes à pied au logement d'Andrew, perché sous les combles au-dessus de la place du marché. Là, nous bûmes une bouteille de porto en devisant.

Là-bas, à New Haven, j'avais écrit de petites lettres flagorneuses à de la Mare. Dans l'une d'elles, je lui demandais s'il croyait véritablement aux fantômes. Il me répondit gentiment, de ses pattes de mouche de gnome, pour m'expliquer que certains fantômes étaient plus fantomatiques que d'autres, qu'il y croyait sans y croire, et que de toute manière cela n'avait pas d'importance étant donné que les gens croyaient aux fantômes, qu'ils existassent ou non, car une crédulité spectrale était fermement enracinée dans le cerveau humain.

Je priai le poète d'expliquer « Les écouteurs ». Ce poème, de longue date, me plongeait dans la perplexité. Une tiède humidité d'avril s'infiltrait par l'entrebâillement de la fenêtre, et les rideaux flottaient paresseusement dans la nuit tombante.

— Dites-moi, je vous prie, Mr. de la Mare, qui étaient les écouteurs ? Des elfes ?

— Non, pas des elfes. Des émanations, peut-être, dit le poète.

— Des morts ?

— Des pas *tout à fait* vivants, dit le poète avec douceur.

Andrew Chiappe prit le volume, et commença de lire à voix haute :

Oui, ils entendirent son pied sur l'étrier,
Et le bruit du fer sur la pierre,
Et comment le silence reflua doucement,
Une fois les sabots partis.

— Vous voyez, m'écriai-je, triomphant, vous croyez bien aux fantômes, en fin de compte !

— Je crois au fantomatique en *l'homme*, dit le poète. Même s'il n'existait aucun fantôme, l'homme les aurait inventés. Il y a longtemps, avant qu'il n'y eût des mots, l'homme croyait aux apparitions. L'homme ne cessait de prêter l'oreille aux apparitions, capables de s'exprimer sans mots.

— Je vois, dis-je en riant. Maintenant, je comprends tout. Les écouteurs étaient les fantômes d'hommes qui vivaient avant l'invention des mots. Le voyageur était un spectre plus tardif, victime de la parole humaine.

— Les écouteurs, murmura le poète, se mouvaient dans le domaine de l'intuition, domaine beaucoup plus éloquent que ceux du dialogue et du discours.

Assis dans un silence inquiet, nous regardions fixement nos verres. Une lampe unique était allumée, et la chambre se trouvait dans la pénombre. Au mur, la gravure de Dürer sur les cavaliers de l'Apocalypse, et sur la table, l'édition Nonesuch de *l'Iliade.* Mais à la clarté de la lampe, *l'Iliade* prenait la couleur du sang séché, et les cavaliers médiévaux brillaient d'une pâleur qui leur enfiévrait l'œil. Je jetais autour de moi des regards de malaise. Derrière le rideau, quelque chose bougeait, et un soupir bas, puissant, s'éleva de la sombre place du marché vide. Soudain, les cloches de l'église sonnèrent douze coups, et ces coups graves, aigres, ressemblaient à des cris d'animal agonisant.

le lendemain après-midi, je conduisais en voiture le poète à Grantchester. En traversant la forêt, ma vieille Ford décapotable poussa des cris de frayeur. Conformément à une tradition de Cambridge, nous prîmes le thé dans le verger ; avec le thé l'on nous apporta le miel, les scones et les fraises.

— Je suis heureux de constater que l'on sert toujours du miel avec le thé, déclara de la Mare.

— C'est un hommage à Rupert Brooke. Il est légendaire ici, à Grantchester.

La journée scintillait, immobile ; les feuilles luisaient comme du verre ; les oiseaux penchaient la tête : on aurait dit qu'ils écoutaient un oracle.

Le poète remarqua tristement :

— L'on est très méchant pour Rupert, aujourd'hui. Les intellectuels modernes calomnient ce pauvre Rupert.

— Ils désapprouvent ses poèmes de guerre. Ils estiment qu'il a fait du sentiment avec le carnage.

— Après tout, il parlait pour une certaine génération, dit le poète.

— Mais les modernes désapprouvent cette génération rustaude.

— Pourtant, cette génération rustaude était attentive à un sens du mystère. Même Eliot n'est pas le féroce ultramoderne que l'on croit. Tom a lui aussi conscience des spectres. Tom a écouté les incantations.

Il tourna brusquement la tête, et plongea son regard dans le mien.

— ...Vous écoutez si attentivement que vous avez des oreilles de renard. Quant à vos yeux, sauf votre respect, on dirait des yeux de pie. Quand vous croyez que je ne regarde pas, vous prenez des notes. Allez-y. Ça m'est égal. Je me moque de ce que l'on pense de moi.

En jetant un coup d'œil à de la Mare, j'éprouvai une pointe de remords. Dès l'enfance, j'aimais ses poèmes et ses contes. Au Texas, un été, j'avais lu *The Memoirs of a Midget* [Les Mémoires d'un nain] ; après quoi, un profond loyalisme enfantin m'attacha à de la Mare. Mais plus récemment, l'atmosphère des années trente m'avait emporté loin de mes rêveries d'enfance, de l'univers des hiboux, des champignons, des sorcières et des esprits des eaux. Avoir trahi de la Mare me donnait du remords.

Il fendit un scone avec précaution comme s'il ouvrait une huître, et laissa lentement couler au milieu un vermisseau de miel.

Puis, songeur, il se gratta le menton en regardant les arbres. J'avais l'impression qu'il croyait m'avoir déçu. Peut-être sentait-il que l'atmosphère manquait d'acuité.

Il se recroquevilla dans son fauteuil, et transforma son visage en face de gnome. Parmi les légères ombres mouvantes, ses joues devinrent ligneuses. A seule fin de me plaire, il sembla revêtir une personnalité plus furtive. Ses yeux timides et doux prirent un éclat divinatoire.

— ...J'ai bien peur d'avoir trop longtemps vécu dans le monde des fantômes. Tout ce que je pense, aujourd'hui, paraît teinté de fantomatique. Il y a des moments où les fantômes s'entremêlent, s'interpénètrent, où la frontière se dissout entre les apparitions et la réalité. Je suppose que c'est très mal de ma part. Je me sens éloigné du monde moderne. Mais je suis assez las, et il est beaucoup trop tard pour changer.

Il me lança un coup d'œil et sourit avec une lueur, presque, de triomphe.

Un souffle de brise envoya sur la table une averse de pétales, qui tombèrent dans les tasses de thé, dans la corbeille pleine de scones ; l'un des pétales chut sur le nez du poète, et s'y accrocha nostalgiquement.

— Alors, en fin de compte, vous croyez *bien* aux fantômes ? demandai-je avec avidité.

— Je suis trop vieux pour continuer à me tracasser. Quand on sent que les ans s'écourtent et que le paysage s'assombrit, il convient d'économiser ses forces. On doit se replier sur un sens du merveilleux. Je laisse le monde des dogmes aux jeunes, aux furieux, aux agités.

Son front se creusait de rides. Il lécha le miel de ses lèvres. Puis il sourit et dit doucement :

— ...A propos, au sujet de ces écouteurs. Je n'ai pas fermé l'œil de la nuit : je n'arrêtais pas de me creuser la cervelle sur leur signification ; finalement, j'ai conclu qu'ils n'étaient ni des elfes ni des émanations. Ils étaient *nous-mêmes.* Ils étaient un aspect plus sombre et plus solitaire de nos âmes ; ils étaient, pour dire les choses carrément, l'essence même de l'attention. Ils étaient les oreilles au milieu des feuilles, les oreilles parmi les rochers. Ils étaient les oreilles, tout au fond de nous, qui ne cessent d'écouter tout ce que nous disons ; nous devrions faire très attention, de plus en plus attention à mesure que nous vieillissons : il nous reste si peu de temps pour conclure la paix avec l'indicible !

Soudain, son regard se fit plus aigu. Il observait une guêpe, prise au piège dans le pot de miel, et qui donnait des coups de dard désespérés. Dans cette guêpe en proie à la panique, il semblait voir un présage. C'était plus qu'une simple guêpe en train de s'engloutir dans un océan sucré. Je plongeai dans l'esprit du poète, et ce que je vis n'était pas une guêpe, mais la vague de terreur humaine luttant contre une écœurante anarchie.

Il fixait des yeux la guêpe avec un mélange de frayeur et d'étonnement. Il était la guêpe aussi bien que le miel, à la fois la terreur et le terrifié.

Nous nous levâmes et retraversâmes à pas lents le verger jusqu'à ma petite voiture poussiéreuse ; durant le retour à Cambridge, il ne souffla mot. Je le déposai dans Trinity Street, près du portail de St. John's. Il hocha discrètement la tête en disant :

— Merci de ce charmant thé. C'était un hommage à Rupert, n'est-ce pas ? Ou bien était-ce un hommage aux écouteurs ?

Je rentrai à pied à la maison universitaire, pris mon bloc, et notai soigneusement l'insaisissable dialogue de Grantchester.

J'avais plusieurs raisons différentes de noter ces petits dialogues : d'abord, pour acquérir une certaine adresse à capter les nuances d'une conversation ; deuxièmement, pour conserver un souvenir de ce qu'avaient dit les grands hommes ; et troisièmement pour accomplir un genre de rituel, pour mettre à l'abri un fragment vivant, une relique humaine, comme l'ongle d'un doigt de saint.

Mais avec de la Mare, c'était différent. Plus badin et en même temps plus étrange. Tandis que je griffonnais dans mon carnet, je voyais mon visage au miroir. J'étais brun, hirsute, malin comme un écureuil en train de cacher un gland.

Le martyr

C'était ma deuxième année à Cambridge. J'en étais venu à aimer Cambridge. J'aimais les ponts et les pelouses, les murs anciens et les blasons dorés. J'aimais l'écho des bavardages, et les ramifications de la malice. Je prenais conscience avec un frisson joyeux de toutes les factions différentes qui se faisaient la guerre : la scolastique, la politique, la poétique, la quasi érotique.

Un jour, j'étais assis avec Andrew Chiappe au Lion. Les beaux jeunes athlètes avaient coutume de venir au Lion. Je buvais un stout ainsi que je faisais toujours au Lion, et Andrew lisait à voix haute des passages de *Spain* [Espagne] d'Auden, qui venait de paraître.

— L'enrageant, disait Andrew, c'est cette obsession de la politique. Politique espagnole, politique russe, politique allemande, politique malaise. Ramón de la Sota ne parle que de la politique basque, Tito Arias débagoule sur la politique panaméenne, notre ami Peter Keunemann n'a que la politique cinghalaise à la bouche, et notre ami John Berryman rumine sur ce qu'il nomme la « politique érotique ».

Un homme s'arrêta à notre table, puis se laissa tomber sur une chaise. Il portait une chemise bleue, sale, et des souliers de daim perforé. Il avait de longues paupières, une bouche insolente et sensuelle ; il puait la sueur, le gin, la bière, le fromage, l'urine et le chou. C'était le seul homme que j'eusse jamais rencontré qui me déplût instantanément.

Il ramassa mon exemplaire d'*Espagne,* qu'il feuilleta d'un air dédaigneux.

— Quelle couillonnade ! décréta-t-il avec un hoquet. Totalement fabriqué. Foutaise complète. Ce qui me sort par le nez, ce sont tous ces poètes qui prêchent leur communisme avec l'accent d'Oxford. Je ne vous assommerai pas avec les noms. Des idiots et des charlatans, tous, jusqu'au dernier. Poser au Moscoutaire est méprisable, mais écrire ces âneries est impardonnable. Ça me donne envie de me faire nazi. Peut-être que je me ferai réellement nazi. Il y a des jours où j'ai envie de me jeter dans les bras d'un beau SS.

Il était visiblement ivre. Et pourtant sous l'ébriété je percevais une lueur de sagacité, une variété chaotique d'idéalisme qui prenait la forme de la saleté physique, de l'exhibitionnisme sexuel et de l'arrogance culturelle. Ce mélange, je devais le rencontrer plus tard à Saint-Germain-des-Prés, sur les piazzas de Rome et dans les bars de Greenwich Village, mais l'homme du Lion était un spécimen assez inhabituel, car sous la pose il y avait un charme sombre, subversif. Il présentait un reste de beauté, une lueur de moquerie juvénile, mais semblait souffrir de quelque maladie malodorante.

Il se leva en reniflant, et gagna la porte en titubant ; par la fenêtre, je le vis prendre la direction de King's Parade.

— Qui est cet affreux personnage ? demandai-je.

— Ça, répondit Andrew, c'est Guy Burgess.

— Qui diable est Guy Burgess ?

— Une tante alcoolique qui s'abat sur Cambridge pour draguer les jeunes étudiants.

— Il paraît détester les communistes.

— Oui, il *paraît* haïr les communistes, mais tout chez Burgess est une question d'apparences. Je l'ai rencontré une douzaine de fois, et il est invariablement agressif, mais son agressivité même a quelque chose de charmeur. Il se force à être grossier, insultant ; pourtant, je ne sais comment, il arrive à séduire les jeunes étudiants.

Ayant publié un recueil de poèmes intitulé *The Assassins* [Les Assassins], j'étais surpris par la diversité des réactions qu'il suscitait. Les gens de gauche y voyaient une révolte contre la décadence bourgeoise, les gens de droite, une rébellion contre l'expérimentalisme, et ceux du centre, comme le professeur et Mrs. Leavis, restaient neutres, mais le considéraient comme « symptomatique ».

Mrs. Leavis m'invita un jour à prendre le thé dans son jardin. L'on avait peur de son austère époux, le grand F.R. Leavis, l'irascible, l'incorruptible et totalement irrécusable. Mais on avait plus peur encore de son épouse, la sombre et menaçante Queenie, implacable, intransigeante et tout à fait inflexible.

Les Leavis et leurs disciples haïssaient les classes régnantes de Cambridge, les domaines de F. L. Lucas et même d'I. A. Richards, qu'ils finirent par considérer comme un traître à leur cause étant donné qu'il en venait à s'intéresser plus aux mots qu'aux messages et à la morale.

Aussi, embusqués dans leur forteresse à la périphérie de Downing, ne cessaient-ils de tirer à boulets rouges sur les décadents de Trinity et de King's, en particulier sur I. A. Richards, qui les avait trahis pour l'« anglais de base ».

— Il n'est plus tout à fait sérieux, vous savez, disait Queenie, glaciale. Il en est arrivé à considérer la poésie comme une acrobatie. Du lait ? Du sucre ?

— Deux morceaux, merci, murmurai-je.

— C'est de la confiture de groseilles à maquereau, il me semble, dit le professeur. Ou de prunes ? Prunes ou groseilles à maquereau, Queenie ?

— Prunes de Damas, mon chéri, dit Queenie en jetant des miettes aux moineaux.

Nous étions assis à une table en bambou, les deux Leavis et trois disciples, tous collaborateurs de *Scrutiny*. J'étais à côté de Queenie. L'après-midi étincelait ; les jonquilles étaient en fleurs ; la chatte et ses petits batifolaient au soleil.

— Je viens de lire *Espagne,* d'Auden, dit L. C. Knights. C'est une calamité.

— Une vulgaire chicanerie, renchérit Wilfred Meller en remuant son thé.

— La prose d'Auden est infiniment supérieure à ses vers, dit le professeur avec hauteur. Autrefois, il a écrit pour nous une étude que j'ai fini par consentir à imprimer ; mais sa poésie est, comment dirais-je ?...

— Irresponsable, souffla Queenie.

— Exactement, dit le professeur.

Les yeux fixés sur un frelon, il rompait son toast.

— ...Rappelez-vous, je vous prie, qu'en Angleterre, deux poètes seulement résistent à l'examen.

— Eliot, peut-être ? risquai-je avec discrétion.

Le professeur approuva du chef à contrecœur.

— Eliot, oui, peut-être, tout compte fait, non sans de graves réserves. Jamais je ne lui pardonnerai *The Rock* [Le Rocher], et je suis charitable. L'avoir écrit était ignominieux, mais aller jusqu'à le publier, c'était, comment dirais-je ?...

— Mal à propos, souffla rapidement Queenie.

— Tout juste, dit le professeur.

— Et quel est l'autre poète qui résiste à l'examen ?

Le professeur Leavis jeta un coup d'œil à Queenie.

— Qui est-ce, ma chère ? Pas cette Sitwell ?

— Bottrall, peut-être, dit Queenie, distante.

— Bottrall, bien sûr, dit le professeur, apaisé.

Il me tendit une tranche de gâteau, le gâteau type de Cambridge, de chez Matthews, dans Trinity Street : glaçage au café pas frais, surmonté d'une noix. Je la grignotai consciencieusement comme pour un rite d'initiation. Puis, à un moment où nul ne me regardait, je laissai tomber le reste derrière un buisson.

— ...Queenie affirme que six romanciers vivants son dignes d'être approuvés. Moi-même, je dis seulement cinq. Queenie est généreuse. Elle dit six.

— Six, c'est beaucoup, risquai-je avec audace.

— Wells et Bennett, bien entendu, sont exclus. Ne parlons pas de Galsworthy. Evelyn Waugh est encore un débutant, et Aldous Huxley a fait son temps. Il y a Maugham. *La Ronde de l'amour* était agréablement caustique, mais quant au reste...

Je commençais à m'amuser. Je partageais cet amour des hiérarchies et des catégories, ainsi que cette passion des totems et tabous. Penché en avant sur mon siège, je considérais le professeur avec affection.

— Qui sont les six, ou les cinq ? murmurai-je.

— Il y a Joyce, cela va sans dire. Et il y a Lawrence, déclara le professeur. Forster est sérieux dans sa recherche des principes moraux contemporains. Quelle est notre opinion sur Virginia, ma chère ?

— Nous avons admis Virginia Woolf.

— Ça fait quatre, dis-je avec vivacité.

— Quatre. Exactement, dit le professeur.

— J'ai inclus T. F. Powys, suggéra Queenie en ayant l'air de se le reprocher. Il se répète, mais il a de l'intégrité, et c'est ce qui importe.

— Certes, dit le professeur.

— Y en a-t-il un sixième, professeur Leavis ?

Il me scruta d'un regard lointain.

— Y en a-t-il un sixième ? Qui sait ? Cela se peut bien. En acceptons-nous un sixième, Queenie ?

— Nous avons envisagé L. H. Myers, mon cher.

— Pour sûr. *The Root and the Flower* [La Racine et la Fleur]. J'ai failli oublier Myers. Il a indubitablement le souci des principes moraux. Il y a des moments de frivolité mais la gravité fondamentale est indiscutable. Myers a de l'ampleur morale. Nous avons admis L. H. Myers.

Un papillon « grand mars » se posa au bord de la tasse du professeur. Il le regarda soupçonneusement, avec une ombre de méfiance. Le soleil dorait son profil, qui revêtit une splendeur momentanée, une beauté à la fois pédantesque et grognonne et pourtant sainte. Grâce à de longs efforts implacables, il s'était transformé en martyr. Je me sentais en présence d'un culte hérétique, enseveli dans ses propres codes secrets comme les cathares pyrénéens.

— ...Ce que nous avons en abomination, dit le professeur en regardant le papillon prendre son vol, c'est cet atterrant amateurisme, ce répugnant *belles-lettrisme,* ce genre Quiller-Couch, Desmond MacCarthy et Raymond Mortimer. Si la littérature n'est pas sérieuse, elle n'est rien du tout. Eliot est maintenant un grand manitou, et il nous a brutalement abandonnés ; Conrad est mort, bien sûr, Lawrence aussi ; pourtant, malgré toutes leurs insuffisances, malgré tous leurs défauts, ils ont l'intégrité, la gravité, le zèle. Nous devons nous rappeler que la quête de la beauté doit aussi comprendre une quête de la vérité ; or, la vérité inclut les courants sociaux qui tourbillonnent tout autour de nous, aussi bien que nos indignations individuelles...

Cela sonnait comme une litanie ou même comme un genre de liturgie ; mais sous l'orgueil et l'obstination je pouvais distinguer un cri de souffrance, très faible mais insistant, pareil à la plainte d'un moustique.

Mû par une incontrôlable impulsion, je dis soudain :

— Et Dostoïevski ?

Les trois disciples se tournèrent pour me considérer avec une irritation teintée d'horreur. Queenie baissa les yeux intensément comme pour une prière silencieuse. Je vis que j'avais commis un *faux pas* * impardonnable. Le professeur dit avec une précision peinée, en brossant une miette de son pantalon :

— Oui, Dostoïevski. Tout à fait. Bien sûr. Nous avons appris à vivre avec lui, n'est-ce pas, Queenie ?

Je rentrai à pied à la maison universitaire alors que le soleil commençait à décliner, et que les rues avaient un air étrangement innocent dans la basse lumière dorée. Je humais la brume, déjà tombée sur les pelouses et les buissons. Un petit oiseau gris s'élança dans l'air, comme une traînée de joie.

* En français dans le texte. (N.d.T.)

Andromède

J'avais coutume de flâner dans les rues de Londres, quand j'allais y passer la fin de semaine. Je descendais toujours dans un modeste établissement de Seymour Street appelé le Connaught Club, où je payais la chambre et le petit déjeuner six shillings et six pence. Dans la rangée de fauteuils noirs aux ressorts cassés et au cuir éclaté était assise une rangée de colonels vieillissants, profondément endormis derrière leurs journaux.

Après le petit déjeuner, j'allais errer sur l'herbe de Hyde Park. Cet océan de pelouse était fort séduisant le matin, où la rosée étincelait encore ainsi qu'un tapis de paillettes ; mais à midi, une tristesse sans nom envahissait le parc, abandonné, apathique, refuge pour les inconsolables. Je gagnais Hyde Park Corner, puis continuais jusque dans Piccadilly, où la désolation indifférente se transformait en féroce abattement. La Crise planait encore dans l'atmosphère à la façon d'une odeur d'ammoniaque, et les passants me croisaient avec cette étrange vaillance des années trente, qui mêlait un cynisme d'hommes des cavernes à un espoir acharné, vertigineux.

J'étais entré dans une phase nouvelle, grégaire, de ma vie. Solitaire par nature autant que par désir, je tentais d'exploiter cette solitude en devenant un genre d'éponge afin d'absorber l'essence de la vie des autres. Si vif était mon désir de capter les échos des secrets d'autrui qu'à certains moments j'avais l'impression d'acquérir une personnalité multiple, et parfois d'être plusieurs hommes différents.

Cela voulait dire que le fait de rencontrer d'autres gens, des artistes en particulier, revêtait le *suspense* d'une vieille cérémonie tribale. Je me cachais derrière un masque qui changeait à chaque rencontre — le masque d'un naïf, d'un *picaro* ou d'un athlète —, et finalement je métamorphosai ma timidité en une forme astucieuse d'audace.

Je posais sans cesse les questions rituelles sur les rêves, les fantômes, l'Amérique. Je disais : « Que pensez-vous de Kafka ? » ou : « Avez-vous vu les chutes du Niagara ? » Je questionnais sur les Gitans, le destin ou Dostoïevski, non par oiseuse curiosité mais pour créer un pont invisible sur lequel passer dans l'âme d'autrui. Dans ces rencontres, je commençai à distinguer un modèle inévitable. Tandis que je sondais en quête du secret caché, mon cuir chevelu se mettait à me démanger, mes lobes d'oreilles à se contracter nerveusement, les yeux me sortaient un peu de la tête.

Mais une fois suffisait. J'étais, suivant l'expression d'Andrew, *« un homme d'une nuit * »*. A la pensée de la première rencontre, l'excitation me coupait le souffle ; mais après cela, je prenais la fuite et disparaissais dans les ténèbres.

Andrew m'avait parlé d'un *pub* appelé L'Agneau, à Bloomsbury. Il assurait que les clients de la Hogarth Press fréquentaient L'Agneau. Il avait vu Maynard Keynes et Lytton Strachey assis à L'Agneau. Ils ricanaient en buvant de la bière, et lorgnaient des cartes postales obscènes.

Je jetai un coup d'œil à l'intérieur de L'Agneau mais ne vis pas trace de Keynes ou de Strachey. Pas trace de Roger Fry ni de Leonard Woolf, ni de David Garnett ; pas l'ombre de Vanessa Bell, de William Plomer ou de Christopher Isherwood. Je bus une bière au bar, qui puait le stout et le hareng, et ressortis attristé. C'était une journée aigre, très brumeuse, le type de journée qui me plaisait à Cambridge, mais qui à Londres emplissait les rues d'une mélancolie crasseuse.

Je parvins à Tavistock Square, et fis halte au numéro 37.

* En français dans le texte. (N.d.T.)

J'hésitai quelques instants. Puis je pris mon courage à deux mains. Je franchis le seuil de la Hogarth Press, et jetai un coup d'œil dans le bureau.

— Puis-je quelque chose pour vous, monsieur ? demanda un svelte jeune homme aux cheveux couleur d'ambre.

— Pourrais-je parler à Mrs. Woolf ?

— Mrs. Woolf, je le crains, est occupée.

Il me jaugeait du regard.

— ...C'est pour un sujet précis ?

— Rien d'urgent, marmonnai-je.

— Un instant, dit-il rapidement. Je vais voir si elle est libre. Je lui dirai qu'il s'agit d'un jeune poète américain.

J'attendis, le cœur battant. J'entendais un froissement derrière la porte. La poussière dansait dans le soleil, impalpable et dorée.

Cette poussière dansante était comme une incarnation du style de Virginia Woolf. Au fond de moi, j'éprouvais une certaine ambivalence à propos de Mrs. Woolf. *Les Vagues* était un fort beau livre (trop beau peut-être), mais j'y regrettais l'absence de chaleur animale, d'humeur terrestre, de gourmandise humaine, toutes choses que j'aimais chez mon adorable Cervantès. Les romans de Virginia Woolf m'évoquaient la musique de Debussy. Pendant que je les lisais, j'étais ensorcelé, mais ils me glissaient entre les doigts quand j'essayais de me les rappeler. Je ne distinguais qu'une brume dorée, pareille à ces grains de poussière qui plongeaient dans le rayon de soleil.

L'homme passa la tête à travers le seuil entrouvert.

— ...C'est au sujet de poèmes, monsieur ?

— Oui, c'est au sujet de poèmes.

Il hocha une tête compréhensive.

— Mrs. Woolf sera contente de vous voir.

Elle était assise à un bureau, derrière une montagne d'épreuves en placards. Le crayon levé, elle me considérait désespérément comme du bord d'un abîme infranchissable. On eût dit Andromède attendant d'être sauvée. (Ce soir-là, au Connaught Club, j'écrivis un poème sur Andromède.)

Andrew avait décrit Virginia Woolf comme ressemblant à « un nerf à vif ». Description qui paraissait astucieuse au vu de ses photographies. Mais maintenant que je l'avais devant moi, cette description me semblait manquer son but. Virginia paraissait profondément vulnérable et douloureusement frêle, mais aussi peu élégante, fanée et rusée. Elle avait le nez pointu, le menton craintif, le front creusé de lignes horizontales (j'en comptai six), les sourcils pâles et anormalement écartés l'un de l'autre. Ses cheveux lui tombaient en désordre sur le front et les oreilles, et bouclaient en petites mèches sur la nuque. Ses yeux brillaient, nocturnes, sous leurs paupières crépusculaires. Ils conféraient à la distinction hagarde de son visage ovale une étrange, soudaine et déchirante beauté.

— Oui ? Vous désiriez me voir ?

— Oui, je désirerais vous voir, Mrs. Woolf. J'ai réuni une plaquette de poèmes, et j'ai pensé que vous pourriez y jeter un coup d'œil. Il n'y en a que trente-trois ; ce ne sera donc pas un gros travail. Il se trouve que Mr. Eliot en a publié deux dans *The Criterion* [Le Critère]...

Je rougis sans pouvoir m'en empêcher. Ma gaucherie m'atterrait. Mon obséquiosité, ma cravate rouge vif, me consternaient.

Ses lèvres s'incurvèrent en un petit sourire méchant, presque pervers.

— Je serai heureuse de les examiner puisqu'ils ne sont que trente-trois...

— Oh ! Mrs. Woolf, m'écriai-je avec désespoir, ce n'est pas la raison qui m'a poussé à venir ! Je suis venu parce que...

— Vous vouliez me regarder, je suppose ?

Le contact magique s'était établi tout d'un coup. Son visage se fit plus distinct, comme sur une pellicule sous acide.

— Exactement ! répondis-je.

— Eh bien, maintenant vous m'avez regardée.

Elle baissa posément les yeux. Elle se moquait de moi en secret. Non de ma gaucherie ou de mon absurdité mais avec une indifférence qui englobait tout.

La tête me tournait de frustration. Je tentai un dernier effort :

— *Les Vagues*... oh ! Mrs. Woolf, quel livre miraculeux ! Ce n'est pas un roman, c'est une toile d'araignée pleine de soleil...

— Mais après tout, riposta-t-elle, qu'est-ce au juste qu'un roman, mon cher enfant ? Y avez-vous réellement réfléchi ? En quoi *consiste* ce prétendu roman ?

Elle me lançait un regard mauvais, comme une vilaine petite fille. Elle dévoilait avec une sournoiserie diabolique une ténébreuse facette de mon caractère, tout en révélant une infime trace de sa maladie cachée. Elle jouait un jeu secret, avec entrain et tristesse à la fois, et durant quelques instants passionnants j'eus un aperçu de Virginia Woolf.

— Mon Dieu, dis-je assez faiblement, il existe une ambiguïté dans tous les grands romans. Prenez Dostoïevski, par exemple. Quel est votre sentiment sur Dostoïevski ?

— Aujourd'hui, dit-elle d'un air un peu narquois, je n'ai pas de sentiment sur Dostoïevski.

— Ou Gogol, Mrs Woolf. Que pensez-vous de Gogol ?

— Aujourd'hui, dit-elle avec douceur, je ne pense rien de Gogol.

— Et Pirandello ? demandai-je au hasard. Pirandello vous amuse-t-il ?

La face de Pirandello jaillit devant moi comme un diable à ressort. Mrs. Woolf se refroidit imperceptiblement :

— Je ne me sens aucune parenté avec Pirandello.

Ma voix s'éleva jusqu'à un ton de fausset :

— Et *Ulysse,* Mrs Woolf ! Quels sont vos sentiments personnels envers *Ulysse* ?

Elle s'examina les ongles d'un air matois. Il y eut un silence lourd de *suspense.*

— Je n'éprouve aucun sentiment envers *Ulysse.* Aucun, du moins, qui mérite d'être mentionné. Quand je l'ai lu, cela m'a frappé comme une erreur monumentale.

Soudain, elle parut dix ans de plus. Ses cheveux grisonnaient. Ses yeux semblaient bizarrement injectés de sang, et la fatigue lui ridait les joues. Elle regarda une mouche agrippée à une ampoule électrique. Puis elle inclina la tête, comme si elle posait pour un photographe.

— ...Une catastrophe, murmura-t-elle. Un véritable effondrement des facultés critiques.

Elle abaissa les paupières, qui ressemblèrent à des pétales flétris. Puis elle serra les mains l'une contre l'autre en un genre de prière. Quelques instants, elle demeura immobile. Elle avait l'air changée en statue.

Je jetai un coup d'œil à la fenêtre. Derrière les carreaux poussiéreux se devinait une structure d'ombres moroses, inidentifiables, emblèmes d'une cité morne, inaccessible. Les grains de poussière dorée avaient cessé leur petite danse, et je sentais qu'approchait la fin du rituel.

— Eh bien, au revoir, Mrs. Woolf. Ç'a été délicieux de vous voir...

La sueur coulait à mon front. Je ne quittais pas des yeux la fenêtre. Je repris mon manuscrit et me dirigeai vers la porte. Je me retournai une seconde ; elle était assise là, toujours immobile, toujours nocturne et rusée derrière sa montagne d'épreuves en placards.

Le mauvais coin

Je restai à Londres une semaine avant de partir pour l'Autriche. J'espérais attraper au Tyrol de rares papillons des montagnes. Après quoi, j'avais l'intention de passer le mois d'août à Salzbourg, à écouter la belle musique et à polir mes versions de Hölderlin. J'avais commencé un nouveau roman qui se déroulerait dans les profondeurs de l'Amérique.

J'étais obsédé par la vision d'une Amérique sombre, insondable. Une Amérique qui se prélassait au soleil, couverte de roseaux, animée par le cri de l'engoulevent de la Virginie et celui des sauterelles. Mais sous ce paresseux soleil sommeillait un démon caché qui attendait de s'éveiller pour répandre la terreur sur le pays.

Cette vision d'une Amérique à demi oubliée me troublait. Elle ne cessait de se mouvoir au bord de ma conscience à la façon des vestiges d'un rêve. J'aspirais à me promener à pied au Tyrol, car j'avais le sentiment que l'air cristallin pourrait préciser cette vision de l'Amérique.

Mon roman *les Asiatiques* était déjà un spectaculaire succès. Il avait été publié à Stockholm, Oslo et Copenhague, ainsi qu'à Rome, Madrid et Vienne, sans parler de Buenos Aires, Tokyo et Budapest. J'étais soudain célèbre, à ma propre surprise inquiète.

Je passai le mois de juillet au Tyrol, à butiner dans les prés au-dessus d'Innsbruck où j'attrapai de beaux lycénidés bleus, bronze et cuivrés. Puis je continuai ma route en voiture jusqu'à Salzbourg, et passai le mois d'août à la pension Steinlechner, vieil établissement sis à l'extrémité de l'Aignerstrasse. Chaque matin, j'allais à pied prendre le petit déjeuner au Café Bazaar, où Toscanini et Furtwängler mangeaient leur *Schinken und Eier*; puis je flânais dans les jardins Mirabell, où l'odeur de mousse et de sapins planait sur les statues baroques.

Un matin, je reçus un télégramme signé Thornton Wilder. Je l'avais rencontré cinq ans plus tôt dans sa maison de New Haven, et nous avions bavardé des comédies de Plaute et de Térence. A peine un mois auparavant, il m'avait écrit au sujet de mon roman encore inédit, *les Sept Fugitifs.* Il était membre du jury qui lui avait décerné le Prix Harper. J'avais écrit ce roman au cours de l'hiver, à Cambridge, en regardant le charbon rougeoyer dans ma cheminée comme l'aube sur l'Himalaya. Des années plus tard, Raymond Queneau me dit que c'était le roman de moi qu'il préférait car il ouvrait « comme un éventail » les mentalités européennes contre l'arrière-plan de neige et de glace des déserts du Sin-k'iang. Mais Wilder avait une raison de l'aimer exactement contraire : il renfermait comme dans une coquille, affirmait-il, les sept péchés capitaux, qui se détachaient sur ses pages comme les enluminures d'un manuscrit ancien.

Dans sa lettre, Wilder mentionnait que les écrivains qu'il admirait le plus étaient Jules César, Friedrich Nietzsche, James Joyce et Gertrude Stein. Après quoi, je distinguai toujours quelque chose de quadrangulaire dans le visage de Wilder, allusion au génie militaire de César, aux métaphores énigmatiques de Nietzsche, aux labyrinthes verbaux de Joyce et aux monologues delphiens de Stein.

Dans son télégramme, il me priait d'aller voir Gertrude Stein à Bilignin. Il disait qu'elle se rappelait ma visite à Paris, qu'elle avait lu *les Asiatiques,* et qu'elle était curieuse de voir si j'avais changé dans l'intervalle.

Je pris donc le train, le lendemain matin, et parvins à Bilignin à trois heures de l'après-midi. C'était délicieux d'être à Bilignin avec les Alpes tout autour de moi. Je voyais le mont Blanc au loin, gigantesque, incandescent. Les rosiers multiflores se pavanaient comme des paons, et la brise était si douce qu'elle semblait couler d'un flacon de parfum.

— Oui, dit Gertrude, tous les légumes, à cette altitude, sont d'une exquise fraîcheur, surtout les potirons, les pois et les betteraves. Nous aimons que tout soit d'une simplicité primitive, et Alice a résolu de ne mettre une sauce qu'avec les pois. Les Français affirment qu'il ne faut point planter de persil le Vendredi saint, et je suis sûre qu'ils sont dans le vrai, qu'il doit y avoir une raison. Alice déclare : « Ne plantez rien à l'apogée de la pleine lune », et Alice a raison toutes les fois qu'elle suit ses instincts. Les phases de la lune et les différents types de marées affectent les sensations des plantes, comme celles des hommes. Si Alice écoute ses instincts, *elle a toujours raison* *.

« Allez, dit-elle en me tapotant l'épaule. Vous pouvez cueillir vos propres fraises sauvages. S'il existe bien encore des fraises sauvages. Peut-être qu'il n'existe pas de fraises sauvages. En tout cas, attention au coin du jardin. Il y a, hélas ! un mauvais coin. Il est arrivé ceci : un jour, un char à bœufs est monté nous apporter un baril d'eau parce qu'il y avait une sécheresse et que nous manquions terriblement d'eau ; or, le garçon a traversé l'angle et marché sur un nœud de serpents ; il a bondi, et maintenant, nous appelons ce coin le mauvais coin. »

Elle paraissait beaucoup plus âgée qu'à Paris, c'est-à-dire dix ans plus tôt. Maintenant, ses cheveux étaient tout gris et ses rides s'étaient creusées. Mais il me frappa que l'âge l'avait aussi embellie. Elle semblait radieusement heureuse ; c'était peut-être ce qui la rendait belle ; même les rides de ses joues avaient leur propre éloquence éclatante.

Gertrude et Alice traversèrent la pelouse afin d'examiner les jeunes radis. Je me les rappelle toutes deux penchées pour regarder les radis. Je ne voyais que leurs derrières — celui de Gertrude, large ; celui d'Alice, très étroit, anxieux, vulnérable. La vue de leurs derrières me toucha et me rassura.

Gertrude venait de publier *Autobiographie de tout le monde.* Ce livre me laissait froid, mais je chérissais encore un petit volume paru en 1930 à la Plain Edition, *Lucy Church Amiably : A Novel of Romantic Beauty and Nature Which Looks Like an Engraving.* Je l'avais acheté à Paris, le lisais au lit, et il restait mon préféré parmi les ouvrages de Gertrude Stein.

* En français dans le texte. (N.d.T.)

Ce soir-là, pour dessert, nous eûmes une glace Singapour, truffée de gingembre et couverte de crème fouettée. Gertrude Stein avait l'air très sensuel en léchant sa cuillère, les yeux mi-clos, d'un rythme lent et majestueux. Sa langue évoquait l'archet d'un virtuose du violon qui joue un délicieux et langoureux adagio.

Elle prit la parole :

— Picasso m'a déclaré qu'il lui fallait se purifier l'esprit de temps à autre. Il tirait la chasse d'eau, pour ainsi dire, et le purgeait de tous les résidus. Je suis sûre que vous savez ce qu'il entendait par résidus, n'est-ce pas, Thornton ? Il faut se purifier de toutes les épaves accumulées, et je suis incapable de penser clairement à moins d'être purgée de tous mes résidus. Quel est votre sentiment là-dessus, Thornton ? Vous purgez-vous de vos résidus ?

Wilder acquiesça docilement de la tête, l'air professoral.

— Dites-moi donc, je vous prie, Gertrude. Ces derniers temps, cela me tracasse. Vous avez traité Pound d'expliqueur de village. Qu'entendiez-vous par expliqueur de village ?

(J'avais remarqué que le style de Gertrude était irrésistiblement contagieux. Sans s'en apercevoir, on tombait dans les cadences de sa conversation. Que ce fût par hypnose ou même par un genre de sorcellerie, impossible de parler à Gertrude sans glisser dans ses rythmes.)

— Ezra Pound habite encore un village ; son monde est une espèce de village, et les gens qui habitent ce village ne cessent d'expliquer les choses. Bilignin est également un village, mais non pas un village d'explications parce qu'à Bilignin on vit suivant les phases lunaires. Or, le village d'Ezra Pound est un village d'explications. Maintenant, cela m'est égal si certaines gens habitent des villages ; un village peut être douillet aussi bien qu'intuitif; mais doit-on vraiment expliquer, élucider sans fin ?

Une lueur, dans ses yeux qui me regardaient, montra qu'elle me reconnaissait.

— ...Oui, votre livre me rappelait sans cesse que la terre est couverte de monde. Tous ces Asiatiques errants habitaient des millions de petits villages. Cela me rappelait que le monde est tout couvert de résidus humains. Sur une terre couverte de monde, que faire d'autre ? Je ne parle pas des villes, qui sont un autre gâchis avec leurs propres ruelles, leurs propres crimes et leurs propres sujets de consternation. Je pense à tous les villages puants de leurs résidus ; voilà ce qui arrivera quand la terre sera couverte de monde.

Elle levait la tête comme afin de balayer la terre du regard, et considérait du coin de l'œil une coupe de pommes. J'avais observé que l'esprit de Gertrude se mouvait sans arrêt comme un prestidigitateur. Quand elle s'emparait d'un mot, elle l'insérait dans le tissu des mots qui l'avaient précédé ; quand elle s'emparait d'une idée, elle l'insérait dans le tissu des idées qui l'entouraient. Ainsi ses mots et ses idées se muaient-ils en un perpétuel réseau magique qui, malgré son absurdité de surface, se chargeait d'une obscure et profonde conviction.

Elle donnait l'étrange sentiment de vivre totalement dans le présent, et de voir la vie environnante en une série de visions instantanées. Elle me dit un jour avoir étudié l'anatomie à l'école de médecine Johns Hopkins, et que son sens de la réalité humaine était profondément anatomique. Quand elle écartait les doigts et carrait les épaules, je voyais bien qu'elle considérait la réalité en fonction de l'anatomie humaine.

Nous sortîmes au clair de lune ; l'atmosphère brillait, hallucinatoire, comme infectée par les rythmes de Gertrude Stein. Le mont Blanc semblait phosphorescent, pareil à une montagne lunaire ; les fleurs avaient beau dormir, elles paraissaient errer comme des somnambules. Je jetai un coup d'œil au mauvais coin... oui, pour sûr, un nœud de serpents semblait se tordre au clair de lune, en écoutant les lentes incantations de Gertrude Stein.

Une partie de tennis

De Salzbourg, je fis route en voiture vers le sud alors que les brumes couvraient encore les montagnes. Jetant un coup d'œil en bas du Grossglockner, je vis le village de Heiligenblut, enfoui profondément dans sa vallée dorée, comme niché dans un autre siècle. Puis je plongeai au-delà des Dolomites, en direction de Padoue où je regardai les Giottos et bus le célèbre café. Je franchis l'Adige à Vérone, m'assis sur la piazza, traversai le Pô à Mantoue et errai parmi les joncs. Après quoi, je continuai ma route jusqu'à Parme et vers la Ligurie. Je rencontrai la mer à La Spezia, et me rendis à Rapallo.

Je résolus de séjourner dans une petite pension de Rapallo, modeste établissement où l'on servait le déjeuner sous une pergola : lasagne verte ou fettucine, une tranche de veau arrosée de sauce au thon, et un pudding pétrifié, tacheté de cédrat et de raisins secs. Je sirotais le vin en pichet, en écoutant une fille chanter dans le couvent voisin. Après déjeuner, je me rendais à pied au petit sanctuaire de Montallegro, ou bien à l'église romane de San Tomaso dans la vallée.

Un matin, je résolus de relire *l'Iliade.* Cela faisait treize ans que j'avais lu pour la première fois *l'Iliade*; alors, cela m'avait frappé comme un étrange et barbare panorama plein de listes interminables et de la monotonie de carnages sans fin.

Assis au jardin, je lus donc *l'Iliade,* d'Homère. Une fois encore, *l'Iliade* m'assombrit et me déçut. C'était une longue frise archaïque, remplie de guerriers mutilés, empreinte d'une férocité grandiose, mais absurde. L'imagerie se répétait sans cesse avec ses mers rouges comme le vin et ses aurores aux doigts de rose ; les passions m'étaient désespérément étrangères, avec leur terrible orgueil et leur brutal esprit de vengeance.

Le meurtre d'Érymas par Idoménée m'atterrait. Il frappait Érymas dans la bouche, et la pointe de son épée traversait la cervelle. Les dents étaient arrachées ; les yeux s'emplissaient de sang ; le sang jaillissait par la bouche ouverte et les narines. « Alors, le sombre nuage de la mort s'étendit sur Érymas. »

Mais dans *l'Iliade,* je trouvai deux merveilleux passages. L'un était l'adieu d'Hector à Andromaque. Le petit Astyanax pousse des cris de frayeur en voyant les crins de cheval sur le casque, mais Hector, riant avec amour, essaie de consoler le bébé.

L'autre était la description du bouclier d'Achille. La totalité du monde visible se trouvait ciselée dans le métal étincelant. Il y avait la terre, le ciel, la mer et le soleil ; il y avait la lune, les Pléiades, Orion, l'Ourse et les deux grandes cités, l'une avec les festins, les fiancées amenées de leurs appartements à la lueur des torches, les hommes au marché, les chamailleries sur le prix du sang ; dans l'autre, les armées assiégeant les murailles, les bergers jouant du pipeau en regardant transporter les morts, les laboureurs au loin menant leurs bœufs, le sol qui paraissait noir bien qu'il fût fait d'or martelé, les messagers sous le chêne, l'abattage du bœuf, les femmes remuant le brouet à l'ombre, le vignoble chargé de grappes, un jeune garçon jouant de la harpe, les jeunes filles avec leurs belles guirlandes dans la lumière dorée du soleil, les jeunes gens aux poignards dorés suspendus à des liens d'argent.

Cette description du bouclier était la plus belle chose que j'eusse jamais lue. Le monde entier brillait sur ce bouclier, avec toute sa magnificence sanguinaire ; durant des jours, j'arpentai les rues de Rapallo en songeant aux fiancées, aux torches, aux cadavres et aux vignobles.

Après avoir lu cette description, je fus rempli d'une seule ambition : écrire un livre aussi grouillant que le bouclier d'Achille. Je restais hanté par la vision de don Quichotte sur

Rossinante, par le pont des rêves dans le *Roman de Genji,* par la mort d'André sous la voûte céleste, par l'innocence d'Aliocha et la colère de Dimitri ; mais le bouclier d'Achille me paraissait plus grandiose que tout cela, et j'étais obsédé par le désir d'atteindre à la splendeur de ce chef-d'œuvre.

Un jour, à Rapallo, je jouai au tennis avec Ezra Pound. Je l'avais rencontré la veille au soir, dans un petit café au bord de l'eau. Il me demanda mon nom, et m'administra une claque dans le dos en déclarant qu'il avait lu un poème de moi dans *The Criterion.* Il me traita avec une jovialité rustaude, railleuse, et me demanda de jouer en double, le lendemain après-midi.

La mer s'étendait à nos pieds, d'un bleu quasi fiévreux ; des plantes grimpantes pendaient de longues fleurs crème, pareilles à des tétines gonflées. Les châtaigniers emplissaient l'air d'une forte odeur fertile. Un jeune garçon qui passait à bicyclette s'arrêta pour nous regarder jouer. Les deux autres joueurs étaient un Anglais du nom de Robbins et une maigre dame italienne appelée la Signorina Piaggio. Le court était parsemé de petits pissenlits jaunes qui faisaient rebondir latéralement la balle, de manière imprévisible.

La redoutable Signorina écrasa un lob d'Ezra Pound.

— Merde ! s'écria Pound. Je n'ai pas lancé la foutue balle assez haut.

Et dans un chuchotement mauvais :

— ...Quelle harpie, cette bonne femme !

Il commit une double faute au service, puis lança une balle au filet.

— *Zéro-quarante *!* roucoula la Signorina, et Ezra Pound réussit un service magistral.

— Ça fera les pieds à cette connasse efflanquée, ricana-t-il triomphalement.

La Signorina envoya droit à Ezra un puissant revers. Il poussa un glapissement en se protégeant l'abdomen avec sa raquette.

— Jeu et set ! cria la Signorina en lançant en l'air sa propre raquette.

* En français dans le texte. (N.d.T.)

Ezra roulait des yeux furibonds.

— Elle essaie de me castrer ! C'est une louve déguisée en cigogne !

Puis en un murmure confidentiel :

— ...Envie du pénis. Absolument révoltant.

Pound venait de publier ses *Eleven New Cantos* [Onze nouveaux chants], et je constatais que ses chants avaient quelque chose en commun avec son tennis : un tourbillon de rage, percé par des instants de splendeur à moitié folle, et moucheté d'une certaine incohérence flamboyante.

Au-delà des acacias, nous gagnâmes à pas lents un pavillon délabré où tous deux nous nous assîmes pour boire du rosé frais. Ezra ôta sa chemise, son pantalon de flanelle, et s'allongea dans une chaise longue, très mouillé, très nu, défiant un rosier de sa barbiche irritée.

— ...Je crois vraiment que la plupart des femmes, en particulier les vieilles filles, exècrent l'homme d'avoir une queue et une paire de couilles, je le crois vraiment.

— Elle avait un jeu bien agressif, convins-je avec sympathie.

— Naturellement, dit Ezra. Elle mène sa guerre privée contre les testicules.

Un nuage, pareil à un pis géant, voila le soleil. Tout suggérait une fécondité massive, invincible. Un brun marin italien passa sans se presser, chantant passionnément. Un bourdon se posa sur l'oreille d'Ezra Pound.

Il le chassa d'un air indigné, et foudroya du regard les rosiers.

— ...J'aime ces chères Italiennes, mais elles vont réellement un peu trop loin. Je suppose que vous aussi, vous aimez ces chères petites Italiennes ?

Il me lança un coup d'œil soupçonneux en caressant sa poitrine velue. Il rota avec ostentation. Puis il s'éventa au moyen d'un journal. Je sentais l'odeur de son corps en sueur, mêlée aux acacias et au musc de vieux souliers de tennis qui emplissait le pavillon.

Il s'essuya les aisselles avec une serviette, puis flaira la serviette d'un air songeur. Après quoi, il marmonna :

— ...Écoutez, *caro*. Écoutez bien, je vais vous dire une

chose. Je viens du bon vieil État d'Idaho dans les bons vieux États-Unis d'Amérique, et je n'ai aucun grief personnel contre les bons vieux États-Unis d'Amérique. Je ne souhaite nullement désacraliser cette vénérable vache, les États-Unis d'Amérique. Mais une chose est sûre, et j'espère que vous l'aurez présente à l'esprit. Tout artiste, qu'il soit un capitaliste ou bien un foutu faux cul de marxiste, est certain d'aller à vau-l'eau dans les merveilleux États-Unis d'Amérique. Ils deviennent corrompus, tous, et finissent par se transformer en putains, en castrats ou en alcooliques. Prenez Hemingway ! Bon Dieu ! Que faire d'un homme pareil ? Muscles enflés, tête enflée, ego enflé, et le voilà foutu !

— Pour quelle raison, selon vous ?

— Oh ! les raisons sont multiples ! Il y a cinq raisons différentes, ou cent raisons différentes ! Le sexe, l'argent, l'alcool, la publicité, la frustration, la peur, l'hypocrisie, et par-dessus tout cette médiocrité des États-Unis d'Amérique, qui engloutit tout. Mais qu'importent les raisons ? Ce sont les faits puants qui importent ! Qu'importent les théories ? Ce sont les entrailles et le sang qui importent ! C'est la corruption qui est affreuse ; au diable toutes ces théories et *quant à moi* * ; personnellement, vous pouvez vous les foutre au cul. J'ai entendu assez de ces bon Dieu de théories pour me durer mille existences. Elles puent jusqu'au septième ciel, et sont pires que la corruption ! Je puis pardonner au pauvre vieux sodomite ou à l'alcoolique pleurnichard, mais ne pardonnerai jamais au pédant avec ses explications minaudières !

Il cracha par terre, tout bouillonnant de fureur, puis soudain se calma et me considéra d'un air chagrin. Son visage pointu, son cou décharné, sa barbe en colère et ses aisselles hérissées, tout cela sombra dans une profonde sérénité de martyr. Son profil de dindon pendillait sur son ventre. Il ramassa une feuille de rosier que le vent avait soufflée sous la véranda, et la caressa très amoureusement comme une toute nouvelle découverte.

— ...Eh bien, murmura-t-il comme s'il devinait mes pensées cachées, tout dépend d'*où* vous êtes et de *quand* vous êtes,

* En français dans le texte (N.d.T.)

non de *qui* vous êtes. Prenez ces fous de vieux Ligures. Qui étaient ces vieux Ligures ? Nul ne le sait. Des hommes de mystère. Des envahisseurs. Des apparitions. Ils ont vécu et laissé derrière eux une trace de mystère impénétrable. Regardez autour de vous ! Ils sont *là* ! Dans les rochers ! La mer ! Les ombres !

Il avait l'air en cet instant d'un magicien fou, en train d'épier de derrière un rideau tout en changeant les plaques de sa lanterne. Mais l'instant d'après, je sentis un vide sinistre derrière le rideau. Assis dans la lumière cuivrée, dégonflé, désespéré, Pound avait l'air d'un squelette indigné et phosphorescent.

Un nuage passa lentement, assombrissant le vieux pavillon moisi ; raquettes et balles gisaient par terre ainsi que des reliques brisées. Ezra Pound inclinait la tête et son bouc palpitait d'un air d'expectative, comme s'il écoutait les pas non d'un Ligure depuis longtemps mort, mais de troubadours provençaux, de sages chinois, de célébrants attiques.

Il chuchota :

— ...Pourquoi souriez-vous ?

— Je pensais à la Signorina.

— Ah ! cette jolie Signorina, aux yeux de Vulcain et aux cuisses de Ganymède !...

Je regagnai à pied la pension dans le soir qui tombait. J'avais maintenant une telle habitude de me rappeler mot pour mot les dialogues que je n'eus pas le moindre mal à noter les paroles d'Ezra Pound. Mais quand je reposai mon carnet et m'assis près de la fenêtre, ce qui me hantait, ce n'étaient pas les mots prononcés par le poète, mais quelque chose d'infiniment plus vrai et plus beau :

Les bras du nageur se transformèrent en branches,
Qui dira en quelle année, fuyant quelle troupe de tritons ?
Le front lisse, vu et entrevu, maintenant d'une immobilité d'ivoire...

Le prix

Un jour, à Saint-Tropez, je reçus un câble de mon frère. Mon père avait été tué dans un accident de voiture. Je fis aussitôt mes valises, et pris le bateau de Cannes.

En arpentant le pont, je me sentais suivi par mon père, d'abord un peu à gauche, puis un pas ou deux à droite. Je n'avais jamais tout à fait connu ou compris mon père. Certes, il m'aimait, cela je le sentais à certain assombrissement de son regard, mais une barrière de timidité s'élevait perpétuellement entre nous. Je me rappelais ses yeux, graves et intenses derrière leur pince-nez, et sa voix lorsqu'il chantait ses diphtongues indo-européennes. Il avait une profonde intuition archaïque et une grande intégrité terrestre, mais je renâclais d'instinct à tenter de franchir la barrière.

Et voici que je le sentais qui marchait derrière moi, désireux de me dire quelque chose. Mais je n'entendais que la pulsation des machines du navire, et l'appel incessant des vagues.

Je passai une semaine avec ma mère à Providence. Sans cesse elle restait assise tout près de moi, à me mettre un châle sur les épaules pour m'empêcher d'attraper froid. De temps à autre, elle me jetait un coup d'œil mi-suppliant mi-interrogateur. Elle avait envie de me dire quelque chose, mais ne savait comment s'y prendre.

Des années plus tard, je finis par me résoudre à lire avec difficulté le grand œuvre de mon père, *l'Histoire des langues indo-européennes.* Il avait mis le point final à ce prodigieux travail juste avant sa mort. En le lisant, j'entendais sa voix mélodieuse s'élever des pages, récitant son interminable élégie de consonnes et de diphtongues éternellement changeantes. L'ouvrage acquérait peu à peu les cadences majestueuses de la poésie épique. A travers la texture des labiales et des gutturales, je décelais comme derrière un écran les grandes migrations à travers le Punjab, le Deccan, l'Anatolie. Je voyais les tribus furtives chevauchant leurs ânes, leurs poneys, leurs dromadaires pour traverser l'Éthiopie afin de pénétrer en Libye et en Barbarie. Je saisissais l'immensité de la vision qui avait approfondi la voix de mon père, et assombri son regard. C'était sa conception propre de la poésie, vaste, nomade, plongée dans le mystère, et toutefois métamorphosée, illuminée par son étrange érudition.

Je pris le train pour New York afin de chercher du travail. Un jour, je m'aperçus que j'étais absolument sans le sou. J'avais dépensé toutes mes économies ainsi que mes ultimes droits d'auteur. Je me proposai comme secrétaire, homme de compagnie, associé, traducteur, chef cuisinier, et même derviche dans une pièce de Dunsany.

Assis près du téléphone, je regardais les nuages au-dessus de l'Empire State Building. New York avait un air implacablement hostile et résolument laid. Les nuages d'un jaune terne pendaient comme une lessive à une corde à linge.

Un jour, Sinclair Lewis m'appela à l'improviste.

— Je suis au Gotham. Pouvez-vous venir prendre un verre, mon gars ?

— Quand ça ?

— Maintenant !

— Tout de suite ?

— A la minute !

Sinclair Lewis était membre du jury qui avait décerné le prix Harper aux *Sept Fugitifs.* Lui et Thornton Wilder avaient voté pour moi, Louis Bromfield contre moi. J'éprouvais une tendre gratitude envers Thornton Wilder et Sinclair Lewis.

Il était assis à côté de la fenêtre, un verre à la main. Il avait les cheveux d'un roux fané ; l'on eût dit une perruque desséchée. Il avait des yeux implorants, troubles, un peu désespérés.

— Venez me dire quelque chose de gentil. Je suis malheureux, dit Lewis.

— Il est malheureux sans raison spéciale, commenta son ami Harrison Smith, assis près de la table en train d'arroser un pot d'azalées.

— J'ai des raisons, ronronna Lewis. J'ai des motifs, croyez-moi, les gars.

Il avait toujours l'air au bord des larmes. Mais cette fois, il paraissait véritablement au bord du suicide. J'aimais infiniment Lewis. Il était sans la moindre malice, et luttait pour ses propres conceptions malheureuses de la vérité et de la réalité. Mais c'était l'homme le plus laid, le plus désolé d'aspect que j'eusse jamais vu. Dans sa face rouge, pareille à une tête de mort, ses yeux brillaient d'un éclat angoissé.

— Tu es un génie, Red, et tu le sais, dit Hal Smith en guise de consolation.

— Ça fait du bien à entendre, mais ça ne me convainc pas complètement. Qu'en pensez-vous, Fritz ? Suis-je un génie, oui ou non ?

— Le prix Nobel n'a-t-il pas suffi à vous consoler pour une vie entière ?

Ressuscité, guilleret, il me lança un coup d'œil espiègle.

— Dieu tout-puissant, qu'est-ce qu'un prix ? Qu'est-ce qu'un prix a de si extraordinaire ? J'ai déjà eu assez de prix comme ça. Il y a autre chose que les prix. Flaubert a-t-il eu des prix ? Tolstoï a-t-il eu des prix ? Shakespeare a-t-il eu des prix ? Dante a-t-il eu des prix ?

Cela faisait neuf ans que Sinclair Lewis avait remporté le prix Nobel, peu de temps après la parution de *Dodsworth*, alors qu'il était au sommet de son prestige. On disait que, depuis *Babbitt*, Sinclair Lewis ne cessait de se répéter. Sa réputation avait baissé ; la critique devenait aigre. Des haussements d'épaules glacés avaient accueilli *les Parents prodigues.*

— Eschyle, Sophocle et Euripide ont tous les trois eu des prix, dit Harrison Smith.

— C'est drôlement triste, s'il faut dépendre de ces sales prix, dit Lewis.

— Tu n'as jamais dépendu d'aucun prix, Red. Tu es un génie, et tu le sais bien. Tu as le cafard parce que tu n'es pas Bill Shakespeare, dit aimablement Smith.

Un fait me frappa : il y avait de la distraction dans l'air. Hal Smith et Sinclair Lewis éprouvaient l'un et l'autre du respect envers la littérature, mais tous deux ressentaient de l'appréhension dans une atmosphère de belles-lettres. Par conséquent, ils se faisaient confiance l'un à l'autre, et pourtant se traitaient l'un l'autre avec condescendance. Ils avaient beau être tous deux intelligents, sincères et sensibles, ils trouvaient au climat des belles-lettres une odeur de dépravation. Aussi parlaient-ils de « Charlie Dickens », « Johnny Keats » et « Bill Shakespeare ». Ils s'accrochaient à cette affectation rustaude qui leur donnait presque un air de stupidité.

Lewis marmonna :

— Je parierais que même Shakespeare avait le noir, de temps à autre. L'idée de tous ces foutus prix l'aurait bien fait rire.

— Allons, parle-nous de l'époque où tu as reçu le prix Nobel, Red. Tu es allé à Stockholm, et la neige tombait déjà, hein, Red ?

— Non, il n'y avait pas de neige, mais il faisait un temps sinistre. J'ai été honoré par ce prix, profondément et authentiquement honoré ; mais j'ai senti qu'il y avait quelque chose de louche, quelque chose de bizarre dans toute cette affaire. L'année avant moi c'était Mann, l'année d'avant, Undset, et l'année d'avant Undset... qui donc était-ce, Fritz ?

— Peut-être bien Bergson.

— Oui, Bergson, c'est ça. Alors, ils ont décidé de le donner à un Américain, et voilà qu'ils ont choisi ce vieux Red Lewis. Foutrement bien de leur part, mais fichtre, quand j'ai été debout là à côté de Mann, je me suis senti tout chose, et je me suis rendu compte qu'il y avait quelque chose de pas catholique. Je ne me suis pas senti à ma place. J'ai senti qu'on avait commis une bourde. J'avais l'impression d'être un minable régional qui aurait gagné sur un coup de veine à Wimbledon.

Hal Smith regardait Lewis avec l'air de tomber de la lune.

— Allons, tu dis des conneries, Red. Tu le méritais, ce foutu prix. Tu es arrivé en finale, et tu le méritais parfaitement.

Lewis baissa les yeux d'un air modeste.

— J'ai travaillé drôlement dur, je crois.

— Tu as travaillé comme un nègre. Tu es un bougrement bon écrivain, ne l'oublie pas.

— Allons, répète, je t'en prie, dit Lewis avec une délicatesse d'ivrogne. Ça me ravigote. Pourtant, je me sens encore salement bas. Suis-je un bougrement bon écrivain, Fritz ? Allons, dites la vérité, maintenant.

— Vous êtes un bougrement bon écrivain doublé d'un gentleman et d'un humaniste.

— Vous avez dit ça d'un ton un peu bizarre, Fritz. Ça paraissait un peu forcé. Versez-moi à boire, soyez gentil. Je parierais bien que du temps de Shakespeare, s'il y avait eu des prix, ils seraient allés à quelqu'un de médiocre ou même à une tante, comme Marlowe.

Harrison Smith prit soudain l'air docte.

— Marlowe n'était *pas* quelqu'un de médiocre. Une tante, oui, peut-être, mais sûrement *pas* quelqu'un de médiocre.

— Je ne dis pas que toutes les tantes soient médiocres, précisa Lewis. Je suppose qu'il y a eu des tas de tantes qui n'étaient pas médiocres.

— Il y avait Proust, dit Hal Smith.

— Et il y a Gide, dit Lewis avec délicatesse.

— Il y avait Léonard de Vinci.

— Et il y a Maugham, dit Lewis avec négligence. A propos, quelle différence y a-t-il entre une tante et un pédéraste ?

— Oscar Wilde était un authentique pédéraste, suggéra Smith avec ingéniosité. Henry James, en revanche, je le classerais parmi les tantes.

— Mon Dieu, plus on en apprend sur eux, plus on devient soupçonneux. Il y a des moments, dit sombrement Lewis, où on a l'impression qu'ils étaient tous une bande de suceurs de queues.

— Tu n'as jamais rien dit de plus vrai, Red, fit lugubrement Smith.

— Je parierais que si on connaissait le dessous des cartes, même Shakespeare serait une tante. Toutes ces balivernes au sujet d'Anne Hathaway n'étaient qu'un camouflage. Je parie qu'Anne Hathaway, c'était en réalité un taureau mugissant.

Dans son testament, il lui a laissé son lit de tous les jours. Pourquoi diable est-ce qu'il lui aurait laissé ça, si elle n'était pas un taureau mugissant ?

— Là, tu as mis le doigt dessus, Red, dit Smith avec admiration.

— J'ai presque envie d'écrire un essai là-dessus, dit Lewis avec satisfaction. J'ai de ces intuitions soudaines. Qu'en pensez-vous, Fritz ?

Le bord de ses globes oculaires avait un éclat de rubis. Sa voix prenait une solennité moelleuse, presque monacale. Puis il considéra par la fenêtre la désolation grise, et sa face grêlée revêtit une douce innocence d'enfant.

Il posa son verre et se dirigea d'un pas chancelant vers la salle de bains.

— Je crois que je vais faire pipi, maintenant, déclara-t-il avec satisfaction.

— Tu le mérites, Red, par le Christ. Tu es un génie, ne l'oublie pas, dit Harrison Smith d'un ton moelleux.

Et il me chuchota :

— ...Ce pauvre vieux Red... Il file un mauvais coton.

Sinclair Lewis s'arrêta net et se retourna tout d'une pièce.

— Tu as dit quelque chose, Hal ? T'ai-je entendu marmonner quelque chose ?

— Je disais que tu es un génie. Tu le méritais, ce foutu prix.

Lewis nous fixait d'un regard implorant et furibond tout en empoignant le bouton de porte en cuivre.

— Ne pense plus à ce bon Dieu de prix. Qu'est-ce que c'est qu'un prix ? Un simple tas de merde ! Tu peux prendre ce bon Dieu de prix et te le foutre au cul, espèce de sale con !

Et il se glissa dans la salle de bains avec un hoquet désespéré.

L'Amérique de Kafka

Chaque soir, j'allais rôder au plus profond de Central Park. Je frissonnais de crainte en pénétrant dans l'obscurité, qui paraissait aussi broussailleuse et reptilienne qu'une jungle d'Afrique.

J'avais enfin terminé mon roman américain. Je l'intitulai *Nuit des humbles*, d'après un tableau de Diego Rivera. J'avais tenté de retrouver certains de mes rêves au sujet de l'Amérique, certaines sombres visions récurrentes qui avaient les contours effilochés d'eaux-fortes où des zébrures de cauchemar frangeaient une joie enfantine. J'avais travaillé avec de graves doutes à cette idylle sinistre, et maintenant qu'elle était achevée j'en étais mécontent. J'avais observé que dans mes rêves, le sens du lieu portait un masque en sorte qu'un endroit familier paraissait étrange, méconnaissable, et pourtant empreint d'une identité plus puissante encore. J'avais tenté d'incarner ce sentiment dans *Nuit des humbles* ; toutefois, maintenant que j'avais terminé, j'étais inquiet, déconcerté.

Assis sur un rocher dans l'obscurité à l'odeur aigre, je contemplais les tours qui s'élevaient dans la nuit. Ces tours dévoratrices de pensées étaient animées de milliers de significations. Leur étincellement constituait un défi à la férocité de l'infini en même temps qu'à la saleté du fini. Chaque soir, assis à Central Park, je contemplais ces tours étincelantes. Elles étaient les seules choses que j'aimais dans cette énorme nuit de la ville.

Fin janvier, Auden et Isherwood s'embarquèrent pour l'Amérique à bord du *Champlain*. L'arrivée à New York d'Auden m'excitait fort. Nous avions échangé de nombreuses lettres et j'avais imprimé certains de ses poèmes, mais je l'avais manqué à Londres et ne l'avais jamais vu. J'étais impatient de rencontrer enfin le poète.

Un matin, je lui téléphonai pour l'inviter à déjeuner avec moi au Yale Club. J'étais malade d'impatience en l'attendant au salon, où les sofas de cuir noir étaient affalés par bancs comme des morses échoués. Soudain, je le vis debout devant moi, timide et le souffle court ainsi qu'un écolier anxieux. Je lui dis : « Bonjour, Wystan ! », et il me répondit : « Bonjour, Fritz ! »

Après avoir pris pris un verre au bar, nous entrâmes au grill-room. Assis dans un angle, nous commençâmes de manger nos huîtres. C'étaient d'énormes huîtres américaines, dites *cotuits* ; en avalant sa *cotuit*, Auden la trouva répugnante. Aussi appelai-je le garçon ; il remporta les huîtres, et revint avec une assiettée de palourdes pour Auden. Les petites palourdes bien fermes plurent à Auden, dont l'indignation se calma, et qui se remit à bavarder avec son sang-froid habituel.

— Les Américains ? Grand Dieu ! je les trouve terriblement roublards. On m'avait dit qu'ils étaient naïfs. Je les trouve follement compliqués. Ces brillants jeunes Américains ont quelque chose d'inquiétant. Sous leur aspect si propre et si frais, je sens une corruption profonde. C'est peut-être pour ça qu'ils m'intriguent. Pour ce sentiment de décomposition profonde.

Il inclinait légèrement la tête, comme s'il écoutait une voix lointaine. Il avait la bouche entrouverte, les yeux baissés. Et voilà comment je me le rappelle encore, en jeune homme audacieux, interrogateur, les lèvres entrouvertes, les yeux baissés, à l'écoute d'une voix lointaine.

Mais c'était longtemps avant que le terrible pourrissement n'eût commencé. Il avait un air juvénile, alerte, gauche et pourtant sémillant. Auden eut toujours une certaine timidité, un certain aspect lointain, comme s'il désirait ardemment l'amitié mais reculait devant une intimité plus profonde ; l'énigme de son caractère résidait dans cet aspect lointain qui finit par le mener dans les marécages de la torture de soi-même.

Il portait un costume à rayures, une chemise fripée, une cravate à carreaux. Il me donnait l'impression d'avoir fait pour le Yale Club un effort de coquetterie. Son épaisse chevelure indisciplinée était divisée par une raie tracée très à droite. Il avait un grain de beauté sur la joue droite et penchait la tête à droite, en sorte que son corps aussi bien que son esprit semblaient tendre à l'asymétrie.

— ...Puis-je vous demander un service, Fritz ? dit Auden.

— Avec joie, répondis-je.

— Accepteriez-vous de me proposer pour la nationalité américaine ?

— Bien sûr. J'en serais charmé.

J'éprouvais un élan d'enthousiasme à la pensée de la naturalisation d'Auden ; je levai mon verre en m'écriant :

— ...Santé ! *Prosit ! Skol !*

Il avala une palourde, but une petite gorgée de Riesling, et dit :

— C'est fort impressionnant, tous ces exilés en Amérique. Il y a Casals, il y a Gropius, il y a Mies van der Rohe. Il y a Aldous Huxley, Gerald Heard, André Breton, Einstein et Stravinski. Thomas Mann écrit un roman dans les régions sauvages de Californie. Tout ça est bien excitant mais aussi un peu déprimant. L'Amérique me fascine, mais il y a quelque chose d'affreux dans une culture où les choses pourrissent aussi rapidement, aussi brutalement, aussi irréparablement. Les hommes, les femmes, les livres, les espérances, les édifices, les réputations, les histoires d'amour. La décomposition n'est pas un beau spectacle chez les jeunes, surtout en l'absence de facteur spirituel pour la racheter...

Il considérait le grill-room avec une expression d'austérité suffisante. Puis il leva son verre de vin, et but en baissant les paupières.

Je mentionnai Delmore Schwartz, qui remportait un grand succès avec un brillant volume intitulé *In Dreams Begin Responsibilities* [Les responsabilités commencent dans les rêves]. Auden écoutait avec curiosité, et approuvait poliment de la tête. On eût dit que grâce à quelque instinct secret, pareil à des antennes, il évaluait toutes les forces et toutes les faiblesses de Delmore Schwartz.

Puis je mentionnai Dylan Thomas dans l'espoir de susciter une réaction ; mais Auden parut vexé, et se gratta nerveusement l'oreille. Les poèmes de Delmore Schwartz lui donnaient un air doux et objectif, alors que ceux de Dylan Thomas lui donnaient un air irritable et nauséeux.

Je venais de publier un recueil de poèmes intitulé *The Carnival* [Le Carnaval], où j'essayais d'exprimer l'aspect sombre de la décennie qui précéda la guerre. Je me sentais profondément redevable envers l'Auden de *The Witnesses* [Les Témoins], l'Auden intuitif et comminatoire, mais j'éprouvais de la suspicion pour l'Auden de *Spain* [Espagne], l'Auden dénonciateur et exhorteur.

En cet instant, alors qu'il levait les yeux, je sentis que l'ambivalence de mon admiration contrariait Auden, et que sa politesse était frangée de petits tentacules d'hostilité.

Soudain, je pris conscience que nous étions quatre à table : deux qui parlaient et deux qui écoutaient, cachés derrière ceux qui parlaient, chacun avec ses propres attitudes, doutes et suspicions cachés. Brusquement, tout en lançant à travers la table des coups d'œil embarrassés, nous sombrâmes dans un silence intimidé de méfiance réciproque.

Je le rompis :

— Dites-moi, Wystan. Pourquoi donc avez-vous décidé de fuir en Amérique ?

— *Fuir !* Qu'est-ce qui peut bien vous donner à croire qu'il s'agissait d'une fuite ? Ce n'était pas une fuite. Et qui plus est, ce n'était pas une *décision.* C'était un instinct, un désir. Je vous en prie, n'essayez pas d'intellectualiser. L'on a des impulsions, des instincts. Il n'y avait aucun désir de fuir. Et il n'y avait rien qui ressemblât de près ou de loin à une décision !

Je lui fis au revoir de la main au coin de la Vanderbilt Avenue ; il s'éloigna rapidement, son veston flottant au vent.

Un soir, je me rendis à un bain turc de la quarante-deuxième rue. Andrew Chiappe et Maurice Bowra m'avaient parlé de cet endroit, et je m'attendais à un arrière-plan d'avant-garde intellectuelle. Malgré ma répulsion pour les cafards et les odeurs de sécrétions, l'atmosphère de silence et de ruse m'intrigua.

Assis au bain de vapeur, j'aperçus Wystan Auden. Tandis qu'il rôdait en quête de proie à travers la vapeur, on eût dit quelque bête marine nue ; sous l'ampoule électrique humide, sa peau semblait phosphorescente. Il m'aperçut, accroupi sur une dalle de marbre. Il ne paraissait pas me reconnaître. Il se rapprocha et me toucha furtivement.

— Wystan ! m'écriai-je.

Il recula.

— Ah ! je vois. C'est donc vous ?

— Oui, c'est moi. Vous ne me reconnaissiez pas ?

— Tous ces tourbillons de vapeur... On dirait presque un camouflage. On ne reconnaît pas les visages. Voilà le hic, à New York. C'est une ville de camouflage. Les rues de New York sont perpétuellement en état de camouflage. Il y a des moments, à New York, où j'ai l'impression d'être pris dans un cauchemar. Tout est déguisé, tout le monde porte un masque, et tout se réduit en fin de compte à ce cher vieux Kafka. La clé de l'art de notre époque, c'est Kafka. C'est Kafka qui a saisi la grandeur épique, l'accent de prophétie...

Il parlait avec une étrange et nerveuse rapidité, comme si son esprit aussi bien que son corps tâtonnait à travers la vapeur. Il avait l'air pitoyablement nu. Je n'avais jamais vu personne d'aussi nu. Son grand corps glabre, ses organes génitaux à l'air embarrassé, ses mains tendres et boulottes, ses ruisselantes fesses roses — oui, c'était bien vrai, il semblait pris au piège d'un vaste cauchemar nébuleux, avec tous ces spectres sans visage qui rôdaient en quête de proie autour de lui. Cela m'évoquait l'enfer selon Dante : cette petite ampoule embrumée, brillant sur les girations de la fellation et de la sodomie.

Il délirait comme en proie à une folie secrète :

— ...Chez Dostoïevski, au contraire, tout est centré sur l'obsession. Tout ce vice autour de nous, il y a un grain de folie, vous ne trouvez pas ? C'est tellement fou, tellement ridicule, dans son genre dostoïevskien... A maux extrêmes, remèdes extrêmes, disait Pascal. Très malin, bien sûr, mais qu'entendait-il par *remèdes extrêmes* ?

Comme pris d'un étourdissement, il s'agrippa à la plaque de

marbre, puis disparut dans la vapeur ainsi qu'un vaisseau dans le brouillard.

Par la fenêtre, je regardai le kaléidoscope des lumières au néon. C'était une orgie de saphirs, d'émeraudes et de rubis. Elles ne cessaient de se contorsionner dans la nuit comme une mer pleine de larves. Je songeais : si j'étais esquimau ou polynésien, comme elles me paraîtraient magiques ! Comme elles me sembleraient mystérieuses et splendides, si seulement je ne pouvais les déchiffrer !

Le baron

A la mi-août, arriva finalement le jour où ma solitude se figea en une anxiété proche de la terreur. Les chuchotements nocturnes dans le parc, les tasses sales dans les cafétérias, la menace dans les métros, les rendez-vous sans paroles à la bibliothèque publique : en regardant au miroir, j'y vis tout cela reflété comme un entrelacs de lianes au-dessus d'un marais sans fond.

Je convainquis mes éditeurs de me verser une avance de mille dollars, et, le dix-huit août, repris le bateau pour la France. Ma décapotable rouillée m'attendait encore au garage. On avait réparé le toit et les ailes, démêlé les pare-chocs, rajeuni le moteur. Je mis le cap sur Tours, et, trois jours après, j'étais à Cannes.

Cannes battait son plein. Les voiliers étincelaient, les ombrelles palpitaient. Devant le Carlton, je vis les automobiles de luxe : Hispano-Suizas, Minervas, Rolls-Royces, Delahayes. Près de l'île de Saint-Honorat, l'on apercevait deux croiseurs. Jusqu'aux palmiers de la Croisette brillaient d'une étrange et nouvelle attente.

Un matin, en m'apportant mon petit déjeuner, le garçon dit avec amertume :

— *Ces cochons, ils vont partager la Pologne, monsieur* * !

* En français dans le texte. (N.d.T.)

Hélas pour les années trente ! Ces chères années trente, si décriées ! Elles prirent fin brusquement l'après-midi même, tandis que l'on peignait en violet les fenêtres, au long de la Croisette, et que les soldats sénégalais défilaient dans la rue. Les touristes fuyaient vers le nord dans leurs grosses voitures de luxe, et ma dernière vision de Cannes, ce fut Elsa Maxwell affalée dans une vieille Isotta-Fraschini qui se dirigeait vers La Napoule.

Je sautai dans ma Ford décapotable, et pris la route de Bordeaux. Un bateau partait le mardi ; je me hâtai de réserver une cabine. Mais je ne pouvais tout à fait supporter de quitter ce vieux continent hagard. Tous mes rêves de bonheur futur étaient liés à ce continent usé. Aussi annulai-je ma réservation, et descendis-je en voiture à Biarritz. A Biarritz, on peignait aussi fenêtres et réverbères, et un silence d'attente planait sur le casino.

Je me rappelle encore, en marchant sur la plage sauvage et pleine d'échos, au nord de Biarritz, avoir écouté la voix du Führer à la radio. Je ne cessais de lever les yeux vers les étoiles, en quête des ombres de la Luftwaffe. Mais le ciel demeurait serein. Ni bombes, ni incendies. Toutefois, le silence d'attente s'approfondissait.

Je repris la route vers le sud, traversai Saint-Jean-de-Luz, et pénétrai en Espagne à Hendaye. Traversant Pampelune, je me hâtai vers la rocailleuse Castille. Tout était curieusement en ordre et en alerte à Madrid. Nul ne souriait à Madrid ; la ville retenait son souffle. Les noirs tricornes de la garde luisaient de manière inquiétante.

Comme je me sentais en peine à Madrid, je pris la direction du sud, vers Séville. A Séville, j'écoutai les chants et les guitares. Mais une vilaine lueur grise planait sur les rives du Guadalquivir, et au bout d'une semaine je résolus de partir pour Lisbonne. Ma vieille Ford miteuse roulait avec une ténacité angoissée ; je franchis le Guadiana, et finis par entrer au Portugal.

Cinq jours plus tard, je prenais une chambre au Palacio Hotel d'Estoril. J'avais eu l'intention d'y passer deux semaines ; j'y passai deux ans. Il s'agissait d'une chambre de bonne, située derrière, qui me coûtait un dollar par jour. C'était une « chambre avec vue ». Je me sentais en sécurité, inaccessible. La guerre était d'une excitante proximité bien qu'étrangement lointaine. Les réfugiés affluaient de Bruxelles, d'Oslo, d'Amsterdam, et la plage retentissait d'accents hollandais, norvégiens, flamands.

J'avais coutume de m'asseoir au café, au-dessus de la plage, pour contempler les vagues. Loin vers l'ouest, au-delà de Cascais, les bateaux de pêche voguaient tranquillement. Les brisants rampaient vers la terre avec une étincelante malveillance. Ils s'élevaient de plus en plus haut, lisses comme du verre, tendus comme des cobras. Ils ouvraient leurs mâchoires et se tenaient debout, en équilibre, durant un instant où l'on retenait son souffle. Puis ils bondissaient avec un rugissement qui se répercutait parmi les grottes, et l'écume jaillissait en l'air comme un vol d'oiseaux de mer devenus fous.

Assis au café, je lisais *Lotte à Weimar*, de Mann. Je lisais *le Mur*, de Sartre, et *Terre des hommes*, de Saint-Exupéry. Je lisais le *Journal* d'André Gide, et *Sur les falaises de marbre*, d'Ernst Jünger. Après dîner, au Palacio, assis au salon, chaque soir, je feuilletais les notes que je rassemblais en vue d'un roman.

L'hiver s'écoula sans histoires. Les forsythias fleurirent. Les notes mélancoliques du fado résonnaient dans les débits de vin. Le 10 mai 1940, Winston Churchill devenait premier ministre, et le 30 mai, les troupes britanniques étaient évacuées de Dunkerque. Le 14 juin, Paris tombait ; une excitation neuve gagna le Portugal. Les réfugiés affluaient de Galice et d'Estrémadure ; le casino s'anima davantage, et la plage se fit plus polyglotte encore.

Le Palacio était rempli non seulement de réfugiés riches, mais de certains personnages plus ambigus et douteux. Il y avait l'ondulante Mme Grigoresco de Bucarest avec ses perles, et la basanée Mme Suleiman, d'Ankara, avec son ombrelle. Il y avait le borgne Signor Katz, de Trieste, avec ses Utrillos, et Mr. Abercrombie, d'Édimbourg, tout tweed et clubs de golf. Et qui donc était cette jeune Danoise svelte au loulou de Poméranie ? Et qui donc était cette Fräulein Torok à face de rat et lunettes de soleil ?

Je me liai d'amitié avec un Italien du nom de Pietro Gerbore, fervent de Baudelaire et aussi de l'Amérique. Ayant vécu en Amérique, il s'était épris des Américains. En Amérique, il avait appris à apprécier les gaufres et la tarte au potiron.

Le soir, je me promenais le long de l'esplanade avec Gerbore ; nous bavardions sur le symbolisme dans la poésie de D'Annunzio. Fervent admirateur de D'Annunzio, Gerbore détestait Pirandello qu'il traitait de « décadent pusillanime ».

Il me jeta un coup d'œil, et dit :

— Toutes ces notes que vous prenez !... Ne devriez-vous pas être un peu plus prudent ? Les gens commencent à devenir soupçonneux !

Le *Blitzkrieg* débuta le 24 août, et nous nous attendions tous à une invasion de l'Angleterre.

— Cette nuit, c'est la pleine lune, dis-je. La nuit idéale pour une grande invasion !

— Il n'y aura pas d'invasion, répliqua Gerbore, impénétrable.

C'était un gros homme flasque aux lunettes à lentilles épaisses, où je distinguais le double reflet de la lune.

— J'*espère* que non, dis-je.

— Je suis *sûr* que non, répliqua Gerbore.

— Et pourquoi non ? insistai-je. Qu'est-ce qui vous donne pareille certitude ?

— De multiples raisons, répondit doucement Gerbore. Ce serait loin d'être avantageux. Le Führer aussi bien que le Duce sont des amoureux de la paix. Le Führer et le Duce désirent l'amitié avec l'Amérique. Aussitôt la paix revenue, ils tendront la main à l'Amérique.

Un jour, Gerbore m'invita à prendre un verre avec le baron von Rheinbaben. Ce baron était un aristocrate de haute taille, chauve, appartenant à la vieille école. Il portait une canne, une cicatrice lui barrait la joue, et ses façons tâtillonnes étaient celles d'un Prussien raffiné.

— Je continue à me poser des questions, dis-je, à redouter une invasion. Ce soir, c'est le dernier quartier. Fort propice à une invasion, je le crains.

— Il n'y aura pas d'invasion, dit le baron d'un ton bienveillant. Ni le Führer ni le Duce n'ont des desseins d'invasion. Le

Führer aussi bien que le Duce préféreraient un compromis subtil au sang et à la foudre d'un holocauste triomphal.

Le visage de Gerbore, tandis qu'il écoutait, hésitait entre l'impénétrabilité désinvolte et le rose de l'obséquiosité. Le baron ne cessait de le surveiller du coin du monocle, comme le ferait un chef d'orchestre d'un clarinettiste incertain.

— Un compromis subtil ? dis-je avec appréhension.

— L'Amérique, dit le baron, gardera son indépendance. Ni le Führer ni le Duce ne veulent de mal à l'Amérique. Une surveillance bienveillante sera instaurée en France et en Angleterre, et une hégémonie à l'amiable organisée en Scandinavie. Il n'y a pas le moindre désir d'empiéter sur l'Amérique. Le Führer aussi bien que le Duce considèrent l'Amérique d'un œil favorable.

Une lueur bienveillante illuminait le monocle rond, attentif, et la cicatrice de la joue du baron respirait l'esprit de discipline prussien.

Ce soir-là, je fis mon tour habituel sur la plage en méditant les propos du baron von Rheinbaben. Les vaguelettes léchaient doucement le cimeterre de sable ; au loin, j'entendais une voix mélancolique chanter dans un débit de vin.

Un petit homme boulot, à face de lune, jaillit devant moi. Il portait un veston à carreaux, et son visage était d'une jovialité haute en couleur.

Je reculai, inquiet, mais il agita une main rassurante :

— Je suis sûr que vous ne me reconnaissez pas, dit-il avec une certaine coquetterie. Je vous ai rencontré, un soir, chez Mme Maria, à Andrinople. Je ne me rendais pas compte, à l'époque, que vous étiez un collègue prometteur !

— Je crains qu'il n'y ait un malentendu, bégayai-je.

— *Autres temps, autres mœurs* * ! dit-il avec un petit rire qui m'absolvait. C'était le bon temps ! Si gai, si frivole ! Mais la vie a changé, changé à jamais. Je vous ai vu prendre un verre avec ce grand flandrin de vieux baron. Un homme exquis, n'est-ce pas ? Si affable, si *distingué** ! L'un des gros bonnets de la Gestapo, mais, je vous en prie, ne lui rapportez pas que je vous l'ai dit ! Pourtant, soyez prudent avec le baron. Il envoie ses câbles

* En français dans le texte (N.d. T.)

directement à Hitler, et rien ne lui plairait davantage que de nouer des relations avec l'Amérique — un petit dialogue amical avec un poète ou romancier célèbre. Et du reste, on vous surveille, mon garçon. Non seulement moi, qui suis inoffensif, mais une odalisque couverte de perles, et une dame qui porte des lunettes de soleil. Aussi, je vous en prie, attention dorénavant ! Quel endroit délicieux que le Portugal !

Il jeta au quartier de lune un coup d'œil de reproche badin comme si le quartier de lune écoutait aux portes, lui aussi. Puis il plissa les yeux d'un air indigné.

— ...Mais ici, au Portugal, les vins sont véritablement calamiteux. Le Colarès que j'avais au dîner était proprement imbuvable. J'ai bu du vin turc, du vin albanais, du vin bulgare, du vin d'Herzégovine, mais le vin d'ici est le plus mortifiant de tous !

Il me fit de la main un adieu coquet, et s'éloigna en minaudant sur les dalles. La lune en son quartier brillait, sereine, avec une indifférence glacée. J'étais enfin convaincu qu'il n'y aurait pas d'invasion. Je m'assis dans le sable pour contempler les vaguelettes d'argent.

Tricycle

Durant tout ce temps, je travaillais à un ambitieux nouveau roman. Je résolus de l'intituler *The Skies of Europe* [Les Ciels d'Europe], d'après un vers d'Auden. C'était une tapisserie représentant l'Europe au cours des années d'avant-guerre, vue en une suite de brefs camées nocturnes. J'essayais de mêler l'éclat à demi hystérique des années trente aux ténèbres qui s'accumulaient au cours des années de l'avant-guerre. J'écrivis cinq versions différentes de ce roman labyrinthique, luttant pour en perfectionner les obscures cadences, les complexités de forme, le mystère des personnages.

Je tentai d'en éclairer tous les épisodes d'une lumière nocturne et sinueuse : les cierges dans une église de Palma, une lampe dans une cabane des Pyrénées, une lampe à arc à Malaga, un feu de camp dans le Poitou. La quatrième de ces versions se figea en une symétrie marmoréenne, et lorsque enfin je la relus j'en fus malade de désespoir. La perfection tant désirée se révélait être une rigidité cadavérique. Le goût des symboles avait embaumé la vitalité du roman. Aussi déchirai-je le manuscrit, et m'embarquai-je dans la version définitive où je troublai exprès l'ordre des scènes, hérissai la prose de dissonances, et brouillai les visages pour obtenir l'ambivalence.

Je travaillais de huit heures du matin jusqu'à ce que les cloches sonnassent midi. Puis je me rendais à pied à la plage, rejoindre mes amis polyglottes : ma Dolly polonaise aux boucles de jais, ma Renée française aux hanches onduleuses, ma Jeanne belge aux tresses dorées, mon Elsa autrichienne aux regards en coulisse, mon Pedro espagnol aux fesses de toréador, mon Trygve norvégien au regard fixe d'un bleu glacé, mon Toni bavarois au baryton larmoyant, mon Hans hollandais avec son désespoir. Assis en cercle sur le sable rose et brûlant, nous plaisantions sur Goebbels, Goering et Ribbentrop. Comme les Allemands s'enfonçaient de plus en plus en Russie, nous faisions des paris de cinquante escudos quant à la date de la chute de Moscou. Nous déjeunions tous ensemble sous un grand parasol de plage, de fromage d'Algarve et de saucisses de Minho. Il régnait un allègre et touchant *esprit de corps* *. Chaque fois que l'un de nous avait des ennuis, tous les autres venaient à la rescousse en offrant pilules, prunes et sympathie sous les parasols à rayures bleues. Quand Elsa eut le cœur brisé, quant Trygve eut la blennoragie, quand Pedro fut sans le sou, quand Renée fut enceinte, nous nous réunîmes tous pour les tirer d'affaire. J'aimais beaucoup mes amis polyglottes, et un merveilleux loyalisme nous liait, mais je savais qu'un jour viendrait où il me faudrait retraverser l'océan.

Un soir, tous les neuf, nous allâmes en voiture pique-niquer à Guincho. La grande plage de Guincho, d'une magnificence menaçante, était complètement déserte ; on ne voyait aucun signe de vie hormis le phare solitaire du Cabo da Roca. De grandes falaises s'élevaient de chaque côté comme des sentinelles encapuchonnées de noir. Les brisants venaient s'abattre avec leurs féroces crocs blancs. Assis autour d'un feu dans la nuit de plein été, nous grillâmes les soles géantes au point de les faire grésiller sur leurs broches ; Dolly remua la salade avec une grande fourchette de hickory, et Elsa versa le vin dans des gobelets verts effilés.

Nous parlâmes de fantômes. Toni évoqua un rossignol géant, dans un château du Tyrol, qui s'agrippait au bord des fenêtres pour chanter à l'intention des dormeurs inquiets. Il chantait des chants qu'ils n'entendaient qu'au fond de leurs rêves, mais qui les hantaient ensuite à jamais comme les terreurs de l'enfance.

* En français dans le texte. (N.d.T.)

Le jeune Norvégien Trygve nous parla d'un fantôme féminin des fjords, tapi sur une falaise ainsi qu'un grand aigle blanc. Il attirait les pêcheurs dans la petite baie rocheuse où ils étaient précipités de leurs bateaux dans le maelström rugissant.

Si chaude était la nuit que nous nous dépouillâmes de nos vêtements et nous étendîmes nus près du feu à écouter ces histoires terrifiantes. Deux par deux, ils s'éloignèrent à pas lents vers l'ombre des rochers, Elsa avec Trygve, Renée avec Pedro, Dolly avec Hans, Jeanne avec Toni. Finalement je restai là couché tout seul à écouter le pilonnement des vagues.

Puis tous revinrent sans se presser, furtifs, plongeant les orteils dans l'écume et laissant le sable couler entre leurs doigts. Il y eut un cri au loin puis un hurlement sauvage, étouffé par l'eau. La belle Jeanne s'éleva sur un brisant furieux, et disparut comme une sirène sous l'écume éclairée par la lune.

Nous nous levâmes d'un bond et courûmes à perdre haleine au long de la plage ; Toni, tout caracolant, se mit à l'eau tandis que je plongeais dans le ressac. Je recevais en pleine figure du sable à poignées. Le rugissement qui ne cessait de me marteler les tympans m'assourdissait. En proie à la panique, je tendis la main, empoignai une tresse de cheveux, et traînai la sirène nue à travers les vagues, jusque sur la plage.

— Quel courage ! s'exclama Elsa. Je ne vous savais pas si brave !

— J'avais trop peur pour être brave, répliquai-je. Dans la mer, j'ai vu un poisson fantôme. C'était le poisson fantôme de Guincho. Il apparaît dans un poème de Camoëns. C'est la peur et non le courage qui nous guide, à Guincho !

J'avais coutume de marcher le long du rivage, sous les étoiles filantes du Portugal. Je vis plus d'étoiles filantes au Portugal que je n'en avais jamais vu auparavant dans tout le cours de mon existence. Chaque fois que je voyais une étoile filante, je faisais aussitôt un vœu. J'avais un vœu tout prêt pour l'instant où je verrais une étoile filante.

Je ne me souhaitais ni la richesse, ni la gloire, ni l'amour, mais la chance qui m'aiderait à écrire un chef-d'œuvre. Je savais que la richesse, la gloire et l'amour pouvaient venir à ceux qui ne les méritaient pas mais qu'un chef-d'œuvre ne viendrait qu'à ceux qui le méritaient, quelque mauvais qu'ils pussent être, quelque impitoyables ou opiniâtres. Aussi tentais-je de trouver moyen de me rendre digne d'écrire un chef-d'œuvre. Non pas un mince petit chef-d'œuvre comme *Billy Budd* ou *la Mort à Venise*, mais un chef-d'œuvre gros et gras tel que *Don Quichotte* ou *Anna Karénine*. La nuit, j'essayais de prier avec une intensité passionnée. Je ne quittais pas des yeux la lune. J'attendais sans cesse une étoile filante. Je ne quittais pas des yeux les vagues.

Je fis une excursion dans le nord du Portugal avec ma vieille Ford décapotable, très rouillée après des mois passés au bord de la mer. Je traversai Mafra dont je vis la merveilleuse bibliothèque blanche où les gros volumes sur vélin avaient l'éclat de roses rococo en or. Je traversai Torres Vedras en direction du village baigné par la mer de Peniche, maigre et osseux comme un squelette, désignant les îles Berlengas qui dominaient les vagues ainsi que des châteaux en ruine. Je me dirigeai vers le nord par Nazaré, village de pêcheurs où les bateaux aux proues à yeux rouges s'agrippaient au sable, pareils à des vautours. Je continuai ma route jusqu'à Coimbra, à la merveilleuse bibliothèque noire où les gros volumes sur vélin luisaient comme des rangées de coquillages dorés. Je poursuivis par Castanheira, Aveiro, Estarreja, et passai la nuit à Porto, ivre de son vin. Puis je dépassai les basses arcades noires de Guimarães, jusqu'aux montagnes de Minho, les plus belles que j'eusse jamais vues avec leurs forteresses dominant les colonnades sombres des pinèdes, et leurs faucons qui se balançaient très haut au-dessus des vallées sinueuses.

De temps à autre, un homme à face de lune débarquait au Palacio, et dînait toujours à la petite table située à côté de la mienne. C'était un jeune homme gai, dynamique, mais laid, au gros visage rond, au nez informe, aux joues larges et grêlées. Il avait des yeux d'un gris nacré comme l'intérieur d'une coquille d'huître, et sa voix évoquait le ronronnement d'un chat géant. J'étais toujours enchanté lorsque Dusko Popov entrait dans la salle à manger.

— Qu'en pensez-vous ? Les Allemands traverseront-ils la Manche, Popov ?

Ou bien :

— Qu'en dites-vous ? Les Allemands arriveront-ils à Moscou, Popov ?

Ou encore :

— Dites-moi donc, Popov. A votre avis, les Chinois entreront-ils dans la guerre ?

Les yeux de Popov se faisaient doucement songeurs ; un large sourire de plaisir lui creusait les joues. Sa grave voix slave se mettait à bourdonner affectueusement.

— Nous verrons. C'est une devinette. C'est une énigme. Tout peut arriver.

— Comprenez-vous la mentalité russe, Popov ? demandai-je.

— Les Russes sont un mystère. Une énigme. Avec les Russes, n'importe quoi peut arriver.

Peu à peu, j'en vins à aimer beaucoup Dusko Popov. Sa présence animale était toujours réconfortante. Il ne cessait d'observer la salle à manger de ses yeux nacrés où l'allégresse retorse des Slaves se mêlait à une enfantine ingénuité.

— Est-il concevable que les nazis gagnent la guerre, Popov ?

— La question se pose. C'est un point d'interrogation, ronronnait Popov.

— Que pensez-vous des nazis, Popov ? Sont-ils aussi affreux qu'ils le paraissent ?

Il souriait en hochant la tête.

— Qui sait ? Ils sont une énigme.

Après dîner, nous gagnions en flânant le casino, où il jouait à la roulette sous les lustres.

C'était incroyable. Une magie s'attachait à tout ce qu'il faisait. Il avait une chance phénoménale, ridicule, fantastique. Il posait ses jetons sur le numéro 12, et voici que c'était : *« Douze * ! »* Ensuite, il les posait sur le 7, et, ça ne manquait pas, c'était : *« Sept * ! » « Faites vos jeux * ! »* criait le croupier ; Popov, alors, haussait les épaules, rassemblait ses jetons d'un air indolent, et entrait au bar.

— Je suis très malheureux, ronronnait-il. Prenez donc un cognac avec moi, Fritz. Vous voyez cette belle jeune Belge aux

* En français dans le texte. (N.d.T.)

tresses dorées ? Elle refuse de m'adresser la parole. Je brûle d'envie de tomber amoureux d'elle. Mais elle m'ignore complètement. Je suis déconcerté, perplexe.

— Elle est une énigme, une devinette, hein, Popov ? dis-je.

Popov était à la fois enjoué et courtoisement cérémonieux. Il unissait le terre à terre ensoleillé du paysan dalmate à la ténébreuse langueur du francophile raffiné. Mais sous ces facettes changeantes, je décelais autre chose de plus subtil et de plus alarmant, voire d'un tantinet diabolique.

Mon cognac m'attendrissait, me rendait mélancolique.

— ...Dites-moi, Popov, demandai-je. Le bien et le mal existent-ils au sein de l'Histoire ?

— Le bien ? Le mal ? Que diable sont le bien et le mal, mon cher Fritz ? Plus je voyage, et plus je me demande s'ils existent vraiment. Un tremblement de terre est-il mal ? Le choléra est-il mal ?

— Dante, dis-je, estimait que la trahison était le plus grand de tous les maux.

Popov eut son sourire lunaire.

— Et si un homme trahit le diable ?... Est-ce encore un grand mal ? Si un homme trahit Hitler... est-ce encore un grand mal ?

Je me rendis à pied du casino à la plage au clair de lune. En bas, au bord du rivage, je vis Anibal debout sur un rocher. Il était fort beau dans son uniforme d'officier dont le clair de lune faisait miroiter les gros boutons de cuivre jaune.

Je lui parlai de Popov, de son scepticisme lunaire, de son amour des femmes, de sa chance à la roulette ; Anibal murmura :

— Le visible n'est pas tout, mon cher ami. Vous connaissez Estoril, n'est-ce pas ? Ici, à Estoril, il y a toujours plus que ce que l'on voit.

— Vous voulez dire... commençai-je avec circonspection.

— Bien sûr, répondit carrément Anibal.

— Mais il est si jovial, si enfantin !...

— Précisément, dit Anibal.

— Vous l'avez rencontré ? demandai-je.

— Je le connais intimement, dit Anibal.

Pareil à Popov, mon ami Anibal était un ardent amoureux des femmes ; mais à la différence de Popov, il était beau dans le genre Valentino. A la différence de Popov, encore, le manque d'escudos joint à la discipline militaire l'obligeait à refréner ses désirs amoureux. J'avais coutume de m'asseoir sur la plage avec Anibal pour contempler les étoiles en l'écoutant me raconter des histoires de son enfance. Il était fils d'une belle Anglaise qui avait épousé un médecin portugais. Son père était mort de leucémie alors qu'Anibal était bébé ; sa mère était morte deux ans plus tard, de tuberculose. Il avait été élevé par deux tantes pieuses et vieilles filles de Coimbra qui lui avaient appris à lire Homère et Virgile, ainsi qu'à jouer du clavecin. Il apprit à jouer les sonores sonates de Soler et les pièces plus raffinées de Scarlatti. Tous les vendredis, il arrivait en flânant de la caserne de Cascais et se prélassait sur la plage en chantant de sa voix déchirante, qui joignait la tristesse de la mer à la jubilation des étoiles.

— Que c'est bizarre ! lui dis-je. Où donc avez-vous rencontré mon ami Popov ?

— Au débit de vin de Cascais. C'est un homme généreux que votre Popov.

— Il vous a offert un verre de vin ?

— Il m'en a offert *deux*.

— Et de quoi avez-vous parlé ?

— De femmes, entre autres choses.

— De la guerre aussi, peut-être ?

— De nos ennemis, dit Anibal.

— Des Allemands et des Italiens ?

— Des Russes également, dit Anibal. Votre ami Popov est un homme bon, généreux et aussi intelligent. Il m'a recommandé de ne me fier à personne, et surtout pas aux Russes.

Il me cligna d'un œil significatif, et cracha dans la mer.

J'admettais bien que Popov était un espion, mais pour le compte des Alliés ou de l'Axe ? Je n'en avais aucune idée. Ce ne fut que six ans plus tard, par une journée ensoleillée, Via Veneto, que j'appris enfin la vérité spectaculaire au sujet de Popov, connu aussi en haut lieu sous le surnom de Tricycle : le jovial, l'amoureux, l'incroyablement chanceux Popov à la face de lune creusée de cratères... l'ami de Churchill et de Ribbentrop, et le plus grand agent double de l'Histoire.

Chez Pete

Je sus enfin que l'heure avait sonné. L'esprit de gaieté d'Estoril se désintégrait ; mes amis s'embarquaient pour le Chili, Costa Rica, l'Argentine. Le vent chaud et violent gémissait lugubrement à travers les pins.

Je finis donc par louer une cabine à bord du *Serpa Pinto.* Par un matin gris d'octobre, je fis adieu de la main à mon joli Portugal, et le bateau glissa du Tage dans les mers grises, mornes. Chaque soir, le pont s'illuminait de lumières vives qui traçaient le mot PORTUGAL, et à l'aube un vol de mouettes s'abattait sur le pont en poussant des cris de mise en garde.

A mon arrivée à New York, je cherchai un petit appartement. Presque sans argent, il me fallut emprunter à mes éditeurs. Au bout d'une semaine de recherches frénétiques, je trouvai une chambre dans la Quarante-deuxième Rue. Il y avait des cafards dans la salle de bains et les toilettes fonctionnaient spasmodiquement, mais cela se comprenait assez pour dix-huit dollars par semaine.

New York à la fois me fascinait et m'alarmait. La ville avait changé. Elle était maussade et sardonique. Je sentais qu'il y avait quelque chose de pourri au cœur de toute cette activité de fourmis. Son anonymat même engendrait ses propres crimes et ses propres vices. Les excitations d'un anonymat animal défiguraient mon désir d'amis et de visages familiers. Chaque jour augmentait ma faim, mon agitation fébrile. La puanteur des métros, l'aspect furtif des parcs, la tristesse des cafétérias et les bas-côtés labyrinthiques de la bibliothèque publique, tout cela intensifiait ce goût pour les frissons de la solitude. La ville se dressait, austère et sombre, dans l'automne finissant. Une attente indicible planait sur les rues comme une odeur de soufre.

Je n'ai pas oublié ce jour pâle et sans vent de décembre où je déjeunais avec trois amis dans un restaurant italien de la Cinquante-sixième Rue. Il flottait un sentiment d'abattement tandis que nous piquions nos spaghetti et regardions les vrilles huileuses se tordre dans nos assiettes. Tous étaient poètes : ce petit bossu de Benedict, qui traduisait García Lorca ; ce rouquin de Malcolm, qui écrivait des madrigaux médiévaux ; et le nègre Alpheus, lequel composait des chansons pour guitare, interminables, plaintives, sans commencemen ni fin. Je m'enracinais peu à peu dans le marécage new-yorkais, et j'étais ravi de déjeuner avec Benedict, Malcolm et Alpheus.

La radio explosa en une crise d'hystérie. On avait bombardé Pearl Harbor. La guerre frappait l'Amérique. Nous restions là, assis en silence, les yeux fixés sur la bouteille de chianti vide, dont le raphia symbolisait soudain une incommensurable nostalgie. La salle était remplie d'un fouillis d'ombres qui bougeaient vaguement ; les spaghetti gisaient, morts, dans mon assiette, comme un tas de vers.

— Et voilà, dit doucement Malcolm en allumant une longue cigarette noire. Maintenant, chacun peut rentrer chez soi. Il n'y a rien d'autre à faire.

Je repris à pied le chemin de la Troisième Avenue à travers les ombres penchées qui se traînaient sur le trottoir ainsi que des coulées de lave. Il y avait une petite pause où l'on retenait son souffle au cœur de l'après-midi, mais là-dessous j'entendais les roulements de tambour d'un cyclone naissant.

Je m'étais lié d'amitié avec Klaus et Erika Mann, les brillants jumeaux de Thomas et Katia Mann. Ils habitaient l'Hôtel Bedford, au bas de Park Avenue, modeste établissement fréquenté par les gens de lettres modestes. J'aimais surtout Erika. Cette brune nerveuse avait dirigé autrefois, à Berlin, un cabaret appelé *Die Pfeffermühle.* Mariée à un acteur du nom de

Gustav Gründgens, ils avaient joué ensemble dans la mise en scène par Reinhardt d'*Orphée aux Enfers*. Après leur divorce, Erika s'était remariée avec Auden ; on s'accordait pour considérer cela comme un *mariage de convenance* *.

Erika se proposait de créer une version américaine de son cabaret, qu'elle appellerait *The Peppermill* [Le Moulin à poivre] ; elle était à la recherche d'éventuels talents locaux. Le projet finit par se réaliser dans un théâtre minuscule, au sommet du Chanin Building ; la critique se montra impitoyable, et *The Peppermill* fut un fiasco immédiat.

Klaus avait l'intention d'éditer un petit mensuel intitulé *Decision*, conçu comme un forum pour les exilés d'Allemagne ainsi que pour les intellectuels apparentés de New York. Cela finit par paraître de bric et de broc, et capota en raison de ses bonnes intentions mêmes.

J'aimais bien Klaus à cause de sa forme impétueuse mais craintive d'idéalisme. C'était un homme d'aspect enfantin, aux yeux ardents, au nez retroussé. L'Amérique le plongeait dans la perplexité mais les Américains le captivaient.

— Il y a de la tristesse en Amérique, une énorme solitude mélancolique. Tout ce rire n'est qu'un masque. En dessous, il y a une tristesse désespérée.

— Dites-moi, Klaus, comment expliquez-vous un phénomène comme Hitler ?

— Cela paraît fantastique, mais pour ce genre de chose il y a toujours une explication. Hitler était un ramassis de bizarreries de caractère enfantines, qui s'est peu à peu transformé en mégalomanie. C'était un acteur frustré qui jouait jusqu'au bout ses rêves devant un microphone. Au bout d'un moment, il est devenu irréel, il s'est mué en un fantôme gesticulant, son esprit est devenu creux, ses paroles n'étaient plus que des échos !

Il me considéra d'un air songeur et triste, comme après un épuisant effort mental, puis ajouta sur un ton d'excuse :

— ...Nous devons nous méfier de tous les rêves de grandeur ! Ils finissent par se métamorphoser en folie, en terreur et en brutalité !

* En français dans le texte. (N.d.T.)

Klaus avait quelque chose de fort touchant et pathétique. Il écrivit ses mémoires dans *The Turning Point* [Le Tournant], mais ils ne dépassaient guère la surface. Son suicide, plus tard, fut déchirant. Il était l'enfant d'une époque de désintégration en Allemagne, et son idéalisme enfantin se trouvait condamné dès le départ. Je me sentais profondément attaché à Klaus, mais il me déconcertait comme un enfant qui manifeste des symptômes de somnambulisme. Je savais qu'un jour viendrait où Klaus nous dirait au revoir pour sombrer dans les ténèbres éternelles.

Klaus m'appela un soir pour déclarer :

— Bertolt Brecht est arrivé à New York. Venez donc prendre un verre avec nous chez Pete, si le cœur vous en dit.

« Chez Pete », c'était un petit bar sordide, au bas de la troisième avenue. Il a depuis longtemps disparu avec d'autres endroits qui marquent une époque. L'Amérique était en guerre ; l'atmosphère étincelait de tension ; soldats et marins entraient en flânant confusément chez Pete ; ils donnaient une touche d'insouciance désinvolte à l'humeur étouffante de sournoiserie.

— *Ein komischer Platz*, dit Brecht.

— *Sehr New Yorkerisch*, dit Klaus.

— *Sehr traurig, diese Leute*, dit Brecht, de son ton paillard.

— *Sehr Nord-Amerikanisch*, dit Klaus en hochant la tête.

— L'Amérique ! s'exclama Brecht. En réalité, c'est une invention de Kafka. Je suis persuadé qu'il n'existait aucune Amérique telle que celle de Kafka ; mais ils l'ont pris au mot, et elle commence à revêtir un air kafkaïen.

Nous commandâmes tous de la bière, et Brecht devint peu à peu philosophique. C'était un homme puissant et laid à la face brutale et bestiale, aux yeux profondément enfoncés, aux larges pommettes aplaties, avec une frange sur le front. Son visage avait un aspect médiéval, comme une sculpture gothique sur chêne, non de saint mais d'abbé folâtre et malveillant.

Il possédait une espèce de charme sauvage. Il aimait imposer ses attitudes d'homme sans aveu. Il se plaisait à tenir des propos grossièrement et manifestement inexacts, comme afin de voir si son charme cauteleux et subversif serait capable de les rendre plausibles. Sa conversation oscillait entre une intelligence aiguë et une provocation bourrue, mais curieusement séduisante. Au fond, c'était une brute, mais une brute irrésistible.

Sur son mode cynique, il se mit à parler du père de Klaus :

— Il a toujours été morbide. *Die vertauschten Köpfe* [L'Échange de têtes]... quelle mentalité ! Et *la Mort à Venise*... il recherche l'inspiration dans la pourriture ! Il est un symbole de tout ce qui n'allait pas dans la République de Weimar : ce symbolisme angoissé, ce *raffinement** bourgeois. Thomas Mann, au bout du compte, ne l'oubliez pas, c'était un mystique bourgeois. *La Montagne magique* est une orgie de mysticisme complaisant.

— Qu'est-ce que le mysticisme ? demandai-je.

— L'oubli des réalités sociales. On oublie la chair et le sang ; on ignore la faim et la cupidité ; on sacrifie tout, au nom de ce bla-bla intellectualisé.

J'avais toujours éprouvé une instinctive répulsion à l'égard des croisés de gauche, de droite et même du centre. Déjà, à Cambridge, me choquaient certains amis, d'autre part pleins de discernement, mais qui brandissaient furieusement leur torche de marxisme complaisant. Or, chez Brecht, c'était différent. Il avait l'air de plaisanter à demi. Sa position révolutionnaire paraissait être un gambit badin qui fournissait à son talent des attitudes neuves et choquantes. Il était moins un théologien qu'un nihiliste fanfaron, moqueur, et je le trouvais bien dans la tradition de Weimar.

— Mon père était un ami de Hermann Hesse, dit mélancoliquement Klaus.

— Autre mystique bourgeois ! Pardonnez-moi, est-il de vos amis ? *Le Loup des steppes*, c'est une vomissure de mysticisme mal digéré. Cela m'évoque le *Jugendstil.* Aucun contexte sociologique. Aucun courant historique. Aucune conscience de l'inévitable.

Ses yeux brillaient d'une lueur malicieuse, comme s'il partageait une plaisanterie secrète.

— ...Et quant à Rilke, je l'ai en horreur. Il s'aplatissait

* En français dans le texte. (N.d.T.)

devant les riches baronnes, et faisait toujours ostentation de sa délicatesse patricienne. Rilke est pire que Thomas Mann. Mann, du moins, sent la pourriture. Mais Rilke... rien que panthères et hortensias *art nouveau* * !

Il commanda une autre bière. Il avait l'air un peu ivre. Avec ses franges et ses yeux enfoncés, l'on aurait dit un forçat. Il brandissait son cigare ainsi qu'une arme meurtrière ; son regard avait quelque chose de cruel et de méprisant. Une sombre ligne graisseuse entourait le sommet de son col, et je constatais que ses ongles étaient en deuil.

Les *Poèmes d'exil*, de Brecht, avaient paru deux ans plus tôt, et le génie de l'auteur demeurait vif, omnivore. Sans cesse, il me rappelait Auden, et ce n'était point hasard si Auden lui en voulait : Auden se montrait tolérant à l'égard de ses supérieurs, comme Eliot et Yeats, et de ses inférieurs dévoués, tels que Spender et Day Lewis, mais jamais envers ceux que l'on pouvait considérer comme étant ses égaux. Auden et Brecht avaient l'un et l'autre une vitalité folâtre, omnivore, ainsi qu'une arrogante vanité de paons. Ils avaient l'un et l'autre un profond désir psychologique de poser à l'oracle, souvent au détriment de leur excellence d'artistes. Mais on avait toujours l'impression que Brecht plaisantait, et le sentiment salutaire qu'il se moquait de lui-même. Auden, lui, feignait souvent de rire de lui-même, mais son rire était un peu jaune ; il sentait le masochisme.

— Dites-moi, Bertolt, fit Klaus d'un ton suppliant. Laquelle de vos pièces préférez-vous ? Erika caresse l'idée de monter une pièce de vous au Chanin.

— *Baal*, répondit Brecht.

— *Baal* ! s'exclama Klaus.

— Oui, ç'a toujours été un four, mais ça présente à mes yeux une profonde valeur affective. En outre, il y a de la subtilité là-dedans. La relation de Baal avec Ekart... il y a là quelque chose, un soupçon d'homosexualité.

— Mais vous n'avez jamais été homosexuel, n'est-ce pas , Bertolt ?

— Non, jamais physiquement, mais il arrive à mon esprit de faire des orgies.

* En français dans le texte. (N.d.T.)

Il promena autour de la salle un regard de condescendance. Puis il rota, dit sur un ton renfrogné : « Excusez-moi un instant », et se dirigea avec ostentation vers les toilettes pour hommes.

Quand il fut revenu s'asseoir, je lui demandai :

— Dites-moi, je vous prie, Herr Brecht. Comment expliquez-vous un phénomène tel que Hitler ?

Brecht eut un reniflement d'impatience.

— A quoi bon se donner la peine de l'expliquer ? Hitler est là, voilà l'important. A quoi bon se donner la peine d'expliquer un cancrelat ?

— Mais Hitler n'est pas un cancrelat ! Il est plus dangereux qu'un cancrelat !

— On l'écrasera comme un cancrelat, rappelez-vous ce que je vous dis, fit Brecht en soufflant une bouffée de cigare.

Il appuyait l'ongle de son pouce sur la table, comme pour écraser un cancrelat.

Puis il se pencha par-dessus la table afin de secouer sa cendre dans le cendrier. Il reprit avec douceur :

— ...Dites-moi, Klaus, *entre nous* *, confidentiellement. Notre ami chéri, Adolf, est-il en secret homosexuel ?

Klaus parut perplexe et gêné.

— A vrai dire, je ne me suis jamais posé la question.

— Pas en pratique, Klaus, attention, mais je parie qu'il lui arrive de se déchaîner dans ses rêves. Je suspecte notre ami Adolf d'avoir en lui du pédophile.

Il se mira avec un sourire minaudier, satisfait, et prit son verre avec ses doigts courtauds d'assassin.

* En français dans le texte. (N.d.T.)

Les jeunes poètes

Autrefois, à Biarritz, au casino, j'avais rencontré Jane et Reggie Wright. Les mondains de Biarritz les surnommaient *« The Wrong Wrights * »*. Reggie était un gigolo efféminé sorti des bas-fonds de Liverpool, et Jane une pitoyable personne atteinte de paralysie spasmodique, toute dégoulinante d'émeraudes et de diamants.

Ayant fui leur château de Biarritz avec ses miroirs Louis XVI et ses dessins de Degas, ils débarquèrent un jour à New York. Ils prirent un appartement à l'Hôtel Pierre, qui donnait sur Central Park : deux vastes chambres à coucher avec salles de bains de marbre, une salle à manger aux boiseries de chêne, et un prodigieux salon où un Steinway géant trônait sous leur Goya.

Là, ils donnèrent une succession de cocktails pour balletomanes, tout étincelants de candélabres et de coupes remplies de caviar. Ils invitèrent le Ballet russe avec la grande Danilova, la belle Toumanova, l'éblouissant Youskevitch et l'acrobatique Eglevsky.

Puis ils invitèrent le Ballet Theatre avec l'incomparable Markova, le brillant Dolin et la passionnée Nora Kaye. Enfin, ils invitèrent une pléiade de danseurs espagnols, dont la célè-

* Jeu de mots intraduisible en français, fondé sur l'opposition des mots *right*, le bien, et *wrong*, le mal. (N.d.T.)

bre Argentinita et sa sœur, Pilar Lopez, ainsi que les merveilleux Andalous Antonio et Rosario. J'étais ravi de rencontrer tous ces fameux danseurs, même si leur prestige scénique semblait se réduire à la banalité parmi le caviar et les chandeliers du Pierre.

Après quoi, durant plus d'un an, je fus aficionado du ballet. Jane et Reggie prirent une loge au Metropolitan pour la saison entière. Je vis le Ballet russe dans *Schéhérazade* et *le Tricorne*, et le Ballet Theatre danser *Colonne de feu* et *Barbe-Bleue*. Je contemplai la Argentinita, aux castagnettes étincelantes, Antonio et Rosario bondissant comme un couple de cobras.

Au cours de cette année-là, je rencontrai de fort élégantes dames aux cheveux bleus. Rétrospectivement, cette année-là me donne un sentiment agaçant de culpabilité. La guerre, qui sur la plage d'Estoril avait paru si humanisée, se transformait à New York en un décor coûteux et raffiné. Tandis que les ballets se dansaient et que les opéras se chantaient, comtesses et baronnes en exil offraient des dîners en l'honneur des célébrités. Après les réceptions au Pierre, je passais au Plaza et au Ritz-Carlton. Je savourais champagne et caviar. Je discutais docilement de Marc Chagall et Giorgio De Chirico. Mais durant tout ce temps j'étais hanté par la honte de moi-même, comme si je pénétrais dans ces salles en vulgaire saltimbanque, et trahissais mes véritables amis tels qu'Alpheus, Malcolm et Benedict.

Pourtant, après la tristesse de mes déjeuners solitaires dans les cafétérias, il était agréable d'être invité à dîner chez Voisin et au Pavillon. Après les mornes ravioli du restaurant à distributeurs automatiques Horn et Hardart, il était doux de manger du faisan chez Mrs. Harrison Williams. Vêtu de mon vieux smoking râpé, je m'épinglais un œillet à la boutonnière. Puis j'effectuais d'un air assuré mon entrée dans les salons pour deviser avec alacrité de la *Carmen* de Beecham ou du Beethoven de Toscanini. Je me consolais de ma traîtrise envers Alpheus, Malcolm et Benedict en prenant chaque soir, dans mon carnet, des notes scrupuleuses. Je notais les clichés proférés par la comtesse Mercati et la baronne Lambert, ainsi que les banalités de Léonide Massine et de la grande Danilova.

Un soir, chez Mona Williams, on me conduisit à la cheminée de marbre ; là, sur un sofa, était assise une frêle vieille dame.

— C'est Lady Cunard, déclara Mrs. Williams d'un ton solennel. Venez donc bavarder un moment avec Emerald. Emerald est légendaire. Vous ne vous ennuierez pas.

Lady Cunard avait un petit visage triangulaire, sillonné de rides, une minuscule bouche rouge et d'énormes yeux bleus. Elle avait l'air à la fois douloureusement désillusionnée et constamment alarmée. (Cyril Connolly prétendait que cette expression d'ébahissement perpétuel était le résultat d'une des « expériences chirurgicales » plutôt désespérées d'Emerald.)

Elle fixa sur moi ses yeux bleus en disant :

— Asseyez-vous donc. Vous êtes tout rouge. Vous venez de jouer à un football quelconque, je suppose ?

— De ma vie, je n'ai joué au football.

— Eh bien, peut-être s'agit-il de basket-ball. Je ne connais pas la différence. J'ai tous les ballons en horreur, qu'ils soient blancs, rouges ou jaunes. Un jour, à Grosvenor Square, une petite balle est entrée par la fenêtre, a frappé un Marie Laurencin et y a laissé un horrible trou.

« Mon Dieu, mon Dieu, ajouta-t-elle avec douceur, ça paraît si affreusement ancien ! Tout, en Angleterre, devient si ancien ! Cette guerre rend vraiment les choses confuses. L'autre guerre était différente. Il s'agissait d'une guerre plus poétique, si vous me passez l'expression. Au printemps de 1916, on a créé quelque chose que l'on a appelé Dada, et on l'a créé à Zurich parce qu'il n'y avait pas la guerre à Zurich. Mais Londres était plutôt morne ; aussi ai-je résolu de m'amuser. J'ai fait jouer une pièce dans mon salon par des gens bien curieux. Elle était de Willie Yeats, et il l'avait intitulée *At the Hawk's Well* [Au puits du Faucon]. Tout cela fort bizarre ; Edmund Dulac avait dessiné les masques. J'invitai Pound et Eliot, l'un et l'autre tout jeunes alors. Le cher et bel Eliot était fort nerveux, un brin *collet monté* *, et nul n'imaginait un seul instant qu'il deviendrait un grand personnage. Ezra Pound était

* En français dans le texte. (N.d.T.)

effroyablement bohème. Sa chevelure avait l'air d'une perruque. C'était un genre d'homme un peu crépelu, ami intime de ma fille Nancy, laquelle adorait l'avant-garde et se passionnait pour la nouvelle bohème. Tom Eliot était d'une effroyable timidité ; Ezra Pound avait un autre type de timidité, plus *féroce* *, plus bizarre. Ses pantalons étaient taillés dans un genre de tapis vert taché. Il portait parfois une cape et un grand sombrero noir. Il portait également une boucle d'oreille, mais peut-être que ma mémoire me trahit. Pound me donnait l'impression de brûler de devenir pirate.

« Je m'attachai beaucoup à Ezra. Eliot était raide et du genre porcelaine, mais Ezra était très laineux comme une espèce d'ours en peluche étiré. Il avait toujours besoin d'argent ; aussi, il m'arrivait de le dépanner. Par la suite, il devint querelleur. Il paraissait m'en vouloir de l'argent. Il devint très disputailleur ; il ne cessait de secouer sa tête crépelue, et se mit à ressembler à un coq plus qu'à un pirate ou à un ours en peluche. Eliot a toujours été parfaitement bien élevé, très net, impeccable, mais Ezra était très susceptible, explosif et irascible. Les poètes me terrifient lorsqu'ils se complaisent dans l'obscurité ; or, Eliot aussi bien qu'Ezra se vautraient positivement dans l'obscurité. »

Elle contemplait les flammes, qui faisaient passer ses yeux du bleu au violet. Elle paraissait désespérément vieille, très fragile et hagarde, mais elle avait une manière enjouée et charmeuse de manier les mots, comme une enfant qui joue de tout son cœur avec des perles multicolores. Elle me considéra avec une timidité soudaine, effrayée, et chuchota :

— ...Pourriez-vous venir prendre le thé, demain ? Nous parlerons de l'obscurité...

Elle occupait au vieux Ritz-Carlton un appartement avec Sir Thomas Beecham. Sir Thomas paraissait rarement aux célèbres thés de Lady Cunard, mais il lui arrivait de jeter un coup d'œil dans la pièce pour voir ce qui se passait. Un jour, il entendit Virgil Thomson citer le nom de Gertrude Stein.

— Pures balivernes, grogna-t-il en claquant la porte et en disparaissant.

* En français dans le texte. (N.d.T.)

Ces thés d'Emerald étaient à la fois informels et ritualisés. Il y avait des gaufrettes et des noix mais ni gâteaux ni toasts beurrés. Les invités s'asseyaient en cercle, attentifs, l'hôtesse ne tolérant ni bavardage, ni digression.

Elle se tourna vers Maugham.

— Quelle est votre opinion secrète sur Henry James, Willie ? L'aimez-vous réellement ? Je vous soupçonne de l'avoir en abomination. Je viens de lire *la Princesse Casamassima.* Cette princesse me rend perplexe. Non par le style, qui est navigable, mais par le perpétuel fouillis d'allusions et de sous-entendus. La princesse me fait l'effet d'être une fort méchante femme. Elle détruit pour le simple et vain plaisir de la destruction. C'est bien là la définition du mal, n'est-ce pas ? Détruire pour le plaisir de la chose. La fin du livre est terrifiante, plus encore que la fin de *l'Idiot.* Je vais retourner à mon Racine. Après les horreurs de Henry James, je trouve *Phèdre* très apaisante, très calme et compréhensible...

Emerald Cunard était née en Californie sous le nom de Maud Burke. Elle se rendit en Angleterre où elle épousa Sir Bache Cunard. Mais la vie à la campagne, toutes les chasses et tous les tirs au fusil l'assommèrent ; elle se cantonna à Londres, et devint mécène. Elle fut une amie intime de George Moore à son apogée, et il lui arrivait d'aller à Paris converser avec Valéry.

Un jour, Maugham l'interrogea :

— Dites-moi donc, je vous p-prie, Emerald. Pourquoi diantre avez-vous r-résolu de transformer votre prénom en *Emerald* ?

— Eh bien, je m'en vais vous en dire la raison, Willie. J'avais par-dessus la tête d'Alfred Tennyson. Les hommes n'arrêtaient pas de me lancer des œillades en marmonnant : « Viens dans le jardin, Maud. » Je me suis soudain entichée des ouvrages de Théophile Gautier. Il parlait de camées, d'améthystes et d'émeraudes. Alors, j'ai changé mon prénom en *Emerald,* et ne l'ai jamais regretté. C'était là un coup d'audace, mais jamais un seul instant je ne l'ai regretté.

Emerald, une fois, dit à Maugham :

— Vous paraissez vieux aujourd'hui, Willie. C'est tellement désolant de vieillir ! La solitude ne vous effraie pas ?

— A vrai dire, je n'en sais rien, répliqua Maugham en pinçant les lèvres. Vous êtes t-tellement plus âgée que moi, veuillez vous en souvenir, ma ch-chère Emerald.

Les yeux d'Emerald se firent acérés comme des crocs mais revinrent vite au badinage. Elle dit :

— Réfléchissons. Vous avez quatre-vingt-dix-neuf ans, et moi cent. Mais oui, ça fait une différence au bout du compte, n'est-ce pas, Willie ?

Un jour, elle déclara :

— Je n'ai jamais été une beauté. George Moore me qualifiait de *pétillante* *. Ma fille Nancy est une beauté mais elle est devenue une énigme. Liz Paget est une éblouissante beauté ; Mona Williams est une beauté célèbre, mais elle passe dix heures par jour à ne penser à rien d'autre qu'à sa beauté. Je n'ai jamais vu l'intellect et la beauté aller de pair. Nancy serait horrifiée de m'entendre dire cela, mais c'est la mélancolique vérité. Pound est un intellectuel, mais sa beauté ne saute pas aux yeux. Osbert n'est sûrement pas une beauté ; Edith est tout sauf une beauté ; Sacheverell est un amour, mais nullement un Adonis. George Eliot était carrément laide ; Dorothy Wordsworth avait l'air d'un bouledogue, et cette pathétique Emily Dickinson, d'un lugubre petit épagneul. Un jour, j'ai rencontré Rupert Brooke ; les gens s'extasiaient sur sa beauté, mais selon moi, il ressemblait à un personnage d'une toile de Burne-Jones. Je suis reconnaissante de n'avoir jamais été une beauté provocante. C'est tellement plus facile pour vieillir ! Vous n'êtes pas de mon avis, Willie ?

Elle versait le thé avec une insouciance d'oiseau mais dans ses yeux bleus, fiévreux, il y avait une lueur hostile. Elle saisit la passoire, puis la lâcha comme si elle l'avait piquée.

Elle chuchota à Maugham :

— ...Un ou deux morceaux, mon cher ?

Et tandis qu'elle les jetait dans la tasse à thé, ils ressemblaient à deux cubes de strychnine.

* En français dans le texte. (N.d.T.)

Le salon

J'étais invité au salon tous les après-midi pour le thé. Cette nouvelle atmosphère scintillante me plaisait, mais me déconcertait. En pénétrant au Ritz-Carlton, j'éprouvais une honte vague, et quand je me glissais le long du corridor, j'avais une pointe de remords. A mon entrée au salon, quand je sentais le thé fumant, les œillets roses et les mouchoirs parfumés, la guerre s'éloignait.

Au salon, Lady Cunard avait ses préférences. Elle aimait tous les ambassadeurs, mais détestait tous les sénateurs. Elle aimait beaucoup les peintres, mais haïssait tous les sculpteurs. Elle préférait les Grecs aux Espagnols, et les hommes aux femmes. Elle aimait les subtilités d'appréciation plus que les condamnations sévères, et les insinuations spirituelles plutôt que l'iconoclasme pharisaïque.

Deux de ses favoris de l'époque étaient Granville-Barker et le docteur Gogarty. Granville-Barker était un dramaturge distingué que l'on nommait « l'illustre Granville-Barker ». St. John Gogarty, bel esprit célèbre, était « l'inimitable docteur Gogarty ».

Lady Cunard avait à cœur de leur demander leur avis avec une certaine affabilité ; par exemple : « Quelle est votre judicieuse opinion, Harley ? Sur le plan artistique, *Hamlet* est-il un désastre ? »

Ou bien : « Vous qui savez tout, docteur Gogarty, pourquoi les Français aiment-ils leur viande tellement saignante ? »

Granville-Barker, bel homme majestueux, avait épousé une riche Américaine et s'était retiré du champ de bataille.

— Quel dommage pour ce pauvre Harley ! s'exclamait Lady Cunard sur un ton de condoléances. J'aime bien Helen, mais elle le protège trop continuellement, comme s'il était une orchidée.

Un jour, elle dit à Granville-Barker :

— Curieux, vous ne trouvez pas, Harley ? Quoi que l'on dise au sujet de Shakespeare, cela paraît absurde à l'instant même où on le dit. Même quand on déclare qu'il est un génie, cela semble ridicule au moment où on le dit.

— On devrait éviter de jamais parler de Shakespeare, opina Granville-Barker. Quoi que l'on dise au sujet de Shakespeare, ce sera lamentablement inadéquat. Pis : à côté de la question. Hors de propos, pour employer une expression à la mode. Shakespeare échappe à toutes les catégories, et pourtant il est *là*, formidablement *là*. Mais en tant qu'homme individuel, c'est un fantôme, un feu follet !

— Quel dommage, s'écria Lady Cunard, que nous sachions si peu de chose sur Shakespeare ! On dirait qu'il se cache derrière un voile. A moins que le voile ne soit lui-même Shakespeare ?

— Shakespeare s'est effacé en tant qu'homme, dit Granville-Barker avec un accent de tristesse, afin de se multiplier en un grand nombre d'hommes différents. Il a cessé d'être Shakespeare, et sa personnalité en tant qu'homme s'est évaporée. Il est devenu Ariel aussi bien que Caliban, Troïlus aussi bien que Cressida.

Lady Cunard posa une question originale :

— Je me suis souvent demandé, mon cher Harley, quelle est la pièce de Shakespeare que vous préférez. Vous ne pouvez manquer d'avoir une pièce préférée !

— Sûrement pas *Hamlet*, dit Granville-Barker.

— *Othello* ?

— Ni *Othello*.

— *Lear*, naturellement. Je savais bien que c'était *Lear*.

— Ce n'est pas *Lear*. Ni *Macbeth*.

— Sur le plan purement poétique, dit Lady Cunard, *Antoine et Cléopâtre* est incomparable. Est-ce *là* votre pièce préférée, Harley ? J'en suis certaine !

Granville-Barker était un grand shakespearien, à sa mode personnelle et secrète. Sa simple façon de prononcer le titre d'une pièce exprimait la vision qu'il avait de son essence. Lorsqu'il disait « *Hamlet* », son visage sombrait dans une mélancolie blafarde, crispée de soupçons cauchemardesques, et glacée de doutes obsédants. Quand il disait « *Othello* », ses yeux se brouillaient de sombres passions. Quand il disait « *Lear* », je voyais une barbe lui pousser au menton.

Je brûlais de m'entretenir avec Granville-Barker dans le plus strict particulier pour sonder ces masques, et derrière eux détecter l'homme. Mais chaque fois que j'essayais de le prendre à part un instant, ses traits se glaçaient, sans que je susse au juste si c'était par timidité, frayeur ou dédain.

— Non, pas *Antoine et Cléopâtre.* Ni *Roméo*, dit Granville-Barker.

— Alors, vous n'avez pas vraiment de pièce préférée ?

— *Coriolan* possède une certaine dignité... Autrefois, j'avais un certain faible pour *Coriolan.*

— C'est donc *Coriolan* ! s'écria triomphalement Emerald.

— J'ai renoncé à toute préférence, dit Granville-Barker, glacial. Je suis au régime de la plus pure impartialité. Beethoven et Mozart : je les adore avec une égalité digne de Janus. Michel-Ange et Rembrandt : ils sont suprêmes, et donc inévitablement égaux.

Je surpris dans ses yeux une lueur de harassement, puis un éclair de haine presque meurtrière. Mais la flamme s'évanouit dans une ironie bénigne, souriante, et le visage de Granville-Barker se retira de nouveau derrière un masque de majesté distante.

Le docteur Gogarty était le contraire exact de Granville-Barker : jovial, exubérant sur un mode à demi plébéien. Mais en même temps, il était partisan d'une exactitude scrupuleuse. Il évitait de répondre aux questions, non par apathie ainsi que Granville-Barker, mais parce qu'il entrevoyait trop de réponses à la fois.

— Est-il exact, lui demandai-je un jour, que vous ayez été le modèle de Buck Mulligan ?

— C'est vrai, mon gars, c'est vrai et pourtant ce n'est pas

vrai. Joyce m'a dit une fois que l'originalité n'existait pas. Curieuse affirmation ! L'originalité n'existe pas ! Aristophane ! Dante ! Rabelais ! Aucune originalité, notez-le bien !

— Vous étiez donc effectivement le modèle de...

— Mon Dieu, voyez-vous, mon bon, Joyce lui-même ne s'intéressait pas à ce que nous appelons expérimentation. Il considérait ça comme assez vulgaire, *nouveau riche* *, pourrait-on dire. Joyce a toujours été un aristocrate. Il était partisan des oligarchies antiques. Homère et Virgile, voyez-vous, ainsi qu'Euripide et Sénèque. Le drame romain s'enracine dans le drame grec, et Congreve a basé sa pièce sur *le Misanthrope*. Chaucer imitait Boccace ; Shakespeare en personne condescendait à Plaute. Et naturellement derrière tout ça, il y a les vestiges archaïques, légendes et contes populaires, racines et ramifications ; Joyce avait donc parfaitement raison : tout ça remonte aux origines, et l'on songe à la folie de tous ces embarras philologiques...

Il eut un instant d'hésitation. Ma tête commençait à se brouiller. Le docteur Gogarty me lorgnait comme une chouette.

— Alors, après tout, vous n'étiez pas vraiment le modèle de...

Le docteur Gogarty leva l'index, comme pour une mise en garde.

— Joyce affirmait qu'un écrivain doit se *glisser* dans son genre. Imperceptiblement, pourrait-on dire, comme la tortue de mer qui vient de naître. *Lutter* pour accéder à un genre est inévitablement suicidaire. Non que cela n'exige beaucoup de labeur. Sous tout grand art, il existe un iceberg de labeur. Dieu du ciel, songez à *l'Énéide* ! Tous ces étincelants hexamètres, comme une armée et ses drapeaux ! Joyce admirait profondément Yeats ; jamais il n'en a fait mystère ; pourtant, il échappait à l'envoûtement yeatsien : tous ces sorciers et sorcières. Il se méfiait de tout ce qui sentait le *dernier frisson* *. Il croyait au bon travail bien dur. Il croyait à la lucidité. Il riait de toutes ces absurdités sur l'inspiration, l'*afflatus*...

Il me guignait avec une moquerie féroce, bien qu'affec-

* En français dans le texte. (N.d.T.)

tueuse, et je sentais qu'il avait réussi à faire miroiter devant mes yeux, comme un vieux prestidigitateur fou, toute l'histoire de la grandeur humaine. Après quoi, j'éprouvai un amour particulier pour le docteur Gogarty, et, chaque fois que je pensai à Virgile, je songeai aussi au docteur Gogarty, l'armure étincelante, en train d'agiter un drapeau d'hexamètres.

Après le salon, je regagnais ma morne chambre afin de noter, dans une espèce de transe d'exactitude, les dialogues qui ondoyaient au-dessus des tasses de thé. Je notais ce que Granville-Barker avait dit sur *Coriolan*, et les éloges lyriques du docteur Gogarty sur *l'Énéide*. J'éprouvais un secret triomphe, mi-humble, mi-exultant, à transcrire ces conversations, comme si j'éployais les ailes d'un papillon.

L'hiver s'intensifiait ; les tempêtes balayaient Manhattan ; la guerre, de l'autre côté de l'océan, paraissait obscure, impénétrable. Je marchais dans les rues glacées ; le vent transperçait mon pardessus ; les formes qui se hâtaient à travers les flocons de neige avaient l'air d'oiseaux dans une vaste migration.

Puis la nuit engloutissait la ville ; je suivais la Cinquante-septième Rue, m'arrêtant pour contempler les Renoirs à la galerie Durand-Ruel, ou les Romneys et Raeburns exposés chez Knoedler. Je faisais halte devant une vitrine éclairée d'une lumière de miel. C'était une boutique de vieille porcelaine rare ; sur deux coussins de porcelaine, face à face, en parfaite symétrie, étaient couchés deux lévriers de porcelaine. De petits pompons de porcelaine dorée pendillaient aux angles des coussins, et les lévriers portaient des colliers de porcelaine à broderies dorées. Ils regardaient les flocons de neige avec une suffisance toute confucéenne. Je restai là debout plus d'une heure à contempler les lévriers ponctués de neige ; la guerre, de l'autre côté de l'océan, paraissait aussi irréelle qu'un mirage.

Mozart

Sir Thomas Beecham avait à cœur d'éviter les thés de Lady Cunard. Ils lui faisaient peur, assurait-il.

— C'est une bande de dévergondés. Emerald a beau raffoler de ce bla-bla culturel, pourquoi s'en tenir à une horde de dévergondés ?

— Ils sont tous dévergondés, à votre avis ?

— Pas tout à fait, mais presque. En Amérique, le milieu culturel est tout imprégné de débauche.

— C'est bien triste, dis-je.

— Même chose à Londres. A peine ouvrent-ils la bouche sur Proust, que je devine aussitôt la débauche.

Sir Thomas donnait à certains mots des significations qui lui étaient propres. Une chose qu'il aimait, il l'appelait un « sucre d'orge » ou un « bonbon ». Une chose dont il ne faut point parler, il la traitait de « dévergondage » ou de « débauche ».

Il avait un piano droit dans sa chambre, où il cherchait refuge contre les pépiements du salon. Quelquefois, je me glissais dans la chambre et le suppliais de jouer pour moi. Il me donnait satisfaction avec un menuet ou un rondo de Mozart. Un jour, il joua un petit « Nocturne » que Samuel Barber avait composé sur un poème de moi, et il le joua merveilleusement comme s'il venait de le découvrir.

— ...Voilà bien l'ennuyeux, avec l'Amérique. Elle considère la culture comme de la *haute couture* *. Quand je vais à Pitts-

* En français dans le texte. (N.d.T.)

burgh ou à Chicago, j'éprouve un certain malaise. On m'envisage comme un genre de super-décorateur d'appartement.

« Ce n'est pas comme en Allemagne, ajouta-t-il en se caressant philosophiquement la barbiche. A Munich ou Hambourg, on me considérait comme un *pater familias.* Les Allemands considèrent la culture comme un bol plein de *Schlagsahne.* Chose succulente à un *Kaffeeklatsch,* à condition de n'en pas abuser. »

Un jour, il déclara :

— L'histoire de la musique, en Amérique, est l'histoire des exilés. L'Amérique a accueilli en son sein généreux les exilés célèbres, mais avec un certain — veuillez m'excuser — un certain manque de raffinement. Elle s'est montrée tiède envers les compositeurs tels que Bartók et Schönberg. Elle recherche le flamboyant, les grandes divas, porte aux nues Toscanini, Heifetz, Horowitz. Et moi-même, cela va sans dire. Il y a les étoiles de moindre importance, bien sûr, comme Reiner et Mitropoulos, mais les Américains sont brutaux, et les laissent mijoter en province.

Sir Thomas avait une belle tête ovale, soulignée par un collier de barbe grise. Il avait l'air à la fois vénérable et matois, irascible et sensuel. Sous certains angles, son visage me rappelait celui de mon père, mais en plus grossier, plus extraverti, plus rusé. Il n'avait pas l'air tout à fait anglais, mais un peu germanique, comme un astucieux et tyrannique aubergiste tyrolien. Il ne semblait jamais écouter ce qu'on lui disait, mais vous jetait de temps à autre un coup d'œil en dessous, ironique et pénétrant.

Il disait :

— Je préfère *Manon* aux six Concertos brandebourgeois réunis. Ce que je déploire, c'est cette manie contemporaine de purisme. On se méfie de tout ce qui est atmosphère, nostalgie, romantisme. On ricane de Stokowski. J'aime assez Stokowski. Toscanini a exercé une terrible influence éviscérante.

Lady Cunard m'emmenait à l'Opéra toutes les fois que Beecham dirigeait. Elle avait sa loge personnelle où elle invitait ses favoris. Je vis Sir Thomas diriger *Carmen, Manon, Louise, le Coq d'or.* Parfois, elle m'emmenait à l'une de ses séances d'enregistrement où j'écoutais son très beau Haydn, son Delius de rêve et son obsédant Sibelius.

J'aimais particulièrement l'interprétation par Sir Thomas de la *Symphonie inachevée*, toute différente de celle de Furtwängler, dépourvue de sa puissance pathétique, et toute différente de l'électrique intensité de Toscanini, mais d'une clarté magique où chaque note avait la limpidité du cristal.

Ma façon d'aborder la musique fut toujours enfantine, intuitive. Depuis qu'assis sous le piano j'entendais ma mère jouer Chopin, je recherchai dans la musique un sentiment de jubilation, de joie de vivre. Les grandes mazurkas me touchaient plus que les symphonies de Beethoven, et je préférais les valses de Chopin aux opéras de Wagner.

— Quel est le plus grand de tous les compositeurs, à votre avis, Sir Thomas ?

— Mozart, indiscutablement. « Le plus grand de tous » est une expression par trop générale, mais puisque vous l'avez employée je vais tâcher de répondre à votre question avec solennité. Je m'abstiens de mentionner Wagner. Beethoven est grandiose, mais trop emphatique ; il enfonce le clou avec une si terrible insistance ! Schubert est adorable, mais trop long, et la grandeur, ah, la grandeur !... Après tout, en quoi consiste la grandeur ? C'est l'insondable, l'*insaisissable* *, le sens de l'infini !

Écouter Sir Thomas parler musique me plongeait dans la perplexité. Sous la bravade méprisante se cachait une délicatesse fébrile. Sa face ovale et sensuelle avait une énergie animale, mais par-dessus, comme une toile d'araignée, pendait sa vulnérabilité délicate, qui se reflétait dans son Mozart, son Haydn et son Delius.

— ...Beethoven, oui, il y a des merveilles, mais en réalité je ne peux m'empêcher de me poser des questions. Je ne crois pas que la musique soit faite pour les sondages et les déchirements intérieurs. Ces derniers quatuors me déplaisent souverainement. Ils repoussent la musique au-delà de ses frontières. La musique est une chose fort impersonnelle ; elle ne cesse de tendre à la perfection ; elle ne devrait pas *s'efforcer* d'atteindre l'inexprimable ; elle devrait *incarner* l'inexprimable. *Don Juan*, par exemple, ne cesse d'hésiter au bord, mais sans passer pardessus bord pour aller dégringoler dans le chaos...

* En français dans le texte. (N.d.T.)

Lady Cunard était profondément inquiète ; souffrant d'insomnies, elle avait grand besoin de réconfort au milieu de la nuit. Elle me téléphonait souvent à trois heures du matin pour bavarder à bâtons rompus de littérature et de musique.

— Je viens de finir *Andromaque.* C'est moins bon que *Phèdre.* Racine est froid comme de la glace, mais je cherche le feu sous la glace ; je le trouve dans *Phèdre,* mais non dans *Andromaque.*

Une nuit, elle déclara :

— J'ai enfin terminé *les Ailes de la colombe.* J'en reste épouvantée. *La Coupe d'or* est remplie de terreur, mais d'une terreur toujours *bien soignée* *. Dans *les Ailes de la colombe,* elle vous fixe en plein visage, et j'en étais pétrifiée.

Sa voix dans l'appareil était aussi cristalline que jamais, mais j'y surprenais un tremblement, indice d'une secrète angoisse.

Une fois, elle demanda :

— Que pensez-vous sincèrement de Sir Thomas ? Il est assez énigmatique, vous ne trouvez pas ? Il sort d'un milieu bizarre, et il y a chez lui un peu du parvenu, mais son talent musical est miraculeux, vous ne trouvez pas ?

« Sous tout cela, Sir Thomas est extrêmement timide et sensible. Il a en abomination mes thés quotidiens, qu'il traite de " colifichets frivoles ". Il me dit : " Eh bien, de quoi donc avez-vous encore bavardé, à votre chienlit de cinq heures ? " Virgil Thomson le qualifie de pontifiant, mais ce n'est là que du Virgil. J'aime beaucoup Virgil, mais il a une langue acérée. Il est dans une telle forme en ce moment... je ne parle pas de Virgil, je parle de Sir Thomas... Mais je ne puis m'empêcher de me poser des questions sur cette curieuse et nouvelle ardeur... »

Une nuit, à trois heures et demie du matin, le téléphone sonna désespérément. Rien qu'au son du timbre, je détectai une hystérie nouvelle.

— Je viens de relire *Britannicus,* mais je trouve ça très ennuyeux. Quand Racine n'est pas à son sommet, il risque d'être extrêmement fastidieux. Étiez-vous d'accord avec ce que

* En français dans le texte. (N.d.T.)

Virgil déclarait aujourd'hui de Rimski-Korsakov ? Virgil a un goût fort exigeant et ses propos sont assaisonnés de malice, mais il est véritablement allé trop loin dans ce qu'il a raconté sur Rimski-Korsakov. Que dit-on au sujet de Sir Thomas ? Il a disparu mystérieusement. J'ai essayé de l'appeler à Chicago mais on m'a déclaré qu'il était parti pour Cleveland. Avez-vous entendu un bruit quelconque ? Les gens laissent échapper de ces petites allusions, et j'ai l'étrange impression que l'on me cache quelque chose. Qu'avez-vous entendu dire ? Rien d'anormal ? Avez-vous entendu parler de Miss Humby ? Est-ce là son véritable nom ? Cela pourrait bien être Hornby ou même Hoynbee. On dit que Sir Thomas est tout à fait entiché d'elle ; voilà du moins ce que m'affirmait Willie ; mais Willie est assez caustique, et sa malice ne tire pas à conséquence. Qu'avez-vous entendu dire ? Absolument rien ? Mon Dieu, je suis sûre qu'il n'y a rien du tout. Virgil le qualifie d'un peu *pomposo*, mais Virgil est malveillant. Je suis certaine qu'il n'y a rien là-dessous. Elle m'a l'air un tantinet commune. Il est issu d'un milieu bizarre, mais où diable a-t-il pris ce don pour la musique ?...

Après la mystérieuse disparition de Sir Thomas Beecham, les yeux de Lady Cunard brillèrent d'un éclat plus sauvage. Sa voix s'éleva jusqu'à un timbre encore plus désespéré. Son badinage à l'heure du thé se fit légèrement incohérent, et le rouge, sur ses joues, prit une intensité clownesque. Elle tendait les mains en de curieux gestes, mi-effrayés mi-propitiatoires, et lorsqu'elle traversait la pièce on aurait dit qu'elle fuyait.

Une firme appelée New Directions [Directions nouvelles] avait publié mes traductions de Friedrich Hölderlin dans une charmante petite collection qui comprenait aussi *les Illuminations* de Rimbaud, *le Procès de Lucullus*, de Bertolt Brecht, et un groupe de poèmes de Dylan Thomas. Je donnai un exemplaire de mon Hölderlin à Emerald ; après l'avoir lu, elle murmura avec appréhension :

— Il est devenu fou, le pauvre homme. Mais dans ses poèmes, il paraît si heureux ! Est-il devenu fou parce qu'il était *trop* heureux ? Ou bien son bonheur était-il une forme de folie ?

Je m'étais beaucoup attaché à elle, non point à cause de sa renommée ou de sa générosité, mais parce qu'elle ressemblait à une créature en voie de disparition. Elle voletait dans la pièce, étonnamment agile pour son âge, s'élançant du sofa à la cheminée ainsi qu'un papillon jaune vif. Ses petits mouvements rapides étaient empreints d'un frêle désespoir, comme si elle avait conscience d'être la dernière d'une espèce en voie de disparition.

Elle me dit une fois :

— L'important, c'est d'avoir une philosophie. Sans philosophie, comment survivre ?

Un instant, elle parut perplexe.

— ...Nous avons tous tellement peur de la mort ! Nous avons tellement peur de l'inconnu ! Nous avons besoin de quelque chose pour nous donner la force de regarder les ténèbres. Une philosophie, c'est quelque chose qui nous donne la force de regarder la mort. Je dois chercher une philosophie. Où la trouverai-je, selon vous ? Platon ? Aristote ? Schopenhauer ? J'ai perdu mon temps à lire des romans...

Un après-midi, je l'emmenai au Frick Museum, un musée petit mais exquis, rempli d'incomparables chefs-d'œuvre. Elle aima les Fragonards, les Titiens, mais s'arrêta soudain pour contempler avec une fixité pétrifiée le *Saint Jérôme* du Greco.

— Si effroyablement *vieux* !... s'exclama-t-elle. Une barbe si blanche !... Et voyez les yeux ! Il regarde la mort en face !

Dans une autre salle, elle s'arrêta devant un portrait dû au Bronzino.

— ...Si jeune, si merveilleusement jeune... Si décadent et pourtant si jeune !...

Puis elle fit halte devant un imposant autoportrait de Rembrandt.

— ...Quelle horreur ! chuchota-t-elle. Voyez donc comme il est minable. Il a la figure pleine de verrues. Et ses rides, ses affreuses rides...

Brusquement, elle se tourna vers moi.

— ...Laissez-moi vous dire une chose, Frederic. Vous êtes un beau jeune homme, et voilà pourquoi nous vous aimons. Ce n'est pas à cause de votre esprit ou de votre sensibilité artistique. Si vous n'aviez été aussi beau, je ne vous aurais peut-être jamais rencontré.

Et elle me souriait avec une compassion tendre, mais inquiétante.

J'éprouvais de la gêne et de la surprise. J'avais une aversion violente pour la moindre trace de flatterie, où j'imaginais l'écho d'un torrent d'insincérité. Mais les paroles de Lady Cunard sous-entendaient une chose plus vilaine : que les affections humaines reposaient entièrement sur l'attrait physique. Je trouvais affreux que la sagesse et la souffrance des vieux fussent cotées moins haut que la souplesse et la vanité des jeunes.

Un jour, Lady Cunard annonça qu'elle se réembarquait pour l'Angleterre. On se trouvait en pleine guerre, et les Allemands paraissaient invincibles. Mais quant au résultat, Lady Cunard n'eut jamais le moindre doute. Jamais un seul instant elle ne douta que les Allemands seraient vaincus, et ses yeux se mirent à briller d'une étrange excitation nouvelle.

Je la conduisis en voiture jusqu'aux quais pour la voir partir à bord du *Queen Mary*. C'était une sombre journée de pluie où le vent soufflait en rafales. Les stewards montèrent ses malles et valises le long de la passerelle, et elle me fit des signes d'adieu du pont grêlé de pluie. Alors, le bateau s'éloigna avec une lenteur pleine de menace. La pluie tombait plus fort ; Emerald agitait, agitait la main. Enfin, elle cessa, et son visage, derrière le rideau de pluie, se brouilla, méconnaissable, comme s'il glissait dans le passé.

Nijinski

Un matin, Robert Sherwood m'appela au téléphone pour me proposer d'aller à Lisbonne pour l'*Office of War Information* (Service de renseignements de guerre).

— Vous connaissez la mentalité portugaise. A Lisbonne, vous pourriez nous être utile.

Mais la pensée de retourner au Portugal, cette fois comme espion authentique au lieu d'espion imaginaire, me faisait peur.

— Il n'existe pas d'autres possibilités ? demandai-je d'un ton implorant.

— Seulement Berne, Stockholm et Istanbul. Vous ne convenez pas tout à fait pour Berne. Bien sûr, Istanbul est envisageable.

— Et Stockholm ? Quelque chose me dit que je serais parfait pour Stockholm.

— Vous connaissez le suédois ?

— Pas pour le moment. Mais je l'apprendrai en un clin d'œil !

Et voilà comment je me rendis à Stockholm, un mois plus tard, pour ce que Sherwood résolut d'appeler « une exploration culturelle ».

J'arrivai au début du mois de mai ; aussitôt, je tombai amoureux de Stockholm : des rues nordiques, du ciel nordique, de l'humour nordique, des scrupules nordiques. J'aimai les sombres façades qui scintillaient au crépuscule, le long de Strandvägen ; j'aimai l'inévitable hareng, le pain sombre et friable. J'en vins à aimer les interminables jours du plein été, les interminables nuits du plein hiver, ainsi que le clair-obscur de perle au printemps et en automne, qui donnait aux visages un aspect nébuleux comme s'ils s'enveloppaient de brouillard.

Le surlendemain de mon arrivée, je me promenais à pied dans Strandvägen, quand soudain j'aperçus Roger Hinks au soleil couchant. Debout au bord du Mälaren, il contemplait l'eau. Il contemplait l'eau avec une intensité si étrange que je craignais d'interrompre ses méditations poétiques.

Je l'avais rencontré une fois auparavant lors d'une réception où l'on buvait du xérès à Cambridge ; je savais qu'il était un lettré avisé, raffiné, ami de T. S. Eliot, et j'avais vu son nom dans *The Criterion.* Je le savais critique érudit, spécialiste du Caravage.

Je le rejoignis sur la pointe des pieds, et murmurai :

— Mr. Hinks ?

Il se retourna tout d'une pièce, comme au bruit d'un serpent à sonnette.

— Ah ! c'est vous ! *Quelle joie* * de vous voir !

— Oui, je viens d'arriver à Stockholm. Je suis tombé amoureux de Stockholm.

— Je vois, je vois. Tiens, tiens. Vous êtes ici pour *affaires.* Je l'ai appris par mon téléphone arabe. J'espère que tout ira bien pour vous.

Je me mis à bégayer :

— Je ne suis qu'un attaché culturel...

— Je m'en doutais. Venez donc prendre un verre au Café Riche.

Roger Hinks avait une face ronde, ironique, aux yeux scintillants : une face de chérubin assez peu recommandable. Il semblait perpétuellement nourrir quelque *arrière-pensée* * désagréable, et mesurait ses paroles avec une délectation parcimonieuse, comme s'il savourait un vieux bourgogne rare.

Devant notre whisky, au Riche, il se fit plus désinvolte et plus détendu.

* En français dans le texte. (N.d.T.)

— Appelez-moi Roger. Je vous appellerai Fritz. Cela sonne un tantinet germanique ; mais ici, à Stockholm, je suis un spécialiste de ce qui est germanique. Pas plus tard que ce matin, un charmant garçon qui vient de Hambourg et se prénomme Wolfgang m'a apporté une enveloppe remplie de photographies émoustillantes. Il affirme qu'il s'agit de vues intérieures des chantiers navals de Brême. J'ai mes doutes secrets, mais je l'ai payé quatre-vingts couronnes. Plutôt une affaire, au bout du compte. On attrape ce que l'on peut. Je serai heureux de vous les prêter. Vous pourrez les transmettre à Washington. Je suis certain qu'ils seront enchantés de jeter un coup d'œil aux chantiers navals de Brême. Ces photographies ont un air vaguement apocryphe, mais on attrape ce que l'on peut pour l'envoyer à ces idiots, là-bas, à Londres et Washington.

Ainsi débuta ma petite carrière incertaine dans l'espionnage. Suivant l'expression si désinvolte de Roger, j'attrapais ce que je pouvais. Cela n'était pas bien spectaculaire, mais cela présentait sa petite utilité. Je fouinais çà et là avec espoir, en quête de petites friandises curieuses. Je m'entretenais avec des réfugiés de Norvège devant l'aquavit de l'amitié, avec des arrivants de Copenhague devant une douillette tasse de café. Je recueillais des informations marginales sur le régime alimentaire à bord des sous-marins allemands, le moral des villages souabes et la vie amoureuse de Hermann Goering.

Quatre fois la semaine, un mince homme gris, à petit chapeau noir et long pardessus brun, frappait à la porte de mon bureau et s'inclinait cérémonieusement. Son nom, le lundi, était Herr Svenson, le mardi, Herr Nilsson, le jeudi, Herr Bergström et le vendredi, Herr Olafson. Il déposait sur mon bureau une longue enveloppe en papier bulle, et je lui faisais un billet de cent couronnes, payable au bureau de Fröken Söderberg. L'enveloppe contenait des photographies prises à Essen ou Düsseldorf, ou des lettres personnelles, interceptées à Hambourg ou Hanovre. Il y avait là des photographies de soldats avec leurs fiancées, prises en des aéroports, et des lettres de jeunes lieutenants à leurs mères ou grands-mères. Je fourrais ces précieuses enveloppes dans la valise diplomatique en souhaitant qu'elles amusent mes collègues, là-bas, à Washington.

Et tous les mardis, j'envoyais un câble confidentiel à Sherwood, soigneusement divisé en sept rubriques différentes : (1) politique, (2) économique, (3) militaire, (4) culturelle, (5) Norvège, Danemark et Finlande, (6) recommandations pour la propagande, (7) rumeurs, plaisanteries, scandales, etc. Ces consciencieux câblogrammes étaient envoyés de mon bureau de la Nobelgatan ; mais à ma connaissance il n'y eut jamais la moindre réaction, et je puis seulement espérer qu'ils avaient leur petite utilité, qu'ils étaient reçus et déchiffrés avec le respect qui leur était dû.

Quand je ne furetais pas en quête de bons morceaux dans les bars et les cafés, je faisais des conférences aux Suédois sur les gloires de la littérature américaine. Je prononçais des conférences à Lund et Uppsala aussi bien qu'à l'université de Stockholm, et accordais de doctes interviews au *Svenska Dagbladet* et au *Dagens Nyhetter* (mais non au *Stockholm Tidningen*, considéré comme un peu favorable à l'Axe).

Je parlais de Gertrude Stein aussi bien que d'Ernest Hemingway. Les Suédois ne se lassaient jamais d'entendre parler de Hemingway.

— C'est un vrai dur à cuire, n'est-ce pas ?

— Tout à fait, répondais-je.

— Il a du poil sur la poitrine, n'est-ce pas ?

— Oui, sa poitrine est extrêmement velue.

— Il a abattu des éléphants en Afrique, n'est-ce pas ?

— Indubitablement.

— Et il a mis à mort des taureaux dans l'arène ?

— Dans l'arène il a fait merveille.

Leur curiosité au sujet de Miss Stein était également insatiable.

— A-t-elle une amie appelée Miss Toklas ? demandaient-ils avec une ombre de suspicion.

— Miss Stein aime à bien manger, répondais-je, et elle a une amie appelée Alice Toklas. Miss Toklas cuisine à merveille, ce qui la rend chère à Miss Stein. Elle a inventé un fondant au haschisch, ce qui est un peu immoral ; mais en dehors du haschisch, elles ont un comportement irréprochable.

Quand je parlais de T. S. Eliot, l'attention des Suédois se relâchait.

— Il est très obscur, n'est-ce pas ? Quelle est la signification de *la Terre gaste* ?

— Elle a beaucoup de significations différentes, mais nul ne les comprend.

— Quelle curieuse façon d'écrire ! Avec de nombreuses significations, toutes déroutantes.

— Tous les grands poèmes ont de nombreuses significations, dont beaucoup sont déroutantes.

— Mais regardez *l'Odyssée* ! Croyez-vous que *l'Odyssée* soit déroutante ?

— Très déroutante à mes yeux. Je n'ai jamais compris *l'Odyssée.*

Mais les Suédois étaient persuadés que j'essayais de les taquiner.

— Homère, disaient-ils, remporterait sûrement le prix Nobel, s'il vivait encore. Mais Hemingway abat des éléphants. Gertrude Stein mange du haschisch et T. S. Eliot est déroutant ; alors, comment peuvent-ils remporter le prix Nobel ?

De temps à autre, je jouais au tennis au Royal Tennis Club où le vieux roi Gustave jouait encore quelquefois. Il arriva un après-midi pour se mesurer aux champions suédois, lesquels eurent le tact de diriger leurs lobs lents et modérés vers le monarque.

Cela faisait sept longues années que je l'avais rencontré à Juan-les-Pins, où j'avais un jour joué contre lui en doubles. Le roi, qui se souvenait encore de moi, m'invita à prendre le café. Bien qu'il eût sept ans de plus, il n'avait pas changé. Il demeurait incalculablement vieux, intensément anguleux, et son regard était devenu encore plus impénétrable.

— A Juan-les-Pins, nous avons parlé de Tilden. Votre Majesté s'en souvient-elle ?

— Oui, je m'en souviens parfaitement. Vous le compariez à Pavlova.

— Et vous le compariez à Nijinski. Je crois que Tilden aurait été content.

— Eh bien, le curieux, c'est que je n'ai jamais vu Nijinski. Mais j'ai réfléchi à Nijinski, et me suis représenté Nijinski. Le bond de Nijinski dans *le Spectre de la rose* devait ressembler à celui de Tilden par-dessus le filet, au tennis. Jamais je n'oublierai Tilden. Il était éblouissant et théâtral. Ces foudroyants services !... Ces prodigieux revers !...

Il fixait sur moi son vieux regard plein de sagesse avec une ombre de sourire flétri où je décelais un mélange de connivence et d'accusation. Sa tête pivota lentement sur son axe, comme celle d'un hibou, et il baissa la voix jusqu'à un petit chuchotement soupçonneux.

— ...Vous êtes venu à Stockholm étudier notre littérature ?

— Entre autres choses, murmurai-je.

— Voilà. Précisément. Entre autres choses. Il y a toujours beaucoup d'*autres* choses !

— J'ai toujours aimé la littérature suédoise, me hâtai-je de déclarer. J'aime les drames de Strindberg et les romans de Selma Lagerlöf.

— Moi aussi, j'aime les pièces de Strindberg et les romans de Selma Lagerlöf. Mais il ne faut pas croire que notre littérature ne comprenne que Strindberg et Lagerlöf. Elle a débuté avec l'évêque Tomas, au XVe siècle, et se poursuit à l'heure actuelle avec notre poète Pär Lagerkvist. Nous sommes continuellement attentifs à la littérature mondiale, car nous avons notre illustre prix que nous décernons avec beaucoup de discernement. Nous l'avons donné une année à votre satirique Mr. Lewis, une autre année à votre sombre Mr. O'Neill, et plus récemment à votre idéaliste Mrs. Buck. Ce prix est si vénérable que nous devons être discrets. Nous n'aurions jamais donné le prix au frivole Oscar Wilde, et je doute que nous le donnions au problématique T. S. Eliot, à l'excentrique Gertrude Stein ou bien à l'athlétique Ernest Hemingway.

Ce long discours l'avait épuisé. Il se radossa, et le fantôme d'un sourire continua de flotter sur ses vieilles lèvres flétries.

Le surlendemain, je déjeunai avec Roger Hinks au Grand Hôtel. Je lui déclarai :

— J'ai pris le café avec Sa Majesté au Royal Tennis Club. Le roi s'est montré étonnamment spirituel et a parlé de littérature. Mais comme je rentrais à pied chez moi, il s'est produit quelque chose de bizarre. Je me suis senti suivi par un homme blond et mince. J'ai tourné à un coin de rue ; j'ai regardé derrière moi, il était là ; j'ai tourné à un autre coin de rue ; j'ai regardé derrière moi ; il était encore là.

— Voilà qui me paraît sinistre, dit Roger.

— Oui, je frissonne rien que d'y penser.

— Tranquillisez-vous. L'espionnage n'a rien de sinistre. C'est comme de préparer un pudding : il n'y faut que les bons ingrédients. L'homme qui vous a suivi au retour du club de tennis n'était autre que mon ami Klas-Erik. Il suit tous les étrangers qui font une visite à Sa Majesté. Il est capital de connaître tous les étrangers qui s'entretiennent avec Sa Majesté. Non que cela ait la moindre importance. Tout ça fait partie de notre petite bagatelle. Il nous faut attraper *quelque chose* à envoyer à ces imbéciles, là-bas, à Londres.

Il leva son verre en disant : « *Sköl*! » d'un ton ironiquement cérémonieux ; la guerre, au loin, semblait aussi gaie qu'un jeu de fléchettes.

Quand je sortis dans la rue, l'automne vivifiait l'atmosphère, les feuilles dansaient en rond, et je sentais le musc du Mälaren. Le ciel était si bleu qu'il paraissait en fleurs ; un innocent étonnement bleuissait les yeux des Suédois. Ils avaient les cheveux blonds comme du miel, leurs voix dansaient comme un gazouillis, leurs haleines empestaient le hareng, l'envie chiffonnait leurs sourires, et leurs grands corps musclés se mouvaient avec la grâce maladroite des bœufs. J'aimais ces innocents Suédois qui me croisaient en se dépêchant dans la Birger Jarlsgatan. J'aimais les belles filles en pantalon de flanelle impeccable, les adolescents boutonneux, coiffés de leurs grands chapeaux *swingpojke,* les alertes vieilles dames aux joues roses, les patriarches aux yeux de cacatoès, les musiciens tristes, les professeurs au regard mauvais, les poètes aux yeux lunaires, les baronnes ivres ; je les aimais tous avec une tendre mais soupçonneuse curiosité, comme s'ils étaient des marionnettes en train de se pavaner gaiement sur un théâtre, tandis que les nuages, là-haut, s'éclairaient au couchant, et que le ciel de fin octobre s'approfondissait en un violet triste et secret.

Un soir de neige

Je louai un appartement dans la Linnégatan, rue qui devait son nom au grand Linné, fort cher à mon cœur à cause de sa passion pour les papillons. Au mur de ma chambre à coucher, il y avait une boîte avec un grand papillon blanc au corps couvert de fourrure, aux ailes tachetées d'écarlate, avec en dessous l'étiquette : *Parnassius apollo*, LINNAEUS.

En grignotant mon petit déjeuner, je ne quittais pas des yeux ce papillon. Bien qu'il parût très vivant, il était trop symétrique pour vivre. Sur son abdomen, la fourrure présentait un lustre de fil de la Vierge. Les petites taches rouge vif avaient l'air de gouttes de vrai sang. Il semblait avoir été torturé, crucifié comme un hérétique, puis épinglé pour impressionner la pieuse populace.

Les après-midi d'hiver, je flânais le long de Strandvägen. Le soir commençait à tomber peu après trois heures, et dès quatre heures, les grandes fenêtres commençaient à briller au palais royal. De gigantesques crocs de glace flottaient dans le Mälaren, et des tas de neige luisante s'amoncelaient sous les réverbères de Strandvägen. Des chandelles de glace pendaient des toits, et l'air se violaçait. Les maisons de Gamla Stan, l'île située de l'autre côté de l'eau, avaient l'air sinistre et médiéval sous leur linceul de neige luisante.

Dans ce décor de neige et de glaçons, la guerre semblait irréelle. Les combats de Russie eux-mêmes paraissaient lointains, hallucinatoires. Les maisons de Stockholm étaient si bien tenues, si en ordre que les horreurs russes en prenaient un aspect grotesque, presque fabuleux. Les nouvelles de Russie ressemblaient à quelque bouleversement du passé, tel que l'invasion de Gengis Khān ou la retraite de Moscou de Napoléon.

A Stockholm vivait une mystérieuse dame aux cheveux gris. Elle s'appelait Alexandra Kollontai ; elle avait fait partie des bolchevistes d'origine, des grands idéalistes du début, les purs, les incorruptibles. Elle était maintenant l'ambassadrice russe. On la voyait, on l'entendait rarement. Mais chaque fois que l'on citait son nom, c'était avec une révérence effrayée et perplexe.

Les autres grands ambassadeurs, le britannique, le français, le belge, disaient tous : « En tout cas, il reste Mme Kollontai. Elle est aussi pure que la neige. »

Un après-midi d'hiver où je me promenais le long de Strandvägen, la neige se mit à tomber et bientôt recouvrit le Mälaren glacé. L'air devint pourpre ; la ville se voila ; des millions de flocons de neige éteignirent les lumières du palais royal.

Une ombre émergea des flocons de neige pirouettants ; un visage apparut dans le crépuscule, désincarné, pareil à un masque. On aurait dit une momie revenue à regret à la vie. Ses yeux pâles brillaient, mais je distinguais le rayonnement cadavérique.

Je l'avais rencontrée une fois lors d'un déjeuner à la légation au Brésil ; aussi la hélai-je d'un ton enjoué :

— Bonsoir, madame Kollontai !

— Où sommes-nous ? cria-t-elle en levant au ciel des bras désolés. Je ne vois absolument rien ! Ces flocons de neige m'aveuglent !

— Oui, ces flocons de neige sont effrayants !

— Et la glace ! Cette glace glissante !

— Venez donc prendre une tasse de thé avec moi, dis-je. Ça vous réchauffera un peu.

— Oui, j'ai besoin de me réchauffer un peu, dit-elle en son français froid, haché. C'est le vent, ce vent terrible, qui m'aveugle de larmes !

Puis elle ajouta, en proie à une soudaine panique :

— ...Qui êtes-vous ? D'où venez-vous ?

Je lui dis qui j'étais, mais mon nom ne signifiait rien pour elle ; debout dans la neige, elle continuait de me fixer d'un regard soupçonneux.

A l'angle d'une rue proche, il y avait un douillet petit salon de thé ; je la pris par le bras, et nous traversâmes. Nous nous assîmes sur une banquette, devant une table éclairée aux bougies. L'on était en pleine guerre ; une violente bataille avait fait rage en Afrique ; un vent coupant comme une lame de rasoir fit trembler les flammes des bougies, pareil à un écho de la bataille d'El Alamein.

— ...J'attends mon chauffeur, dit-elle. Comment saura-t-il où je suis ?

— Nous sommes assis à côté de la fenêtre. Il peut vous voir de la rue.

Elle recula en chuchotant rapidement :

— Personne ne doit me voir par la fenêtre ! Tirez le rideau ! Soufflez les bougies ! Vite ! Personne ne doit me voir !

Je tirai le rideau, soufflai les bougies, et nous bûmes à petites gorgées nos verres de thé, Mme Kollontai ayant insisté pour boire son thé dans un verre.

— Bonne nouvelle, n'est-ce pas, madame Kollontai ?

— Quelle nouvelle ?

— Au sujet d'El Alamein.

— Que voulez-vous dire ? demanda-t-elle doucement.

— Les Allemands ont été vaincus à El Alamein !

— Alors, les Allemands ont perdu la guerre ?

— Ils ont perdu une grande bataille !

— Où ça ?

— En Afrique !

— Oh ! l'Afrique... Oui, bien sûr, il y a toujours l'Afrique !

Dans sa jeunesse, Mme Kollontai avait été extrêmement belle. Maintenant, elle avait le visage très ravagé, les gestes tremblants ; mais dans ses yeux injectés de sang je voyais les traces d'une jeunesse passionnée, l'inépuisable idéalisme, la flamme d'un espoir enfui. Elle me fixait d'un regard interrogateur, comme si elle eût essayé de résoudre une énigme, et dans sa voix basse, hagarde, il demeurait une note d'idéalisme batailleur.

— ...Oui, il y a encore ces jungles, ces déserts sans fin, là-bas, en Afrique. Mais que nous importe l'Afrique ? Rien d'important ne se passe en Afrique. Ces batailles, là-bas, en Afrique, n'ont pas de véritable importance. Elles ne font que nous empêcher de distinguer clairement les événements plus importants. Les événements importants abondent, et nous devons tâcher de les distinguer clairement.

L'on eût dit qu'elle avait passé une décennie à ne rien faire d'autre que pleurer. Ses yeux semblaient plongés dans des années de chagrin et de désillusion ; ses mains serrées l'une contre l'autre formaient une pyramide funèbre.

Son visage était surmonté d'une énorme toque de fourrure noire, beaucoup plus grande que lui, beaucoup plus forte et vivante ; on aurait dit une bête tapie sur sa tête.

— ...Bien sûr, maintenant je suis très vieille, usée, et je vois dans vos yeux que vous me considérez comme une vieille femme triste. Pourtant, les terreurs sont toujours là, les misères sont toujours là, et je refuse de me laisser distraire des choses qui comptent vraiment !

— Oui, dis-je pour la consoler, on doit se souvenir des choses qui importent.

— Nous ne devons pas les oublier, n'est-ce pas ? Lénine avait beau être un colosse, c'était en fin de compte un intellectuel glacé. Et nous savons si peu de chose sur Staline, si peu de chose sur l'âme de Staline ! Mais nous ne devons pas oublier que c'est un paysan du Caucase.

Sa main tremblait un peu ; du thé se répandit sur la table ; elle se hâta de sortir son mouchoir pour l'essuyer furtivement.

Alors, soudain, elle parut me reconnaître, et cligna des yeux avec perplexité. Un sourire, léger comme poudre, lui plissa un instant les lèvres.

Elle se pencha en avant d'un air de conspiratrice, et me déclara doucement :

— ...Il faudra toujours vous rappeler une chose, quoi qu'il puisse arriver d'autre en fin de compte. Ce qui importait à l'époque, ce n'était pas la victoire ou la défaite. En réalité, c'était la foi qui nous importait. L'espérance et la fidélité.

Un éclat de bravoure et de fête lui ranima les yeux ; elle redressa les épaules en une symétrie militaire.

— ...Le plus grand de tous mes désirs, dit-elle avec douceur, a toujours été une seule chose.

Du coin de l'œil, elle me regardait intensément ; elle baissa la voix jusqu'au chuchotement.

— ...D'abord et avant tout, j'ai désiré aller aider les femmes sur cette horrible terre. Vous parlez d'une bataille en Afrique ; mais en vérité, qu'importe l'Afrique ? Ce sont les femmes qui continuent à souffrir. Ce sont les femmes qui continuent à lutter. Ce sont les femmes pour qui je me suis battue, pour qui j'ai saigné, pour qui j'ai tué !

Au-dehors, une face mouchetée de neige regarda par une fente du rideau ; un gant de fourrure frappa doucement au carreau. Mme Kollontai recula et, terrifiée, me saisit le poignet. Puis elle se leva rapidement, traversa la salle en silence, ouvrit la porte et s'élança dans la nuit.

Le duel

Vint le jour où ma mission « culturelle » prit fin, et où je dis adieu aux vents salins de Suède. Le long hiver neigeux avait fondu en un lumineux été puis en un automne désolé, jonché de feuilles.

Au retour de Stockholm, je m'arrêtai cinq jours à Londres. Lady Cunard m'invita à prendre le thé dans son appartement du Dorchester. Elle paraissait plus frêle, plus impondérable. Elle avait la voix rauque, hésitante. Elle s'élança à travers la pièce comme un canari désespéré pour m'embrasser affectueusement, d'abord sur une joue, puis sur l'autre.

— Il faut que vous rencontriez Desmond. Desmond et moi, nous étions en train de parler de Hemingway. J'en veux à Hemingway. Je déteste son exhibitionnisme.

Desmond MacCarthy, critique fameux qui se mouvait à la périphérie de Bloomsbury, était un être méditatif aux manières patriarcales. Il déclara doucement :

— Ces jeunes Américains ont quelque chose de poignant, vous ne trouvez pas ? Ils sont obsédés par la notion du Grand Roman américain. Ils ne cessent de tâtonner dans le noir en quête d'une vision du sublime américain. Je l'ai senti dans *Une tragédie américaine* et dans *Lumière d'août*. Je l'ai senti dans *Aux sources du fleuve* et dans *Pour qui sonne le glas*. C'est cet effort vers la grandeur qui les fait paraître ampoulés. Il y a là-dedans un talent immense, mais aussi une certaine emphase.

— Le Grand Roman anglais existe-t-il vraiment ? demandai-je.

L'illustre vieux critique sourit avec une lueur de malice.

— Les Russes oscillent sans cesse entre Tolstoï et Dostoïevski, bien que ma préférence personnelle aille à l'auteur de *Pères et Fils*. Les Français oscillent sans cesse entre Proust et Balzac, bien que ma propre inclination aille à *la Chartreuse de Parme*. Les Allemands ont *la Montagne magique*, et les Italiens *les Fiancés*. Les Espagnols ont Cervantès, mais *Don Quichotte* est-il véritablement un roman ? A la vérité, il appartient plus au genre héroï-comique...

Survint Cyril Connolly, qui plongea aussitôt dans la conversation.

— Nous avons *Ulysse*, déclara-t-il.

— Ainsi, vous choisissez *Ulysse* ? Il y en a qui choisissent *Tom Jones*. D'autres voteraient pour *les Hauts de Hurlevent*. Certains préféreraient *Middlemarch*, et d'autres, *David Copperfield*. Vous me trouverez peut-être *démodé* *, mais je donne ma voix à *la Foire aux vanités*.

— *La Foire aux vanités !* gronda Cyril Connolly.

— *La Foire aux vanités !* se récria Lady Cunard.

— Ce cher vieux Thackeray, dit MacCarthy, était un écrivain profondément tragique. Sous l'esprit et la gaieté, il y a de l'horreur et du dégoût. Il considère les gens comme condamnés à une éternelle solitude. L'ombre de la décomposition plane sur le tintement des tasses de thé. Quel contraste avec Dickens ! Chez Dickens, tout est fantaisie. Il est ridicule de le supposer mû par l'indignation sociale. Il se servait de la pauvreté, de l'injustice, pour attiser les flammes de sa fantaisie. Et maintenant, considérez Becky Sharp. Elle est un monstre de pur égoïsme. Mais l'intuition de Thackeray la transforme en un miracle de comédie, et la compassion de Thackeray la transforme en un parangon de tragédie.

— Au risque de sembler tracassier, dit bénignement Connolly, je placerais *Orgueil et Préjugés* au sommet du roman anglais.

— Mon cher Cyril, dit Emerald en riant, vous me faites

* En français dans le texte. (N.d.T.)

penser à Pétrone. Vous êtes un *arbiter elegantiarum*. Quand écrirez-vous votre Satyricon ?

— Je suis en train de l'écrire, répondit adroitement Connolly.

— Mais c'est passionnant ! Et ça s'appelle... ?

— Ça n'a pas encore de titre, dit Connolly. Cela paraîtra sous un pseudonyme. Un mélange de noirceur stygienne et d'inquiète irascibilité.

J'avais pour la première fois rencontré Cyril Connolly huit ans plus tôt, à Salzbourg. Par jeu, il s'était déprécié lui-même et confondu en excuses. Or, maintenant, il paraissait plus vieux, plus inconsistant, plus pontifiant. Son visage s'était gonflé ; son nez s'était réduit à l'aspect d'un champignon. Ses yeux étaient devenus fuyants ; sa voix, circonspecte, comme alarmée par la menace d'une banalité.

Je me suis toujours senti mal à l'aise en présence de Cyril Connolly parce qu'il soumettait à un minutieux et sournois examen tous vos propos non pour en éprouver la validité mais pour en évaluer la félicité verbale. Il se servait de la littérature non comme d'une source d'illumination mais comme d'un décor pour sa misanthropie et son infaillible sens des modes.

Je pris congé de Lady Cunard, et rentrai en flânant par Hyde Park. Le crépuscule s'assombrit rapidement, et bientôt je fus perdu dans l'obscurité complète. Je tâtonnai à travers les arbres, en quête d'un repère familier. Je croisais des silhouettes sans visages de rôdeurs, perdus dans leur anxiété. Jamais encore je n'avais connu de black-out absolu, et Londres devenait d'une étendue insoupçonnée. On se serait cru dans le désert au fin fond de l'Ouganda. J'entendais des froissements, des plaintes, des geignements, des sifflements. L'on eût dit que des rongeurs se glissaient çà et là dans le feuillage. De temps à autre, je distinguais la flamme d'une allumette ou le rayon d'une lampe de poche. Je parvins à regagner les ombres de Park Lane, où quelques mornes étoiles brillaient au-dessus des noirs cañons sans fin.

Le surlendemain, Cyril Connolly amena Hemingway au Dorchester. On se trouvait à la fin de la guerre, et Hemingway était arrivé à Londres. Dans son uniforme qui lui allait mal, il avait l'air emprunté, sournois. Il entra dans le salon en traînant les pieds; l'air d'un sanglier, du coin de l'œil il épiait Lady Cunard.

Elle le considéra sans frayeur.

— Bonsoir, Mr. Hemingway. C'est la première fois que vous venez à Londres ?

— Non, grommela Hemingway. Pas du tout. Je connais déjà cette foutue ville.

— Si je comprends bien, elle ne vous dit rien.

— Voilà.

— Le climat, sans doute.

— Pas seulement le climat. Les *rues.*

— Qu'est-ce qu'elles ont ?

— Ce ne sont pas tant les rues que les *maisons.*

— Je vois. Il y a trop de maisons.

— Et elles se ressemblent toutes. Regardez Eaton Square, par exemple. Les maisons sont toutes identiques. C'est monotone.

— Vous avez raison, dit Lady Cunard. Il y a sans aucun doute une certaine monotonie.

Elle joignit les mains, les yeux au fond de sa tasse.

— ...Oui, la monotonie... Un horrible défaut, n'est-ce pas, Mr. Hemingway ? Je viens de lire *l'Iliade.* Il y a des moments de monotonie. Toutes ces énumérations pareilles aux maisons de Londres... Avez-vous lu *l'Iliade*, Mr. Hemingway ?

— Autrefois, à l'université, grogna Hemingway.

— Je m'en doutais, dit Lady Cunard. Hélas ! le croiriez-vous, je n'ai jamais été à l'université !

— Il n'y a rien de mal à être un autodidacte, dit Ernest Hemingway.

— Mais voilà justement le plus affreux de l'histoire ! La malchance a voulu que je ne sois pas *un* autodidacte. Il est si navrant d'être une dame ! Nous souffrons de tant d'insuffisances ! Vous, en tant qu'homme, et brave de surcroît, vous ne souffrez pas de ces insuffisances.

Lady Cunard portait ses coups de rapière à la vitesse de l'éclair. Tout était si rapide et si délicat que la cruauté passait presque inaperçue.

— ...Chez un homme, ajouta-t-elle, l'insuffisance est plus

visible que chez une femme. Elle peut se mesurer, pour ainsi dire. Longueur, profondeur, caractère immédiat. A la vue d'un homme inadéquat, on en est aussitôt conscient. Dans le cas d'une femme, c'est moins facile. Moins commode à mesurer. Il faut recourir à l'intuition, mais l'intuition peut être trompeuse. En ce qui concerne les femmes, vous fiez-vous à vos intuitions, Mr. Hemingway ?

— Mes intuitions ne sont pas aussi malines que les vôtres, je suppose, répliqua Hemingway.

Comme satisfait de sa riposte, il eut un large sourire enfantin.

Je sentis que l'atmosphère s'était modifiée imperceptiblement. L'on devinait des fluctuations, un changement d'avantage, un fléchissement des armes, ainsi que dans la phase décisive d'un match de tennis à mort.

Soudain, Desmond MacCarthy se réveilla d'un assoupissement silencieux.

— Il y a toujours Tolstoï à l'horizon, déclara-t-il d'une voix enrouée. Il s'avance à grands pas de colosse. De colosse barbu.

— Pour un romancier, dit Emerald assez désespérément, la barbe est un *sine qua non.* Charles Dickens avait une barbe. George Meredith avait une barbe. Dostoïevski avait-il une barbe ? J'admire votre barbe, Mr. Hemingway.

— *Chacun son goût* *, dit astucieusement Hemingway.

Fasciné, je ne quittais pas Hemingway du coin de l'œil. C'était la première fois que je le voyais. J'avais d'abord été déçu. Il semblait si gauche, si peu réel ! Mais voici qu'il se matérialisait comme une bête dans la jungle. J'observais les mâchoires massives, la barbe hirsute, le sourire maussade. Je distinguais dans les beaux yeux chaleureux la lueur boudeuse. Une lueur de sournoiserie animale et de stupidité carnivore ; pourtant, même la stupidité concourait au charme de Hemingway.

Toutefois, quelque chose clochait. Je n'arrivais pas à déterminer quoi. Cela flottait à mi-hauteur, comme une puanteur dans la jungle. Hemingway s'agitait sans arrêt sur son siège avec un regard accusateur. Quelque mal profond le travaillait manifestement.

* En français dans le texte. (N.d.T.)

Je n'avais jamais oublié le jour, dans la librairie de Sylvia, à Paris, où j'avais pris *De notre temps* et résolu de l'acheter. Dans ce mince petit volume, j'avais décelé une curieuse odeur, et quand je le feuilletai, il exhala un charme énigmatique. Rien de ce que Hemingway écrivit plus tard, pas même *l'Adieu aux armes*, n'eut tout à fait l'élan net et dur des nouvelles de *De notre temps*, où les mots avaient l'éclat de la frayeur animale et de la violence animale.

— Et que pensez-vous de la Russie ? demanda Lady Cunard, d'un ton pénétré. Avez-vous une opinion quelconque sur cette énigme que nous appelons la Russie ?

— Il y a le pour et le contre en ce qui concerne la Russie, marmonna Hemingway. Il en va de même pour tous ces foutus pays. Pour l'Italie, l'Angleterre, l'Espagne. Je ne suis pas sûr en ce qui concerne la Patagonie. Je ne suis jamais allé en Patagonie.

— J'adorerais aller avec vous en Patagonie ! s'écria Lady Cunard. Quels moments délicieux nous passerions ! Là-bas, dans les régions sauvages de Patagonie !...

En regardant Lady Cunard, Ernest Hemingway sourit soudain. Un très beau sourire à dents blanches : un sourire de victoire, de gloire. Il avait remporté quelque bizarre triomphe dont la nature m'échappait, triomphe qui venait de transformer sa férocité renfrognée en une grande et rayonnante douceur.

Après son départ, Cyril Connolly me chuchota à l'oreille :

— Emerald a remporté la première manche. Après quoi, il n'y en a plus eu que pour Hemingway. Elle l'a combattu bec et ongles, mais en fin de compte il n'y en a eu que pour Hemingway.

Lady Cunard, prise d'une divination soudaine, lança un coup d'œil à Connolly. Dans son regard, je surpris les charbons ardents de la défaite, aussitôt suivis d'un éclair de triomphe.

Elle déclara doucement :

— J'ai été saisie. Pas du tout ce que j'attendais. Vous trouverez peut-être cela bizarre de ma part, mais il m'a fait l'effet d'un androgyne.

— Voilà un mot bien étrange pour désigner Hemingway, fit Connolly.

— Je n'en doute pas, répondit Emerald. Cè n'est peut-être pas le *mot juste* *. Mais voilà l'impression que j'ai eue. Nettement émasculé.

Et ses yeux brillèrent de l'éclat d'un bleu glacé de la vengeance.

Après le départ des autres, je restai un petit moment. Dans les yeux de Lady Cunard, il y avait une lueur de panique. Elle faisait des gestes flottants, comme une nageuse en mer.

Elle jeta un bref coup d'œil aux roses. Elle cherchait du réconfort. Elle me considéra tendrement, deux doigts en l'air, comme si elle tenait une invisible rose.

— ...Que c'est adroit de votre part, Frederic ! Vous avez ce don étrange. Par un moyen quelconque, vous cajolez les gens au point de les amener à dire non pas ce qu'ils *veulent* vraiment dire, mais ce que tout d'un coup ils ne peuvent s'empêcher de dire. Vous les attrapez au vol. Peut-être que ce sont vos papillons qui vous ont enseigné cela. Si jamais vous l'écriviez dans un livre, comme ce serait mal de votre part !

Le chagrin fit soudain voler en éclats son petit masque. Sous la poudre et le rouge, je distinguais les plis de la terreur. Maintenant très vieille, Emerald avait peur de la solitude approchante. Toute cette ornementation désespérée, toutes ces allusions étincelantes, toutes ces réparties enjouées sur Racine et Henry James — tout cela n'était qu'une lutte frénétique contre la solitude approchante.

Je me levai, pris congé ; le visage d'Emerald s'épanouit en un sourire. Je la regardai, stupéfait. Elle avait repris son aspect d'enfant, de fillette gâtée, impétueuse, au bord d'une excitation neuve.

Elle déclara :

— Il y a une douceur dans l'air... L'avez-vous remarquée ? Je la sens dans mes os. La guerre est presque terminée !

Elle était, suivant les termes de Connolly, « le cri ultime d'une époque finissante. Elle pétillait comme le champagne, elle étincelait comme un diamant, mais le monde à venir ne tolérera pas d'autre Emerald. »

* En français dans le texte. (N.d.T.)

Le lion caché

Quand je débarquai du *Queen Elizabeth*, New York avait un air étrangement somnolent. On avait affecté ce paquebot au transport de troupes, et les passagers dormaient sur d'étroites couchettes, à douze par cabine. Je me fis conduire en taxi au Barbizon-Plaza, où je pris aussitôt une douche. Après quoi, je flânai parmi le feuillage gris de poussière de Central Park, qui clignait au soleil avec une expression de haine.

Moi aussi, je détestais le soleil au cœur de New York. Il avait un éclat meurtrier comme celui de Madras. Après l'éclat suffocant des matins new-yorkais, j'aspirais à l'étincelante agitation des soirées new-yorkaises.

Un jour, je résolus de me rendre en voiture à Long Island. J'achetai une Chevrolet d'occasion, et partis par un matin de juillet. Après la crasse hétérogène de Brooklyn et de Jamaica, c'était délicieux de voir l'écume danser sur les plages des Hamptons, de respirer les dunes balayées par le vent, les joncs humides et salés.

Je pris une chambre dans l'une des villas de la Sea Spray Inn [Auberge des Embruns], à East Hampton. Chaque soir, j'allais me promener sur la plage pour regarder les brisants. Il y avait des jours où ils ne cessaient de marteler le sable avec leurs poings luisants, et des jours où ils glissaient vers le rivage avec une malveillance de serpents. Et il y avait des journées chaudes, sans vent, où ils s'avançaient de travers sur le sable, en levant leurs douces pattes écumeuses à la façon d'un chien qui mendie un biscuit.

Je travaillais à un petit roman rapide, intitulé *Age of Thunder.* J'en rédigeais version sur version, m'efforçant de simplifier mon style. Je ne cessais de barrer les adverbes et les adjectifs ; je barrais aussi les virgules et points virgules afin d'éliminer toute trace d'artifice littéraire. Mais ce vernis de simplicité comportait ses propres périls insidieux. La menace de *faux naïf** planait sur ces pages comme un clin d'œil. Je réintroduisis donc les virgules, ainsi que les adjectifs et les adverbes, mais pas les mêmes qu'auparavant : plus crus, plus élémentaires. L'air de fausse naïveté se transforma en un air pseudo-primitif; avec dégoût, je déchirai les chapitres, et recommençai *da capo.*

Après ces heures décevantes, je ressortais à pied sur la plage, dont la simplicité nette me soulageait. Mais j'étais si désespérément plongé dans mes sous-entendus et mes raffinements que la plage elle-même en prenait un air équivoque. Les nuages ressemblaient à des chameaux, à des mosquées, à des cavaliers arabes. Les bouts de bois rejetés par la mer avaient l'air de derviches, de moulins à prière et de cobras.

La guerre était presque finie; il régnait une atmosphère d'expectative anxieuse. Ma plume qui grattait la page s'arrêtait. Le froissement du papier lui-même exprimait une impatience frénétique, et la brise, à l'extérieur de ma fenêtre, était agitée de spasmes nerveux.

Dans cette atmosphère de crise continuelle, écrire me paraissait difficile; aussi passai-je le restant de l'été à lire six chefs-d'œuvre qu'Andrew Chiappe avait élus pour ses romans préférés. Je résolus de sonder la texture de ces six ouvrages célèbres, d'en découvrir les facettes cachées, tant stylistiques qu'imaginatives.

Je commençai par *l'Éducation sentimentale,* de Flaubert. Andrew avait déclaré que c'était supérieur à *Madame Bovary.* J'en vins consciencieusement, péniblement à bout, prenant des notes en marge; mais cela me laissa une impression d'épuisement exacerbé, comme une promenade à travers les dunes balayées par la pluie.

* En français dans le texte. (N.d.T.)

Puis je lus *le Rouge et le Noir,* de Stendhal. Andrew avait dit que c'était encore plus beau que *la Chartreuse de Parme.* J'aimai mieux cela que Flaubert, mais le romantisme du héros me paraissait laborieux, exagéré, comme s'il s'agissait plus d'une mode littéraire que d'un aspect de l'humanité.

Puis vinrent *les Ambassadeurs,* de James. Ici, la matière était plus prodigieuse, mais il y avait à nouveau des zones de discordance et de digression. Je regrettais la précision acérée des *Papiers d'Aspern,* et l'inquiétante âpreté du *Sort de Poynton.* La conception d'ensemble du livre devenait de plus en plus artificielle, et je le rejetai dans un accès d'exaspération.

Puis vint *Anna Karénine.* Soudain, je ressuscitai. J'éprouvais un amour qui allait s'approfondissant, non tant pour Anna elle-même que pour l'artiste qui lui avait donné vie avec une aussi stupéfiante vérité. A la fin de chaque chapitre, j'avais envie de crier bravo comme au jeu miraculeux d'un étrange acteur.

Ensuite, *A l'ombre des jeunes filles en fleurs.* Andrew estimait que c'était le meilleur de Proust. J'en commençai la lecture le jour de la mort de Hitler ; aussi l'ombre de la guerre paraissait-elle planer sur les pages. Petit à petit, la merveilleuse musique se mit à s'infiltrer dans mon sang. Mais quand j'eus terminé l'ouvrage, tout devint nébuleux dans mon esprit comme après avoir écouté les derniers accords d'une symphonie à demi oubliée.

Enfin, Dostoïevski. Andrew avait choisi *les Frères Karamazov,* dont il estimait le thème plus riche que celui de *l'Idiot* ou de *Crime et Châtiment,* et plus conforme au caractère incohérent de l'auteur. J'entrevoyais maintenant chez Dostoïevski une grandeur qui m'avait jusqu'alors échappé. L'ouvrage était tout hérissé d'imperfections, il titubait impulsivement de scène en scène, l'intrigue était impénétrable, les frères étaient inexplicables, mais le sentiment d'une réalité plus obscure était si puissant, si insistant que le livre se fondait en une grandeur qui absorbait tout.

Un jour, ayant allumé la radio, j'entendis que l'on venait de bombarder Hiroshima. Et puis soudain la guerre fut terminée, et les vagues dansèrent avec exultation. Ce jour-là, un seul grand désir s'empara de moi : prendre le bateau, traverser l'Atlantique et visiter enfin Rome. Durant les six mois qui suivirent, tous mes sentiments, toutes mes pensées furent empreints d'un désir passionné d'être à Rome. Derrière les ravages et les ruines de la guerre, Rome planait comme un emblème de la suprématie de la foi sur la violence.

Quand arriva l'automne, l'énorme plage se trouva désertée ; derrière les dunes, les seuls roseaux continuaient de s'agiter dans le vent. De temps à autre, un baigneur solitaire approchait dans le lointain doré, me lançait au passage un coup d'œil rapide et continuait sa marche interminable ; j'avais le sentiment que l'occasion d'une plus riche compagnie humaine s'évanouissait une fois de plus au-delà des dunes anonymes.

Un matin de septembre, je me promenais sur la plage. L'espoir de faire une découverte m'obsédait. Dans la profonde lumière automnale, même une vieille bouteille de Coca-Cola ou un morceau de bois bizarre, rejeté par la mer, prenaient un nouveau lustre.

En grimpant par-dessus une dune, j'aperçus un inconnu sans vêtements. Il était couché dans un creux, une serviette de bain sur la figure. Je battis en retraite, mais il me rappela :

— N'ayez pas peur ! Venez donc un peu bavarder avec moi ! On est tellement seul ici, sur la plage !

C'était un long homme efflanqué, à barbiche grise, aux yeux noisette. Il ne cessait d'approuver du chef avec un large sourire et une expression d'ironique enjouement. Avec politesse, il se présenta : Kazimierski. Polonais, il avait fui Varsovie à la suite de l'invasion nazie, et gagné l'Amérique via Prague, Zurich, Rotterdam. Jadis, il avait étudié au Trinity College de Cambridge, et son anglais était d'une élégance tâtonnante, mais insinuante. Il essuya la sueur de son visage, et se mit à parler de la guerre :

— ...Allons, toute cette histoire est terminée, mais il n'y a pas de quoi chanter victoire. On perçoit des grondements souterrains. Que ferons-nous quand le monde sera finalement réduit à l'état de chaos ? Et c'est la vérité, notez bien ce que je vous dis : dans un siècle d'ici, il n'y aura que le chaos. Rien ne l'arrêtera. C'est comme un tonneau qui roule en direction de l'abîme. Il se dirige inexorablement vers les ultimes frontières de la connaissance. Les savants ont lancé une attaque implacable contre l'âme de l'humanité !

— Vous voulez parler de la bombe atomique ?

— Il y aura des milliers d'autres bombes. Post-atomique, super-atomique, lunaire, solaire, astrale, galactique. Rien n'est fixe ou immuable ; le monde se trouve réduit à un état de fluidité scandaleuse ; toutes nos notions de temps, d'espace et même de Dieu se sont désintégrées. Pensez donc ! On a prouvé que la matière et l'énergie sont identiques ; c'est un fait établi que l'espace est fini, que le temps n'est que relatif ; l'univers est à quatre dimensions et incurvé comme une selle ; pis que tout : l'on a réduit nos esprits et nos sentiments à un groupe de molécules !

— Oui, c'est vrai, je suppose. Pourtant, il y a Homère et Sophocle...

Une joie soudaine le fit éclater de rire.

— Oui, exactement ! C'est toujours la même histoire. Les dieux de notre révolution scientifique démoliront les vieilles conceptions de l'art et de la poésie, tout comme la vision grecque des dieux créa le monde d'Homère et de Sophocle. Patience, patience ! L'homme survivra peut-être encore quelques siècles ; son destin n'est pas encore achevé ; il nous réserve d'autres surprises ; en attendant, il y a le soleil, la mer, le ciel, et nous pouvons nous prélasser dans une dernière et brûlante extase de méditation !

Il se recoucha, laissa retomber la serviette sur son visage. Je n'ai jamais revu Kazimierski.

Une semaine plus tard, de retour au Barbizon-Plaza, je me remis à mon roman *Age of Thunder*. Les fulminations de Kazimierski m'avaient laissé une impression profonde, et je me mis à écrire avec un enthousiasme neuf, impétueux. Je sentais que le rythme du monde s'accélérait rapidement, et que la seule stabilité réelle se trouvait dans la puissance de l'art et de la poésie, seules vérités authentiques à être encore logées au cœur de l'homme.

Mais hélas ! cette impulsion ne fut pas de très longue durée. Dans cette foi aveugle et fervente il y avait quelque chose de trompeur. L'automne s'évanouit ; le ciel devint gris ; à décembre succéda janvier.

Un soir, je fus invité à une conférence chez Mrs. Crane. L'appartement de Mrs. Crane au 820, Cinquième Avenue, était un refuge pour les poètes et une Mecque pour les artistes. On y parlait de Properce et de Pic de la Mirandole ; Mrs. Crane écoutait ses invités la tête mélancoliquement inclinée, ses yeux de perroquet fixés sur le grand samovar d'argent.

Elle possédait un fort beau tableau de Salvador Dalí. Dans l'immobilité d'un désert pendait un rideau sur lequel tombait l'ombre d'un lion invisible. Cette peinture fascinante se dressait sur un chevalet près de la fenêtre, tandis qu'en bas le fleuve des voitures s'écoulait sur la Cinquième Avenue à travers les flocons de neige. Marianne Moore contemplait ce tableau de ses yeux égarés en passant doucement les doigts le long du chevalet d'acajou.

— Le chevalet vous plaît mieux que le lion, n'est-ce-pas ? lui demandai-je.

— Ce lion caché me fait peur. Je n'ai pas peur du chevalet de bois.

— Peut-être que ce lion est très gentil !

— Qui sait ? Il est invisible !

Je sentais les ailes palpitantes, les frêles antennes d'insecte de Miss Moore, qui regardait avec inquiétude le tableau.

— Même un lion visible peut être gentil, déclarai-je en manière de consolation. Au zoo, l'autre jour, j'ai vu un brave vieux lion...

— Les vieux lions ne sont jamais gentils ! s'écria Miss Moore avec une expression de panique. Ils deviennent irritables, hargneux. Une fois, j'ai écrit un petit poème au sujet d'un vieux lion gentil mais ce poème n'a jamais pris vie : le lion était *trop* gentil. Il s'agissait du lion de saint Jérôme, dans un tableau d'Antonello da Messina. Saint Jérôme est assis dans son cabinet de travail, avec au loin les montagnes, et le lion rôde entre les colonnes de la bibliothèque. Ce lion me ravissait. C'était un lion bibliophile. Eût-il été fait de cornaline ou même de hickory, le poème aurait abouti. Mais il était fait d'un rêve.

— Il n'en reste pas moins que ce lion a quelque chose de réel, insistai-je. Il paraît plongé dans une solitude menaçante.

Miss Moore approuva tristement de la tête, et serra douloureusement les lèvres.

— De toute évidence, le monde autour de ce lion s'est désintégré, et il reste seul avec son déchirant secret.

— Quel est son secret ? demandai-je avec curiosité dans l'espoir de l'acculer à une confession.

— Oh ! le même que tous nos secrets ! Il attend la fin du monde, et se cache dans la consolation magique de son rêve.

Les autres invités se promenaient solennellement de long en large. Ils parlaient avec vivacité de Raphaël. Edgar Wind, homme à la fois étonnamment ingénieux et hiératique, venait de faire une conférence sur *l'École d'Athènes,* de Raphaël, où chaque détail avait une signification cabalistique ; cette signification en cachait une autre, plus profonde, laquelle en cachait une autre, encore plus profonde, ce qui faisait ressembler la conférence à une poupée russe.

Miss Moore portait une longue robe crépusculaire à mince col blanc, et sa chevelure s'enroulait autour de sa tête en une tresse lustrée. Elle essayait de me sourire ; mais sourire lui était fort difficile avec ces petites lèvres tristes et ces grands yeux tourmentés.

En regardant Miss Moore, je me sentais entraîné dans un âge révolu, peut-être le quinzième siècle, voire le onzième. Elle évoquait les grottes ombreuses d'une abbaye carolingienne, ou l'agate éclairée par une lampe d'une chapelle de Ravenne. Ses fins cheveux translucides semblaient de verre filé, et ses lèvres étaient ciselées dans de petits coraux timides.

— Vous préférez les choses aux gens, n'est-ce pas, Miss Moore ?

— J'aime bien les choses, oui, en effet ; il est si rare qu'elles aient un aiguillon perfide, comme en ont si fréquemment les gens avec leurs étiquettes et leurs attitudes ! Toutes les attitudes ont un certain aiguillon perfide ; mais hélas ! il est malaisé de vivre sans attitudes, n'est-ce pas ?

— Pourtant, les objets ont aussi des attitudes, vous ne croyez pas, Miss Moore ?

— Les objets ont souvent quelque chose d'humain aussi bien que d'animal. J'avais autrefois un panier en peau de tatou. Il m'avait été donné par un prêtre qui arrivait du Mexique. C'était un animal, voyez-vous, mais également humain puisqu'il s'agissait d'un panier. Les zébrures, l'étrangeté du dessin, la texture rêche, tout cela m'enchantait. L'odeur de la bête demeurait intacte en dépit de l'attitude humaine.

— Avez-vous écrit un poème sur le tatou ?

— Oh ! c'était beaucoup trop bonnet blanc et blanc bonnet ! Les gens disaient : « Elle a donc enfin écrit un poème sur un tatou. Il était inévitable qu'elle écrivît un poème sur un tatou ! »

Les curieux poèmes pareils à des crabes que j'avais de longue date découverts dans un livre intitulé *Observations* m'avaient plongé dans un ravissement perplexe. Ils se mouvaient avec une oblique délicatesse en remuant leurs antennes annelées, et semblaient rôder vers quelque exactitude sous-marine. Les motifs changeants de leurs assonances évoquaient des algues marines balancées dans l'eau. « Son bouclier » me plaisait surtout, qui parlait d'une salamandre à laquelle il donnait tout un spectre de couleurs changeantes :

Des rubis gros comme des balles
de tennis avaient beau s'unir en coulées telles
que la montagne semblait saigner,

l'inextinguible
salamandre ne se qualifiait que d'ancienne. Son bouclier,
c'était son humilité.

Miss Moore essaya de sourire : elle sentait peut-être que je la considérais comme une salamandre ; mais le sourire s'évanouit dans l'air, et elle dit :

— ...Maintenant, il faut que je rentre.

En bas, debout sous le porche, nous attendîmes le taxi. Les flocons de neige tombaient toujours ; le vent tourbillonnait ; les arbres de Central Park se dessinaient au loin, menaçants comme un Himalaya.

— ...Il y a des années, dit-elle en s'animant comme si elle ouvrait les ailes, le monde avait cette merveilleuse et passionnante fraîcheur. J'éditais *The Dial,* et nous avions ces frais idéaux. Nous possédions tous un goût exquis ; nous tenions à la pure excellence ; nos dieux étaient Yeats, Pound, Eliot et Stravinski. Nous adorions ce nouveau monde souterrain d'une étrange et neuve obscurité, bien que personnellement j'aie toujours aspiré à la précision lucide. Voilà qui est si malaisé pour l'artiste actuel : l'artiste doit aller rôder en quête de proie dans l'obscurité du désert. Mais il porte sa lanterne, qui jette un rayon impavide. Ne pas avoir peur, c'est là l'essentiel. Ne pas avoir peur des lions !

Elle monta dans le taxi, et me fit adieu de la main par la fenêtre ; un instant, je fus passionnément amoureux de Marianne Moore. Tandis qu'elle agitait la main je percevais dans son profil une beauté cachée, une vieille splendeur byzantine, une magnificence de la Renaissance ; mais le taxi s'éloignait à travers les tourbillons de flocons de neige, et je ne voyais plus qu'une fine tresse de cheveux pareils à du verre filé.

Silences

A New York, fin janvier, j'achetai une merveilleuse voiture. Une Lincoln Continental de l'année qui avait précédé la guerre : d'un marron lustré, silencieuse et puissante ainsi qu'un requin, avec, sur le radiateur, des ailes qui m'évoquaient un papillon.

J'aimais cette superbe voiture comme d'autres aiment un cheval de course, d'une adoration fière, mais humble et étonnée. Je n'arrêtais pas de la polir jusqu'à ce que les gratte-ciel y brillassent comme dans un miroir. Debout dans la rue, je la contemplais de loin, attendant un geste d'appel ou bien un signe de reconnaissance. Durant seize années de bonheur, cette miraculeuse voiture fut ma compagne, et, tandis qu'elle tombait peu à peu en décrépitude, je prêtais l'oreille à ses trépidations avec une tendresse désolée, et même avec les larmes aux yeux.

Je m'embarquai pour Cherbourg avec ma Lincoln, qui m'amena à travers la Normandie jusqu'à Paris. Prairies et pâturages étaient glacés. Les ténèbres de la guerre couvraient encore ce rustique paysage. Dans les champs, les grands chevaux normands se tenaient debout, immobiles, et leurs haleines flottaient comme des nuages au-dessus des tas de fumier gelé.

A Paris, il faisait plus froid encore. Depuis quarante ans, l'on n'avait pas connu d'hiver aussi froid. Au Café des Deux-

Magots, les clients se recroquevillaient dans leurs manteaux ; au bar du Ritz, les dames grelottaient sous leurs fourrures.

En voiture, je me dirigeai très lentement vers le sud. Ma destination était Rome. Je n'étais jamais allé à Rome, et l'attendais le cœur battant comme un rendez-vous avec une bien-aimée inconnue. J'avais le sentiment que j'y ferais une grande découverte, peut-être joyeuse, peut-être épouvantable : un tournant de ma vie.

Dans ma course vers le sud, je traversai la Bourgogne où les cathédrales étincelaient de glaçons. Les châteaux semblaient vides, gelés dans une torpeur médiévale. Tandis que je franchissais Montélimar, le soleil se fit plus brillant. Une lueur de résurrection rayonnait sur les monts de Provence. Je m'arrêtai en Arles et en Avignon, qui semblaient à demi désertes. Une chaleur printanière baignait Cannes. J'étais le seul client de l'Hôtel Miramar. Je me promenai sur la plage, qui sentait le poisson, et regardai les mouettes.

A partir de Vintimille, ma voiture traversa une Italie éclaboussée par la guerre ; je m'arrêtai à San Remo, Alassio, La Spezia et Pise. Les routes étaient défoncées, les ponts arrachés, les vergers abandonnés, les musées vides. Mais l'Apennin se couvrait d'une floraison brillante. Où que se portât mon regard, au lieu de la mélancolie de la défaite, je voyais des yeux qui brillaient d'un nouveau bonheur. Debout dans le Campo de Sienne, j'écoutai les cloches. La place entière se déployait dans une glorieuse lumière de bienvenue, et le campanile s'élevait triomphalement dans le ciel.

Jamais je n'oublierai le jour où je finis par entrer dans Rome. Je franchis le petit pont croulant de la Via Cassia, et pénétrai dans la morne Via Flaminia. Mon malaise augmentait d'instant en instant. Je ne m'étais pas attendu à cela. La rue était entachée de modernité ; le plâtre se craquelait, la peinture s'écaillait, les carreaux étaient cassés et les balcons pourris. Une atmosphère d'épuisement planait sur la ville. Je me sentais écœuré, déprimé. Rome était grise de désenchantement.

Je garai ma voiture Piazza di Spagna, et grimpai l'Escalier d'Espagne. Cela sentait la rose et l'œillet, la joie humaine, la sueur humaine. Assis sur les marches, je regardai à mes pieds la fontaine en forme de bateau. A la fenêtre, au-dessus de moi, une fille se mit à chanter. Et tout d'un coup Rome fut réelle, brillante, vivante.

Avril devint mai ; mai devint juin. Je me promenais sous les arcades de la Via dei Coronari. Je voyais les jeunes sculpteurs sur bois basanés tailler leurs crucifix, et les grosses matrones romaines arracher leurs tabliers à la ligne à linge. Les filles de la Piazza Navona, assises à l'ombre de la fontaine géante, caressaient de leurs tendres doigts les membres nus des quatre grands dieux-fleuves. En les observant, je sentais une douleur croissante se répandre à travers mon corps, comme si j'étais banni de ce monde païen, sensuel. Je ressentais les affres d'un secret mal du pays, non d'un pays identifiable, mais de quelque assouvissement lointain, passionné, sans visage.

Un jour, je résolus de me rendre à pied au Monte Celio. C'était un hommage, un pèlerinage.

Je traversai le Corso populeux en direction du Tibre. Je sentais qu'un orage se préparait tant la chaleur était intense. Les hirondelles ne cessaient de plonger du château Saint-Ange, et des petits garçons des rues, nus, se jetaient dans le fleuve. Sur la péniche de Ciriola, bordel pédérastique, les bonshommes ventripotents suaient, étendus au soleil.

Je grimpai la longue route chaude qui menait au Célien. Enfin, je parvins à la maison des Sœurs bleues. La sœur tourière me demanda :

— Est-ce qu'il vous attend, *signor ?*

— Je lui ai écrit un mot. Il doit m'attendre.

Elle me conduisit en haut de l'escalier, et le long du couloir sonore. Elle frappa à la porte, puis l'ouvrit doucement.

L'Espagnol me fixait de ses yeux noirs, interrogateurs. Ses yeux m'attiraient comme un aimant.

— Asseyez-vous donc, dit-il doucement. La chaleur est accablante, n'est-ce pas ?

— Accablante, répondis-je en acquiesçant du chef. Je vous ai écrit un mot, à tout hasard.

— Un mot ?

Il semblait surpris.

— ...Comme c'est curieux ! On ne me l'a jamais remis.

Il n'avait pas la moindre idée de qui je pouvais bien être. Sa courtoisie espagnole masquait une impersonnalité profonde. Cette élégante impersonnalité avait quelque chose de très émouvant : la chaleur et le caractère immédiat d'un portrait de Goya.

— ...Je voudrais vous offrir quelque chose à boire, mais, voyez-vous, c'est un petit peu compliqué.

Il se dérida légèrement.

— ...Ah ! oui, il y a une bouteille dans le placard. Puis-je vous en offrir un verre ? Je crois que c'est du porto, à moins que ce ne soit du xérès.

— Merci infiniment. Le simple fait d'être assis ici, à vous écouter, me rend tout à fait heureux.

— Vous êtes heureux ? Par exemple ! Quel étrange mot à employer ! Être heureux, qu'est-ce que ça veut dire ? Seulement s'asseoir pour écouter quelqu'un ? Jadis, le simple fait de m'asseoir pour écouter quelqu'un me rendait heureux. Mais il est difficile aujourd'hui de croire à ce genre de bonheur. Aujourd'hui, les gens sont tellement gourmands ! Ils veulent un type de bonheur plus tangible.

— Mais vous croyez toujours à la possibilité du bonheur, n'est-ce pas ?

— Tout comme je crois au pouvoir des rêves. Les rêves existent, évasifs, délicats, mais il est dangereux d'essayer de les attraper au filet.

Il était assis derrière son bureau dans un peignoir de soie élimé, maculé d'hiéroglyphes de café, de thé, de sang. Dans sa petite tête ratatinée, les yeux luisaient comme des joyaux. Ses doigts tremblants s'agrippaient au sommet du bureau. Sur le bureau se trouvaient des exemplaires de *Moïse et le Monothéisme,* de Freud, et du *Château de Lord Weary,* de Robert Lowell.

J'avais toujours éprouvé pour George Santayana une vénération instinctive, plutôt que fondée sur aucune raison claire. Son roman, *le Dernier Puritain,* ne me semblait pas un roman véritable, et ses ouvrages philosophiques se mouvaient dans un domaine situé hors de ma portée. Sa poésie m'impressionnait sans me séduire, sans m'enthousiasmer. Mais il avait publié trois ans plus tôt un livre intitulé *Persons and Places* [Personnes et Lieux], très beau volume de mémoires qui avait fait résonner en moi une corde étrange et familière ; Santayana était devenu l'un des saints de ma chapelle secrète.

Bien qu'âgé maintenant de quatre-vingt-quatre ans, il n'avait jamais été apprécié en Amérique. Il estimait que ce qu'il appelait « expérience » était la seule véritable réalité, et que le « domaine de l'essence » résidait dans les odeurs, les couleurs, les températures, les sons. Son éthique était aristotélicienne ; à ses yeux, toute religion était l'expérience humaine interprétée par l'imagination humaine. On jugeait qu'il avait une conception désuète de la fonction de la philosophie : proposer du monde une vision unifiée — conception qui ne convenait guère à des gens qui ne considéraient plus le monde comme unifié.

— Vous croyez donc à la signification des rêves, Mr. Santayana ?

— Tout comme je crois à la signification du bonheur. C'est une question de mémoire. De la puissance de la mémoire.

Il y eut un silence — une espèce de pause vibrante qui entourait ses mots de tirets et de parenthèses. Ce silence donnait aux mots substance et relief, leur rendait même un hommage momentané comme une accolade silencieuse.

Les yeux de Santayana s'éclairèrent un peu. Une lueur s'éleva à leur surface, pareille à celle d'un poisson dans un étang au clair de lune. Puis il leva lentement l'index, comme afin de m'avertir que l'on écoutait à la porte.

— ...Rome, je le crains, n'est plus un décor propice aux rêves. Elle est trop matérialiste, trop sensuelle, trop gloutonne pour les rêves.

Il baissa le doigt comme en hommage aux rêves.

— ...Et n'oubliez pas que Rome a cessé d'être éprise de son passé. Le sol de Rome fourmille de cadavres, mais les Romains ignorent les cadavres.

Il baissa les yeux. Il y eut un silence en hommage aux cadavres.

— ...Les choses changent de jour en jour ; le *populus romanus* a par-dessus la tête de son passé ; un monde d'une modernité outrée est à l'affût dans l'ombre. Ce que l'on appelait fascisme n'était qu'une phase, un genre d'aigre régurgitation. Je crains bien que la culture chrétienne ne soit finalement expirante avec toute sa passion, ses délices, son humilité, sa révérence.

Il y eut encore un bref silence, mais élégiaque, cette fois. Un pli révérenciel apparut au bord des paupières de Santayana.

— ...Bien sûr, déclara-t-il d'un ton las, notre premier souci concerne l'artiste. Mais n'oubliez pas que la vie de l'artiste est secondaire par rapport à son art. Les sonnets de Shakespeare étaient plus ravissants que les émotions qu'ils célébraient. Le rêve d'opium de Coleridge était banal, comparé à la splendeur de *Kubla Khan.* La visite de Yeats à des écoliers constituait un fort mince épisode en comparaison du poème qu'il en a tiré, et qui est une des merveilles du monde.

Nouveau silence bref; un silence exprimant la conviction. Mais sur les lèvres de Santayana flottait une ombre de doute, d'anxiété.

— ...Qui donc a le droit de tracer la frontière entre l'expérience et la mémoire ? Ou bien entre la mémoire et la création ? Ou bien entre l'artiste et son art ? C'est une jungle d'ambiguïtés. Qui donc ose mettre le pied dans cette jungle ? Uniquement les plus grands de tous, dans leur innocence et leur simplicité. Homère. Giotto. Mozart. Blake.

Encore un petit silence, un silence pour se remettre. Santayana me sourit poliment comme pour faire allusion à son épuisement.

— ...Sans être nécessairement pessimiste, il faut toujours se préparer au pire. A la fin de ce que nous appelons notre civilisation occidentale — j'y inclus l'athénienne — et de toute la grandeur du romantisme chrétien.

Sa tête fléchissait un peu. Ses yeux se mirent à larmoyer. Il éleva imperceptiblement la voix comme pour un ultime effort.

— ...Notre bateau pénètre toujours plus avant les eaux sombres, inconnues. Les lumières des phares commencent à s'éteindre. Y a-t-il quoi que ce soit pour nous guider ? Y a-t-il personne qui mérite d'être écouté ? Je m'éveille au milieu de la nuit, glacé de terreur...

Les mots s'évanouirent. Les paupières, lasses, tombèrent. Il inclina la tête et s'endormit soudain profondément.

Je murmurai :

— Adieu, Mr. Santayana. Et merci.

Un instant, les yeux jetèrent un regard de sous leurs paupières ; dans leur noirceur et leur lassitude, si tristes, si aristocratiques, je perçus tout ce que cela signifiait qu'être vivant, être humain.

Je suivis le couloir en direction de l'escalier frais et sombre. Dans le silence qui emplissait le couloir, j'entendais l'écho de mes pas qui, ensuite, s'estompait en un autre écho, puis un autre et un autre encore.

L'araignée

Petit à petit, de jour en jour, je m'éprenais davantage de cette vieille ville sombre. Non point extatiquement comme pour Venise, ni rêveusement comme pour Paris, mais avec une fascination animale — en flairant, en rôdant, en fouissant, en scrutant. Par ma fenêtre de l'Hôtel Flora, je regardais les murs couleur de biscuit de la Via Veneto. Ils paraissaient creux, éviscérés, vides de pensée et de sentiment, si différents des murs de Paris, qui bouillonnaient d'intrigues, ou des murs ensoleillés de Venise, tout étincelants de fête !

Je résolus de faire une visite à un illustre érudit. On le considérait comme l'autorité mondiale sur les orages et les échos de la poésie romantique. Alors que les autres grands critiques passaient en revue les vies, les dates et les titres, c'était lui qui sondait les profondeurs, les perturbations du cœur de l'homme.

Mes pas me conduisirent donc, un jour, à la Via Giulia. Je marchai jusqu'à la Piazza del Tritone, puis flânai jusqu'au Campo de' Fiori, où l'odeur de fruits et de légumes se tordait dans la chaleur comme un être vivant.

La Via Giulia est la rue la plus obsédante de toute l'Italie, encore plus inquiétante que les ruelles de Volterra, et plus menaçante que celles de Mantoue. Les donjons de Piranèse se devinent encore dans l'ombre, et l'odeur des caves médiévales flotte dans l'air.

Avant d'entrer dans la Via Giulia, je m'arrêtai à un étalage, près du Farnèse, pour acheter un petit talisman : une araignée ; une précaution. De curieux bruits sur le grand professeur Praz étaient parvenus à mes oreilles.

Je longeai les murs à l'odeur aigre de la rue de plus en plus sombre. Enfin, je m'arrêtai, et frappai à la porte.

— Signor Praz ?

— *Si, signor.*

Une jeune fille aux yeux noirs, en kimono noir, me fit monter au cabinet de travail du professeur. En pénétrant dans la pièce, je ne le vis pas d'abord. Le treillage ensoleillé ombrageait sa grosse face basanée.

— Oui, bien sûr. J'ai reçu votre mot. Vous voulez parler de Hölderlin. Très bien, veuillez vous asseoir ; nous allons bavarder sur Friedrich Hölderlin.

Il traversa la pièce, s'arrêta à l'ombre des hauts rayonnages de livres, puis recula dans le clair-obscur et m'examina attentivement. C'était un homme trapu, laid, à la tête massive, aux yeux qui brûlaient d'astuce païenne sous les épais sourcils convergents.

Il se frotta les mains avec une délectation paysanne. Ensuite, avec une profonde politesse, il dit :

— ...Mais d'abord, permettez-moi de vous poser une question. Est-ce la *véritable* raison de votre venue ? Pour parler d'un fou mort à Tübingen il y a cent ans ?

— Veuillez vous rappeler qu'il n'était pas fou lorsqu'il écrivait sa poésie, me hâtai-je de répliquer. Il est devenu fou plus tard, et ses poèmes se sont brisés en mille morceaux comme de la porcelaine.

Mario Praz avait écrit un livre très célèbre, *l'Angoisse romantique,* et depuis lors on le considérait comme la suprême autorité sur les angoisses romantiques. Il avait une face de cannibale, très massive, aux aguets ; ses mains velues, courtaudes, reposaient en forme de coupe sur un encrier.

— Oui, tout à fait. De la porcelaine brisée. Très juste. Une théière brisée ressemble en effet sans nul doute à un crâne brisé. Il m'arrive de considérer Hölderlin comme le plus grand de tous. Je ne parle pas de Sophocle ou Dante, je pense aux grands poètes lyriques.

— Plus grand que Goethe ?

— Plus élevé que Goethe, dirons-nous.

— Plus grand que Shakespeare ?

— Je me refuse à considérer Shakespeare comme un poète lyrique.

— Plus grand que Yeats ?

— Pardonnez-moi de paraître un peu surpris. Oui, Yeats a pu être sublime en écrivant sur Byzance, mais il a également écrit sur des paons et des gazelles. Il était trop *il poèta,* et il a trop écrit de poésie.

— Existe-t-il un critère pour déterminer la grandeur suprême, à votre avis, Signor Praz ?

Il me fixa de ses yeux ardents comme un autre conspirateur. Après quoi, il considéra intensément un certain point parmi les rayons de livres.

— On voudrait disposer d'un instrument de mesure. Hélas ! je n'en ai jamais trouvé. Les siècles se succèdent, et l'on est abandonné à ses conjectures. Raphaël était-il plus grand que Titien ? Bach était-il plus grand que Beethoven ?

— Il n'existe donc pas de critère ultime ?

— Pas au plus haut niveau de tous, où l'artiste vit dans une solitude cyclopéenne. Avec Dante ou Michel-Ange il est impossible de faire des comparaisons.

Il tendit la main parmi les rayonnages, caressa le vélin doré puis recula en hâte, comme s'il eût touché quelque charbon ardent.

— ...Parfois, *la Divine Comédie* m'apparaît comme un brillant tour de force, pas du tout comme le poème épique qu'elle passe en général pour être. Si insaisissable, si mystérieuse, si impossible à pénétrer... Avec ces chefs-d'œuvre, il faut tâcher d'oublier leur condition de classiques. Il faut les aborder furtivement, avec surprise, avec suspicion. Prenez Shakespeare, pour commencer. Lear ! Hamlet ! Macbeth ! A la fois si humains et si profondément énigmatiques ! Voilà pourquoi Racine m'a toujours ennuyé à mort. Cette marmoréenne symétrie, cette perfection glacée... Et Hölderlin, bien entendu. Un romantique fou qui portait la toge. Dans sa sérénité même il y a une noire *morbidezza.* Des ténèbres de sa folie romantique, Hölderlin cherchait à atteindre l'éclat libérateur d'une lucidité classique.

Il s'arrêta, fixant par la fenêtre un furieux regard sur le fouillis de feuillage ensoleillé. Il avait l'air de guetter un signal parmi les feuilles. Sa posture d'homme des cavernes évoquait puissamment la préhistoire.

— ...Cessons de parler de poètes et de poésie, reprit-il avec douceur. Ce bavardage sur la poésie a quelque chose de très énervant. Ces temps-ci, j'ai beaucoup pensé à l'art. Un jour, le squelette humain est soudainement apparu dans le monde de l'art. Un homme appelé Vésale a publié sa *Fabrique du corps humain* en 1543, et, dans les gravures pour ce volume, l'artiste a découvert le squelette humain. Le squelette est devenu la plus exquise expression de la forme humaine. Après quoi, nous avons eu dans l'art une pléthore de squelettes. Il y a eu des crânes pleins de vers, des squelettes ailés, Hamlet, Yorick...

— Et Goya, dis-je.

Le professeur ignora mon intervention.

— Le but de l'artiste est de reproduire la beauté du monde visible. Mais Kant a démontré que la beauté n'est pas du domaine des réalités objectives, puisque les canons esthétiques varient d'un endroit à l'autre, d'une époque à l'autre et d'une bête à l'autre. Ils sont différents à Tahiti de ce qu'ils sont dans l'archipel de l'Alaska, et le sens de la beauté du singe diffère beaucoup de celui du moustique.

— Mais il y a Goya ! insistai-je.

Le professeur haussa les épaules et tendit les paumes, comme s'il essayait d'attraper une goutte de soleil couchant.

Un chat bondit hors de l'ombre, et atterrit au bord de la fenêtre. Mario Praz le regarda affectueusement, avec un air de consanguinité.

— Cette maison est hantée, soit dit en passant. Non point à votre propre mode hawthornienne, mais par les vestiges de la terreur pré-étrusque. Pensez à Hölderlin ! Était-il fou, ou faisait-il semblant d'être fou ? D'un bout à l'autre, c'est furieusement ambigu. Peut-être qu'après tout ce sublime, il *devait* devenir fou. Le romantisme et le classicisme ! Ils se mélangent et s'entrelacent ; ce qui les relie ensemble, c'est leur conscience d'une terreur ancienne. Oubliez les forêts et les cascades, oubliez les bosquets et les temples, ils finissent par se donner la main pour danser un tango mortel...

Le chat s'élança derrière une pile de livres, et le professeur me considéra avec toute la tristesse de ses sourcils touffus.

— ...Je suis parfaitement conscient de ce que chacun dit de moi, déclara-t-il avec douceur. Je les ai vu faire les signes, chuchoter, cligner de l'œil, tripoter leurs amulettes. Vous êtes d'accord avec eux, n'est-ce pas ? Vous croyez que j'ai le mauvais œil ? Vous avez apporté un talisman, hein ? Une corne de taureau ? Ou une araignée ? C'est absurde, bien sûr. Pourtant, il y a des moments où je ne puis m'empêcher de me poser des questions. L'autre jour, ma cuisinière avait à la cuisse une infection bizarre. Elle prétend qu'elle ne peut dormir. Elle se plaint de mauvais rêves...

Il joignit les mains dévotement puis jeta un coup d'œil moqueur à une pile de manuscrits.

Je revins en flânant dans le crépuscule vers le Campo de' Fiori. Les grosses femmes vendaient toujours leurs légumes à l'endroit où, jadis, Giordano Bruno était monté sur le bûcher. Cela sentait le chou avarié et le paysan en sueur. Au-delà débouchaient les perspectives de caves de la Via Giulia, duché en soi, perdu dans ses propres ténèbres palpitantes.

Le chaudron

A Rome, ce fut une année merveilleuse. Les hôtels étaient encore à moitié vides, et l'on pouvait dîner au Capriccio pour moins d'un dollar. On chantait dans les ruelles ; les fontaines éclaboussaient joyeusement. Tout le jour, j'errais dans les rues et sur les piazzas, qui m'accueillaient dans leurs bras qui sentaient la sueur et le macaroni.

La Piazza del Popolo brillait en bas tandis que, debout au Pincio, je gardais l'entrée du chaud labyrinthe lové de la ville. Je descendais la pente vers la Via del Babuino, et passais sans me presser devant les grandes fenêtres ouvertes jusqu'à la Piazza di Spagna. Ici, l'air retentissait de voix aiguës, gourmandes, à moitié hystériques, et le majestueux escalier de pierre sentait l'urine et la rose. Je suivais la Via Condotti jusqu'au Corso, puis poussais jusqu'à la Galleria où je m'arrêtais pour prendre un espresso. Après quoi, je repartais dans l'ombre jusqu'à la Piazza Navona, où les quatre géants de marbre se prélassaient, couchés au bord de leur bassin. Alors, je traversais le Tibre pour parvenir à Santa Maria in Trastevere, ma piazza préférée avec sa vieille fontaine rouillée et l'église aux mosaïques d'or.

Le soir, je rôdais jusque dans les profondeurs du Colisée. J'avais toujours soif d'explorer les recoins anciens de la ville. Je flairais la maçonnerie des arcades moussues, comme si elles allaient me livrer un indice de la grandeur à jamais disparue.

Le Colisée m'épouvantait. Il était beaucoup plus vaste que je ne l'avais imaginé, beaucoup plus noir, plus fou, plus sauvage et plus aromatique, comme si les vices de l'Antiquité avaient laissé leur puanteur dans les vestibules. Je voyais des silhouettes furtives rôder à pas de loup à travers les cavernes — soldats, clochards, voleurs, trafiquants, poètes, moines, prostituées hagardes —, et l'arène, en bas, grouillait de rats, de grenouilles et de lézards.

Ce que j'aimais le mieux, à Rome, c'était le caractère flamboyant et surprenant des choses. Ayant potassé mon Baedeker, je n'aurais pas dû m'étonner ; pourtant, où que j'allasse, toujours l'inattendu me sautait au visage. Ma plus grande surprise eut lieu, un jour, sur la Via Poli. A un coin de rue, soudain je retins mon souffle. Du flanc d'une falaise, des torrents tonnants s'abattaient en cascades écumantes sur les dieux marins et les chevaux. Durant plus d'une heure, assis sur la rambarde, j'écoutai se précipiter l'eau, contemplai les chevaux, respirai la riche mousse en broussailles de la fontaine de Trevi.

Chaque fois que je pouvais, j'allais voir la fontaine de Trevi. Chaque fois que j'arpentais le Corso, je prenais le café à la Galleria puis marchais jusqu'à la Via Poli pour jeter un coup d'œil à la fontaine de Trevi. Dans la chaleur du plein été, l'afflux d'air venu du torrent bouillonnant était merveilleusement vivifiant, rafraîchissant et musical.

Un jour que je tournais l'angle pour jeter mon coup d'œil habituel à la fontaine, je vis un personnage boulot assis sur la rambarde, en train de contempler les chevaux.

Je criai d'un ton joyeux :

— Quel plaisir de vous voir !

— Stupéfiants, ces chevaux, hein ? dit-il.

— Oui, Dylan, stupéfiants.

— Et plus je les regarde, plus ils deviennent étranges. La pierre se transforme en eau, l'eau se transforme en pierre, et les chevaux sont faits mi-partie de pierre, mi-partie d'eau.

— Ils sont stupéfiants, je vous l'accorde.

— Foutrement juste. Ils sont étonnants. Et ce qui est encore plus étrange, ce sont les nuages qui se transforment en marbre. Regardez ! Incroyable, hein ?

Il roulait des yeux pareils à des billes.

Il était éméché, bien sûr. Chaque fois que je l'avais rencontré, il était éméché, non sur le mode querelleur mais sur le mode gentil, caressant, comme s'il essayait d'orienter sa fantaisie vers un ébahissement enfantin, un sens neuf de l'émerveillement, une conscience primitive.

— Je vais en voiture à Ostie, déclarai-je. Je veux regarder la mer. Venez donc avec moi regarder la mer ! Pourquoi non ?

Nous prîmes donc ma voiture afin de gagner la porte d'Ostie en direction du cimetière protestant où était enterré le poète — ce merveilleux jeune poète qui me rappelait toujours Dylan, bien que d'une façon de moins en moins consolante à mesure que les années s'envolaient.

Je n'avais pas vu Dylan depuis près de dix ans ; je l'avais rencontré un jour qu'il était venu lire ses poèmes à Cambridge. Il était demeuré le même Dylan, preste comme un faune et pourtant gauche comme un satyre, à la fois ravi et désespérant, à la fois aimable et déplorable. Plus gros et plus courtaud, les yeux moins brillants, il restait le même adorable et lumineux bouffon.

Je garai la voiture à l'ombre, et nous entrâmes au cimetière protestant ; debout parmi les arbres, nous contemplâmes la tombe de Keats. Les yeux de Dylan s'agrandirent et brillèrent pour lire les mots gravés sur la pierre tombale moussue. Il tendit la tête en avant, roula des yeux puis recula comme une bête qui flaire un cadavre d'espèce apparentée. Il tira sur son pull-over et poussa un grognement de compassion. Puis, sans mot dire, il regagna la voiture.

Nous passâmes devant la pyramide de Cestius, puis tombâmes sur la grand-route qui, à travers champs et prairies, menait à Ostie. C'était une merveilleuse journée d'automne, et Dylan avait raison : la terre brillait comme de l'or, et les nuages s'étaient changés en marbre. La route était déserte car la guerre venait de finir, et la campagne se prélassait délicieusement dans l'abandon et la pauvreté.

Nous entrâmes dans Ostie, prîmes à gauche sur une route de gravier, et nous garâmes parmi les pins au-delà des ultimes *stabilimenti*. Ayant franchi les dunes, nous fûmes au bord de la mer ; à la vue de l'eau, Dylan se dégrisa.

— Bon Dieu, c'est renversant, hein, cette vieille mer sale !

Et dire que les trirèmes romaines parcouraient cette mer ! A propos, qu'est-ce que c'est qu'une trirème ? Avez-vous jamais vu une trirème ?

Je répondis à Dylan que je n'avais jamais eu sous les yeux de trirème.

Il croisa les bras, l'air fort majestueux. Debout sur le rivage, les yeux fixés sur la mer Tyrrhénienne, il paraissait fort sage, fort gallois, fort indigné. Il portait un pull-over brun foncé, un veston de tweed sale, et ses chaussures semblaient avoir effectué l'ascension d'une montagne galloise. Tandis qu'il regardait la mer, ses yeux devenaient un peu moins troubles, et son nez brillait un peu moins cependant que la stupéfaction lui donnait l'air boudeur.

— Songez seulement à toutes ces trirèmes apportant l'encens d'Arabie ! Incroyable, hein ? J'aurais dû être marin ! Dites-moi, Fritz, ai-je l'air d'un marin de la Rome antique ?

J'éclatai de rire, et répondis à Dylan qu'il avait l'air d'un marin romain. Il bomba le torse, flaira l'air qui sentait le pin, puis s'agenouilla pour passer les paumes sur le sable.

— Bon sang ! N'est-ce pas merveilleux, l'odeur de ce sable antique ? Il sent le goudron et l'étalon — le goudron antique, l'étalon antique ! Que n'ai-je été conducteur de char ! Est-ce que j'ai l'air d'un conducteur de char, Fritz ? Bizarre, hein ? Tous ces conducteurs de char, tous ces marins de l'Antiquité, ils étaient exactement pareils à nous : ils pissaient, ils chiaient, ils éjaculaient ! Chaque jour, je pisse et chie tout comme d'habitude, mais — Dieu me pardonne — ça fait un sacré bail que je n'ai pas éjaculé ! Je ne comprends pas ce qui m'est arrivé. Ça ne vient pas comme il faut. Le réglage est enrayé. Quelques gouttes, et voilà tout. C'est affreux, hein, quand votre semence se réduit à quelques gouttes ? J'ai vieilli d'un seul coup. J'ai mille ans d'âge. Je suis aussi vieux que cette pyramide. Faites-moi une promesse, voulez-vous, Fritz ?

Je répondis solennellement à Dylan que j'acceptais de lui faire une promesse.

— C'est là beaucoup demander, Fritz, mais j'espère que vous ferez de votre mieux. Il est possible que je meure cet après-midi, ou demain, ou samedi. Si je meurs, voulez-vous me rendre un service ? Je veux être enterré dans ce cimetière.

Je veux être enterré tout à côté de John Keats. Je me sentirais bien, à côté de Keats. J'aurais l'impression de ne pas avoir gâché ma vie. Ça me réconforterait de savoir que je vais être enterré à côté de Keats.

Le vent d'ouest se leva, et Dylan entreprit d'arracher ses vêtements.

— ...Je vais piquer une tête dans cette vieille mer sale !

— Attention ! Il ne fait pas chaud !

— Plus chaud que là-bas, au pays de Galles. L'océan, au pays de Galles, est froid à vous geler les couilles !

Il arracha ses chaussures, son pantalon, ses chaussettes, son pauvre caleçon gris. Puis il s'éloigna sur le sable, les fesses tremblotantes. Il se tint un moment au bord de l'eau, les mains tendues comme pour s'agripper au vent. Il plongea le gros orteil dans l'écume jaune et tourbillonnante. Avec un râle de ravissement et de désespoir soudain, il se jeta la tête la première dans la vieille mer sale.

Il cria d'excitation, à moins que ce ne fût de terreur, et plongea à travers les vaguelettes vers la sécurité de la terre ferme. Debout sur le sable, il s'ébroua comme un chiot. Il avait l'air soudain pathétique. Il avait la chair de poule. Ses fesses s'étaient muées en une masse de boutons roses, et son scrotum s'était ratatiné en une petite éponge rose. Ses cheveux pendaient sur son front en bouclettes dégoulinantes, et ses yeux injectés de sang avaient une expression humiliée.

Soudain, je tombai amoureux de Dylan, de ses boucles dégoulinantes, de son bedon proéminent, de son pathétique, de sa chair de poule et de son expression humiliée. Sur un mode vague et prophétique, j'éprouvais pour Dylan une immense pitié, mais également un profond et merveilleux sentiment d'intimité avec lui. Les poèmes de Dylan, je ne sais pourquoi, paraissaient plus merveilleux tandis que je le regardais essuyer les gouttes de son ventre rose et broussailleux.

Il marchait le long du rivage en fouillant rêveusement le bois flottant ; l'air devenait vif et frais avec le coucher du soleil. Le soleil planait sur la mer ainsi qu'un chaudron ardent. Dylan se mit à bavarder de loups-garous et de sorcières.

— ...J'aimerais mieux être une sorcière qu'un loup-garou, déclara-t-il avec solennité. Si j'étais femme, j'envisagerais très sérieusement d'être une sorcière. Qu'en pensez-vous, Fritz ?Est-ce que je ferais une bonne sorcière ? Vous me voyez accroupie dans une caverne à remuer mon chaudron maléfique ?

Je le soupçonnais de jouer un rôle afin de me plaire. Il ne cessait de m'épier du coin de l'œil pour voir si je souriais.

Le soleil coulait dans l'eau goutte à goutte, embrasant l'horizon. Deux minutes plus tard, c'était le crépuscule, et la nuit se glissa à travers les pinèdes. Nous grimpâmes au restaurant qui dominait la plage, mangeâmes des canelloni et bûmes deux bouteilles de chianti. Le ciel vira au violet puis à un noir diabolique, et l'écume, sur la mer, s'anima sous la lune.

Dylan, qui s'était remis de son ivresse, y retomba.

— Je vais vous dire ce que je jetterais dans ce chaudron ardent, Fritz. Ne riez pas, s'il vous plaît. Je suis sérieux. J'y ai beaucoup réfléchi. D'abord, le con d'Edith Sitwell. J'étais un ami d'Edith, mais ce temps-là est à jamais révolu, et je commencerais par le con d'Edith. Après ça, les testicules d'Osbert. Il n'y a pas de quoi se vanter, mais ça vaut mieux que rien. Le cul de Grigson. Très juteux ; délicieux avec un peu d'estragon. Les viscères d'Empson. Ils sont sans ambiguïté, aussi les jetterons-nous dans le baquet. Le nez de Cyril Connolly... à condition qu'il en ait encore un. On aurait dit un radis la dernière fois que je l'ai vu. Le prépuce d'Auden. Je ne l'ai jamais vu mais je doute qu'Auden soit circoncis. L'oreille gauche de Stephen Spender. C'est celle avec laquelle il écoute sans cesse. La queue de F.R. Leavis. Mais oui, il a une queue. Je le tiens de la source la plus autorisée. Il est un diable déguisé. Très savoureuse qu'elle devrait être, la queue de F.R. Leavis, bien mijotée avec une goutte de vinaigre !

Nous nous promenâmes sur la plage en regagnant la pinède. Maintenant, la mer était fort noire, fort sinistre et immense ; les étoiles étincelaient sauvagement de leur éclat automnal.

— ...Incroyable, s'exclama Dylan, tous ces millions d'étoiles ! Les unes de glace, les autres de feu. Elles vont tourbillonnant durant l'éternité. Là-haut, dans ces constellations glacées, qui se soucie de Leavis ? Ou même d'Auden ? Ou même de moi ? Ça me rend triste de penser que dans un million d'années, tout le monde se foutra comme de sa première culotte de Leavis, d'Auden ou même de moi !

Par jeu, il me lança une bourrade dans les côtes.

— ...Ça me serait égal, d'être une sorcière ! Il y a des tas de choses bien pires que d'être une sorcière. Je n'aurais pas de couilles, mais de toute façon mes couilles ne fonctionnent pas ; alors, quelle importance ?... Je me demande quelquefois si je n'aurais pas dû être fille. Ça a l'air ridicule, hein, mais il m'arrive de me poser la question. Toute femme a en elle un homme qui se débat pour sortir, et tout homme a en lui une femme qui brûle de sortir. J'ai en moi une ravissante petite fille. Ne riez pas, je suis sérieux comme un pape. Elle a de jolies boucles blondes et une bouche en arc de Cupidon. Je sais bien que ça paraît fou mais c'est la vérité du bon Dieu. A l'intérieur de moi, elle n'arrête pas de crier. Elle se débat pour sortir !

Tout d'un coup, il me demanda doucement :

— ...Vous m'en voulez, hein ?

— Pas le moins du monde ! Qu'est-ce qui vous fait croire ça ?

— Cette parodie que j'ai écrite. Vous êtes encore blessé de cette parodie, hein ?

Des années auparavant, il avait écrit une parodie de l'un de mes poèmes intitulé « The Dolls » [Les Poupées]. Il l'intitulait « The Molls » [Les Putains] ; John Davenport m'en avait montré un exemplaire.

— Je ne suis pas blessé, pas du tout. Cette parodie était délicieuse !

En me voyant sourire, Dylan eut l'air apaisé, satisfait.

Nous remontâmes en voiture et prîmes la direction de Rome. Les maisons étaient sombres ; la campagne avait un air sinistre, abandonné. Nous dépassâmes à toute vitesse les colonnes de la basilique San Paolo, et soudain se dressa devant nous la pyramide de Cestius. La voix de Dylan, tandis qu'il contemplait le cimetière protestant, se fit très solennelle.

— Je suis content d'être venu à Rome. J'entends le murmure de la sibylle. C'est pour ça qu'on vient à Rome, non ? Pour entendre la voix de la sibylle. Elle vous dira la vérité à la seule condition que vous cessiez d'écouter. Entendre cette bon

Dieu d'affreuse vérité n'est pas bien drôle. En Angleterre, impossible d'entendre la satanée vérité. Mais à Rome on se réconcilie. C'est le rythme de l'Antiquité. Vous avez entendu ces trirèmes, hein ? C'est le ronronnement de l'Antiquité.

Je déposai Dylan devant la Galleria sur le Corso Umberto, et le regardai s'enfoncer placidement, de sa démarche en canard, dans l'ombre du grand café. De la main je lui fis un dernier adieu mais il ne parut pas me voir ; c'est la dernière image que j'eus de lui en ce monde.

Serpents

Un jour, j'achetai un sac d'oranges au Campo de' Fiori, et une grosse boîte de chocolats chez Rosati, dans la Via Veneto. Puis je montai dans ma voiture et pris la direction du sud, vers la Sicile.

L'image de la Sicile offrait une séduction menaçante : une île parsemée de mules, de brigands, de temples, de volcans. Je potassai mon Baedeker. Les noms eux-mêmes avaient une consonance inquiétante — Trapani, Sciacca, Gela, Licata, Caltanisetta —, évocatrice de crimes nocturnes et de passions incoercibles.

Je passai la nuit à Salerne, puis entrai en Calabre. La route serpentait sans fin parmi les collines rocheuses. Je déjeunai de chocolat et d'oranges au-dessus du golfe de Policastro, et passai la nuit à Cosenza où je dînai d'une omelette graisseuse.

Tandis que je me dirigeais vers Reggio, les collines se faisaient plus menaçantes. Les méandres insensés de la route m'étourdissaient, me donnaient la nausée. Je pris le bac de Reggio à Messine, et sentis la sombre proximité de Charybde et Scylla. Les falaises se balançaient fébrilement, les arbres se tordaient comme des serpents, et le battement des vagues retentissait des cris de marins qui se noyaient. Tandis que je conduisais vers le sud en direction de Catane, je sentais la route faire des montagnes russes ; à l'ombre de l'Etna, je m'agenouillai dans un champ pour vomir.

Je passai quinze jours à Taormina pour me remettre d'une jaunisse. De ma fenêtre du San Domenico, je regardais rôder la lune au-dessus de la mer qui s'étendait en bas à l'infini comme une vallée himalayenne. *« Mangiare bianco ! »* prescrivait le médecin. « Ni café, ni chocolat, ni oranges ! », et durant un mois je ne mangeai que du poisson, des spaghetti, du poulet. Couché dans mon lit grinçant, je lisais mon cher Cervantès, consolé par le spectacle d'hallucinations plus folles encore.

Enfin, je me levai par un clair matin, et, via Licata, gagnai la côte. Ces rivages déserts, pauvres, avaient une beauté sauvage et raboteuse. Anes, chèvres, mendiants à demi aveugles vivaient dans les ruines de palais pourrissants. Sur la plage, près de Sélinonte, je vis une femme avec un enfant idiot qui ne cessait de se blottir contre elle comme un chaton apeuré.

Elle mendiait du pain en se fourrant le doigt dans la bouche. Je lui donnai cent lires, plus le restant de mon chocolat et de mes oranges.

Exultante, elle s'écria :

— Stefano, mon chéri ! Il est aussi pur qu'un ange qui vient de naître ! A l'abri du mal humain ! A l'abri de tout désir !

Elle serrait contre son cœur le pauvre petit imbécile, et leurs yeux brillaient d'un bonheur indicible.

Je revins par la Calabre, laissai ma voiture à Sorrente, et pris le vapeur pour Capri par une chaude journée de juin. L'île se dressait au loin comme un poing sur la mer. L'eau s'animait de rides irisées ; la petite radio mélancolique jouait *O sole mio.* Le bateau siffla furieusement au débarcadère ; je m'élançai à bas de la passerelle, et traînai mes bagages au funiculaire.

Cinq minutes plus tard, j'étais debout au milieu de la piazza. Abasourdi, incrédule, je me sentais pris au piège dans une île pleine de merveilles. Une femme en tablier bleu ciel serrait une oie contre son cœur ; un jeune garçon passait comme une flèche, porteur d'un siège de toilette fraîchement peint ; un prêtre passait lentement, les yeux dans son bréviaire ; une jeune fille aux tresses rouge vif menait un bouc au bout d'une corde. L'odeur de café frais se mêlait à celle de l'huile d'olive brûlante ; tout en bas, la mer étincelait de vert, d'or et de violet.

Cet aperçu d'un bonheur banal avait l'éclat d'une révélation. Il me semblait qu'un voile venait d'être arraché de la face d'un continent malade, et qu'une joie depuis longtemps perdue avait soudain éclaté en chansons.

Dans cette étincelante atmosphère de Capri, lier amitié n'était pas difficile. Je descendais à la plage en flânant par le sentier appelé Via Krupp, qui serpentait à travers les falaises en une série de virages en épingle à cheveux. La mer s'étalait au-dessous de moi, si bleue qu'elle me donnait le vertige : un bleu qui paraissait tout neuf, comme un papillon au sortir de sa chrysalide, pourtant lointain, préhistorique ainsi que la lumière d'une planète éloignée.

Norman Douglas, un jour, vint s'asseoir sur la terrasse, au-dessus du funiculaire. Le bateau de Naples venait d'arriver, et il y avait l'habituelle atmosphère de curiosité. Les lesbiennes venues de Rome passaient fièrement dans leurs pantalons ornés de bijoux, et les poètes venus d'Ischia passaient en flânant dans leurs sandales poudreuses.

Douglas commanda un verre de vin rouge, et pour Gino une glace à la fraise. Gino était un petit garçon rêveur qui serrait contre son cœur un énorme ballon. Norman lui caressa la tête avec affection, et dit :

— Ce n'est plus le Capri d'autrefois. Le Capri d'antan ne connaissait pas l'héroïne, uniquement l'opium.

Ses cheveux étaient blancs et soyeux, ses yeux troubles et battus des tempêtes, son nez énorme, vermillon et vibrant. Pourtant, les allusions sarcastiques n'étaient pas mortes, ni surtout le vieil attachement érudit, indomptable, aux choses de la terre.

— ...Foutaises, ça n'est rien d'autre, grognait-il. Pourriture et sottises. Croyez-moi.

— Quoi donc, le vin ? demandai-je avec politesse.

— Toute cette merde que l'on écrit de nos jours. Pure eau de bidet, voilà tout ce que c'est. Balivernes, et rien d'autre.

— Vous voulez parler de la poésie ?

— De la poésie, des romans, des pièces de théâtre, de tout. Ce ne sont là qu'excréments, je vous le certifie.

Après quoi, il se sentit mieux. Il sirota son vin avec un malveillant sourire.

— ...Ma découverte de Capri remonte à 1903. Dans ce temps-là, l'île était absolument intacte et l'on y vivait pour rien. Il n'y avait aucun de ces prétentieux imbéciles qui n'arrêtent pas de jacasser sur Auden. Il y avait une espèce de comte suédois qui habitait une villa derrière des buissons, un authentique *exalté* * de l'école Aubrey Beardsley, avec ses *frosci* de Naples et ses lectures de D'Annunzio, son opium sur des coussins de velours — pas de l'héroïne, comme aujourd'hui.

« J'avais été marié cinq ans et j'avais deux jeunes fils ; mais soudain je me suis dit : au diable, tout ça ; la vie est courte ; cueillez dès aujourd'hui les roses de la vie. Tombé amoureux de Capri, je n'ai donc pas tardé à divorcer. J'avais trente-cinq ans, pas trop vieux pour un peu de bagatelle, encore bien de ma personne dans le genre rustaud, si vous voyez ce que je veux dire. J'ai renoncé aux femmes et pris goût aux garçons ; soudain, mon style s'est amélioré ; j'écrivais avec une certaine causticité, pas cette camelote que l'on gribouille aujourd'hui.

« Mais bien sûr, quand j'y repense, tout ça n'était que foutaises. *They Went* [Ils sont partis] n'était qu'une couillonnade, et même *South Wind* [Vent du sud] n'était que prétention. J'étais un érudit, voilà le hic. Je n'avais pas la vocation de romancier. Tous les romans ne sont qu'absurdité ; aucun roman ne contient des gens vrais ; les gens vrais ne survivent pas au souriant artifice du roman. »

— Il y a pourtant *Anna Karénine.*

— *Anna Karénine ?* Je ne l'ai pas lu.

— Et il y a Conrad ! m'écriai-je.

— Pauvre vieux Conrad... Un parfait gentleman. Toujours la crainte mortelle de regarder l'homme en face. Il avait peur des Furies cachées, le pauvre, il était si bien élevé ! Nul ne saurait écrire de romans s'il a peur des Furies cachées. Regardez Sophocle, Euripide. Est-ce qu'ils avaient peur des Furies, eux ? Ma tête à couper que non. Ils raffolaient des Furies.

Ayant terminé sa glace, Gino se coula auprès de Douglas et appuya tendrement la joue contre l'avant-bras du vieillard. L'énorme nez rouge s'embrasait aux rayons du couchant comme un étendard. De ses doigts secs, écailleux, Norman

* En français dans le texte. (N.d.T.)

caressait doucement la tête de Gino, blottie ainsi qu'un chaton contre le veston de tweed élimé.

Douglas regardait fixement la piazza, avec une épiscopale sévérité. Dans la lumière dorée il avait l'air d'une vieille statue croulante, grêlée par les ans, délabrée par le soleil, et couverte de graffiti par des années de profanation.

Soudain, les cloches de l'église sonnèrent, la radio joua *Anima e Cuore,* un bateau siffla dans la Marina Grande. Le funiculaire dégorgea un lot nouveau de caricatures, où les poètes d'Ischia parlaient encore d'Auden. L'air était rempli de l'odeur du vin, de la mer, et de l'arôme plus piquant de la *saeva indignatio.*

— ...De la merde et rien d'autre, toute cette pacotille ultramoderne. Tout ce bla-bla sur les hommes et les femmes n'est bon qu'à jeter à la poubelle. Les oiseaux et les bêtes... ce sont les seules choses qui méritent encore que l'on écrive sur elles. Les poissons aussi. Les serpents aussi. J'ai toujours aimé les serpents. J'ai autrefois écrit un traité sur l'erpétologie du duché de Bade. Il faudra que vous le lisiez, un jour. C'est du réel, de l'authentique. Pas comme *Anna Karénine* et toutes ces fadaises modernes.

En fin de compte, il y avait chez Douglas une certaine grandeur. Ou peut-être majesté plutôt que grandeur : quelque chose de rocailleux, de rude, d'amer. Ses romans ne me plaisaient plus : ils me paraissaient fastidieux, artificiels ; mais j'aimais beaucoup *Old Calabria* [La Vieille Calabre] et *Fountains in the Sand* [Sources dans le sable]. Ces ouvrages mêlaient une astucieuse observation du sensuel et du vivant à une érudite investigation des mourants et des morts.

Soudain, il s'assit tout droit comme s'il était parvenu à une décision. Il me regarda en plein visage, avec une affectueuse férocité.

— ...Je me suis dégoûté des romans lorsque j'ai saisi un fait tout simple. Pour comprendre un être humain, il faut le voir bouger à un rythme humain, avec des sentiments véritables, de véritables odeurs, et non avec des pensées et des passions simulées. J'ai saisi cela un jour que j'étais assis à cette même table ; sur quoi, j'ai pris la décision de ne plus jamais écrire de roman. Vous voyez donc que cette petite table présente à mes yeux une signification sacrée. J'espère que ça vous impressionne, d'être assis à cette table !

— Oui, ça m'impressionne, répondis-je en adressant un sourire de reconnaissance à Douglas.

Il reprit :

— Jadis, il y avait un célèbre critique français du nom de Renan. Renan disait que l'on ne devrait écrire que sur ce que l'on aime. Comme c'est juste ! On voit la vérité dans les choses que l'on aime, et on ne les aime qu'après avoir vu la vérité cachée en elles.

Il se radossa ; ses yeux injectés de sang brillaient d'une implacabilité papale. Il avait l'air vénérable et bénin, drapé dans les ultimes brocarts du couchant, mais dans ses yeux luisait la ruse d'un vieux paysan étrusque.

Après cela, je vis Douglas chaque jour à sa petite table. Cet irascible vieillard m'enchantait et m'intimidait. Je l'observais de loin, de l'autre côté de la piazza. Puis, un jour, il cessa de venir à sa petite table sacrée, et la piazza parut étrangement vide, comme désertée par une divinité ancienne.

La mort de Tchekhov

A Capri vivaient deux princesses, la princesse R. et la princesse P., toutes deux vieilles et un peu folles, l'une heureuse et l'autre triste.

La princesse R., riche Américaine née à Genève, avait vécu à Paris, Vienne et Budapest, pour enfin se retirer à Capri. Elle avait épousé un prince russe, mort à Nice d'une crise cardiaque. Elle habitait une villa au sommet d'une falaise ; en descendant le sentier, je l'apercevais sur sa terrasse, en train de siroter un whisky.

Je m'étais remis à peindre, surtout à l'aquarelle et à la détrempe. Assis sous un pin, je faisais des croquis de mer. Contre le vaste horizon bleu je dessinais des divinités marines et des tritons surgis des vagues dans une gloire étincelante. Je dessinais des bêtes marines à crocs jaunes, toutes dégoulinantes d'algues et de coquillages, qui traversaient la mer en un cortège assoiffé de sang. Les paysages marins de Capri se prêtaient à ces fantaisies puériles ; chacun de mes dessins comportait un triton ou un monstre.

Un jour que je descendais à quatre pattes une pente avec ma boîte de peinture, je tombai sur un rocher et m'entaillai la cheville. *« Poverino ! »* s'écria une voix compatissante, juste au-dessus de moi. Il se révéla que c'était Assunta, la vieille cuisinière grassouillette de la princesse R. Elle descendit en courant les marches avec un flacon de teinture d'iode, et me conduisit à la princesse.

Celle-ci portait une robe rouge et orange, de cette soie démodée que l'on appelait batik. Le dessin en évoquait une orgie de pieuvres. Une chaîne d'amulettes dorées pendait au cou de la princesse. A ses bras bruns et flétris, elle portait une série de bracelets d'or. Une raie médiane divisait sa chevelure gris fer enserrée dans une résille de soie ponctuée de pierres du Rhin. Son visage, ravagé de rides, conservait les traces d'une beauté classique.

— Venez donc vous asseoir sur le sofa. Assunta, apportez du whisky à ce monsieur.

Elle avait une voix très américaine, collet monté, plaintive, un peu rocailleuse.

— ...Ainsi, vous faites de l'aquarelle. Quelle charmante occupation ! Mon Dieu, mon Dieu, voilà combien d'années que j'en ai fait moi-même ? Ça remonte à Badenweiler, où ma mère prenait les eaux. Nous étions descendues au Römerbad, un hôtel situé tout à côté des bains. Je peignais dans les jardins du Römerbad. Mais à Badenweiler il est arrivé une chose affreuse. Ce fut la première de ces effrayantes coïncidences qui m'ont poursuivie toute mon existence. Il se trouvait qu'Anton Tchekhov séjournait lui aussi à Badenweiler. Un jour, la femme de chambre apporta notre petit déjeuner en disant : « Herr Tchekhov est mort, madame. » J'étais encore très jeune et fort impressionnable. Je me suis sentie liée tragiquement à la mort d'Anton Tchekhov, et depuis ce jour, j'ai vu ses pièces toutes les fois que j'ai pu. J'ai vu *les Trois Sœurs* dans toutes les langues imaginables ; j'ai vu *Oncle Vania* à Munich, Naples et Budapest. Ma préférée est *la Cerisaie.* Je l'ai vue trente fois. La dernière fois, c'était à Liverpool.

Elle s'interrompit un instant.

— ...Je vous ennuie ?

— Pas le moins du monde. Je suis fasciné.

— Hélas, je suis loin d'être fascinante. J'ai beau être attirée par la poésie, je suis la quintessence de la prose. Nul doute que vous ne me croyiez vieille. Je ne suis pas aussi vieille que j'en ai l'air. Je n'ai que soixante-trois ans. Ce n'est pas si vieux que ça, n'est-ce pas ? La cause de toutes mes rides, c'est ma dévotion au soleil. Après avoir lu D. H. Lawrence, je suis devenue une adoratrice du soleil. Chaque matin, je m'étends sur le toit pour m'imprégner de la lumière sacrée du soleil. Ma peau s'est parcheminée, mais l'âme reste jeune !

« Reprenons. Au sujet de Tchekhov, j'éprouvais un genre particulier de remords. J'avais le sentiment d'être mystérieusement impliquée dans sa mort. Je devins une enragée du théâtre, ce qui incluait bien entendu l'opéra. Lors de notre séjour à Vienne, l'année suivante, je cajolai ma mère pour qu'elle m'emmenât à *Salomé*. J'avais quinze ans alors, ce qui était bien trop jeune pour aller à *Salomé*. Mais à partir de ce moment je fus une fanatique de l'opéra, non des opéras habituels, comme *Carmen,* mais des opéras bizarres, comme *Elektra*. J'adorai *la Femme sans ombre,* et vénérai *Ariane à Naxos*.

« En octobre de l'année suivante, nous passâmes par Aix-en-Provence. Nous descendîmes dans un vieil hôtel sombre du cours Mirabeau. Il n'existe aucune rue au monde comme ce merveilleux cours Mirabeau ! Cette vieille élégance moussue et cette mélancolique grandeur !... Nous n'étions pas venues là pour les eaux : nous les avions déjà prises à Aix-les-Bains. Ma mère était une droguée des eaux bienfaisantes. Eh bien, quoi qu'il en soit, nous étions à la salle à manger en train de déjeuner quand le maître d'hôtel murmura d'un ton désinvolte : " Monsieur Cézanne est mort ce matin. " Vous imaginez ce que je ressentis. C'était la deuxième d'une série de coïncidences. Cézanne avait habité cette salubre ville. La mort de Paul Cézanne me donna instantanément du remords, et je ne fus pas longue à devenir une admiratrice passionnée de ses tableaux. Je visitai tous les musées qui exposaient des œuvres de Cézanne. Je me trouvai peu à peu entraînée dans ce que l'on nommait le modernisme. Je lus *l'Oiseau bleu* de Maeterlinck et *la Porte étroite,* de Gide, sans parler du *Manifeste du Futurisme,* de Marinetti. A Paris, j'assistai au Ballet russe de Diaghilev. A Berlin, trois ans plus tard, j'écoutai le *Pierrot lunaire*. Je vis aussi *Petrouchka, l'Heure espagnole,* et ma passion pour Strauss n'avait pas diminué. Je vous ennuie ? »

— Pas du tout. Je suis toujours fasciné.

— Je vous en prie, continuez d'être fasciné. Votre blessure va beaucoup mieux. Assunta s'y entend pour les blessures. C'est au printemps de 1912 que nous avons visité Stockholm. Nous séjournions au Grand Hôtel, qui est très morne, *très sué-*

dois *. Nous déjeunions sur la véranda quand le maître d'hôtel dit en passant : « Herr Strindberg, l'illustre écrivain, vient de mourir, madame. » Ce fut comme un éclair dans un ciel sans nuage. C'était la troisième de ces fatales coïncidences. Je courus acheter les pièces de Strindberg en traduction allemande, la seule disponible à Stockholm, ce jour-là. Après la mort de Strindberg, mon zèle pour le modernisme ne connut plus de bornes. On était à la veille de la guerre, et il y avait de l'excitation dans l'air. Nous allâmes à Paris, et je lus les poèmes de Guillaume Apollinaire. Je vis le *Nu descendant un escalier* dans une exposition privée, et l'excitation parvint à son apogée au soir de la création du ballet de Stravinski. Nijinski fit la chorégraphie du *Sacre du printemps.* Vous en avez sûrement entendu parler. La salle était en effervescence. Je fus entraînée dans le tourbillon. Je criais, agitais les bras. Je militais pour les modernistes. Et rien de ce qui est arrivé plus tard, comme *Ulysse* ou *la Terre gaste,* pas même *les Demoiselles d'Avignon,* de Picasso, n'a jamais égalé l'excitation de cette soirée. Et dire que tout cela a commencé avec la mort de Tchekhov à Badenweiler ! Il y avait dans tout ça un certain caractère inévitable, vous n'êtes pas de mon avis ? Là, finissez votre whisky. Je vous ai ennuyé à mourir...

Elle me considéra intensément, puis regarda le ciel. Une perle de sueur coula le long de sa joue. On aurait dit une larme.

Elle se pencha en avant pour me tapoter le poignet.

— ...Je crois au destin, voyez-vous.

Le soleil était fort bas sur la mer au-delà des falaises. Une lueur pareille à celle d'un volcan baignait la pointe du promontoire. Les pêcheurs, en bas, naviguaient vers l'ouest embrasé ; dans le jardin, au-dessous de nous, l'on jouait un air de *Madame Butterfly.*

Je pris congé de la princesse, et, tandis que je me retournais pour répondre à ses signes de la main, elle avait l'air, dans la lumière expirante, aussi symétrique qu'Isis.

* En français dans le texte. (N.d.T.)

A Capri, l'autre princesse était la princesse P.

Après mon bain à la Marina Piccola, j'avais coutume de m'asseoir à la piazza. C'était délicieux de s'asseoir à la piazza, en fin d'après-midi. Après avoir grimpé la Via Mulo depuis la Marina Piccola, je me sentais épuisé mais heureux, en paix avec les rochers et le ciel. Je buvais mon thé sur la terrasse en regardant le panorama. La petite église blanchie à la chaux était baignée d'un riche embrasement mauresque : soleil éclatant sur les murs ; ombre très noire sous les arcades rondes et basses.

Chaque soir, elle arrivait et se tenait sous les arcades, sa face intensément blanche, et sa robe de velours intensément noire. Le village entier, jusqu'aux gamins des rues, l'appelaient Manana. Tandis qu'elle se tenait là sous les arcades, on eût dit un cadavre. Elle devenait le centre de cette architecture mauresque, désinvolte et pourtant funéraire. Elle adressait un signe de tête serein au vieux prêtre joufflu, puis repartait, lente, sans rien voir, comme une somnambule.

Un jour, elle s'approcha de moi, et me dit :

— Vous êtes un ami de ma chère Emma ?

Je répondis affirmativement de la tête. La princesse R. se prénommait Emma.

— ...Je connais Emma depuis quarante ans. Je l'ai connue à Paris, à Rome, à Vienne. Emma s'est toujours considérée comme une esthète. Elle se trompe. Elle est tout sauf une esthète. Cette pauvre vieille Emma s'associe avec le *Pierrot lunaire.* Elle a tort. C'est *moi* qui fais partie de cet âge révolu. Vous voyez cette robe de velours ? Ce n'est qu'une guenille aujourd'hui, mais elle a été faite par Jean Patou au sommet de son prestige. Il estimait que mon visage convenait au style du *Pierrot lunaire.* Je porte toujours le maquillage d'origine, comme vous voyez, nettement lunaire !

Elle éclata de rire, et passa les doigts sur ses hautes pommettes de neige ; elle ressembla durant un instant à un Pierrot sauvage, riant de toutes ses dents.

— ...Puis-je m'asseoir ?

— Je vous en prie ! répondis-je, ravi.

— Je sais que vous êtes un ami d'Emma. Elle m'a tout

raconté sur vous. Elle dit que vous êtes un ardent admirateur de Leopardi. Moi aussi, j'adore Leopardi. Mais regardez cette pauvre Emma ! Elle se couvre de colifichets et prie le dieu solaire. Elle croit s'être métamorphosée en un genre de personnage esthétique. Elle croit qu'il suffit de prier le dieu solaire et de se couvrir le corps de cette quincaillerie dorée. Je ne cesse de lui dire que la beauté réside au profond de l'esprit, et non pas dans ces manœuvres et manipulations extérieures. Emma prétend avoir lu Rilke, mais je crains bien qu'elle ne mente. Je la soupçonne de ne lire qu'Agatha Christie. Cette pauvre Emma est fort émotive, mais loin d'être intelligente. Babiller sur Strindberg et Stravinski ne suffit pas. Elle dit qu'elle a souffert, mais souffrir ne suffit pas. Moi aussi, j'ai souffert, mais j'ai appris à rire de mes souffrances. Je me rends compte que souffrir peut se terminer dans le ridicule. Elle a beau être née à Genève, elle reste une Bostonienne. Il semble qu'une Bostonienne soit incurablement une Bostonienne, même si elle prie le Dieu solaire et n'arrête pas de jacasser sur Stravinski.

Les fils de la Vierge de la compassion rayaient son masque blanc. Ses yeux cerclés de pourpre brillaient de moquerie joyeuse et rusée. Je sentais que sous cette défroque lunaire, à moitié folle, se cachait l'esprit rebelle et gai d'une écolière espiègle.

Un matin, elle m'emmena visiter la Villa Fersen. Norman Douglas et Compton Mackenzie m'avaient parlé de cette villa.

— Je suis sûre que vous aimeriez la voir, et l'on m'a prêté la clé. Venez, nous grimperons le sentier pour jeter un coup d'œil à la Villa Fersen.

Je m'étais beaucoup attaché à cette étrange Manana. Sous son déguisement de fantôme, elle était terrestre, exubérante. Elle ne cessait de plaisanter les célébrités locales, et me confiait ses recettes de gnocchi et de tagliatelle.

Ayant grimpé le sentier, nous parvînmes à la Villa Fersen. Elle était sombre et déserte, étouffée de plantes grimpantes, ombragée de cyprès. Au-dessus de la porte, je déchiffrai l'inscription : *Pro amore et dolore.* Manana ouvrit la porte, et nous parcourûmes la maison sur la pointe des pieds. Des candélabres poussiéreux tombait un vieux parfum d'encens. A terre gisaient encore des coussins mangés aux mites, et sur les tables d'ébène reposaient encore des plateaux d'ivoire. Aux murs, des nus classiques dans le style d'Alma-Tadema.

Sous l'odeur de vieil encens et de coussins moisis, je crus déceler un léger musc d'opium.

— ...Il y a des années, déclara la princesse avec enjouement, ou des décennies, pour dire les choses carrément, j'ai grimpé le sentier, qui à l'époque était moins épineux. J'ai risqué un œil, à travers les arbustes, dans le jardin du comte Fersen. On m'avait dit que le comte Fersen était un pédéraste fort distingué, et je voulais savoir à quoi ressemblait un pédéraste. J'avais cru comprendre que tous les pédérastes étaient fort *distingués* *, mais le comte Fersen encore plus que les autres. On allait jusqu'à le comparer à Louis II de Bavière. J'épiais donc à travers les arbustes, dans l'espoir d'apercevoir des éphèbes nus, ou du moins un esclave nubien agenouillé pour allumer une pipe d'opium. Mais je ne vis qu'un monsieur âgé, en *robe de chambre** usée. Il épluchait une banane en lisant le journal du matin. Je fus affreusement déçue. J'avais espéré une note de fantaisie. Regardez-moi donc ces petits nus bébêtes ! Faut-il rire ou pleurer du comte Fersen ?

Elle ramassa un cendrier fait d'une défense d'éléphant, et l'examina scrupuleusement comme s'il contenait un message secret.

— ...Qui sait ? Après tout, peut-être était-il heureux, dit-elle avec douceur. A sa drôle de manière. Avec ses petites fantaisies à lui.

Nous redescendîmes la colline et regagnâmes la piazza baignée dans le silence qui précédait l'heure de l'*aperitivo.* Nous bûmes du vin local, qui sentait le muscari, et Manana enfonça une cigarette au bout d'un long fume-cigarette d'or.

— ...Eh bien, il est bel et bon de parler d'*amore et dolore,* mais je crois personnellement que l'on devrait essayer d'être heureux. Chaque fois que je sentais qu'une de mes histoires d'amour allait à vau-l'eau, je prenais aussitôt le train pour Venise ou Côme. A Côme, je m'éloignais à la rame sur le lac et

* En français dans le texte. (N.d.T.)

j'attrapais un poisson. A Venise, je me mettais en quête d'un beau gondolier. Ils étaient également efficaces, le poisson et le gondolier. Il faut être moderne. Amour signifie gaieté pour moi, et non chagrin.

Les rocs errants

A Capri, le soleil avait un éclat très particulier. Sa lumière n'était pas aride, comme en Espagne, ou frangée d'arcs-en-ciel, comme au Portugal, ou plongée dans des ombres lilas, comme au-dessus de la Seine. Elle n'avait ni la profondeur de la lumière romaine, ni l'austérité de la lumière sicilienne, mais une acuité pareille à celle du diamant, et quand elle tombait sur un roc il semblait voler en éclats. Quand elle brillait au large d'Anacapri, les bâtiments s'estompaient et se transformaient en un glacier rempli de rhomboèdres de quartz.

Je peignais chaque matin, soit sur les pentes de la Via Krupp, soit en bas parmi les anfractuosités qui jouxtaient la Marina Piccola. Je renonçai à mes bêtes marines pour rire, et créai un nouveau style : un mélange de points, de virgules et de points d'interrogation qui grouillait sur le papier comme un exubérant labyrinthe, en sorte que les falaises et la mer étaient désintégrées en fragments tout en conservant leur propre vitalité prismatique.

Mes petites aquarelles devinrent de plus en plus bâclées, impétueuses. Pour en finir une il ne me fallait que vingt minutes. En fin d'après-midi, assis sur la piazza, je les examinais d'un œil désenchanté. J'écartais celles qui étaient ratées, les déchirais en morceaux, et en gardais une ou deux qui me paraissaient plus vivantes que les autres.

Un jour que j'étais assis à ma table habituelle, sur la piazza, je vis Wystan Auden descendre du funiculaire. Il portait de vieux chaussons de deux couleurs différentes, bleu passé au pied gauche et rouge graisseux au pied droit. Il était suivi de trois amis ; ils s'assirent tous et commandèrent à boire. Je les entendais pépier et gronder en regardant passer les touristes.

Auden me fascinait encore. Son seul nom m'ensorcelait. A mes yeux, il restait le jeune Auden sauvage des *Orateurs*. Je rêvais parfois d'Auden, silhouette encapuchonnée au milieu des ruines, ou pâle alpiniste au bord d'un précipice. J'étais encore amoureux d'Auden, non physiquement mais métaphysiquement, comme d'un alter ego impitoyable, masqué, incandescent.

En le voyant assis sur la piazza, la tête me tournait d'incertitude — une incertitude teintée d'amour et en même temps d'alarme. Ayant pris mon courage à deux mains, j'allai le saluer.

— Voici Lady Howard, dit Auden avec un geste imposant et un regard majestueux. Et Mme Kallman. Et la baronne Aalto.

« Lady Howard », c'était Brian Howard, une tante altière au regard torturé. « Mme Kallman », c'était Chester Kallman, un charmant garçon au regard prédateur. « La baronne Aalto », c'était un beau jeune homme qu'ils surnommaient « la grosse Edna ». Il avait une face de pirate, et une seule main. C'était Brian Howard qui pépiait, et Bill Aalto qui grondait. Ils venaient tous d'Ischia, où ils se trouvaient de passage avec Auden.

Je regardais Auden à la dérobée, tâchant de déchiffrer quel nouveau « rôle » il jouait. Il s'était avachi. Déjà, son visage se creusait de rides. Ses yeux d'iguane étaient fatigués, soupçonneux, et les plis de son cou ressemblaient à ceux d'un ballon dégonflé.

— Que pensez-vous de Paris, Wystan ? demandai-je stupidement.

Auden me considéra d'un regard de glace.

— J'exècre Paris et l'ai toujours exécré. J'exècre les Français ; j'exècre les francophiles ; je déteste le gallicisme sous toutes ses formes. Je hais Verlaine. Un barde gaulois. Je hais Rimbaud. Un autre barde.

Il me décocha un regard de silex.

— ...Êtes-vous un barde francophile ?

J'étais gêné, perplexe. Je sentais qu'Auden m'avait pris en aversion. Je n'ai jamais su pourquoi. Je ne pouvais que me poser des questions et risquer des hypothèses.

Brian Howard, Chester Kallman et le pirate Aalto se levèrent et se rendirent au parapet afin de contempler la baie de Naples. Assis tout seul avec Auden, je tripotais nerveusement un verre à vin vide. Les paupières du poète pendaient, pesantes, sur ses yeux rusés, attentifs, et ses mains crevassées, gonflées, gisaient sur la table ainsi que des homards.

Il était arrivé à Auden quelque chose d'étrange. Il paraissait creusé, tourmenté. Il semblait souffrir de quelque mycose. Il avait encore l'air de prêter l'oreille à une voix lointaine ; mais il n'écoutait plus avec une attente aiguë comme un fil de rasoir, mais avec une léthargie morne et quasi reptilienne.

— J'ai relu vos premiers poèmes, dis-je, presque en désespoir de cause. Il y a des joyaux parmi les plus récents. « Musée des Beaux-Arts * » est un petit chef-d'œuvre. Vous dites quelque chose de très beau, et vous le dites avec une grande élégance. Mais puis-je vous faire une remarque, Wystan ? Je viens de lire ces premiers poèmes. Ils ont une fraîcheur et une magie plus ravissantes que la simple élégance. Rien n'est plus beau que :

O guetteur dans le noir, tu éveilles
Nos rêves d'éveil...

Ces premiers poèmes de vous ont une musique sauvage, électrisante. Il y a là un élément d'excitation et de surprise plus grand que la simple sagesse.

Peut-être pensais-je à *l'Age de l'angoisse*, paru depuis peu, et qui semblait un défi au lyrisme antérieur d'Auden. Peut-être aussi (telles sont les subtilités sous-jacentes aux rapports humains) désirais-je subconsciemment piquer la vanité du poète, tout en donnant libre cours à mon idolâtrie et à mon inquiétude.

* En français dans le texte. (N.d.T.)

— La *simple* sagesse ? dit Auden avec aigreur. Qu'entendez-vous par *simple* sagesse ?

— Je ne sais pas au juste, mais vous comprenez sûrement ce que je veux dire ? Ces premiers poèmes avaient une magie qui dépassait la portée de l'intellect. Dans *les Orateurs*, par exemple...

L'espace d'un éclair, son visage brilla d'une expectative juvénile ; j'aperçus fugitivement le merveilleux jeune poète. Mais ensuite, il retomba une fois de plus dans son rôle pontifiant d'homme sagace.

— J'ai renié *les Orateurs*, déclara-t-il. J'ai tiré un trait sur cette sottise de jeunesse. La poésie, c'est autre chose que de barboter dans ce que vous traitez lyriquement de magie. Quand vous parlez de musique électrisante, je me demande à quoi vous faites allusion. A du simple verbiage, j'en ai peur. La poésie, c'est autre chose que de se vautrer dans les mélodies...

En me rendant à la Quisisana, j'étais bien triste. J'avais le sentiment qu'il existait dans le monde quelque chose qui, mystérieusement, n'allait pas. J'avais le sentiment que ma joie venait d'être dégonflée, et même vulgarisée. Je me sentais dérouté, déprimé. J'arrivai enfin à la Quisisana.

Manana m'avait prié de l'accompagner chez Malaparte. Curzio Malaparte avait remporté un grand succès avec son livre *Kaputt* ; son autre ouvrage, *la Peau*, connaissait la même réussite. Il s'agissait de brillant journalisme, presque de journalisme à sensation. J'étais curieux de jeter un coup d'œil sur Malaparte.

Manana m'attendait à la terrasse de la Quisisana. Elle était fort théâtrale dans sa robe de velours noir, sur quoi les guirlandes de son collier brillaient comme de vastes libellules dorées. A peine eus-je posé les yeux sur elle que je me sentis de nouveau plein de joie, et que l'atmosphère fut remplie de ravissement et de compassion.

Nous descendîmes le sentier en surplomb d'un précipice épineux, et parvînmes enfin au portail de la villa de Malaparte. Il s'agissait d'une luxueuse construction blanche au bord de l'abîme, avec vue sur les rochers nommés les Faraglioni.

Malaparte était un homme étrange et sinueux d'environ cinquante-cinq ans. Il portait une chemise de soie écarlate, un pantalon de velours noir, et des sandales de cuir rouge à grosses boucles dorées. Son visage était le plus bizarre que j'eusse jamais vu. Un masque avait l'air greffé sur un visage profondément, incurablement mutilé. Je ne cessais d'observer à la dérobée ses traits pâles, comme gelés, et me demandais si le masque résultait d'une chirurgie maladroite ou d'une lacération de l'esprit plus profonde et plus insondable encore.

— Ces rochers, dit Malaparte en désignant gracieusement les Faraglioni, sont en réalité les originaux de Charybde et Scylla. On a toujours cru que Charybde et Scylla se trouvaient en Sicile, à un endroit qui commande le détroit de Messine. J'ai eu la chance de découvrir des documents inconnus jusqu'ici. Il s'agit du journal d'un certain Caius le Boiteux, navigateur qui vivait à l'époque de Caligula. Quelque scribe médiéval à dû exhumer son journal. Il examine avec attention cette affaire de Charybde et Scylla. Ses conclusions paraissent convaincantes. Il opte pour les Faraglioni. L'on a vu le plus massif des deux bouger sous le vent, et parfois, lors d'une tempête, il entre en collision avec l'autre rocher. Sur l'autre, le plus petit, Caius a découvert un nid de serpents. Peut-être s'agissait-il de boas constrictors d'une espèce aujourd'hui disparue. Il apparaît clairement que Caius le Boiteux était un savant consciencieux doublé d'un navigateur intrépide et curieux de tout...

Je ne cessais d'épier avec malaise le visage en forme de masque de Malaparte. Plaisantait-il ? Je n'en étais pas sûr. Ses traits se dissolvaient en un large sourire, et sa main rampait comme une vipère autour du verre de whisky veiné de bleu.

Je demandai sur un ton enjoué :

— Mais n'avez-vous pas peur de Charybde et Scylla ? Et si un serpent se glissait dans votre chambre, ou si une falaise fracassait une vitre ?...

Malaparte eut un recul horrifié, comme si un cobra s'était dressé devant lui. Son sourire espiègle s'élargit encore en grimace de dégoût.

Mais il recouvra aussitôt son calme, et rit d'un rire badin.

— Vivre à proximité d'une légende antique, cela se paie. Le prix que j'ai payé, ce sont mes cauchemars. Sans arrêt, j'ai ces cauchemars épouvantables. Je me trouve pris au piège dans une fosse de vipères sifflantes, ou je navigue entre deux rochers suspendus au-dessus de ma tête. Qualifiez cela de freudien si le cœur vous en dit. Moi, je préfère le qualifier d'homérique. C'est le prix que je paie pour vivre à côté d'une légende antique.

Je m'approchai de la fenêtre pour contempler les Faraglioni. Les vagues ne cessaient de tâter les hautes falaises pourpres, comme à la recherche désespérée de quelque chose qui leur échappait. Et — oui, c'était sûr —, tandis que je regardais par la fenêtre, il me semblait que les rochers s'avançaient lentement l'un vers l'autre, plus près, encore plus près, puis lentement s'écartaient de nouveau.

La grotte blanche

En bas, à la Piccola Marina, je louais toujours un petit kayak, un *sandolino*, comme l'appelait Adolfo, pour aller pagayer sur la mer. Adolfo tenait l'établissement de bain qui dominait la plage. Je sens encore les planches pourrissantes des cabines délabrées, le fumet des costumes de bain mouillés, le parfum d'huile à bronzer bon marché, et l'odeur des macaroni servis sur la terrasse.

— Chaque grotte a sa propre *ambiente*, disait Adolfo. La bleue apporte l'amour. La rouge apporte le chagrin. La verte apporte la joie, et la blanche apporte la terreur.

Dans mon kayak, j'allai donc explorer toutes les grottes. C'était délicieux de pagayer sur l'eau claire comme du cristal. Vue d'en haut, la mer à Capri paraissait aussi bleue qu'un iris. Mais quand je la regardais de mon kayak, elle brillait ainsi qu'un lustre étincelant de rayons verts, jaunes, violets, ambrés, améthyste. Les anémones de mer, au-dessous de moi, semblaient ciselées dans de l'or verdâtre, et les poissons qui me croisaient comme des flèches étaient gainés d'écailles de vivant mercure.

Parfois, un autre kayak sortait de derrière une falaise, et un inconnu bronzé s'approchait en glissant sur la mer. Nous nous décochions l'un à l'autre un coup d'œil intense, scrutateur, ralentissions quelques instants, puis lentement nous écartions de nouveau l'un de l'autre. Le torse mince et doré rapetissait, devenait plus illusoire ; une fois de plus, mon cœur se serrait de voir m'échapper des chances de bonheur. J'avais le sentiment que Capri, tout chargé de légendes de sirènes, était une île faite pour les aperçus brefs et sans visage d'un amour insaisissable.

A l'époque, je travaillais à un roman sur la mer. Sans cesse, je me représentais la mer ainsi qu'un vaste entrepôt de légendes, un sombre élément tourbillonnant, insondable pour l'imagination humaine, une grande coupe nocturne, pleine de fragments du passé, un défi porté aux marins, un piège pour les pêcheurs, l'image même de tous les poèmes qui ne seraient jamais écrits. Je concevais ce livre comme une mosaïque d'innombrables histoires de mer, y compris des flashes sur *l'Odyssée*, des allusions à Dante, Jules Verne, Hans Christian Andersen, *Moby Dick*, Joseph Conrad. A quoi j'ajoutais des songes visionnaires de mon cru : luttes avec des pieuvres et des requins, étreintes avec des sirènes et des tritons. J'intitulai ce roman *Young Men, Young Mariners* [Jeunes hommes, jeunes marins]. Tandis que les mots jaillissaient de ma plume, il se transforma peu à peu en poème — un énorme et informe poème épique qui gisait sur la plage ainsi qu'un monstre marin échoué. Je soupçonnais bien qu'en fin de compte, ce roman ne serait pas viable ; je n'en continuais pas moins de travailler à ses cadences, à ses symboles, à ses métaphores. Je ne terminai jamais ce roman que je finis par jeter dans la mer, durant la traversée de Capri à Sorrente, par un matin gris de septembre.

Adolfo avait raison quant aux grottes de Capri. La bleue était pleine de luxure. Les vagues clapotaient sans arrêt sur un rythme sensuel ; les rochers exsudaient une odeur de sueur et de semence. L'eau projetait un reflet veiné de bleu sur les stalactites luisantes. Je ressortis en pagayant avec un soupir de soulagement, content d'échapper à cette caverne qui ressemblait à une vulve.

En pénétrant dans la rouge, j'éprouvai une étrange tristesse. Elle était saturée de teintes plus ecclésiastiques que marines. On eût dit quelque énorme sépulcre couleur de sang, et les glouglous des vagues évoquaient des sanglots de deuil.

En glissant dans la verte, je fus rempli de joie. Plus petite que les autres, elle était empreinte d'une intimité enjouée. Ç'aurait pu être la salle de bains de quelque ancien roi phénicien. Je plongeai dans l'eau et m'ébattis avec ravissement en regardant les gouttes dégouliner des parois comme de brillantes boules d'émeraude.

Quand je glissai dans la blanche, mes cheveux se dressèrent sur ma tête. Les parois se trouvaient tapissées d'une frise de stalagmites couleur d'ossements, et les gouttes qui tombaient des fissures les faisaient ressembler à des squelettes en pleurs. Était-ce là ce que voulait dire Adolfo ? Je n'en étais pas tout à fait sûr. Je dérivai plus profondément à l'intérieur. Un filet de lumière filtrait dans les ténèbres. Une étrange tiédeur humide emplissait la grotte silencieuse, mais le silence vivait comme la pulsation d'une artère. Je glissai plus profond en passant les paumes au long de la paroi. L'on eût dit la peau d'une bête marine. Puis le tunnel s'élargit en un pâle et chuchotant atrium. Sur un rocher, deux corps nus luisaient comme du bronze sous les stalactites. Un garçon et une fille gisaient dans une immobilité extasiée ; leur kayak, audessous d'eux, se balançait librement sur les vaguelettes.

Je regagnai la Piccola Marina en pagayant avec lenteur, et nageai jusqu'au minuscule îlot noir qui faisait face à la plage. Je grimpai sur les rochers à petits pas circonspects, car l'île était volcanique et hérissée de pointes. Je jetai un coup d'œil aux falaises qui me surplombaient, et prêtai l'oreille aux accents paresseux d'une guitare.

— Bonjour ! fit une voix grave et triste, tout à côté de moi.

Baissant les yeux, je vis Alberto Moravia. Il m'adressait un sourire sombre, un peu menaçant. J'aimais beaucoup Moravia, que j'admirais profondément. Il y avait une pointe de poésie en lui, mais d'une poésie sévère et cynique, teintée d'humour macabre et aussi de souffrance à demi cachée.

J'admirais aussi Moravia pour une raison plus subtile. Je sentais en lui un amer et stoïque dédain qui l'isolait de l'atmosphère frivole de l'après-guerre. *La Romaine*, qui avait paru, était un succès mondial, mais je préférais les chagrins plus modérés des *Indifférents* et d'*Agostino*. Pourtant, tout ce qu'écrivait Moravia était empreint d'une intégrité anguleuse ainsi que d'une haine et d'un dégoût sous-jacents de l'humanité.

— Il fait plutôt chaud sur ce rocher, vous ne trouvez pas ? dis-je. Est-il exact qu'il s'agit de l'antique Rocher des Sirènes ?

La voix de Moravia se fit profonde et solennelle :

— Ce rocher ne saurait être le Rocher des Sirènes. Pouvez-vous imaginer les Sirènes en train de chanter sur un rocher aussi hérissé de piquants que celui-ci ? Je suis certain que les Sirènes ont choisi un rocher beaucoup plus confortable.

Je m'assis sur un rebord, et nous parlâmes de Hemingway.

— ...Je me suis toujours méfié d'Ernest Hemingway, dit Moravia. Il y a chez Hemingway quelque chose que je trouve profondément suspect.

— Ford Madox Ford disait que sa prose était comme un cours d'eau, et que sous l'eau on peut distinguer les cailloux brillants, les uns à côté des autres.

— Très juste, fit Moravia en essuyant la sueur de ses bouts de seins.

— Et Edmund Wilson parlait élogieusement de *l'Adieu aux armes.*

— Tout cela est bel et bon et il a un certain style, cela ne fait aucun doute, mais il y a chez Hemingway quelque chose d'extrêmement équivoque. N'oubliez pas qu'Edmund Wilson est un *vulgarisateur* *. Vous paraissez choqué. Je ne parle pas de ce que l'on entend par « vulgarité ». Je veux dire qu'il écrit pour la populace élégante. Non pas le bas niveau de la populace, mais le niveau moyen des gens désireux d'être *au courant**. Edmund Wilson lui-même n'est absolument pas vulgaire, mais il séduit une certaine populace médiocre.

Il était agréable d'entendre Moravia parler des Sirènes et de Hemingway. C'était un soulagement que d'écouter un homme qui détestait les hommes aussi bien que les modes. Il jetait sur les choses une lumière désenchantée, non la lumière d'une vérité nue, mais la lueur d'un chagrin nu et brûlant.

Je pris congé de Moravia. Il me sourit avec méfiance. Ses yeux sombres, profondément enfoncés, regardaient avec intensité dans le vide, comme les yeux d'un assassin entré dans une maison isolée.

Je revins à la nage chez Adolfo. De la terrasse arrivaient par

* En français dans le texte. (N.d.T.)

bouffées le son d'une guitare et le rire des prostituées napolitaines.

Adolfo me demanda :

— Laquelle des grottes avez-vous vue aujourd'hui, signor ?

— Aujourd'hui, c'était la blanche.

— Êtes-vous entré en kayak à l'intérieur, signor ?

— Oui, je suis entré en kayak à l'intérieur.

— Et qu'avez-vous vu, signor ?

— Rien de particulier, dis-je.

— Rien d'effrayant ?

— Rien d'effrayant.

— Peut-être n'avez-vous pas pénétré assez profond, dit Adolfo.

Chez Adolfo régnait un bien rafraîchissant esprit de camaraderie. Il y avait les aristocrates décadents, vautrés dans les chaises de plage à rayures bleues. Il y avait les prostituées de Naples, tant masculines que féminines. Il y avait les poètes et les peintres, les néosurréalistes et les quasi-objectivistes ; il y avait des actrices de Trieste et des danseuses du ventre de Tunisie. Il y avait des philosophes de Zurich et des diseuses de bonne aventure de Hongrie. Il y avait Maria von Rosen, une femme sculpteur scandinave, qui taillait des hermaphrodites nus dans du marbre veiné de rouge. Il y avait Aldo Fabriziano, vieux poète futuriste accroupi comme Gandhi, la barbe jusqu'au nombril. Il y avait Natacha Simonova, ex-ballerine, qui passait ses journées à flirter avec les garçons de la plage et les jeunes âniers.

Un jour, chez Adolfo, je rencontrai Peggy Guggenheim. Elle était assise sur la terrasse ; je lui portai à boire. Elle me fit un charmant sourire. Elle était rien moins que belle. Son corps demeurait beau mais elle avait le visage étrangement marqué, et des cheveux d'une huileuse et déconcertante noirceur. C'étaient ses yeux qui me plaisaient, et surtout son sourire. Elle avait un sourire si enchanteur que je comprenais pourquoi tant d'hommes étaient tombés amoureux d'elle. Même des hommes d'une grande austérité comme Brâncusi et Beckett, et des hommes d'une féroce perspicacité comme Max Ernst et Marcel Duchamp. Il y a longtemps de cela, bien sûr, et Peggy était loin d'être jolie, mais si Beckett était tombé amoureux d'elle, ce devait être à cause de son charmant sourire.

J'avais coutume de m'asseoir avec Peggy Guggenheim afin de parler des artistes. Elle parlait de Rothko, de Pollock et de Motherwell.

— J'ai fait il y a cinq ans la première exposition de Pollock seul, et lui ai commandé une belle peinture murale pour chez moi. Je le trouvais merveilleux ; il était aussi très pauvre. Je désirais l'aider pour qu'il soit enfin libre ; mais l'influence décisive, ç'a toujours été Marcel Duchamp. Du temps de Londres, il m'a persuadée d'exposer tous ceux qu'il fallait. Brâncusi, Moore, Calder... c'étaient toujours les bons. Oui, c'est en réalité Marcel Duchamp qui m'a guidée vers les bons. Kandinsky, Arp, Picasso... c'étaient invariablement les bons.

Ses histoires sur les artistes comportaient toujours des sous-entendus. Sur beaucoup de ces artistes, elle me racontait d'amusantes anecdotes, mais il y avait toujours un arrière-plan d'avidité, d'esprit de possession. J'avais l'impression que ce qu'elle brûlait de posséder n'était point tant la beauté intrinsèque d'une œuvre d'art que son caractère d'incarnation phallique de l'artiste.

Nous dînions parfois, Peggy et moi, dans une pizzeria baptisée « Chez Gemma ». L'on avait creusé à même le mur un énorme four en brique, et les pizzas fumantes glissaient hors du four ; elles n'avaient pas seulement un goût d'anchois, de mozzarelle et d'olives, mais de vieille brique enfumée, de charbon de bois rougeoyant et de profondeurs marines. Après dîner, nous allions nous promener au Parco Augusto, nous asseoir sur la corniche et regarder les bateaux de pêche éclairés par des torches. Ces bateaux flottaient si infiniment loin au-dessous de nous que leurs torches avaient le faible éclat d'une nuée de lucioles.

Je demandai à Peggy :

— Quel est votre but dans la vie ? Essayer d'être heureuse ?

— Il y a trois types différents de bonheur, dit Peggy.

— Quels sont-ils ? demandai-je.

— Il y a la joie du simple fait d'être en vie. On se contente de s'asseoir au soleil à ressentir l'extase d'être en vie.

— Et le deuxième ?

— C'est la joie de découvrir quelque chose de beau. L'on regarde autour de soi, et tout d'un coup l'on voit quelque chose de beau : une peinture, une sculpture, un homme ou une femme. La simple découverte de cette chose me met de la joie au cœur.

— Et le troisième ?

— C'est la joie de la conquête ! De la possession ! Du triomphe ! On a découvert une jolie chose, que ce soit un homme ou une sculpture, et l'on se chamaille, et l'on marchande, et tout d'un coup on l'a gagnée. Cette joie de la possession est la plus excitante de toutes. On se bat, on se bat, on conspire, on conspire, et puis on a gagné.

Je demandai :

— Dites-moi, Peggy. Êtes-vous vraiment amoureuse de Carmen ?

Carmen était un bel Italo-Américain qui vivait à Naples. Toutes les fins de semaine, il venait à Capri séduire les dames touristes. Il me rejoignait à la piazza pour me raconter ses conquêtes. Il me dit une fois qu'il avait couché avec plus de deux mille femmes, sans compter les prostituées, ce qui élevait le chiffre à trois mille. De ma vie, je n'avais rencontré plus vorace amateur de femmes. Brun, large et musclé, il avait les dents étincelantes et un sourire timide.

Un jour, il rencontra Peggy Guggenheim chez Adolfo. Après quoi, lorsqu'il venait à Capri, lui et Peggy étaient inséparables.

— Amoureuse de Carmen ? Certainement pas ! Carmen est amusant mais ce n'est pas mon type. Qu'est-ce qui a bien pu vous faire croire que Carmen ?... Je n'ai rien à voir avec Carmen.

— Je me demandais pourtant...

— Amoureuse de Carmen... absurde !

Sur la mer éclairée de torches elle abaissa son regard insatiable, et je crus un instant qu'elle allait y plonger.

La mort de Wilde

Avec ma voiture, je mis le cap au nord par Viterbe, Sienne et Florence. Je traversai la frontière à Grimaldi, et me dirigeai vers Paris. Après cinq mois de rocailleuse Italie, il était bien rafraîchissant de revoir la France avec ses grands prés découverts et ses cours d'eau bordés de saules.

Je marchais dans les rues de Paris en proie à une attente fébrile, comme en quête d'un visage derrière une fenêtre éclairée par la lampe. Marchant rue de Lille ou boulevard Saint-Germain, je m'arrêtais soudain tandis qu'un inconnu au visage obscur s'approchait de moi ; je brûlais d'expectative à l'idée que je rencontrais un ami depuis longtemps perdu. Mais l'inconnu me croisait, aveugle, indifférent, et lentement je poursuivais ma route, dans ma perpétuelle quête d'amour.

C'était l'automne ; une brume lilas planait au-dessus de la Seine — la brume que l'on voit dans certaines toiles de Monet, séduisante en sa mélancolie insidieuse et diaprée. Les platanes eux-mêmes, presque dénudés, avaient les grâces d'une rangée de ballerines qui prennent des poses devant le rideau final.

Il était assis derrière son bureau, en robe de chambre de velours rouge. Un dernier rayon du couchant touchait son visage bien sculpté, à quoi le grand âge avait apporté un certain charme pâle, automnal. Ce qui me surprenait, c'était son air lointain et doux ; pourtant, en même temps, il m'inspirait une vague méfiance, voire de la frayeur.

Peu de temps auparavant, il avait publié ses *Feuillets d'automne*, ainsi qu'une très sélective anthologie de la poésie française. Il me déclara doucement :

— Vous trouverez peut-être cela curieux de ma part, mais l'apogée de ma vie, ce fut quand Valéry me dédia *la Jeune Parque*. Jamais rien d'aussi délicieux ne m'était arrivé. J'avais envie d'embrasser Valéry. C'était en 1917, et cela faisait paraître la guerre presque agréable.

Je demandai timidement :

— Et que pensez-vous des poètes américains ? Ont-ils un intérêt quelconque à vos yeux ?

— Whitman, bien entendu. Mais ici, peut-être intervient-il des facteurs extra-poétiques. On ne saurait lire Whitman sans sentir l'homme en face de soi. L'on sent cette aspiration désespérée, cette insatisfaction douloureuse ; on le flaire positivement avec sa concupiscence et sa nostalgie. Cette perpétuelle concupiscence rustaude... je suppose que vous l'avez en Amérique dans les fermes et les camps de bûcherons, dans les grands deltas écumeux. Tout cela paraît assez triste. Cela n'en trouvait pas moins satisfaction dans les forêts et les champs de blé. Pour grossier que ce fût, cela valait mieux que l'atmosphère française, que les errances et les vapeurs d'un adolescent à Montmartre. Quand je me regarde au miroir, je suis frappé par un air d'ascétisme, et même à certains moments par une aura de sainteté. Je n'ai jamais été beau le moins du monde, et il m'est arrivé d'en souffrir ; mais aujourd'hui, je puis m'enorgueillir d'une certaine dignité grise, de l'air impersonnel et serein de qui a déjà satisfait ses appétits. Ce que Whitman n'avait jamais fait ; il n'était qu'un vieil homme triste avec une barbe. Il avait de magnifiques yeux bleus où le désir charnel brillait encore, toujours flagrant et torturant au milieu des champs de maïs et des camps de bûcherons.

Il me lança un regard espiègle.

— ...Notez-vous tout cela ? Est-ce là une coutume américaine ? De tout noter ? Eh bien, alors, notez tout. Je suis trop vieux pour l'indiscrétion. Je suis certain que vous aimeriez connaître mes sentiments sur Proust. C'est la première chose que les gens me demandent. Mes sentiments sur Proust. On croit généralement que j'ai eu des remords au sujet de Proust.

Au contraire, j'étais un très fervent admirateur de Proust, et quand les gens répètent à l'envi que j'ai refusé *Swann* chez Gallimard, ils oublient que l'on est occupé, que l'on ne peut absolument pas *tout* lire, et Proust avait cette réputation de papillon mondain fané. Mais après que je me fus résolu à lire ce petit chef-d'œuvre, mon admiration pour Proust n'a jamais fléchi un seul instant. Sur l'homme lui-même, j'avoue que j'étais assez perplexe. Au début, je croyais qu'il n'avait aucune force profonde. Je me trompais. Il avait une énorme force profonde. Pas comme Whitman. Whitman avait un air de robustesse extérieure, mais on a le sentiment qu'il lui manquait cette profonde force d'âme. Peut-être veux-je dire par là qu'il était un peu sentimental. Son cœur saignait trop, et il le portait en écharpe. Quelle que fût sa magnificience, il lui manquait cette profonde force d'âme. Mais revenons à Proust. Vous autres étrangers, vous faites erreur. Je vous soupçonne de le révérer pour des raisons imaginaires. Il est erroné de prendre Proust pour un novateur. Il s'est contenté de faire ce que l'on avait souvent fait avant lui, mais il l'a fait avec un soin infini et une astuce inépuisable. Voilà ce qui importe, la précision et l'habileté, non point l'audace et la fanfaronnade. Chez Proust, on perçoit souvent l'écho de Benjamin Constant et Saint-Simon, voire une trace des *Confessions* de Rousseau.

— Mais ces merveilleux morceaux, dis-je, comme le désir de voir Venise, et les pavés...

— Magnifiquement fait, j'en conviens parfaitement. Je ne conteste pas que ce ne soit réussi. Mais tout cela se trouve entièrement à l'intérieur de la tradition française, et peut-être que vous ne vous en rendez pas bien compte, vous autres étrangers. Quant à l'homosexualité, mon Dieu, l'on hésite à s'appesantir sur elle, car souvent, chez l'inverti, elle tend à oblitérer le reste, pas *toujours* ni *tout à fait*, je ne veux pas exagérer car le pervers a souvent une étonnante virilité de vues, une impartialité objective qui manque à l'hétérosexuel ; mais pour l'artiste, il est capital de ne pas laisser cette anomalie, si vous tenez à lui donner ce nom — je suis loin d'être certain d'y tenir moi-même —, devenir une *cause célèbre* * ou une

* En français dans le texte. (N.d.T.)

Weltanschauung, voire un mode de vie exclusif ou obsessionnel. On pourrait la considérer comme une espèce de talisman, ou même un coup de chance, mais une chance et un talisman dont il ne faut jamais abuser. Il convient de la siroter très délicatement comme une vieille eau-de-vie fine. Il y a toujours ce risque, mais il faut absolument lui résister. Proust est parvenu de justesse à y résister, mais notre charmant ami Cocteau n'a jamais ne fût-ce qu'essayé d'y résister.

— Et Dostoïevski ? demandai-je avec une certaine nervosité.

— Ah ! bien sûr, il y a Dostoïevski. Il y a toujours Dostoïevski. Vous êtes un Slave, et je savais que vous alliez m'aiguiller vers Dostoïevski. Soit. A votre guise. Me voilà donc aiguillé vers Dostoïevski. Mais maintenant que j'y suis, je m'aperçois que je n'ai rien à en dire. J'en ai honte. J'en suis consterné. N'avoir rien à dire sur Dostoïevski !... Jadis, Dostoïevski m'était tout proche, il se trouvait au cœur de mes idées sur le roman, et je me fais l'effet d'un traître, de ne rien avoir à vous dire sur Dostoïevski. Récemment, j'ai relu Conrad. Je reste un fervent fidèle de Conrad. J'ai dédié mon propre *Voyage au Congo* à Conrad. Nous y voilà... Joseph Conrad, le moraliste aristocratique, fasciné par le *louche* *, le corrompu, le *ténébreux**, mais tout de même profondément horrifié, reculant devant le véritable aveu, effrayé d'affronter la bête dans la jungle. Et maintenant, considérez Dostoïevski. Il avait beau être négligent et sentimental, il était toujours face à face avec la bête dans la jungle. On entre dans son monde imprécis, qui n'est jamais tout à fait le monde réel ; ce n'est pas le monde de Tolstoï, d'une stupéfiante réalité extérieure. C'est un monde plus sombre, plus étrange, plus drôle et plus féroce, mais pas un seul instant on ne le croit réel. Il a sa propre réalité bizarre, mais c'est la réalité du conteur, d'un conteur très particulier, très ingénieux. De sorte que ses vues moralistes, pour passionnées ou puissantes qu'elles soient, nous frappent comme une simple phase de son propre songe macabre. Ce qui, bien sûr, est ce qui doit être. C'est cela qui fait un artiste. Vous m'avez donc bien ramené à Dostoïevski, en fin de compte !

* En français dans le texte. (N.d.T.)

J'éprouvais un curieux sentiment : que ces réflexions d'André Gide n'étaient point tant (pour vraies et convaincantes qu'elles parussent) une expression véritable de ses pensées et de ses convictions que l'expression d'une intimité passagère avec moi, pareille à celle d'un brillant joueur d'échecs avec un jeune adversaire anxieux.

Et j'éprouvais un autre sentiment. Au fur et à mesure que j'écoutais Gide, je me rendais compte à quel point tout cela était miraculeux : les mots, les groupes de mots, les parenthèses et les antithèses, les digressions et les sous-entendus. Se développant à travers les siècles pour décrire, convaincre, communiquer, puis proliférant en une infinité de motifs et de ramifications, mais n'en gardant pas moins une espèce de pureté étrange et primitive, en sorte que la voix du sauvage trouve encore son écho dans les paroles de l'érudit. En écoutant André Gide, je percevais sous la lucidité les gradations infinies d'incantations primitives.

Je demandai brusquement :

— Vous vous souvenez encore de Staline, M. Gide ?

Il serra ses pouces l'un contre l'autre.

— Ne manqueriez-vous pas un tout petit peu de tact ? Vous parlez presque comme un journaliste ! Il ne faut *jamais* devenir journaliste !

Son visage sévère et didactique, aux coups d'œil brefs et perçants, me faisait penser aux vers de Dante sur Brunetto Latini dont le regard évoquait celui d'un tailleur en train d'enfiler une aiguille.

— ...Mais oui, je me rappelle Staline. Il était debout derrière moi aux obsèques de Gorki. Il avait un beau visage sauvage, pareil à celui d'un bohémien assoiffé de sang ; il avait l'air un peu ivre ; c'était *peut-être* de vodka mais c'était peut-être aussi du parfum de sa propre férocité intérieure. Ce genre-là d'ébriété existe ; elle est séduisante mais aussi terrifiante, et Staline me rappelait cette merveilleuse histoire de Tolstoï, *les Cosaques.* Pourquoi diable ces gens de Stockholm ont-ils raté l'occasion ? Imaginez un peu ! Ils auraient pu tirer leur première salve en l'honneur de Tolstoï ; l'inimaginable prestige que ça leur eût valu !... Mais ils ont raté l'occasion, les imbéciles. Ils ont décerné le prix à Sully-Prudhomme. En se donnant beaucoup de mal, on peut soupçonner pourquoi ils ont négligé Proust ; mais il faudrait vivre à Stockholm pour comprendre pourquoi ils ont choisi Sully-Prudhomme ! Oui, c'est en 1936 que j'ai rencontré Staline aux obsèques de Gorki. J'ai aussi rencontré Molotov, mais on a tendance à oublier Molotov. Staline était manifestement ivre, mais il était timide, assez beau, et j'ai été positivement charmé. C'est plus tard que j'ai ressenti la répugnance, l'horreur et le dégoût.

Il y eut un sombre petit silence. Soudain, la face de Gide devint pendante, comme si l'on avait attaché un poids à ses joues et à son menton.

Je tâchai de changer de sujet :

— Vous avez toujours adoré Chopin !

Il eut un sourire de soulagement et me considéra avec tendresse.

— Avec Chopin, il faut prendre garde. Il est criminel de trop mettre dans Chopin. Ou même dans Mozart. Ou *même* dans Beethoven. Mais avec Beethoven, on ne peut s'en empêcher. Avec Mozart ou Chopin, il faut éviter comme le choléra le moindre soupçon d'élaboration. C'est bizarre, les paysans. Je considère Mozart comme un paysan. Il y a chez les paysans quelque chose de terrestre qui les protège contre la vulgarité. A propos de paysans, il y a quelque chose en *vous* de très paysan. Je décèle dans vos yeux une astuce paysanne et une innocence paysanne. Elles vont souvent de pair. C'est peut-être une qualité slave. J'ai beaucoup aimé *les Asiatiques.* Merci de me l'avoir envoyé, mais Gaston Gallimard m'en avait déjà donné un exemplaire. C'est audacieux mais ambigu ; vous avez emprunté à Gobineau et Montesquieu ; il y a peut-être une pointe de Perse ; il y a même une bouffée de *Candide.* C'est brillant mais en même temps curieusement paysan, et cela présente ce caractère terrestre si manifestement slave. Or, Beethoven n'était *pas* un paysan. Si magnifique soit-il, il y a toujours ce relent de bourgeoisie. Je ne crois pas qu'Arthur Rubinstein sache jouer Beethoven. Il est trop grandiose, trop impersonnel, trop aristocrate. Ni Horowitz. Même Horowitz se trompe sur Beethoven. Il lui manque l'*Innerlichkeit* allemande. Beethoven est splendide, mais rappelez-vous que cela sent toujours le *Kaffeeklatsch*, et que l'on ne doit jamais être un snob ou un aristocrate avec Beethoven.

— Walter Gieseking ?

— A Gieseking, laissons notre Debussy.

— Artur Schnabel ?

— Oui, Schnabel était dans la tradition du *Kaffeeklatsch.* Il avait cette *Innerlichkeit* bourgeoise, et il savait jouer Beethoven.

— Une dernière question, M. Gide. Quels étaient vos sentiments sur Oscar Wilde ? Je ne les noterai pas si cela vous ennuie.

— Notez, notez ! Il n'y a rien là de honteux ! Pauvre vieux Wilde, que dire ? Il était bouffi, tremblotant. L'on ressentait de la pitié pour Oscar Wilde. Il mendiait positivement la pitié. Jusqu'au bout, il a été courageux, mais on avait le sentiment qu'il mendiait de la pitié. J'éprouve encore du remords au sujet de Wilde. Le soir, il se rendait tout seul au « Rugby » pour contempler, les yeux hors de la tête, ces gigolos mangés aux mites. Ou si ce n'était pas « Le Rugby », c'était là-bas, rue de Lappe. Si ce n'étaient pas les gigolos de troisième ordre, c'étaient les proxénètes et les voleurs à la tire. Il habitait un petit hôtel, rue des Beaux-Arts. A moins que je ne me trompe ? Était-ce rue d'Alsace ? Je crois au destin, et le destin de Wilde était de mourir rue d'Alsace, à moins que ce ne soit rue des Beaux-Arts. Il est mort en 1900, et vous devez connaître l'histoire. Il n'y eut que sept personnes à suivre le cercueil. C'était par une sombre journée de novembre ; il y avait des couronnes sur la bière ; une seule couronne avait le courage de porter une inscription. C'était la couronne du patron de son hôtel ; on y pouvait lire : *« A mon locataire * ».* Assez brutale, toute cette affaire. Les Anglais sont bien gentils mais hélas ! leur gentillesse est fort sélective. Il se peut que les vers de Wilde soient mauvais, et j'ai trouvé *Salomé* indigeste, mais faire toute cette histoire au sujet d'une banalité comme la sodomie !... Plus tard, on a transféré le corps de Wilde au Père Lachaise. Du moins était-ce un geste, et Epstein a fait un monument. Les Français ont du moins le sens du cérémonial et du respect. Mais les Anglais... quelle histoire, pour une bagatelle comme la sodomie !

* En français dans le texte. (N.d.T.)

Je pris congé de Gide et regagnai à pied le fleuve, qui était maintenant d'une sombre et suicidaire tristesse. Aucun fleuve au monde n'est aussi triste que la Seine. Elle coule entre ses rives, opaque, inconsolable, comme si toute la joie du monde était morte et que l'amour se fût métamorphosé en souffrance. Le quai Voltaire commençait à scintiller, non de manière accueillante, mais d'un air morne, et les clochards, le long du quai, se couvraient le corps de vieux journaux.

Le manteau de deuil

Je m'attardai plus longtemps que d'habitude à Paris. J'aimais de plus en plus la lumière brumeuse de Paris. Elle semblait dire que toute tristesse avait ses propres consolations, si abstruses, solitaires ou excentriques fussent-elles.

Je séjournais au Saint-James et d'Albany, rue Saint-Honoré, où ma chambre était tapissée de paisley, et les toilettes, peintes de géraniums. Je prenais le petit déjeuner dans une cour où s'ébattait une fontaine, et dans la chambre au-dessus de la mienne, une dame jouait les valses de Chopin.

Il m'arrivait de penser à l'Amérique. Je me sentais fort éloigné de l'Amérique. Ma famille s'était désagrégée après la mort de mon père, et ma mère seule continuait de m'écrire fidèlement. Elle souffrait de la maladie de Parkinson, qui l'empêchait d'écrire à la main ; aussi acheta-t-elle une vieille machine à écrire, et dactylographia-t-elle ses messages lettre par lettre, amoureusement, laborieusement ; elle me suppliait de porter des caoutchoucs par temps de pluie, et d'épais caleçons longs dans ce froid climat parisien. Elle incluait un bleuet fané, ou une vieille photographie où l'on me voyait enfant, en costume marin démodé.

Je répondais ponctuellement à ses lettres, y joignant un instantané de moi-même aux Tuileries, un brin de muguet, voire l'article d'un critique célèbre. Peu à peu, mon amour pour ma mère devenait plus significatif et plus tendre, comme si les fleurs et les photographies avaient acquis un mystérieux pouvoir.

Mais le curieux, c'est que cet approfondissement de mon amour pour ma mère, loin d'être rendu artificiel par les fleurs et les photographies, s'en trouvait renouvelé, avivé comme si ma mère était entrée dans la chambre, et comme si elle avait posé les doigts sur mes épaules.

Par les journées de soleil, je me promenais au *marché aux timbres* * de l'avenue Gabriel. Les timbres, comme les fleurs ou les photographies, m'apportaient une consolation cumulative. Je ne collectionnais que ceux qui représentaient des papillons, ou ceux qui étaient des reproductions de peintres illustres, tels que les timbres belges de Rubens, les timbres espagnols de Goya, les timbres norvégiens de Munch, ou les timbres hollandais de Rembrandt.

Un jour, je flânais au Palais-Royal. Je tombai en arrêt devant une vitrine, sous une longue galerie obscure. Il s'agissait d'un marchand de timbres, et des timbres intéressants étaient en montre. L'un figurait le port de La Rochelle, peint par Vernet. Déjà, je possédais ce timbre dans ses deux variétés sombre et pâle, mais de celui-ci me frappa le ton de bleu extraordinairement vif (*outremer vif* *, indiquent les récents catalogues).

J'entrai acheter le timbre pour l'équivalent de quatre dollars. Cela se révéla être l'unique bonne affaire de mon existence. Cet *outremer vif* *, variété d'une extrême rareté, est maintenant coté à six mille dollars. Mais si cette couleur attira mon regard, ce fut plus qu'une simple chance, car je fus toujours attiré comme par un aimant vers le bleu vif des papillons brésiliens.

Des petits garçons jouaient au cerceau dans la grande cour ensoleillée, et les nourrices poussaient leurs voitures d'enfant bordées de dentelle. Les sombres arcades, au fond, avaient un air de corruption, mais la vaste pelouse ensoleillée avait un air d'innocence révolue. Les enfants ressemblaient à ceux d'une toile de Renoir. Leurs bonnets étaient blancs comme des lis, leurs rubans brillaient comme des roses, et le ciel, là-haut, tournait à l'*outremer vif* *.

* En français dans le texte. (N.d.T.)

Poursuivant ma promenade, j'aperçus à une fenêtre un visage familier. Il paraissait lointain et pourtant étrangement proche avec ses joues pareilles à du crêpe, ses cheveux laineux et ses yeux aigus, spirituels, aux aguets dans leurs orbites pourpre foncé. En la reconnaissant, je lui fis signe de la main, et elle me rendit mon salut distraitement.

Je lui criai :

— Puis-je monter jeter un coup d'œil à vos papillons ?

Elle eut un instant de perplexité, puis me répondit gaiement :

— *Bien sûr ! Mais naturellement* *! Montez donc, que je vous montre mes papillons !

Je lui avais déjà écrit que je viendrais la voir, et pour plus de sûreté lui avais envoyé *Sept fugitifs,* publié par Gallimard dans une belle traduction nouvelle. Des années auparavant, Marguerite Yourcenar avait traduit *The Seven Who Fled,* mais cette traduction s'était perdue lors de l'invasion de Paris par les Allemands. La nouvelle traduction était due à deux femmes, Rose Celli et Joan Smith, dont Gaston Gallimard m'assura qu'elles étaient d'une probité marmoréenne.

Je tournai en hâte l'angle de la rue de Beaujolais, grimpai l'escalier, et actionnai la sonnette jaune. Une femme en robe à pois m'ouvrit la porte et m'introduisit dans le « studio », petite pièce encombrée de coussins et de livres, outre un vase de roses et une boîte de papillons.

Elle était là elle-même, étrangement solennelle parmi ses coussins, pas du tout ce à quoi je m'attendais : triste, maigre et très ridée, avec des poches sous ses yeux de la couleur des violettes. Ses cheveux semblaient roussis à la flamme. Sur les épaules, elle portait une écharpe de soie marron ; sous la soie, je distinguais la forme de ses épaules osseuses, qui semblaient fléchir sous le poids des joies passées et des misères présentes. Cette écharpe marron foncé avait un air un peu cérémonieux ; elle pendait sur ses épaules comme la nappe d'un autel, et cette vision de Colette avait de la grandeur aussi bien que de la tristesse. Ses rides devenaient éloquentes, comme la calligraphie d'un recueil de cantiques.

* En français dans le texte. (N.d.T.)

— Vous avez l'air étonné, dit-elle d'une voix rauque. Vous attendiez-vous à trouver quelqu'un d'autre ?

— Je m'attendais à quelqu'un de souriant. Je vous ai toujours imaginée souriante !

— Mon Dieu, il m'arrive encore de sourire, quoique moins qu'autrefois. Je souris des petites choses bizarres qui me surprennent.

Un sourire sagace, brisé, déforma son visage hagard. Mais alors, comme par magie, les rides s'éffacèrent, et la vieille face rusée s'illumina d'espièglerie ensoleillée. Ce passage soudain de la peine à la moquerie me surprit.Était-il spontané ou bien artificiel ? A moins que la peine ne fît partie de la moquerie ?

Elle se pencha un peu en avant pour scruter mélancoliquement mon regard. Elle me regardait avec une concentration divinatoire. Puis elle haussa nerveusement les épaules, jeta un coup d'œil aux roses, et caressa la soie gris souris qui pendait de ses genoux dévastés.

— ...Je suis devenue plus difficile à amuser, je suppose. A moins que les choses amusantes ne soient plus rares.

— Pourtant, vous venez d'avoir l'air amusée !

— Il y avait quelque chose que je trouvais amusant.

— Quoi donc ?

— Vous. Vous aviez l'air si gauche et si enfantin !

Je me mis à rire.

— C'est toujours agréable de s'entendre qualifier d'enfantin !

— Mais avez-vous une idée précise de ce qu'est véritablement un enfant ? Je suis sûre que non. Comment le pourriez-vous si vous êtes enfantin ? Pour comprendre un enfant, il faut devenir un *vieil* enfant.

Son visage se durcit en une sombre sévérité de vieille fille. J'avais le sentiment de la connaître depuis des années.

— ...Vous êtes assis là, absurdement enfantin et peut-être un peu gauche, bien que je soupçonne cette gaucherie d'être une affectation. Mais l'aspect enfantin n'est sûrement pas une affectation. Êtes-vous un Américain typique ? Je suis sûre que non. Peut-être qu'il n'existe pas d'Américain typique. Tournez votre figure vers la fenêtre : je veux l'examiner avec soin. Non, ce n'est certainement pas une figure d'Américain typique.

— Vous avez parfaitement raison, madame. Il n'existe pas d'Américain typique. Les Américains ont beau paraître typiques en surface, avec leur mâchoire bien découpée et leur expression idéaliste, au-dessous il y a un chaos de décadence et de sauvagerie.

Ses lèvres s'incurvèrent en un sourire — maussade, protecteur, masculin. Cet éclair de masculinité sembla rehausser sa féminité, la mettre en relief et jeter sur elle une lueur équivoque. Je surpris dans ses yeux une expression de reconnaissance souterraine, comme si une parenté coupable avait surgi entre nous.

— Essayez-vous de m'impressionner avec ce bavardage sur la décadence ? Je suis persuadée qu'il n'y a rien de véritablement décadent chez les Américains. Ils peuvent paraître décadents en surface, mais ce n'est là qu'un tour de force. Peut-être qu'ils s'ennuient. A moins qu'ils ne se sentent frustrés. Mais de toute façon, la véritable décadence existe-t-elle vraiment ? Au cours de ma vie, j'ai rencontré des gens très bizarres, qui s'abandonnaient à des *faiblesses* * fort excentriques, mais je me rends compte rétrospectivement qu'il n'y avait rien là de bien sinistre. *Nihil humanum mihi alienum est* ; ou peut-être faudrait-il dire : *Nihil humanum mihi horribile est.* Je suppose que vous êtes venu me poser des questions. Tous les Américains que j'aie jamais rencontrés veulent me poser des questions.

— C'est curieux, mais je m'aperçois que je n'ai aucune question à vous poser !

— Alors, inventez-en une. Tâchez de me poser une question charmante. Mon restaurant préféré à Paris ? Le Grand Véfour, bien sûr. Ils sont toujours très gentils avec moi, soupçonneusement gentils à la vérité. Ils me considèrent aujourd'hui comme une légende très fragile. Ils me réservent toujours une petite table douillette, dans le coin ; je désigne le carreau de la fenêtre en disant : « Avez-vous toujours de la limonade ? On croirait que vous recevez encore le vieux roi Édouard VII ! » Toujours la même plaisanterie éculée, dont ils rient toujours poliment. Alors, ils m'apportent une délicieuse glace au cassis, que j'adore, dans une petite coupe spéciale,

* En français dans le texte. (N.d.T.)

peinte de roses et de capucines. Je n'aime plus Maxim's. La Pérouse me donne de la claustrophobie. Je préfère ces humbles endroits, là-bas, à Venise et La Napoule... une savoureuse *bourride* *, par exemple, que je préfère à la *bouillabaisse**, ou bien un *loup grillé** au fenouil — quelle merveille ! Mais mon poisson le plus cher est le turbot, à son apogée dans un nid d'oseille ; et n'oublions pas les célestes *aubergines**...

Elle eut un sourire cadavéreux.

— ...Non que je revoie jamais Venise, sans parler de manger du turbot dans un nid d'oseille !

La douleur lui contracta les joues, un spasme électrique. Puis elle dit :

— ..Je suppose que vous préféreriez parler de livres ?

J'avais lu *la Naissance du jour* deux semaines seulement auparavant ; ce roman faisait paraître Colette très réelle et très proche. Elle était l'un de ces artistes dont l'art s'était approfondi avec l'âge. Pourtant, je sentais qu'il s'agissait moins d'une réaction à un approfondissement de l'expérience que d'un secret inhérent à la nature même du génie. L'énigme est la suivante : la splendeur de l'art d'un artiste croît-elle en réponse à l'intensité de son expérience, ou l'approfondissement de la réponse à la vie est-il en réalité fonction du génie inné de l'artiste, instinctive exploration en vue d'alimenter l'instrument qu'est son style et de fournir de quoi nourrir dignement son art de plus en plus profond ? Santayana avait fait allusion à cette énigme, ainsi que Thomas Mann. Qu'est-ce qui vient en premier, l'œuf de l'art ou la poule de l'artiste ? Ou plutôt, le génie de l'artiste ou le trouble intérieur qui nourrit son art ?

— Mon préféré de tous est *la Naissance du jour,* dis-je avec politesse.

— C'est gentil à vous, mon chéri, d'avoir une préférence, mais nous avons tous nos préférences. Il faut que je réfléchisse à la mienne. Pas *Chéri,* cela va sans dire, bien qu'il y ait là un je ne sais quoi... Segonzac l'appelait un sens de la tristesse imprévisible. *La Vagabonde,* je suppose. Il est rare que je me regarde au miroir, mais quand je le fais j'y distingue encore des traces, très effacées, de vagabonde.

* En français dans le texte. (N.d.T.)

Son visage se fit très sévère, se durcit jusqu'au type. Dans ses yeux la lumière s'éteignit, et elle me considéra avec amertume. Sa voix baissa jusqu'à un genre de mélopée sentimentale, comme si elle répétait quelque chose qu'elle avait souvent dit auparavant :

— ...Je me représente toujours un roman comme un soufflé à point ; pas assez cuit, il est gluant ; trop cuit, il est desséché. Je pense à *Adolphe,* à *la Princesse de Clèves...*

— Et à Radiguet, peut-être ?

Mais elle ne parut pas m'entendre.

— Jean Marais était un beau Chéri mais je ne pouvais m'empêcher de me poser des questions. Cette touche de narcissisme sensuel, tout cela, c'était la faute de Jean Cocteau, mais c'est une chose que d'être passionnément aimé par un homme plus âgé, et c'en est une toute autre que d'être passionnément aimé par une femme plus âgée...

Soudain, elle se pencha en avant, et de nouveau me regarda profondément dans les yeux ; ses propres yeux injectés de sang s'animèrent de suspicion.

— ...A propos, qui donc êtes-vous ?

— Je vous ai envoyé un livre, l'autre jour.

Elle se radossa et ferma les yeux.

— Ah ! bien sûr. Je me souviens; tout ça, c'était sur le désert et les montagnes d'Asie. Ce livre m'a plongée dans la perplexité. Avez-vous, un jour, fui à travers la Chine ?

— C'étaient sept autres personnes, répondis-je d'un ton d'excuse.

— Six hommes et une femme très belle. Au milieu de la nuit. Au milieu de l'Asie !

Sa voix devint presque une voix d'insecte tandis qu'elle chuchotait le mot *Asie* *, comme si elle s'était mentalement transportée au désert de Gobi.

Puis son visage s'éclaira tout d'un coup :

— ...Ah ! oui, bien sûr, les papillons... Je n'ai rien de spectaculaire, rien de brésilien ni de javanais, uniquement ces chers papillons gaulois qui prolongent de petits souvenirs. J'adore *le paon de jour** et, bien entendu, *le flambé**, mais mon favori a

* En français dans le texte. (N.d.T.)

toujours été *le morio**, que vous appelez, je crois, *the Mourning Cloak* [le Manteau de deuil]. Si funèbre et velouté, il me rappelle l'enfance... Comme du chocolat que l'on vient de verser, avec de la crème au bord, et, dessous, ce juponnage de fin brocart noir !...

Elle posa la boîte sur la table, et la considéra d'un air de fête ; ses doigts jaunes et desséchés se mouvaient intensément sur le verre. Puis elle me regarda et sourit. C'était un rictus sec, brisé, mais dans ses yeux il y avait une lueur de tendresse terrifiée.

* En français dans le texte. (N.d.T.)

La mort de Henry James

Trois jours plus tard, je pris ma voiture et remis le cap sur Rome. Je passai la première nuit à Auxerre, la deuxième en Avignon, la troisième en Alassio, et, le quatrième soir, j'atteignis Florence.

A propos de Florence, c'était bizarre. Cela se produisait chaque fois. Quand j'arrivais au bord de l'Arno (je descendais le plus souvent au Berchielli), cela semblait spacieux, accueillant comme un chez-soi à demi oublié. Après avoir garé ma voiture, je courais presque au Ponte Vecchio à seule fin de regarder les orfèvres accroupis dans leurs échoppes. Après dîner, je retournais au Ponte Vecchio, et me tenais debout sous les étoiles, à côté du buste de Cellini.

Mais au bout d'une journée à peine, j'étais pris de claustrophobie. Même au printemps, même en automne, l'air devenait suffocant. Je soupirais après les pinèdes et la fraîcheur des monastères ; j'allais en voiture à Impruneta regarder le Tabernacle. Ou je grimpais à San Domenico, aux arcades Renaissance, et poursuivais jusqu'à Fiesole, avec son vieux monastère franciscain. Après dîner, j'allais rôder parmi les pins des Cascine, où les soldats erraient, mendiant des cigarettes américaines.

Par un chaud matin sans souffle d'air, je pris la route pour Vallombrosa. Sur mon chemin se trouvait Pontassieve ; je consultai mon Baedeker périmé :

20 km. *Pontassieve,* au confluent de l'Arno et de la Sieve, a dans son église une Madone de Fra Angelico. L'omnibus (21 lires) monte à Saltino (Grand Hôtel, pension 50 lires), belle vue. A 1/2 heure à pied, *Vallombrosa* (Hôtel Demeniale, pension 45 lires), station estivale avec un célèbre *monastère* (aujourd'hui, école forestière), fondé par saint Jean Gualberte (voir p. 365). Milton a séjourné à l'hôtellerie en 1638 (plaque apposée en 1925) ; les bois de pins environnants sont les « ombrages étrusques » de *Paradis perdu.* L'église conserve un tableau de Raphaël représentant cinq saints.

J'allai voir consciencieusement la *Madone* de Fra Angelico et le célèbre monastère transformé en école forestière. Puis je regardai les saints de Raphaël, et me promenai dans les bois de pins dont les aiguilles sèches, odorantes, craquaient sous mes pas.

Je parvins à I Tatti à midi et demi, à l'heure pour le déjeuner. Les autres invités faisaient les cent pas au jardin.

Lady Colfax déclara :

— J'ai résolu d'écrire un roman. Pas un de ces romans de type monologue intérieur, bien que mon goût me porte à l'avant-garde, mais quelque chose de plus traditionnel, dans le style de Jane Austen.

— Pourquoi pas George Eliot, ma chère ? demanda Nicky Mariano, secrétaire de Berenson. George Eliot était effroyablement intelligente ; jamais il n'y eut au monde femme plus intelligente.

Nicky était une femme de cœur ; elle avait l'aspect vif et chaleureux d'une *Hausfrau* bavaroise.

— Ce n'est pas mon intelligence que je souhaite faire passer à la postérité ! C'est mon don de la repartie et de la saillie, comme dans *Emma,* dit Lady Colfax.

Bernard Berenson apparut parmi les buissons comme un *deus ex machina,* et nous gagnâmes par petits groupes, entre les massifs de fleurs, la salle à manger. A l'intérieur d'I Tatti, il faisait délicieusement frais. Les saints et les anges peints semblaient écouter dans leurs cadres, sur le *qui-vive* * pour une attribution discutable ou une évaluation excessive.

* En français dans le texte. (N.d.T.)

Nous nous assîmes à la longue table sombre, chuchotants et solennels comme pour un cérémonial. Il y avait des gnocchi à la romaine et un gros *vitello tonnato,* rôti de veau arrosé d'une sauce au thon épicée.

Bernard Berenson, à l'origine, s'appelait Bernhard Valvojenski. Après avoir étudié à l'École latine de Boston et à l'université de cette ville, il finit par aller à Harvard où il devint épiscopalien. Plus tard, une fois célèbre, il fut admis au sein de l'Église romaine.

C'était un petit homme fragile à la barbiche dolente, à la bouche sagace et dédaigneuse, et dont les yeux brillaient d'une lueur équivoque. Il appartenait à une époque (à moins qu'il ne se fût immergé dans une époque) où il est grossier et provincial d'appeler un chat un chat, que ce soit en matière théologique, culturelle ou érotique. Cela lui avait aiguisé l'esprit, l'avait rendu d'une subtilité acide, et, quoi qu'il dît, l'on sentait qu'il voulait dire exactement le contraire.

Il dit à Lady Colfax :

— Vous devriez apprendre à écrire comme Thackeray. Renoncez à cette absurdité concernant Jane Austen. Jane Austen ne me donne jamais le fou rire. Dickens était un vulgaire caricaturiste, mais Thackeray possédait un style. On peut ne pas aimer ce style, Thackeray était poseur, mais il réussit à me donner le fou rire. Si un écrivain ne parvient pas à me donner le fou rire, il appartient aux catégories inférieures. Dostoïevski me donne le fou rire. Même Tchekhov, de temps à autre. Mais Hardy... bonté divine, qui donc a jamais eu le fou rire à la lecture de *Tess d'Urberville ?*

— Je pensais à George Eliot, déclara Nicky sur un ton d'excuse.

— George Eliot était un bas-bleu. Elle appartient aux catégories inférieures. Au bout du compte, l'intelligence n'est pas tout. Je n'ai jamais eu le fou rire en lisant *Silas Marner.*

Je pris la parole :

— Avez-vous jamais eu le fou rire en lisant Henry James, Mr. Berenson ?

— J'ai eu le fou rire *involontairement* en lisant Henry James, répondit Bernard Berenson. C'est-à-dire que j'ai eu le fou rire pour des choses qui n'étaient pas destinées à donner le fou rire. Il y a des fous rires chez Henry James, mais ils n'étaient pas destinés à être des fous rires. Et maintenant, chez Proust... là, les fous rires étaient destinés à être des fous rires, bien que, dans la scène de la flagellation du baron de Charlus, je ne sois pas certain que l'hilarité fût totalement intentionnelle.

— Vous auriez dû être romancier, mon cher, dit Lady Colfax.

Le vieil homme, comme piqué par un moustique, fit une légère grimace.

— Peut-être avez-vous raison, Sybil. J'aurais peut-être été un romancier hilarant...

Au dessert, une coupe de profiteroles au chocolat, je l'interrogeai sur les saints de Raphaël à Vallombrosa.

— Est-il certain qu'ils soient de Raphaël ?

— Rien n'est certain, à Vallombrosa. Il y a des jours où, quand je me réveille, tout paraît furieusement faux. Il y a des moments où je voudrais ne m'être jamais tracassé pour la peinture. Parfois, je suis plein d'un affreux sentiment de frustration, à moins qu'il ne s'agisse de confusion ; ou peut-être devrais-je dire corruption.

Nous nous levâmes de table et passâmes au salon. La conversation tomba sur Picasso, et Berenson dit aigrement :

— Il y a une chose, au sujet de Picasso. Il est effroyablement facile à imiter. Et non seulement à imiter, mais même à *fabriquer*. Dans un siècle d'ici, il y aura pléthore de faux Picassos, en dehors des milliers de Picassos authentiques. Il y aura des millions de Picassos, et qui distinguera les faux des véritables ? Même sa signature est désastreusement facile à imiter.

Berenson me lança un coup d'œil d'une allégresse diabolique. Son bouc frémissait légèrement ; ses sourcils convergeaient ; ses doigts s'agrippaient à ses genoux comme des chenilles.

— ...Et voilà le hic, avec ces modernes, ronronnait-il, satisfait. Prenez Vlaminck. Prenez Utrillo. Ils sont absurdement faciles à imiter. Dans cent ans d'ici, qui distinguera un faux d'un vrai ? Or, avec Piero di Cosimo ou Carlo Crivelli...

Chaque fois que Berenson venait à Rome, il descendait à l'Hôtel de la Ville, agréable vieil hôtel situé au sommet de l'Escalier d'Espagne. Il occupait toujours la même chambre en désordre, au dernier étage. Tapissée de toile d'emballage dorée, elle avait une vue magnifique sur les pins, et son propre arôme riche de toile pourrissante, comme la voile d'un vaisseau qui a traversé des mers tempétueuses.

Je l'emmenai en voiture déjeuner sur la Via Appia Antica, à une terrasse proche de la tombe de Cecilia Metella. Il paraissait plus frêle qu'auparavant, et la lueur de ses yeux s'était éteinte. Sa voix avait perdu son mordant ; sa barbiche elle-même avait dépéri.

— Vous ne vous sentez jamais exilé, ici, en Italie, Mr. Berenson ?

— Toute ma vie, je ne suis senti exilé. Je me suis vautré dans la condition d'exilé. L'exil répand une pincée de paprika sur un caractère. Mais vous avez raison. On se lasse d'être un exilé solitaire.

— Vous n'êtes sûrement pas solitaire !

— Si, je le suis. Affreusement solitaire ! Ma vie entière a été une suite de poses subtilement calculées ; en fin de compte, les poses sont devenues instinctives, et mes frémissements les plus profonds se sont transformés en poses. Effroyable, n'est-ce pas ?

— Henry James a dû éprouver cela, j'imagine, dis-je.

— C'est bien possible. Il doit avoir eu le sentiment de devenir de plus en plus frauduleux. Je ne considère pas cela comme une critique, car il y a maintes variétés de fraudes. Certaines sont vulgaires et ridicules, d'autres subtiles et patriciennes. Henry James a fini par être un authentique patricien ; sa fraude suprême fut à la fois exquise et touchante. Je me le représente à son lit de mort, en train d'attendre la « chose véritablement distinguée ». Même son ultime *timor mortis* avait un caractère aristocratiquement frauduleux. Comme je dis, tous les grands artistes ont leur fraude particulière. Regardez autour de vous. Même Vermeer... cette miraculeuse immobilité où l'on retient son souffle !... Même la lumière du soleil, chez Vermeer, présente un caractère magiquement frauduleux.

Qu'est-ce que la magie, après tout, sinon une jolie fraude inspirée ?

C'était exactement le genre de propos que j'avais attendu de sa part. Dans ma poche, je sentais mon crayon se mettre à fémir d'excitation.

Je demandai timidement :

— Voyez-vous un inconvénient à ce que je note cela, Mr. Berenson ?

Je sortis mon crayon, et regardai Berenson avec une expression d'expectative.

— Noter cela ? Grand Dieu non. Vous risqueriez de me citer. Cela serait gênant.

— Je ne vous citerai pas si vous ne le souhaitez pas. Mais cela me semble un peu dommage. Ces étonnants *aperçus* *... ça serait dommage de ne pas les conserver.

A la vitesse de l'éclair, l'expression de son regard se modifia. Son bouc reprit vie, légèrement diabolique.

— Étonnants *aperçus** ! C'est bien comme ça que vous les appelez ? Cela sonne positivement jamesien. Soit. Notez-le. Que ces joyaux de la sensibilité soient donc embaumés et immortalisés !

Je les notai avec fidélité, puis demandai discrètement :

— Il n'existe aucun artiste, dites-vous, qui ne présente un caractère un tantinet frauduleux ?

Il réfléchit quelques instants. Puis il eut une petite toux.

— Seulement Cézanne, je suppose. J'ai beau chercher, je ne vois pas la moindre fraude. Seul, Cézanne s'abstient de tous trucs et manipulations. Rappelez-vous, même Rembrandt a ses trucs et manipulations. Après tout, que sont les passions et les désespoirs d'un grand artiste, fût-il Rembrandt, Michel-Ange ou même notre cher ami Henry James, sinon de l'eau au moulin de sa noble fraude inspirée ?

Il se tut un moment. Puis il me considéra avec attention.

— ...Et que ferez-vous de tous ces méchants petits gribouillages ?

J'éclatai de rire.

— Oh ! je les serrerai dans mon porte-documents. J'ai

* En français dans le texte. (N.d.T.)

acheté un beau porte-documents, jadis, à Paris. Il est en cuir bleu doublé de soie noire. Je fourrerai dans mon porte-documents toutes ces fines perles de sagesse.

— Je vois.

— Ça vous ennuie?

— Pas à ce point-là, répliqua-t-il. Pourtant, je préférerais qu'il s'agît de vraies perles au lieu de perles artificielles.

Il s'assit bien droit et frappa sur la table, comme afin de rappeler une classe à l'ordre.

— ...Il ne faut pas être trop vétilleux, c'est la morale de l'histoire. Il faut essayer de *minimiser.* Il faut tâcher de *disculper.* A quoi bon chercher tout le temps la petite bête? J'ai passé ma vie entière à chercher la petite bête, et j'en suis écœuré, fatigué!

Je le déposai à l'Hôtel de la Ville à quatre heures.

— ..J'ai trop parlé, aujourd'hui. Je suis complètement *épuisé* *, déclara-t-il. Il faut apprendre à ne rien dire, à laisser les choses essentielles non dites. Voilà le secret de la condition d'expert, que ce soit en art ou en relations humaines!

De la porte cochère de l'Hôtel de la Ville, il agita la main en signe d'adieu; il paraissait très fragile, comme une poupée toute fêlée. Il semblait avoir un besoin désespéré de restauration et de protection. Sa petite figure de porcelaine avait l'air très solitaire, abandonnée, et son costume de flanelle noire flottait dans la brise ainsi qu'un épouvantail.

* En français dans le texte. (N.d.T.)

Le rameau d'or

La princesse Caetani était une belle Américaine entrée par mariage dans une famille d'aristocrates romains. J'appris que les trois plus grandes familles de Rome étaient les Colonna, puis les Orsini, puis les Caetani. Des trois, les Colonna passaient pour les plus grandiloquents, les Orsini pour les plus déroutants, et les Caetani pour les plus dévots.

La princesse habitait un palais de la Via Botteghe Oscure. Cette rue devait son nom à ses anciennes boutiques médiévales de marchands de vin. A Paris, la princesse avait édité une revue intitulée *Mesures*; maintenant, à Rome, elle éditait les *Botteghe Oscure*. C'était un gros périodique blanc d'un intellectualisme impressionnant qui publiait des vers obscurs en anglais, français et italien, avec, de temps à autre, une friandise venue de Grèce ou d'Argentine.

T. S. Eliot, arrivé à Rome, séjourna au palais Caetani. Ce fut un événement fort élégant ; les gens de lettres furent conviés à dîner. Ronald Bottrall était là, ainsi que Roger Hinks. Emilio Cecchi était là, ainsi que le grand professeur Praz. Après dîner, Eliot nous lut quelques-uns de ses poèmes. Il lut « Gerontion », « Marina » et « Le voyage des Mages ».

Je le suppliai de lire la première partie de « Mercredi des Cendres », que je considérais comme un poème d'une incomparable beauté. Mais il répondit :

— Vous êtes bien aimable. Mais pardonnez-moi. Je suis très las.

Je lui déclarai :

— Demain matin, je vais en voiture au lac Nemi. J'essaierai de trouver le Rameau d'or. Le professeur Praz affirme qu'il est toujours là. Il se dresse toujours sur la rive. Vous plairait-il de m'accompagner ?

— Avec joie. J'espère, ajouta-t-il, que je serai un peu moins las.

J'avais rencontré pour la première fois T.S. Eliot quatorze ans plus tôt à Londres, quand j'étais allé le voir à son bureau de Russell Square. Il avait publié deux poèmes de moi dans sa revue, *The Criterion,* et j'avais imprimé deux poèmes de lui (« Virginia » et « New Hampshire ») à Bryn Mawr. A mon entrée dans son bureau, je m'attendais à une austérité froide ; mais je vis un homme mince, très doux, très modeste, assis dos à la fenêtre en sorte que son visage était caché dans l'ombre. Il avait l'air effrayé par les bruits de la rue. Ses mains ressemblaient à des tentacules infiniment sensibles. Maintenant, quatorze ans plus tard, il n'avait presque pas changé. Il était toujours pâle et timide, avec des oreilles et des doigts sensibles à la douleur. Seuls étaient nouveaux les sillons de fatigue, sur son front, ainsi qu'une certaine courtoisie étudiée.

Le lendemain matin, nous partîmes donc pour Frascati, Marino, Genzano, et enfin Nemi. Le lac s'étendait au-dessous de nous, profond et primordial, enserré dans son cratère. Pour une légende antique, cela paraissait l'endroit idéal. Je garai la voiture à l'ombre, sur la crête qui dominait le lac, et nous descendîmes le sentier abrupt qui serpentait jusqu'à la rive.

Sans cesse, je me retournais pour crier à Eliot : « Soyez prudent ! » et « Êtes-vous fatigué ? » Eliot me criait en réponse : « Je fais attention ! » et « Je ne suis pas las ! »

Près de la rive, des paysans cueillaient des fraises sauvages, les célèbres *fragolini* de Nemi, renommées pour leur saveur. J'en achetai un carton ; nous les mangeâmes à l'ombre, puis nous remîmes en route et parvînmes au bord du lac Nemi.

— J'ai tout calculé, dis-je. A cent mètres du sentier. Au-delà des rochers ; derrière les buissons. Le professeur Praz était parfaitement explicite.

Un frisson d'inquiétude me parcourut tandis que nous marchions vers le bosquet protégé par une phalange de rochers tachetés de lichen. Je sentais l'âcre odeur animale qui planait sur les arbustes. Je lançai à Eliot un coup d'œil nerveux. Il avait l'air tranquille et discret.

Nous coutournâmes les rochers puis nous glissâmes derrière les buissons. Dans un creux se dressait un très vieux chêne, gris, calamiteux. Je sentis que c'était l'arbre fabuleux du Rameau d'or, considéré comme le cœur de toutes les légendes de l'Antiquité. J'étais malade de déception. L'arbre avait l'air minuscule, quelconque. Il ne ressemblait pas du tout à la *fons et origo* des légendes païennes. De petits champignons poussaient sur le tronc de l'arbre, et une caravane d'infimes fourmis rampait le long d'une branche. Cela sentait la pourriture végétale. Un papillon de nuit s'envola hors de l'ombre. Je m'approchai, et touchai de l'index l'écorce ancienne.

Être venu avec Eliot au bord du lac Nemi m'émouvait. Il avait parlé de sa dette envers *From Ritual to Romance* [Du rituel au roman], de Jessie Weston, ainsi que de sa dette envers l'anthropologie du *Rameau d'or.* J'espérais sans cesse qu'il serait content de se tenir à côté de l'arbre si profondément, si inextricablement lié à *la Terre gaste.*

J'entendis chanter un oiseau. Cela me fit penser à la grive ermite :

Là où la grive ermite chante dans les pins
Clic cloc clic cloc cloc cloc cloc
Mais il n'y a pas d'eau

Je jetai un coup d'œil à Eliot. D'un air absent, il regardait au-delà des arbres. Le jus des petites fraises sauvages lui tachait le menton.

Puis je jetai un coup d'œil au sentier qui grimpait. Il était sablonneux, désert, et la route, au loin, serpentait parmi les collines. Je songeai aux vers :

Ici point d'eau mais seulement du roc
Du roc point d'eau et la route sablonneuse
La route serpentant là-haut parmi les montagnes

Il y avait une immobilité de toile d'araignée. Rien ne bougeait. L'oiseau se taisait. J'écoutais, en quête du bruit d'eau, mais il n'y avait pas de bruit d'eau. Il n'y avait qu'une odeur de chênes, de pins secs, ensoleillés, et dans l'air un faible parfum de fraises sauvages.

J'éprouvais une sensation bizarre. Quelqu'un se cachait derrière l'arbre. Il y avait un froissement dans les arbustes, un mouvement secret parmi les ombres. Et je pensai : *« Quel est le tiers qui toujours s'avance à ton côté ? »*

Je regardai rapidement Eliot, pour tâcher de déceler ses sentiments cachés. Mais son visage restait lointain, discrètement cérémonieux.

— ...C'est un petit peu décevant, vous ne trouvez pas ?

— Je ne suis pas déçu le moins du monde, répondit Eliot.

— Et peut-être que ce n'est même pas le véritable Rameau d'or !

— Ne vous inquiétez pas, dit placidement Eliot. Ç'a été un agréable petit voyage.

Nous décidâmes de continuer en voiture jusqu'à Tivoli pour déjeuner. Je dis à Eliot qu'il y avait un petit restaurant sympathique à Tivoli. Il s'appelait la Sibilla, d'après le temple tout proche. Je pensais que peut-être Eliot aurait plaisir à déjeuner à côté du temple.

Nous gagnâmes donc Tivoli par une route secondaire qui venait de Palestrina, et arrivâmes enfin au temple de la Sibylle. Eliot avait l'air un peu fatigué, ce qui me donnait du remords ; mais après un verre de vin, il reprit son entrain. Nous mangeâmes un *pollo alla diavolo* et du bon fromage de campagne, puis bûmes un *espresso* très fort. Maintenant, les yeux d'Eliot brillaient, et nous décidâmes de faire un tour aux jardins de la Villa d'Este.

Nous flânâmes dans les jardins, et nous assîmes auprès d'une fontaine. Dans la profonde lumière tamisée du soleil, l'endroit avait un aspect fort mythique. La fontaine s'écoulait lentement dans la mousse, goutte à goutte. Les arbres, beaucoup plus grandioses, paraissaient plus authentiques que l'arbre de Nemi. J'espérais que l'aspect mythique de la Villa d'Este plairait à Eliot.

Je vénérais Eliot, mais je me sentais mal à l'aise avec lui. Point tant déconcerté qu'intimidé et légèrement perplexe. J'avais toujours le sentiments de vouloir qu'il m'expliquât quelque chose ; mais quoi ? Je ne le savais pas bien ; cette perspective m'inquiétait ; je craignais que l'explication ne fût attristante, voire effrayante. Les rythmes mêmes de la poésie d'Eliot avaient une résonnance étrange, squelettique. Mais dans cette fraîche immobilité moussue, je me sentais tout proche de lui; je n'étais plus intimidé. Je me sentais paisible, plein de tendresse. Je sentais la silencieuse gentillesse d'Eliot m'envelopper comme un châle.

— Un moment, j'ai cru que l'on nous observait, dit-il avec douceur.

— Où donc ? Au restaurant de la Sibylle ?

— Non, près du chêne, dit Eliot.

— Que c'est curieux ! Moi aussi. Il y avait là un tiers. Il se glissait à travers les arbustes, enveloppé dans un manteau brun à capuchon.

— Un religieux quelconque, peut-être.

— Oui, c'était peut-être un moine.

Eliot fit un sourire d'excuse.

— Aujourd'hui, cela paraît si loin ! C'était une époque de considérable souffrance, mais il y a si longtemps de tout cela !

Durant une seconde, dans le son bouillonnant du mot « considérable », je perçus l'écho d'un sanglot dans la voix d'Eliot. La poudreuse lumière du soleil accusait les rides de son front. Tandis qu'il écoutait la fontaine il avait l'air flétri, desséché. Son visage semblait abstrait comme une feuille de parchemin vierge. Puis il me fit un faible petit sourire tremblé qui disparut instantanément, pareil à la lumière sur une feuille frissonnante.

Lorsque enfin nous fûmes de retour à Rome, c'était le crépuscule. Nous gagnâmes en voiture la Via Veneto, et nous assîmes à la terrasse de chez Doney. Nous commandâmes tous deux un Cynar, vermouth à base d'artichaut, car Eliot avait ouï dire que c'était bon pour le foie.

— Êtes-vous las ? demandai-je.

— Pas le moins du monde. Je me sens en pleine

forme.Cette excursion m'a fait du bien. Si nous faisions un tour à la Villa Borghèse ?...

Par la porte du Pincio, nous pénétrâmes donc à pied dans l'obscurité du parc. Cela sentait le pin parasol et le chêne vert. Les sons de la Via Veneto devenaient légers comme un chant de grillons ; d'un endroit quelconque venait le bruit d'une fontaine coulant goutte à goutte.

— ...C'était bizarre, ce moine. Vous croyez vraiment que c'était un moine ?

— C'était *peut-être* un moine, mais j'en doute, dis-je.

— Eh bien, de toute manière il s'agissait d'un charmant petit voyage, fit Eliot. J'ai aimé le temple de la sibylle et la fontaine.

Tandis que nous marchions parmi les arbres, je ne cessais de lancer des coups d'œil à Eliot : j'essayais de le prendre par surprise, d'avoir de lui quelque aperçu intérieur, de percer cette façade cérémonieuse, affligée. Je l'avais toujours vénéré comme poète, sans vraiment l'aimer. J'avais senti jusque dans ces merveilleux derniers quatuors qu'il parlait par énigmes afin de cacher quelque blessure secrète, et qu'un masque impénétrable voilait une terreur cachée. J'avais même le sentiment que sa puissance et son élan de poète résidaient dans cette dissimulation désertique qui le faisait paraître tellement inabordable.

Tandis que nous errions parmi les chênes verts, je pris conscience que la solitude d'Eliot tendait pour ainsi dire la main dans l'obscurité pour toucher ma propre solitude, faible, silencieuse, éphémère ainsi qu'une ombre fugitive.

Un fin rayon de lune oblique lui tomba sur le nez. C'était un nez assez pointu, mince au sommet, arrondi vers le bas. Ce nez me ravissait ; le clair de lune l'animait ; il avait l'air de flairer quelque chose. Le nez de T.S. Eliot le rendait soudain très réel, très humain, très vivant, très touchant, très proche de moi.

Doucement, il demanda :

— ...Pourquoi souriez-vous ?

— Parce que je suis heureux.

— Je vois. Et pourquoi donc êtes-vous heureux ?

— Je ne sais pas. Je ne suis pas sûr.

— Vous ne savez pas. Vous n'êtes pas sûr. Oui, bien entendu. C'est parfaitement naturel. Comment n'importe qui serait-il jamais certain de la cause de son bonheur ?

Sa voix s'avanouit comme lorsqu'un doigt s'attarde sur un clavier ; nous nous tournâmes simultanément comme face à un public invisible; en un élan d'adoration je le saisis par le coude, et nous regagnâmes lentement les lumières de la Via Veneto.

Le pique-nique

Je vécus cinq ans à Rome. Ce furent des années de constant bonheur. Ce bonheur sauvage et merveilleux n'avait pas de raison tangible, mais mon sang n'arrêtait pas de chanter cependant que j'arpentais les piazzas, écoutant clapoter les fontaines et humant le poisson frit à l'huile d'olive. Couché sous les pins, près du *galoppatoio* qui sentait les chevaux, le crottin, le désir, j'écrivais mes petits poèmes, étendu là dans l'herbe. Tous étaient des chansons à titre : « Chanson de la fontaine », « Chanson du temple », « Chanson de la pluie », « Chanson d'été », « Chanson de l'obélisque », et cette joie bizarre et folle me rendait incapable d'écrire en prose. Quand j'essayais d'écrire en prose, ma plume tombait sur le papier. Elle renâclait à la pensée d'écrire en prose à Rome.

Je devenais de plus en plus grégaire. J'avais plus d'amis que jamais auparavant. Solitaire par nature, solitaire par habitude, solitaire par instinct, solitaire par désir, je devenais insatiablement volubile et infatigablement sociable. Je parlais de Caravage avec Roger Hinks, tandis que nous déjeunions chez Mario. Je parlais de George Meredith avec mon étincelant ami Gore Vidal. Je parlais de l'amour avec mon ami aux yeux tristes, Tennessee Williams, et je parlais des empereurs romains avec Jacques Ibert, tandis que nous marchions au Pincio. Je parlais de *Mort à Venise* avec Luchino Visconti, et de l'existentialisme avec mon ami Kot Jelenski. Je parlais de Ben

Shahn avec mon ami Bernard Perlin, et de Koussevitski avec mon ami Sam Barber. Je parlais d'Auden avec mon ami Jimmy Merril, et de Greta Garbo avec mon ami Kurt Kreuger. Je parlais des pièces de Strindberg avec Ingrid Bergman, et des taudis napolitains avec Roberto Rossellini. Debout au Campidoglio avec ma ravissante amie Desideria, nous parlions de la tragique évanescence du désir ; tapi au milieu des peupliers avec mon charmant ami Enrico, nous parlions des poèmes du grand Leopardi. Je parlais avec ma vieille amie Nina des *Frères Karamazov* (bien que née Colonna elle était fière de son sang russe), et je parlais avec mon ami Paolo des charmes du lac de Côme (il avait acheté à Urio une villa et un bouledogue pour la garder). Assis dans la fournaise du Foro Italico, je parlais de Tilden avec mon ami Maurizio ; assis au bord de la mer, à Ostie, avec mon ami Agostino, je parlais des seize causes différentes de suicide.

Mais le curieux de l'affaire, c'est que ces mots n'étaient que bulles ; ils étincelaient dans l'air comme les explosions d'un secret bonheur. Ils ne voulaient rien dire et ils voulaient tout dire ; ils étaient vrais et pourtant faux, brillants et pourtant ridicules, profonds mais profondément insignifiants.

Toutefois, malgré ce grégarisme nouveau, ma solitude intérieure était aussi profonde que jamais. Cette constante et bouillonnante joie accentuait même ma solitude intérieure. C'était comme la découverte d'un côté de ma nature dont j'avais toujours eu conscience, mais qui ressemblait à un masque, comme un costume de carnaval.

C'était la saison des pique-niques, mais tous nocturnes. Il faisait trop chaud pour un pique-nique au soleil, à Rome. Il y avait des pique-niques à Ostie, avec Boccherini sous les pins, et il y avait des pique-niques à Fregene, avec des couples d'amants parmi les dunes. Il y avait des pique-niques sur le mont Mario parmi les cyprès parfumés ; il y avait des pique-niques au Colisée, où les bougies brillaient sur les bouteilles de vin.

Somerset Maugham étant venu à Rome, je résolus de faire un pique-nique. C'était la première fois que je le voyais depuis ma visite au Cap-Ferrat, et je fus horrifié par la grimace qui s'était imprimée sur son visage : deux profonds ravins jaunes descendaient de ses narines, pareils à des glaciers au-dessus des abîmes de la bouche.

Je lui demandai qui il souhaitait me voir inviter au pique-nique ; il bégaya :

— Oh ! la populace habituelle, si vous voyez ce que je v-veux dire.

Je ne voyais pas bien, mais je résolus de tenter ma chance. Je rabattis un groupe de *flâneurs* * de la Via Veneto. Certains étaient poètes ou peintres, d'autres « amis » d'« amis », et le restant, de jeunes gigolos qui paradaient devant chez Doney. Il y avait là Tullio et Mario, qui posaient comme modèles pour les artistes, Felice et Jacopo, en quête de rôles à Cinecittà. Il y avait là Harry, qui sculptait avec du bois d'échouage, et Hugo, qui peignait avec des bâtons d'allumettes. Il y avait là Sven, qui traduisait en suédois les pièces d'Auden, et, beau comme un dieu, Alastair, qui dansait dans le corps de ballet de l'Opéra.

L'on acheta des poulets rôtis, du chianti, des pizzas, et trois voiturées de pique-niqueurs convergèrent sur la Via Appia Antica. C'était une chaude nuit à clair de lune, sans un souffle d'air ; la route était déserte ; les tombeaux antiques, pâles, avait un air hanté. Nous déployâmes les nappes auprès de la tombe de Cecilia Metella. Derrière nous, les cyprès avaient quelque chose de sépulcral et de menaçant.

— J'ai ouï dire, déclara tout bas Hugo, que Cecilia rôde encore en long suaire blanc, avec des vers dans les cheveux.

Nous versions le vin quand Tullio s'écria :

— Regardez ! *Spectri* !

Et de fait, deux ombres sorties des cyprès se dirigeaient dans un silence inquiétant vers le pique-nique. Il y eut un murmure de soulagement lorsqu'il se révéla qu'il s'agissait d'êtres humains, mais un frémissement alarmé quand on constata que c'étaient des carabiniers. Ils s'avancèrent vers les pique-niqueurs avec un regard soupçonneux ; leurs lampes de poche brillaient spasmodiquement ; ils en dirigèrent un rayon sur Maugham.

* En français dans le texte. (N.d.T.)

La face de Maugham paraissait fort sinistre à la lueur de la lampe. Les poches, sous ses yeux, avaient un air de dépravation à la Caligula.

L'un des carabiniers, un blond, grommela d'une voix grave et rauque.

— Qu'est-ce qu'il d-dit ? demanda Maugham.

— Des insultes, hélas !

— Il a b-bien tort, dit Maugham. Et qui donc insulte-t-il, s'il m-m'est permis de le demander ?

— Vous, je le crains. Il assure que vous êtes en train de corrompre des innocents.

— Il a p-parfaitement raison, dit Maugham. Mais oui, je suis en train de c-corrompre des innocents.

Il tendait sa main vers son portefeuille.

—...Dois-je essayer de me les rendre f-favorables ?

— Ne vous inquiétez pas, dis-je. Ils ont l'air assez bien disposés. Je vais leur donner des cuisses de poulet et une bouteille de chianti.

Les carabiniers se montrèrent conciliants. Ils acceptèrent leurs cadeaux avec le sourire, et rebroussèrent poliment chemin vers la Via Appia Antica.

Après dîner, Maugham se tassa sur un coussin. Il serra ses mains l'une contre l'autre et m'adressa un sourire espiègle.

— On dira ce qu'on voudra de Rome, elle est fidèle à son p-passé. L'histoire de Rome est pleine de g-grandeur et de d-décadence. Il est difficile de maintenir les traditions de g-grandeur, mais ils font de leur mieux pour maintenir les traditions de d-décadence.

Il regardait fixement la lune, qui ressemblait à une femme échevelée. Une souffrance continuelle, lancinante, déformait la face de Maugham. Il semblait si vieux que l'on eût dit une sorcière, tapie dans la jungle.

Il avait récemment publié *Carnet d'un écrivain*, où il conservait, même alors, son âpre perspicacité d'antan. Si son style avait un défaut, c'était de tendre à la dissimulation comme s'il faisait allusion à plus qu'il n'en voulait confier. Ce qui lui donnait une certaine vivacité mais également un air superficiel, comme s'il eût dédaigné de creuser en quête d'une vérité plus riche.

J'aimais bien écouter Maugham, et goûtais sa précision acerbe, mais il était sans nul doute l'homme le plus regardant que j'eusse jamais rencontré. Au Cap-Ferrat, il servait à ses invités pour déjeuner des œufs avec des pommes de terre bouillies, et, pour dîner, de ces pâles poissons insipides que l'on nomme *limandes* *. Je me demandais pourquoi il tenait tant à thésauriser ses dollars ; autant demander pourquoi certains hommes collectionnent des timbres-poste. Chez Maugham, il s'agissait d'une manie, et la pensée de la mort ne l'arrêtait pas, elle ne faisait qu'intensifier sa cupidité et sa rapacité.

A l'époque, je m'efforçais de modifier ma façon d'aborder le roman. J'essayais de m'éloigner du sentiment de recherche qui avait toujours été au cœur de ma façon d'écrire un roman. Dans un sens, toutes les grandes histoires ont au cœur un sentiment de recherche, de *l'Odyssée* et de *la Divine Comédie* à *Don Quichotte* et *Moby Dick*, jusqu'à *la Recherche du temps perdu* et *Docteur Faustus*. Mais il y avait aussi une impression d'examen intense, sans fin, prépondérant non seulement chez Proust, mais aussi chez Joyce et Dostoïevski. J'essayais de faire passer mon style d'un sentiment de ruée incessante à un sentiment d'immobilité, d'exactitude, d'examen approfondi. Je désirais vivement poser à Maugham certaines questions sur son style, sa façon de percevoir un caractère et de susciter la tension.

Mais il écarta mes questions avec un bégaiement d'impatience, et tâcha de réduire notre dialogue à une banalité cordiale.

— P-pendant la guerre, déclara-t-il, j'ai reçu une lettre d'un marin américain. Elle était envoyée du Pacifique... Okinawa, j'imagine. Il disait adorer mes livres. Il avait lu des pages sur Sadie Thompson. Il déclarait n-n'avoir pas à chercher un seul mot dans le d-dictionnaire.

Ses yeux brillaient de plaisir. Il se caressait les bajoues.

— ...On est reconnaissant pour des ch-choses de ce genre. Après tout, j'ai si peu de motifs de reconnaissance ! J'ai l'argent, la notoriété, mais il n'y a pas là de quoi être recon-

* En français dans le texte. (N.d.T.)

naissant. De trois choses, et trois seulement, j'aurais été reconnaissant.

— Lesquelles ?

— La première est le titre de chevalier. Je n'ai jamais été fait chevalier. Je savais bien, au fond de mon cœur, que je ne serais j-jamais chevalier mais j'espérais sans cesse, contre tout espoir, l'é-éventualité d'un titre de chevalier.

— Et la seconde ?

— La seconde était le prix Nobel. Je n'ai j-jamais reçu le prix Nobel, mais j'espérais, contre tout espoir, que l'on me donnerait le prix N-Nobel.

— Et la troisième ?

— Ah ! oui, la troisième... Vous trouverez peut-être cela outré de ma part, mais j'aurais été reconnaissant d'un peu de véritable amour. J'étais tout ce que l'on voudra sauf une b-beauté. Et je n'ai jamais été très optimiste. Pourtant, j'aurais été reconnaissant d'un p-peu de véritable amour.

— L'amour a donc plus d'importance à vos yeux que l'argent ou la notoriété ?

— Les choses qui vous échappent ont plus d'importance que les choses que l'on possède. Un amour insatisfait a plus d'importance qu'un amour pleinement consommé. P-peut-être que j'ai de la chance. Je me suis vautré dans l'insatisfaction. La vie est longue et t-triste et affreuse, et l'on se réfugie dans l'insatisfaction. Aussi, p-peut-être que j'ai de la chance. Je continue à faire mes délices de l'insatisfaction.

Il m'arrivait de suspecter le bégaiement de Maugham d'être en réalité un stratagème. Je remarquai qu'il trébuchait sur des mots ordinaires, dont la banalité même semblait dresser quelque barrière émotionnelle. Il paraissait bégayer pour donner à ses paroles une emphase réticente, pour les placer en perspective, pour leur conférer un air d'effort. Mais peut-être aussi pour éviter de sonder les profondeurs, et pour dresser des obstacles contre une sincérité sans inhibition. De la sorte, son bégaiement (à ce qu'il semblait) lui fournissait un bouclier vocal derrière lequel il pouvait s'abandonner à sa malice avec impunité.

Il me considérait sévèrement, comme un gros crapaud boutonneux. Même alors, un dévorant sentiment de culpabilité paraissait le torturer. A travers les années, il s'était forgé un masque de cynisme, et je sentais qu'il s'agissait là de sa forteresse contre les flèches et les catapultes. Mais il avait un visage si moribond qu'il était difficile à déchiffrer. Impossible de deviner ce que Maugham redoutait ou souffrait véritablement.

Il rectifia la position de ses petites jambes, les paumes sur l'herbe, l'air fort malais, fort rusé, fort cruel.

— ...Curieux, dit-il doucement, d'être assis dans le noir ici, au milieu de tous ces mausolées anciens. Dans mes livres, j'avais toujours la curiosité de la façon dont les gens allaient m-mourir. C'était fascinant d'attendre la m-mort de mon héros ou de mon héroïne. Quand je savais qu'ils allaient m-mourir, ils devenaient plus vivants, plus significatifs.

Nous remplîmes tous les paniers de bouteilles vides et de carcasses rompues, remontâmes en voiture et reprîmes la direction de la ville. Maugham tomba dans un profond sommeil ; sa tête tressautait rythmiquement tandis que nous roulions avec difficulté sur les rudes dalles romaines de la voie Appienne.

Mais tout d'un coup, il rouvrit les yeux et me tapota le coude.

— ...Magnifique, magnifique. Je n'ai jamais vu un être aussi d-divin.

— Qui donc ? Alastair ?

— Mais non, je veux parler de ce carabinier blond. Le voir assis à mon chevet quand je m-mourrai me réconforterait.

Puis il se rendormit profondément, et, au volant de ma voiture, je traversai la ville vers la pente lisse et brillante de la via Veneto, à minuit.

Le coq

J'abandonnai mon roman romain qui gisait, étouffé, au milieu des catacombes. Je revins aux rythmes poétiques, plus libres que ceux de la prose. Les moules de la poésie me délivraient de ceux de la prose, devenus d'une absurde rigidité de pierre. J'écrivais une suite de chansons à mettre en musique, chacune selon son propre mode particulier — une gavotte, une valse, un fox-trot —, et la précision de la forme apportait avec elle une délicieuse liberté, comme si la symétrie du contenant permettait la fluidité du contenu.

Cette nouvelle humeur joyeuse paraissait convenir à Venise ; aussi, un matin, pris-je en voiture la direction du nord, par la via Cassia, vers Venise. J'empruntai l'habituelle route de Florence, via Viterbe et Sienne. J'avais l'intention de passer une semaine à Florence, mais au bout d'une journée je ne tenais plus en place. Je me hâtai de reprendre la route vers Bologne, Ferrare et Padoue. Ayant laissé ma voiture à Mestre, je pris le bateau pour Venise et, en gondole, suivis les canaux ensoleillés.

Lorsque enfin j'arrivai à la place Saint-Marc, la joie me coupa le souffle. Les hampes des drapeaux elles-mêmes avaient un air de jubilation pour jaillir de leurs piédestaux. La basilique était tapie ainsi qu'un monstre à multiples têtes, et le campanile s'élevait dans un ciel parsemé de nuages. La lagune avait l'air vivante, comme fourmillante de dauphins, et le gong de l'Orològio convoquait à un carnaval révolu.

Je descendis au Bauer-Gruenwald, car il donnait sur la Salute. Le dôme de la Salute dominait les colonnes géantes, et s'envolait vers une grandiose tranquillité symbolisée par la Vierge. Je la regardais le matin quand elle accueillait les nuages de neige ; je la regardais à midi quand elle voyait passer les gondoles ; je la regardais le soir, tandis qu'elle flottait parmi les étoiles. Je séjournais au Bauer-Gruenwald uniquement à cause de la Vierge Marie.

Un jour, je prenais le petit déjeuner sur la terrasse de l'hôtel. C'était un matin vif, brillant ; tout étincelait. Les poteaux d'amarrage luisaient comme des enseignes de barbier peintes de frais. Les *motoscafi* passaient en barattant l'eau devant l'église de la Salute ; au loin, un *vaporetto* se dirigeait vers le Lido. J'émiettai mon toast et le jetai dans l'eau. Je ne voyais pas de poisson mais cela n'avait pas vraiment d'importance. Je continuais de lancer mes miettes à un poisson imaginaire, et il me semblait concourir à la vie du Grand Canal.

A la table voisine, un homme posa son journal. Ayant terminé son café, il regardait l'eau. Il semblait y apercevoir quelque chose d'étrange, en train de flotter paresseusement parmi les vaguelettes pareilles à du bronze en fusion. C'était un juif épais aux lèvres boudeuses, au gros nez, aux yeux soupçonneux, avec un air d'immobilité suante. On eût dit un vieux marchand de tapis pris au piège dans un bain turc.

Soudain, il surprit mon regard, et un sourire amusé lui barra le visage. Mais alors, il eut de nouveau l'air embarrassé, et détourna la tête, comme alarmé à l'idée que j'avais deviné quelque secret coupable. Je pris la parole :

— Je possède une gravure de vos « Amants de la Tour Eiffel * ». Elle me ragaillardit chaque fois que je la regarde. Elle rayonne de bonheur. J'aime particulièrement le coq. Il a l'air si prétentieux !

— Tous les coqs sont prétentieux, dit gravement le peintre. Ils ont des raisons d'être prétentieux. Un coq, c'est une splendeur. Il exulte ; il chante ; il domine. Sur son tas de fumier, c'est un empereur.

* En français dans le texte. (N.d.T.)

— Vous préférez les coqs aux cygnes ? N'avez-vous jamais peint de cygnes ?

— J'aime beaucoup mieux le coq. Un coq est un aristocrate. Le cygne est aussi prétentieux mais sur un mode très bourgeois. Il tente d'être un aristocrate, mais n'y réussit pas tout à fait. Le cygne se contente de regarder son propre reflet, mais le coq regarde le soleil, et voit son reflet dans le soleil.

— Picasso aime bien les coqs, dis-je, mais il paraît les avoir abandonnés. Il préfère aux coqs les taureaux. Ils ont une virilité plus grosse et plus noire.

— Il nous a tous abandonnés. Il est rentré dans sa coquille. Il s'agit d'une fort belle coquille, mais une coquille n'en reste pas moins une coquille.

Une réprobation enfantine paraissait lui gonfler le visage. Ses joues transpirantes se marquaient de lignes tendres, gourmandes ; or, ce n'étaient ni les rides de l'âge, ni les plis de la sagesse, mais les traits doux et purs d'une face de nourrisson géant.

— Il n'en reste pas moins, malgré tout, un grand génie, vous ne croyez pas ?

— Quand le talent parvient à une telle abondance, on peut le nommer génie.

— Mais vous dites que Picasso nous a abandonnés. Qu'entendez-vous par là? En quoi nous a-t-il abandonnés ?

— Au fin fond de son cœur, Picasso s'est trahi lui-même. Oui, Picasso s'est rendu coupable d'une trahison très particulière. Je ne parle pas du communisme : toute politique me laisse indifférent. Je veux parler d'humanité : cet homme avait beaucoup d'humanité. Mais aujourd'hui, rentré dans sa coquille, il défie l'humanité. A certains moments, il m'apparaît que Picasso est un raté. Il y a une certaine arrogance, comme celle d'un coq, à étaler tout ce talent. J'aime beaucoup les coqs, je le répète, mais l'art, c'est plus que d'être un coq. L'art doit viser à quelque chose de plus élevé et pourtant plus humble qu'un coq.

J'ai oublié la raison précise de la présence à Venise de Marc Chagall. Peut-être était-ce la Biennale ou peut-être autre chose. Assis là au soleil, à suer d'indignation, il paraissait tout à fait inconscient de Venise et indifférent à Venise : au canal miroitant, aux blancs nuages pommelés, voire à la douceur pleine de sollicitude de la Salute. D'un air absent, il se gratta la tête, et considéra son journal d'un œil furibond.

Il sortit son portefeuille, examina un bout de papier puis le fourra de nouveau dans le portefeuille, qu'il posa sur le journal.

A cet instant, un coup de vent balaya le journal de la table, et l'emporta sur le Grand Canal. Le portefeuille s'éloigna en glissant, lisse et vert ainsi qu'une grenouille. Après une œillade au soleil, il plongea prestement dans l'eau.

Chagall se leva d'un bond, agitant des bras horrifiés. J'arrachai mon veston, sautai dans l'eau, rattrapai le portefeuille qui descendait en spirale. Une minute plus tard, j'empoignais l'une des enseignes de barbier dorées, et le *ganzèr* de l'hôtel m'aidait à regrimper sur l'embarcadère.

La face rougeaude de Chagall s'éclaira d'un large sourire ravi.

— ...Quelle adresse ! Quelle rapidité ! Quel athlète ! Et vous avez fait tout ça avec une telle bonne humeur ! C'était très gai, très amusant ! Venez donc vous sécher au soleil, pendant que je vous ferai un petit dessin.

Je le regardai dessiner un coq au dos du menu ; au-dessus du coq, il dessina un gros soleil ardent, et au milieu du soleil un reflet du coq.

Je n'ai pas oublié Chagall : la joie folâtre de son regard, une joie pimentée d'une vieille astuce hébraïque, et momentanément assombrie par une vieille tristesse hébraïque. Chagall demeurait aussi éloigné de moi qu'un enfant qui joue avec des galets au bord des vagues d'une mer ancienne, mais la joie qu'il y avait dans ses yeux, teintée de tristesse et d'astuce, était à sa manière aussi éternelle que le soleil au-dessus de la Salute.

Tandis que j'allais à pied de l'hôtel à l'église San Moïse, ce mélange de chagrin, de ruse et d'ébahissement enfantin se fondit en la sombre église ornée, le gong de l'Orològio, le cri saccadé des gondoliers invisibles.

Ce soir-là, dans ma chambre, en regardant la Salute, j'écrivis un petit poème que j'intitulai « Chant d'un coq ». Je tentais d'y exprimer le coq et sa musique sauvage, fière, prétentieuse, extatique, pleine de soleil sur un tas de fumier.

Mais cette chanson de coq ne cessait de voleter à mi-hauteur, comme un coq brusquement délogé de son tas de fumier. Il ne cessait de s'élancer hystériquement d'un vers à l'autre, essayant en vain de recouvrer sa dignité de coq.

Puis, à la dernière strophe, la chanson retrouvait son calme, reployait ses ailes, lissait ses plumes criardes, reprenait son chant du coq, exultant et prétentieux.

La piazza métaphysique

Chaque matin, après le petit-déjeuner, je lisais jusqu'à midi. Je lisais les comédies de Goldoni, toutes palpitantes d'un humour à la fois paysan et plein de raffinement. Chez Goldoni je respirais une bouffée de la vieille *comedia dell'arte*, où les portraits comiques descendaient jusqu'à la caricature ; elles fourmillaient de clowns, de saltimbanques, d'acrobates et d'aubergistes ; mais j'y percevais le musc des perruques poudrées et des masques, avec leurs très hauts chapeaux et leurs nez postiches.

Cette vision d'une scène où les êtres humains rehaussaient leur humanité en mettant des faux nez me charmait. Loin d'en devenir plus artificiels, ils approfondissaient en quelque sorte leur naturel ; leurs faiblesses, leurs excentricités paraissaient d'autant plus convaincantes. Une fois, lors d'un carnaval où les danseurs, rassemblés au Campo San Angelo, gambadaient sur les pavés inégaux, je fus stupéfait quand ils enlevèrent leurs masques, à minuit : au lieu de sembler plus humains, ils avaient un air insipide et sans expression. Le masque, rejeté, révélait un vide plus profond. Il sautait aux yeux que les Vénitiens étaient faits pour porter des masques, et que leur nature n'affleurait que sous les masques d'un carnaval aux flambeaux.

Après avoir lu mon Goldoni, j'allais me promener en ville. Je rôdais parmi les cours et recoins de la Frezzeria. Je m'arrêtais sur les ponts, reniflant la puanteur des canaux qui conférait une aigre harmonique à la riche atmosphère vénitienne. Jetant un coup d'œil dans une boulangerie, je voyais le boulanger travailler sa pâte ; jetant un coup d'œil dans une boucherie, je voyais un garçon boucher tailler un quartier de viande. Je faisais halte sur le seuil d'un atelier de sculpteur sur bois où un Hercule velu ciselait une urne. Pourtant, mon endroit favori, c'était la vieille verrerie derrière le palais des doges. Une riche lueur rosée baignait l'intérieur de cette espèce de caverne où les verriers demi-nus se mouvaient çà et là comme des magiciens pour transformer les vers luisants de verre en gobelets, poissons et dauphins.

A Venise, mon édifice préféré n'est pas le palais des doges, mais la Libreria Vecchia qui lui fait face. Devant elle, symboles de puissance maritime, se dressent les deux grands monolithes venus de Constantinople : celui où figure saint Théodore, le saint patron de Venise, et l'autre où figure le grand lion ailé venu d'Assyrie. A droite de ces colonnes se trouve la Libreria Vecchia dont la façade à couper le souffle est le chef-d'œuvre de Sansovino.

Sansovino a réussi dans la tâche redoutable de créer un digne pendant au palais des doges. Palladio lui-même y voyait le plus ravissant édifice que l'on eût construit depuis l'Antiquité. Au plafond de l'atrium il y a une fresque de Titien, et dans le vestibule des tableaux du Tintoret et de Véronèse. En 1362, le poète Pétrarque a donné ses livres à Venise, et ce trésor incomparable forme le noyau de la Bibliotèca.

La Libreria Vecchia exposait les toiles récentes de Giorgio De Chirico. Elles étaient malmenées par la critique, qui les qualifiait de stupides et de réactionnaires. La couleur était « adipeuse », le dessin « plat », la facture « bâclée », les conceptions « puériles ». Toute la poésie et l'originalité de l'ancien Chirico avaient disparu, et il ne restait qu' « un pot-pourri d'imagerie du passé ».

Tout cela avait beau être cruel, c'était hélas ! véridique. Je cherchais la trace de la vieille magie obsédante. Ce qui m'obsédait à l'époque, c'était le déclin de l'art. Sans cesse, je pensais à tous les talents prématurément ruinés soit par la mort, soit par le délabrement, soit par la folie. Je pensais à Keats et Chatterton, Cowper et Hölderlin, Schumann et Bellini, Poe et Rimbaud : chacun détruit à sa façon par ce qui ressemblait à de la malchance, mais qui, à un examen plus approfondi, ressemblait à un destin inexorable.

Je pensais à tous les pièges qui jalonnent la route de l'artiste en lutte : le succès et l'échec, l'alcool et la débauche, la maladie et la solitude, la mélancolie et la paresse, le délire de la folie et les horreurs de la vanité. Cyril Connolly a écrit un livre intitulé *Enemies of Promise* [Les Ennemis des promesses], mais il y a des ennemis plus insidieux encore que ceux qu'a décrits Cyril Connolly. Il m'est venu à l'esprit que la folie, la maladie et la dipsomanie étaient souvent des boucliers destinés à protéger l'artiste contre la reconnaissance de son propre effondrement. Je ne pouvais me faire à l'idée qu'un homme risque de diminuer en vieillissant. Je rêvais sans cesse que la vieillesse devrait amener une floraison, et non un flétrissement. J'avais le sentiment que l'intensité, que l'éclat de la jeunesse devraient mûrir pour donner la sérénité, la grandeur de l'âge ; afin de corroborer cette idée, je ne cessais de penser à Wordsworth et Léonard, à Verdi et Rembrandt, à Yeats et Michel-Ange. Chez certains des poètes que je connaissais j'avais discerné les menaces effrayantes ; je me demandais s'il convenait de les attribuer aux ravages du sexe et de l'alcool, à une faiblesse de caractère innée, à quelque défaut du métabolisme, à une distorsion de la vision ou bien à un affaiblissement de la sympathie humaine.

Jusque dans mes propres travaux secrets, romans inachevés, poèmes non cristallisés, je détectais ce petit démon de la corruption du talent et du flétrissement. Le matin, j'étais horrifié de lire certains passages que j'avais griffonnés avec tant de passion la veille au soir. J'avais trop écrit, trop impulsivement, de manière trop somnambulique. J'avais laissé mon cerveau errer, ma vision se relâcher, mes sentiments végéter, et je pouvais reconnaître ces défauts dans une prose plate et un vocabulaire mort. Aussitôt que je m'en apercevais, je rejetais sans pitié l'ouvrage. Dans ma vie, j'étais parvenu au point de prendre une effrayante décision : ou bien renoncer tout à fait à ma passion de l'écriture, ou bien lutter, lutter sans cesse pour obtenir une résurrection intérieure, quelque renouveau envoyé par le Ciel du style et du sentiment.

Voilà donc Chirico, exemple extrême de ce que je craignais. Déprimé, je me dirigeai vers la porte, et remarquai un homme grisonnant qui errait dans le vestibule, les yeux mi-clos, gesticulant sans but comme un somnambule.

Je l'examinai plus attentivement. Il ouvrit ses yeux de chien battu, et j'y lus une supplication si désespérée que je me forçai à m'écrier :

— Ils sont splendides ! Ils sont vraiment magnifiques, *signor* !

Ses lèvres se mirent à trembler ; ses yeux s'embuèrent. Puis il se ressaisit avec un air de bravade.

— Merci beaucoup, mon ami. Je suis touché. Je suis flatté. Certains critiques mesquins m'en veulent à mort. Venez, *caro*, allons chez Quadri prendre un petit *espresso*.

Pour vous rendre votre optimisme, rien ne vaut la place Saint-Marc. La grandeur environnante guérit toutes les angoisses, les désillusions, les tracas, les ennuis, les amours et les haines. Nous nous assîmes, sirotâmes notre café, et le vieux peintre malheureux parut soudain rajeuni, levant un doigt judicieux.

— ...Ils se sont trompés, trompés comme il n'est pas possible, déclara-t-il avec des yeux de limier, paupières pendantes, narines au vent, implorantes. Ces idiots me traitaient de surréaliste. Mais qu'est-ce que ça veut dire, être surréaliste ?

Il me regardait avec intensité, et joignait les mains comme en prière.

— Ça veut peut-être dire qu'un rêve a sa propre sur-réalité, qui plane bien au-dessus de notre réalité profane ?

— Nous avons tous en commun certains rêves, dit-il à moitié pour lui-même. Tous les hommes, quels que soient leur âge ou leur race, ont en commun certains rêves. La question est la suivante : héritons-nous ces rêves anciens ? Plongeons-nous, la nuit, dans les marais de la préhistoire ?

— Peut-être, fis-je, pensif.

— Ou bien sont-ils les résidus de l'histoire ?

— Peut-être, fis-je doucement.

— A moins qu'ils ne soient les vieilles peurs fantasmatiques que nous avons appris à rejeter aux heures diurnes ? Certains hommes ont peur des serpents ou des tarentules. Personnellement, je n'ai jamais eu peur d'une vipère ou d'une araignée. C'est l'aspect creux des choses, la pourriture et l'isolement... c'est *cela* qui m'a hanté et inspiré dans ces toiles !

— Vous parliez autrefois de peinture métaphysique. Qu'entendiez-vous par là, *signor* ?

Il se ragaillardit soudain, comme éperonné par un souvenir juvénile. Dans le sourcil menaçant, les yeux à la fois coupables et pleins de défi, je discernai une crânerie juvénile, un air de triomphe sardonique, et je me rappelai avec une acuité saisissante le merveilleux autoportrait de l'époque où le peintre était jeune encore, beau et passionné encore. Sous ce portrait, il avait inscrit des paroles déroutantes : *Et quid amabo nisi quod rerum metaphysica est* ? Ces mots hallucinants, quand je les lus voilà des années, avaient résonné comme un appel de trompette à mes oreilles.

Le peintre posa le pouce au flanc de la tasse.

— Peinture métaphysique ? Oui, bien sûr, j'y croyais en effet. Cela veut dire une poésie calme en apparence, mais empreinte d'une sombre inquiétude. Quelquefois, je me sentais pareil à un animal dans la forêt. A l'époque, j'admirais encore Arnold Böcklin. Ayant étudié à Munich, j'étais victime du romantisme allemand. Je regardais sans cesse en arrière, vers Dürer ; je vénérais Dürer ; il me hantait.

J'avais le sentiment que ce vieil homme las n'était pas véritablement Chirico. Chirico rôdait au loin, derrière les colonnes ombreuses. Ces lamentables tableaux de la Libreria m'attristaient, et je désirais ardemment rappeler le peintre à la lumière du soleil.

Je dis :

— Après tout, Goya avait soixante-six ans lorsqu'il acheva ses terrifiants *Désastres de la guerre.* Et huit ans plus tard, à soixante-quatorze ans, il a fait ces noirs chefs-d'œuvre au bord du Manzanares !

Chirico se pencha en avant. Je pouvais entendre craquer ses os. Un élancement de douleur lui crispa les joues, suivi d'un spasme de soulagement. J'eus un sursaut d'espoir. Peut-être la grandeur allait-elle sourdre à nouveau.

Il gronda :

— Sabbats de sorcières ! Chien enfoui dans le sable ! Cheval se balançant au gibet ! Saturne dévorant un enfant ! C'était le prétendu « Sommeil de la raison » ! Goya était décrépit, à demi aveugle ! Ce sont les tableaux les plus macabres de toute l'histoire de la peinture ! Goya était athée, et son univers ne présente aucun sens du divin. Son esprit n'en fourmillait pas moins d'énigmes et d'antithèses !

Il avait l'air épuisé. Il s'adossa et regarda le ciel. Sa tête recula lentement comme celle d'une tortue dans sa coquille.

— ...Jeunesse, jeunesse... dit-il tristement avec un accent de trouble. Eh bien, elle est passée. Tout ça n'était qu'une phase juvénile. Il faut à jamais aller de l'avant. Sans cesse, je pense au Tintoret. Après tout, même la vieillesse peut offrir des perspectives merveilleuses, passionnantes...

Sa voix se répercutait sur les pierres comme des pas qui s'éloignent. Il était assis dans la lumière oblique, ennobli, comme une ruine, par les ombres qui rampaient à travers la piazza.

Le cavalier

Après avoir quitté Chirico, je traversai la piazza. Je m'arrêtai devant le Florian. J'éprouvais un fourmillement d'excitation.

C'était l'étrange frisson de malaise que j'éprouvais toujours en voyant Auden : une curiosité aiguë, suivie de timidité et d'appréhension, voire d'un soupçon de culpabilité, d'excuse.

Je m'approchai de sa table. Il était assis tout seul, ce qui ne lui était pas habituel : il détestait d'être assis tout seul.

J'allumai une cigarette, et dis :

— Je suis allé voir les Chiricos.

— Ah ! vous êtes allé voir les Chiricos, fit Auden, distant.

— Ils sont bien décevants, dis-je en soufflant un rond de fumée.

— Ah ! je vois. Ils sont *décevants*, fit Auden, sarcastique.

— C'en est presque sinistre, murmurai-je, à demi implorant.

— Vraiment. Presque *sinistre* !

Il se ranima quelque peu. Ses dents saillaient légèrement.

J'avais un talent infaillible pour dire toujours à Auden ce qu'il ne fallait pas. Quoi que je voulusse dire, quelque simple ou sincère que ce fût, à peine ouvrais-je la bouche que cela paraissait gauche, plat, insolent.

Pour une raison quelconque, Auden semblait se délecter de cette atmosphère de gêne réciproque. Il avait l'air de se gonfler d'une majesté mielleuse et didactique.

— Venise a changé, dis-je.

Il eut un reniflement de mépris.

— Venise n'arrête pas de changer. Avec tout ce ciel et toute cette eau, comment pourrait-elle ne pas changer sans arrêt ?

— Chaque fois que je pensais à Venise, j'évoquais Tiepolo.

— Tiepolo. Comme c'est intéressant ! Ainsi donc, Venise vous rappelait Tiepolo ?

— Mais aujourd'hui, je pense au Tintoret. Elle a une barbe, comme le Tintoret.

— Une barbe. Oui. Je vois. Comme le Tintoret. Dieu, que c'est drôle !

Peut-être était-il ivre. Impossible d'en être sûr. Son désolant voyage vers le bas avait déjà commencé. Les rides se creusaient ; les poches s'épaississaient. Les paupières avaient un aspect écailleux, fuyant, reptilien. Les yeux eux-mêmes n'étaient plus les anciens yeux d'Auden, vifs et alertes comme des oiseaux-mouches. Ils semblaient maintenant savourer une maladie, ruminer sur quelque calamité interne en train de s'amonceler.

— ...Le Tintoret... poursuivait-il avec une précision accusatrice.

Il avait l'air de méditer sur ce mot, de s'attarder sur ses contours. Il inclina légèrement la tête, comme en quête d'une perspective neuve. Il avait les cheveux très hirsutes, et les ongles en deuil. L'air agité, il regardait la piazza.

Un instant, j'eus cette vieille impression familière de malheur qui couvait, le malheur d'Auden, provoqué par lui-même et perpétué par lui-même. Cette misère massive, ivre, avait quelque chose de quasi royal. Je me sentais presque réconcilié avec ce pénultième et rébarbatif Auden. J'avais grande envie de crier : « Allons, laissons tomber tous ces faux semblants ! Soyons amis, au bout du compte ! Pardonnons et oublions ! »

Mais je ne pouvais me résoudre à le dire. Sur son siège, il s'affala en arrière. Il parut saisir au vol mon impulsion momentanée, et soudain prêter l'oreille à une voix lointaine ; une magnificence de ruine éclaira les plis de son visage. Cette beauté fugitive, attendrie, fut la dernière vision que j'eus de lui. On eût dit un éclair sur un paysage ravagé par la guerre.

— Allons, adieu, dis-je. J'ai été heureux de vous revoir, Wystan.

— Oui. Bien sûr. Le Tintoret... C'est curieux, le Tintoret...

Je pris un *traghetto* pour aller voir Peggy Guggenheim. Elle avait acheté un palais : un très beau palais nommé le Palazzo Venier delle Torreselle, et aussi, parfois, le Palazzo dei Leoni. Construit au XVIIIe siècle, le seul rez-de-chaussée fut achevé ; derrière le palais s'étendait un jardin luxuriant.

Elle était assise au jardin. Je soupirai du soulagement d'échapper à la chaleur. Une statue de Marino Marini décorait le jardin : un cavalier cadavérique sur un cheval cadavérique. Je songeai aussitôt à la statue de Bartolommeo Colleoni, le grand condottiere, plein d'un orgueil et d'une simplicité fascinants. Elle se dressait sur un piédestal au Campo San Zanipolo. J'avais toujours beaucoup aimé ce cavalier à cause de sa puissance et de son aspect direct. Le cavalier de Marini était fort chétif, tout l'opposé de Colleoni. Ni orgueil, ni magnétisme.

Elle sourit tandis que je regardais le cavalier.

— Il a un pénis amovible. Je le cache dans les buissons quand les religieuses viennent me voir.

A Capri, je me sentais mal à l'aise avec Peggy Guggenheim. J'avais beau l'aimer bien, j'avais toujours le sentiment d'une *arrière-pensée* *. Maintenant, elle parassait moins agitée. Plus calme et plus âgée. Ses yeux étaient vifs et généreux, sa bouche espiègle et enjouée, ses cheveux d'une pâleur naturelle de papillon de nuit.

— Vous avez l'air si calme, si calme, tout d'un coup ! dis-je.

Elle eut un sourire un peu timide.

— Vraiment ? Je vais vous dire pourquoi. J'ai cessé de m'impatienter. J'ai décidé tout simplement de m'amuser. A quoi bon être triste ? Il faut tâcher de n'être pas triste. N'être pas triste doit devenir un violon d'Ingres. Il faut se concentrer sur certaines techniques en vue d'être heureux, et renoncer aux autres choses qui ont en elles un aiguillon venimeux. Je suis sûre que vous me comprenez. Inutile d'entrer dans les détails. Je suis une femme très simple. Je ne suis pas une intellectuelle. J'essaie d'envisager la vie très simplement et avec

* En français dans le texte. (N.d.T.)

bonne humeur. Si je me mettais à être triste, je ne manquerais pas de raisons de l'être. J'ai appris à éviter les petites joies qui se terminent en tristesse. Je m'attache à celles qui n'ont pas en elles d'aiguillon venimeux.

— Notre ami Carmen avait-il un aiguillon venimeux ?

— Oui, Carmen avait un aiguillon très venimeux.

— Mon Dieu, dis-je au bout d'un moment, vous ne manquez pas de raisons d'être heureuse.

Son regard se fit intéressé.

— Vraiment ? Quoi, par exemple ?

— Vous avez un beau palais.

— Oui, j'ai un joli palais.

— Et tous ces chefs-d'œuvre modernes.

— Oui, je suis fière de mes chefs-d'œuvre modernes.

— Et Venise, tout autour de vous.

— Oui, il y a Venise, tout autour de moi.

— Vous avez aidé Pollock, Rothko, Motherwell...

— J'ai fait ce que j'ai pu, murmura-t-elle.

Soudain, ses yeux étincelèrent d'un petit sourire gourmand.

— ...Autrefois, certaines gens me disaient que j'étais sexuellement prédatrice. Un affreux petit bonhomme me traitait de nymphomane. Ce que nul ne comprenait, c'est que le sexe allait de pair avec l'art, que l'art allait de pair avec le sexe, et que si j'aimais tant le sexe, c'est que j'étais éperdument amoureuse de l'art.

— Êtes-vous bien sûre que ce n'est pas l'inverse ? dis-je en manière de taquinerie.

Elle me lança un regard indigné.

— Vous vous méprenez complètement sur mon compte ! Essayez-vous d'insinuer que le sexe passait en premier, et l'art en second ?

— Pas le moins du monde, répondis-je, apaisant. Pour vous, l'art est toujours passé en premier.

— Et veuillez vous rappeler que j'ai toujours eu du discernement, dit-elle, apaisée. Marcel Duchamp est celui qui m'a toujours guidée vers ceux qu'il fallait. Arp, Brâncusi, Kandinsky... c'étaient invariablement ceux qu'il fallait. Un phallus ne suffit pas. Il doit y avoir quelque chose de plus exaltant...

Après avoir pris congé de Peggy, je traversai le Grand Canal et, dans le crépuscule, gagnai la place Saint-Marc. Les musiciens avaient cessé de jouer, les lumières commençaient à briller, les dames endiamantées se rassemblaient au Florian. Une fraîche brise vespérale flottait à travers les arcades, et la cloche de l'Orològio sonnait avec une tendre solennité.

A ce moment, il m'arriva quelque chose. Cela me frappa comme un coup au plexus solaire ; durant quelques instants, c'est à peine si je pus respirer tant la douleur était violente. Quelque chère forme familière venait d'être mise en pièces, mais pourquoi, où, comment, par qui ? Je n'en avais aucune idée. La place paraissait lointaine, comme retirée derrière un voile ; les voix s'éloignèrent ; les lumières se mirent à vaciller.

Il était arrivé quelque chose, mais quoi ? Il y avait de la trahison dans l'air ; je rentrai à pied à l'hôtel, et m'étendis sur mon lit dans l'obscurité.

Puis je me relevai, et regardai par la fenêtre Santa Maria della Salute. Elle planait parmi les étoiles comme une divinité qui pardonnait tout, mais l'eau, en contrebas, semblait sans fond et funeste.

Je me recouchai, pris mon Goldoni souvent lu, et me mis à traduire la première scène de *La Locandiera.*

Tact

Le lendemain matin, un câblogramme arrivait de mon frère, au Connecticut. Ma mère était morte après s'être brisé la hanche au cours d'une chute. Étendu immobile sur mon lit, je fixais des yeux les motifs du plafond. Je restai dans la chambre jusqu'à ce que la cloche de la piazza sonnât minuit, puis marchai dans la Frezzeria et errai jusqu'à cinq heures du matin, alors qu'une brume pareille à une flamme affluait de l'Adriatique.

Une lettre de ma mère arriva le lendemain matin. Mon nom et mon adresse étaient soigneusement tapés à la machine à sa manière habituelle, les lettres inclinées vers le haut de telle sorte qu'elles touchaient presque le timbre-poste. Je fourrai cette lettre, que je n'avais pas ouverte, dans ma valise. Durant des années, elle m'accompagna dans mes voyages sans fin. Jamais je ne pus me résoudre à l'ouvrir. J'en vins à la considérer comme un talisman. J'avais le sentiment que la voix de ma mère vivait encore dans cette lettre, me recommandait encore de mettre mes caoutchoucs et mes caleçons longs en laine, vivait encore avec une pâquerette séchée ou une vieille photographie jaunie. Cette lettre, aujourd'hui, se trouve dans une boîte dorée à mon chevet. Il m'arrive de me demander : oserai-je jamais ouvrir cette lettre ? Peut-être que non. Cela deviendra plus difficile avec chaque année qui passera. La lettre n'est pas encore ouverte, et la voix de ma mère continue à vivre ; mais je sais qu'à peine aurai-je ouvert la lettre, la voix de ma mère s'évanouira dans le silence.

Un mois plus tard, je regagnais la France à bord de l'*Ile-de-France.* Ayant débarqué au Havre, je traversai Rouen en voiture, et dînai à l'endroit même où Jeanne d'Arc avait été brûlée.

Je trouvai Paris plus morne que d'habitude, sous ses couches de poussière de charbon ; la rue Saint-Honoré semblait particulièrement morte. De mon hôtel, je gagnais à pied les jardins des Tuileries. Je m'asseyais sur le banc où je m'étais assis vingt-cinq ans plus tôt, alors que mon ami John Lineaweaver bouquinait à la librairie Galignani. C'était le crépuscule ; j'apercevais, errant parmi les troncs d'arbres, la forme de vieilles ombrelles et la palpitation de vieux mouchoirs.

Je traversais une phase plus sombre et plus solitaire de ma quête. Ce n'était plus une quête de grands héros ou de grands artistes. C'était devenu quête des fragilités communes à l'humanité. J'avais pour objectif une mosaïque d'appétits et d'anxiétés communs, dans l'espoir de trouver dans les contacts quelconques un type de vérité plus humble.

Je ne cessais d'écrire avec désespoir, comme si le temps allait me faire défaut. Je travaillais à un roman inspiré de la vie de Leopardi. J'écrivais trois ou quatre pages avant le petit déjeuner, chaque matin, les récrivais après mon bain puis derechef après déjeuner. Les cadences variées à l'infini me donnaient le vertige, et je combinais en maniaque les rythmes de la phrase. Ensuite, consterné par toutes ces complications et manipulations, je déchirais le chapitre et recommençais tout à la recherche d'une simplicité plus vigoureuse et d'une lucidité plus humble. Je luttais contre mon goût des symboles et des métaphores. Je purifiais les phrases, et purgeais le vocabulaire. Je m'efforçais de vaincre ma tendance instinctive à l'onirisme, au fantastique. Puis, bien après minuit, en lisant ces phrases arides, j'étais saisi d'une horreur nouvelle. Je sentais que je trahissais mon essence même, et qu'une fois encore, la pulsation de la vérité m'avait échappé. Je déchirais les troisième, quatrième et septième versions d'un chapitre, et, avec un soupir de soulagement, retournais à mon Cervantès.

Je résolus de m'embarquer dans une traduction de *l'Énéide*. Je trouvais les versions existantes ou trop prosaïques, ou trop artificielles dans leurs efforts en vue de capter la saveur virgilienne. Assis aux Tuileries, je lisais ces grandioses hexamètres qu'enfant, là-bas au Texas, j'avais scandés si laborieusement. Je me rappelais ce que nous avait enseigné Miss Reid au sujet des figures de style : « Il y a l'hyperbole, il y a l'hendiadys, mais la plus grande de toutes est le zeugma... »

Je m'efforçais de trouver un équivalent à la grandeur virgilienne. Quand j'essayais d'imiter les rythmes, la musique tombait à plat. Je tentai de les changer en pentamètres iambiques ; ce fut pire encore. Je tentai de les assouplir en un genre de *vers libre* * whitmanesque, mais la musique refusait de se cristalliser, elle se perdait dans les marges. Sans cesse, je luttais contre Virgile avec une passion presque destructrice, mais il me glissait entre les mains, long et visqueux ainsi qu'une anguille.

Toute ma vie, ce cri d'adieu m'avait hanté :

In freta dum fluvii current, dum montibus umbrae
Lustrabunt convexa, polus dum sidera pascet,
Semper honos nomenque tuum laudesque manebunt.

Ces vers de Virgile, que nous lisait avec tant d'amour Miss Reid, là-bas, au Texas, furent les plus anciennes fondations sur lesquelles j'édifiai ma poésie. Ils incarnaient ce que je considérais comme l'essence de la poésie : une profondeur de sentiment passionnée qui s'accomplit dans une musique impersonnelle. Le poème lui-même transcende les passions propres au poète ; la musique n'est plus le cri d'un seul homme, mais le cri d'une universalité humaine, éternelle.

Chez Mozart et Vermeer, il existe un étrange sourire ensoleillé dont l'impersonnalité même comporte une allusion voilée à l'incommunicable. Cette allusion voilée a une résonance plus puissante que mille tambours. Un fait me frappait : le grand art atteint à l'éternel et à l'incommunicable, non grâce à des confessions personnelles passionnées, mais grâce à des allusions et à des échos impersonnels.

* En français dans le texte. (N.d.T.)

Au bout d'un mois d'expériences métriques, je renonçai à *l'Énéide* ; mais en me promenant chaque matin aux Tuileries, j'entendais sans arrêt mourir les pas d'hexamètres dactyliques.

Je décidai, un matin, de faire une visite à Miss Toklas, qui vivait toute seule dans le vieil appartement de la rue Christine.

Les pièces étaient plongées dans une atmosphère de veuvage désolé. Les bergères fanées penchaient la tête en signe de deuil. Rideaux et tapis dérobaient leurs regards en signe de lamentation. Au mur, les tableaux (de Sir Francis Rose, pour la plupart) pendaient de travers, comme s'ils inclinaient la tête en signe de silencieuse sympathie.

Même la poussière, sur les tables, portait la trace de jours enfuis, de festins spirituels et volubiles, mais disparus à jamais. Le fantôme de Gertrude errait sans bruit d'une pièce à l'autre, touchant de ses longs doigts silencieux cadres et consoles.

Un certain Mr. Waterman, membre de mon club de bridge, avait amené une certaine Mrs. Munson ; tous quatre, nous étions lugubrement assis autour de la vieille table à café. Le fantôme de Gertrude flottait derrière nous, écoutant la conversation. Ses yeux voilés, rusés, ne cessaient d'aller et venir avec une vigilance jalouse.

— Quel délicieux gâteau à l'ananas ! Il y a une goutte de cognac, n'est-ce pas ? demanda Mrs. Munson.

— A moins qu'il ne s'agisse de Cointreau, dit judicieusement Mr. Waterman.

Mr. Waterman était un monsieur à cheveux blancs, en costume rayé noir. Il croyait aux agréments de l'existence autant qu'aux traditions. La vieille marquise malicieuse qui présidait le club de bridge avait coutume de déclarer : « Au lieu d'encre, monsieur Waterman est rempli de whisky. »

— Et la marmelade de figues... il faudra que vous m'en donniez la recette, reprit Mrs. Munson. Rien ne vous remonte le moral comme une *marmelade de figues* * faite à la maison.

— Je me suis contentée de l'acheter chez l'épicier du coin, répliqua Miss Toklas.

— Une véritable *trouvaille* *, je dois l'avouer. Un coup de chance, intervint Mr. Waterman.

* En français dans le texte. (N.d.T.)

— Mais le gâteau... il est bien de vous ! Il est fort subtil, dis-je avec enthousiasme.

— Il vient d'une petite pâtisserie d'à côté, répondit Miss Toklas.

— Eh bien, il est bon tout de même. Vous l'avez merveilleusement choisi, dit Mr. Waterman.

— Gertrude n'aurait jamais supporté cet arrière-goût de cognac, déclara Miss Toklas.

— Voyez-vous quelquefois Picasso, maintenant ? demanda Mrs. Munson.

— Je ne l'ai pas vu depuis des années. Il ne tenait pas spécialement à moi. Il me trouvait lugubre. Il l'a même dit à Gertrude. « Lugubre ! s'écria Gertrude. L'impudent ! » Il plaisantait, j'en suis sûre, mais Gertrude était indignée.

— Il est espagnol, c'est pour cela, dit avec sévérité Mr. Waterman.

— Je ne puis les sentir. Je n'ai jamais pu ; je ne pourrai jamais, dit Mrs. Munson.

— Les Espagnols ont un certain piment, dit Alice. J'estime que l'Espagne est un pays d'épreuves, et j'ai toujours adoré les épreuves.

Je n'avais rencontré que deux fois Miss Toklas, mais j'avais l'impression d'être en visite chez une vieille connaissance. Quand elle parlait des épreuves espagnoles, il me semblait que je la connaissais depuis des années. L'étrange nimbe d'intimité que Gertrude avait répandu autour d'elle s'attardait comme un parfum, et projetait ses pouvoirs sur Miss Toklas.

— Hier au soir, j'ai mangé une merveilleuse bouillabaisse, déclara doucement Mrs. Munson.

— On ne devrait manger de bouillabaisse qu'à Marseille, dit Mr. Waterman.

Alice se dérida imperceptiblement.

— Ils essaient aussi d'en faire à Nice, mais ce n'est pas tout à fait la même chose qu'à Marseille. On ne mange de véritable bouillabaisse qu'à Marseille. La meilleure est au rouget, au mulet et au turbot. Gertrude estimait et disait que c'était une insulte à la langouste. Avant la bouillabaisse, nous mangions des artichauts ; j'avais de légers doutes, mais les artichauts convenaient au sens de l'austérité de Gertrude. C'était là-bas, chez Pascal, et le cadre était adéquat, mais nous n'y sommes jamais retournées à cause du temps qu'il faisait.

— Quel temps ? demanda Mrs. Munson.

— Il pleuvait des cordes.

— Des cordes. Voyez-vous ça, dit Mr. Waterman, encourageant.

— Jeudi, j'ai entendu Rubinstein, annonça Mrs. Munson.

— La question, c'est : *ou bien* Rubinstein, *ou bien* Horowitz, dit Mr. Waterman. L'un *ou* l'autre. Pas *les deux. Jamais* les deux.

— Pour Chopin, c'est Rubinstein, assura Mrs. Munson.

— En toute simplicité, j'aime beaucoup Chopin, dit Alice.

A sa lèvre, la moustache était passée du noir au poivre et sel, et ses sourcils eux-mêmes étaient mouchetés de gris.

Mrs. Munson se penchait en avant. Elle portait un long manteau de vison, et ses sombres yeux saillants la faisaient ressembler à un rongeur géant.

— Alors, vous aimez *vraiment* Chopin ? chuchota-t-elle avec hardiesse.

— Rien n'était plus beau que Vladimir de Pachmann, dit Alice. Il avait dans les valses une *Fingerfertigkeit* émouvante.

Après que Mrs. Munson et Mr. Waterman eurent enfin pris congé, Alice se ragaillardit soudain et se mit à parler de Hemingway.

Je sentais une intimité germer entre nous, très légère, pareille au contact d'une aile de papillon. De travers dans son fauteuil, la bouche un peu tordue vers la gauche, elle déployait les doigts au bas de son col.

— ...Le style d'Ernest Hemingway n'a jamais séduit vraiment Gertrude. Elle le considérait comme un imitateur éhonté. Scott Fitzgerald avait beau être sucré, du moins ce n'était pas un imitateur ; donc, elle s'abstenait de juger Fitzgerald. Mais le style de Hemingway venait en droite ligne d'*Américains d'Amérique*, et Gertrude ne lui pardonna jamais d'essayer de lui donner un caractère romantique. Elle admettait son talent mais ne le considérait pas comme un artiste, et voyait dans *l'Adieu aux armes* un exemple de manque de tact. Elle reconnaissait l'habileté mais rejetait l'intention. Elle me disait : « Alice, cet homme est une *cause perdue* *. Il a tout volé à *Américains d'Amérique* ! »

J'écoutais intensément, et saisissais dans les cadences d'Alice les échos faciles à reconnaître de la voix de Gertrude Stein. La triste lumière de la lampe éclairait les joues de Miss Toklas, et je me sentais en présence d'un médium télépathique. Miss Toklas avait un visage de gitane lugubre, mais dans sa voix j'entendais les rythmes graves et triomphants de Gertrude Stein.

Tandis que je suivais la rue, un élancement de chagrin me transperça comme un coup de couteau entre les côtes. Je m'appuyai contre un volet. Les murs devinrent brumeux, et pour la première fois de ma vie j'éprouvai un insurmontable mal du pays.

* En français dans le texte. (N.d.T.)

La crevette

Quinze jours après ma visite à Alice Toklas, je me rembarquais pour l'Amérique. La ville de New York passait par une de ses métamorphoses saisonnières. Novembre et décembre étaient les mois de la larve. Paresseuse, elle rampait, vêtue de daim et de fourrures lustrées, regardant les vitrines des magasins étinceler dans l'attente de Noël. Elle grignotait ses plantes nourricières, telles que tarte au fromage blanc parfumée au citron et pastrami, et contemplait de ses yeux léthargiques le clinquant et le houx.

Puis venaient les mois du cocon : janvier, février, mars. La ville, dans une chrysalide, dormait tout en attendant ; d'étranges appendices nouveaux se développaient sous son armure d'un brun luisant.

Puis venait avril. Sous le soleil, la nymphe s'ouvrait. A Central Park, les arbres explosaient en feuilles timides, nerveuses. Des bleus, des roses et des jaunes vifs valsaient le long de la Cinquième Avenue ; un scintillement de festivités animait l'atmosphère. Dans la salle de bal du Pierre, on donnait une réception en l'honneur des ballerines ; et dans un grenier, là-bas, au Village, une réception en l'honneur de non-figuratifs. Dans une cave tapissée de carapaces de homards, on donnait une réception en l'honneur de surréalistes ; et même, dans un appartement plein de toiles d'araignées du vieux Dakota, une réception en l'honneur de lépidoptéristes.

Je travaillais à un roman intitulé *Un chant d'amour*. Dans ce livre, je portais un masque inspiré du style des Vénitiens, qui tenaient que les masques permettaient un jeu plus libre des excentricités cachées. Mais cette idée de masques encourait également certains risques : excès de complication et d'ornementation. Aussi donnai-je à mon style un dépouillement de fable, et à mes personnages une simplicité de légende ; au lecteur de détecter le labyrinthe des thèmes.

Chaque jour, je déjeunais à la cafétéria de Central Park. Derrière les visages qui m'entouraient, je devinais quelque chose de fabuleux. J'apercevais François-les-Bas-bleus, Boucles-d'Or, le Petit Chaperon rouge, sans parler de la Vilaine Duchesse et du Vilain Petit Canard. Mais ces inconnus, loin de se figer en symboles et en abstractions, devenaient poignants, imprévisibles, teintés d'une irisation d'arc-en-ciel.

Après déjeuner, je traversais le zoo et regardais les cages. Je m'arrêtais devant le lion pour scruter ses yeux où je voyais reflétées les brûlantes savanes de l'Ouganda. Il y avait un loup triste, qui se faisait tout petit et semblait supplier qu'on le comprît, qu'on le rétablît dans la hiérarchie des animaux légendaires ; il y avait également une hyène au museau noir, tapie dans un coin, plongée dans un marécage d'ostracisme. Deux chameaux me lançaient un coup d'œil d'intelligence, comme pour me faire partager leurs souvenirs de caravansérails au désert ; il y avait aussi deux yacks aux yeux de jais, encore absorbés par la vision d'avalanches tibétaines.

Il y avait les phoques, qui s'étaient vulgarisés en se donnant en spectacle au public, et les ours polaires, qui cachaient leur férocité sous une gaucherie caressante ; et dans le pavillon des oiseaux les cacatoès, qui affichaient un air d'intellectualisme criard.

Mais c'étaient les tigres qui m'électrisaient le plus. Je ne me lassais jamais de les regarder. Les rayures de leur peau ressemblaient aux ombres du bambou. De long en large, ils rôdaient avec une précision métronomique, glissant sans bruit sous l'imaginaire ondulation de l'herbe. Il y avait une créature appelée tiglon, mi-lion mi-tigre ; cette bête anormale était ma préférée au zoo ; cet animal énorme et subtil semblait faire ses délices de son caractère unique. Loin de chercher une identité dans ce monde de déracinés, il proclamait que lui et lui seul avait une identité véritable.

Monroe Wheeler, qui dirigeait le Musée d'Art moderne, donna un soir une réception en l'honneur des Sitwell. Edith et Osbert étaient arrivés à New York pour une visite d'adieu. Le pauvre Osbert se trouvait fort malade — il souffrait de la maladie de Parkinson —, et la pauvre Edith était fort amère — elle choyait sa manie de la persécution. J'avais déjà rencontré Sacheverell et me sentais une parenté avec lui, mais je n'avais jamais rencontré Osbert et je désirais vivement le rencontrer. J'avais souvent entendu parler d'Edith, et j'étais curieux de la voir.

Mon livre préféré signé Sitwell était, de Sacheverell, *All Summer in a Day* [Tout l'été en un jour]. Ce qui me plaisait chez Sacheverell, c'était son enthousiasme pour les à-côtés culturels. Il papillonnait comme un machaon, s'arrêtant pour aspirer une goutte de nectar aux nefs gothiques, aux palais rococo, aux chapelles baroques, aux temples cambodgiens. L'on accusait Sacheverell d'être un dilettante, mais ce dilettantisme même lui conférait une authenticité particulière, tout comme un papillon est authentique par la grâce de sa frivolité.

Cependant, *Triple Fugue*, d'Osbert, et l'enregistrement par Edith de son poème intitulé *Façade*, m'avaient également charmé. Les trois Sitwell, pareils aux cacatoès du zoo, ne se lassaient jamais de proclamer leur identité criarde. Aussi attendais-je avec impatience de jeter un coup d'œil à Osbert et à Edith afin de confirmer tant mes suspicions que mes enthousiasmes.

Les invités s'étant rassemblés, il régnait une atmosphère d'attente cynique. Les Sitwell étaient une légende, mais une légende mangée aux mites. Ils venaient d'être l'objet d'attaques assez peu voilées. Mais tout le monde désirait ardemment voir les Sitwell, et même prendre leur défense à condition qu'ils y missent de la bonne volonté.

Marianne Moore était assise dans un coin, pâle et craintive. Edmund Wilson, assis sur un sofa, feuilletait *The Unquiet Grave* [La Tombe inquiète]. Trois jeunes peintres, debout dans un angle, discutaient de la musique de Paul Hindemith. Un jeune compositeur, debout devant la bibliothèque, regardait les éditions originales. Près de la table, à côté d'un caoutchouc, Katherine Anne Porter était assise.

Elle avait l'air si triste et solitaire que j'eus envie de la consoler. C'était une fort belle femme aux yeux prodigieux, aux cheveux d'écume blanche. L'intensité de martyre de ses yeux me plongeait dans la perplexité. Je m'assis tout près d'elle, brûlant de consoler ses angoisses.

Elle leva son verre et me fixa d'un regard accusateur.

— Quelle affreuse chose ils ont fait là !

— Qui donc ? Les Sitwell ?

— Non ! Les Suédois !

— Qu'est-ce qu'ils ont fait ?

— Donner ce prix à un médiocre tâcheron comme Steinbeck !...

Sa voix tremblait de rage. Elle serrait fiévreusement son verre.

— ...Décerner le prix à William Faulkner était bel et bon. Il y a chez Faulkner une intégrité que je respecte sans réserve. Quand ils ont donné le prix à Hemingway, je n'ai pas soulevé la moindre objection. Il existe une saveur, chez Hemingway, qui mérite d'être reconnue. Mais les Suédois doivent être fous. Pearl Buck, c'était déjà assez mauvais. Mais décerner ce prix stupide à un tâcheron sentimental comme Steinbeck !...

Edmund Wilson s'approcha et se tint debout près de la table, impénétrable. Il avait une grosse figure irritable au grand front menaçant, et une expression de bébé d'une implacable bienveillance.

— Je feuilletais cet étrange petit volume de Connolly. Il s'y dénomme Palinure. Mais de toute évidence il s'agit de Cyril Connolly. Dans son bateau, il nous guide à travers les tourbillons du Styx. Très adroite, cette idée, et il l'aborde avec dextérité. Cyril Connolly possède un certain bonheur d'expression. En règle générale, je me méfie de toute cette virtuosité verbale ; mais dans le cas de Cyril Connolly, cela dépasse la virtuosité. Il saute aux yeux qu'il a souffert. La paresse l'a torturé.

— Ils viennent, oui ou non ? demanda Miss Porter, assez irritée.

— Qui ça ? dit Wilson.

— Les Sitwell, voyons !

Wilson eut l'air perplexe.

— Nous attendons les Sitwell ?

— A ce qu'il semble. Regardez autour de nous. L'excitation les convulse littéralement. On dirait une nuée de mouches en train d'attendre de se jeter sur un camembert.

Edmund Wilson inclina la tête.

— Bien curieuse idée. Je n'ai jamais comparé les Sitwell à un camembert, mais maintenant que vous en parlez je vois ce que vous voulez dire. Je ne prétends pas faire autorité en matière sitwellienne. *Before the Bombardment* [Avant le bombardement] m'a plu, et les *Rustic Elegies* [Élégies rustiques] m'ont amusé. J'ai parcouru sans grand intérêt *The Gothick North* [Le Nord gothique].

Il y eut un silence d'expectative. Tous les visages se tournèrent simultanément. Dans le vestibule, il y eut un froissement, et les rideaux s'agitèrent en signe d'attente.

Edith entra la première. Elle était moins anguleuse que je ne le prévoyais, plus massive et plus myope. Elle portait une robe en taffetas d'un gris d'huître, et traversait la pièce avec une expression cupide de pie, jetant de rapides coups d'œil aux chandeliers, aux coupes, aux cinéraires. Elle avait de très hautes pommettes et des sourcils invisibles. Elle tendait les bras en direction du sofa.

Osbert la suivait, l'air assez effrayé. Il se déplaçait par saccades, comme s'il eût tâtonné à travers un fourré. Il se dirigea vers la fenêtre, puis soudain se ressaisit. Il mit le cap sur la bibliothèque, qu'il contempla, désorienté. Monroe Wheeler, avec douceur et tact, le prit par le coude, et Osbert se mit à glisser à travers la pièce comme sur des roulettes.

— J'aimerais vous faire rencontrer Miss Moore, dit Monroe Wheeler, câlin.

Osbert fit une embardée incontrôlable en direction de Miss Porter.

— Ah ! Miss Moore ! Enchanté de vous rencontrer. Je trouve irrésistibles vos poèmes. Ils me font penser à des coquillages. Ou bien à des nids d'oiseaux. Ou bien à des presse-papiers. Vous savez le genre que je veux dire, pleins de tourbillons et de volutes...

— C'est Miss Porter, et non Miss Moore, dit Monroe Wheeler avec nervosité. Miss Moore est une poétesse, mais Miss Porter est une conteuse. Je suis sûr que vous avez lu *l'Arbre de Judée*, n'est-ce pas, Osbert ?

Je me faufilai vers le sofa, et m'assis à côté d'Edith Sitwell.

— Je vous ai toujours vue sous l'aspect d'un personnage élisabéthain, murmurai-je.

— *En effet*, j'ai l'air élisabéthain, répliqua-t-elle, glaciale.

— Victorien aussi, d'une certaine manière, ajoutai-je.

Elle montra légèrement les dents.

— Je me sens une parenté avec les victoriens.

— Et aussi médiéval, dis-je en penchant un peu la tête.

Elle rétrécit des yeux soupçonneux.

— Médiéval de quel *type* ?

— Ces merveilleux saints de Chartres. Et ces magnifiques tombes gothiques...

Je constatais que j'étais allé trop loin.

— Sornettes gothiques, aboya Miss Sitwell. J'ai beau avoir l'air d'un caméléon, mes vers sont strictement contemporains. Je laisse le gothique à Sacheverell, et le victorien à ce cher Osbert.

Il était délicieux d'observer Miss Sitwell. Elle avait un peu une face de lama, mais le génie de l'adapter à une « période ». Quand elle parlait des élisabéthains, son visage revêtait une symétrie ornée de joyaux. Elle touchait une fraise imaginaire et maniait un invisible collier. Quand je prononçai le mot de *médiéval*, elle eut aussitôt l'air gothique. Sa voix se fit liturgique, ses mains se joignirent en prière ; jusqu'aux plis de sa robe acquirent une rigidité sculpturale.

Je mis la conversation sur la poésie.

— Vous avez des points communs avec Pope, dis-je.

— Avec le *pape* * ? s'exclama-t-elle, indignée. De quel pape voulez-vous parler ?

— Je voulais parler d'Alexander Pope.

Quelque temps, elle parut calmée.

— Sur Pope, je pourrais vous raconter de petites histoires bien curieuses. Dans la vie d'Alexander Pope, les apparences

* En anglais, pape se dit *pope*. (N.d.T.)

sont parfois trompeuses. Sa versification avait beau être subtile, c'était un affreux petit bonhomme. Comme il avait construit une grotte à Twickenham, on le surnommait la Guêpe de Twickenham. Quand il s'agissait de vendre sa poésie, il marchandait avec beaucoup d'âpreté. Je voudrais bien être capable, *moi*, de marchander avec âpreté quand il s'agit de vendre ma poésie à moi ! John Milton a vendu *Paradis perdu* cinq livres. Il est possible que j'aie une saveur à la Pope, mais, pour les questions d'argent, je suis miltonienne.

Le maître d'hôtel se glissa près de nous avec un plateau de crevettes. Edmund Wilson, un verre à la main, s'approcha du sofa. Il cueillit une crevette dans le plateau, et la plongea dans la mayonnaise. Il la tint en l'air tout en buvant son whisky. Glacé d'horreur, je vis la crevette glisser de son cure-dent pour atterrir gracieusement sur la coiffure de Miss Sitwell. Miss Sitwell, pourtant, l'ignora et poursuivit d'un ton serein :

— ...C'est toujours l'élément incantatoire qui me séduit, au fond. Dans *Paradis perdu*, l'incantatoire domine. « Le vieux marin » est un murmure cryptomagique. Quant à Eliot...

— « The Hollow Men » [Les Hommes creux] est pure incantation, dit Edmund Wilson.

Il ne quittait pas du coin de l'œil la crevette, avec une curiosité scrupuleuse.

— ...Une fois, j'ai entendu Eliot le lire à haute voix. C'était une merveille de rythme.

— Même chez Dryden il y a un sens de l'abracadabra, déclara Miss Sitwell. Quand je lis Dryden, j'entends battre les tam-tams dans la jungle. Or, chez Pope, c'est différent. Il demeure une trace d'incantation, mais haussée à un tintement fragile, quasi cristallin...

Je ne cessais d'observer la crevette avec une fascination fiévreuse. Elle tenait en équilibre sur Miss Sitwell, comme une amulette d'ivoire. Je me la représentais victorienne, élisabéthaine, gothique. Soudain, je me mis à éprouver pour Edith Sitwell une certaine sympathie.

— ...Je me refuse à considérer la poésie de Shelley comme incantatoire, disait-elle. Il y a un rythme insinuant, mais ce n'est pas le rythme du rituel. Je considère Shelley comme une espèce de *jongleur** amateur. Prenez *Adonaïs.* Il y a une résonance, mais elle est loin de l'incantatoire...

Elle me considérait du coin de l'œil, et ce regard acquit progressivement l'éclat du triomphe. Elle sentait, à sa mode de sorcière, qu'elle m'avait enfin converti. J'avais enfin été attiré dans le camp des Sitwell.

J'entendais le bruit de la circulation sous la fenêtre ; or, les sortilèges d'Edith étaient si puissants qu'il se métamorphosait en un chœur d'élégies rustiques : bêlements de moutons, meuglement de vaches, sifflement d'une armée d'oies en furie.

* En français dans le texte. (N.d.T.)

Le monstre

New York revêtait un moelleux jonché de feuilles, et qui sentait la pomme. Je me mis à aimer la ville pour ses sombres senteurs automnales. Finies, les affres de l'été ; les joies de l'hiver s'annonçaient ; les rues s'étendaient en des limbes bruns, dorés, pourpres, comme si les feuilles mortes avaient laissé une patine sur les murs.

Ayant terminé mon roman vénitien, je l'avais déjà rejeté. Ma nouvelle manie d'ascétisme ne convenait pas à Venise. Cette crise de purification tarissait la gaieté de Venise, que j'aimais sans retenue. Je retournai à mon Eschyle, et travaillai à ma version des *Euménides.* Octobre s'éteignit et se fana doucement ; ce fut novembre.

Un soir, chez Josephine Crane, je rencontrai Hannah Arendt. Elle était venue chez Mrs. Crane donner une conférence sur le XIXe siècle. Elle expliqua qu'en dépit de toutes les apparences contraires, le XVIIIe siècle était une époque de proportions spacieuses, d'amplitude, avec Voltaire et Rousseau aussi bien que Gibbon et Fielding ; le monde de l'imagination s'ouvrait vers l'extérieur, vers l'Orient ; toutes sortes de chinoiseries remplissaient les maisons. Tandis que malgré la Révolution industrielle et l'élan du romantisme, le XIXe siècle était une époque boudeuse, introspective. Les hommes se vautraient dans la nostalgie, les femmes cherchaient de la main leur flacon de sels, et la bourgeoisie baignait dans un déluge de larmes.

— A vous écouter, cela paraît si affreux ! s'écria timidement Marianne Moore. Pensez à Delacroix, je vous prie. Et à l'« Ode sur l'immortalité ». Puis songez à la claustrophobie de *la Boucle dérobée !*

Hannah Arendt approuvait de la tête, l'air animé, ragaillardi : elle estimait qu'il était toujours stimulant de voir le côté opposé des choses. Elle croyait à l'harmonie interne des contradictions de surface, ainsi qu'à la nature illusoire des contrastes ; aussi tomba-t-elle instantanément et joyeusement d'accord avec Marianne Moore, même si la thèse de toute sa causerie allait dans la direction opposée.

Après la conférence, nous mangeâmes un jambon entouré de disques d'ananas, et un *baba au rhum* * fourré de cerises et de pêches.

Assis à côté de Hannah, je me sentais merveilleusement revigoré. J'éprouvais un sentiment de parenté jaillissante qui avait goût de fruit défendu. Quand je la regardais, mon cœur se mettait à pétiller comme du champagne. C'était une dame maigre et quelconque ; pourtant, j'avais l'impression de n'avoir jusqu'alors jamais vu chez une femme aussi magnifique floraison. Son visage, tandis que je l'observais, devenait aussi éclatant qu'une rose pleinement épanouie.

— Et il y a Hölderlin, déclarai-je. Chez Hölderlin, il y a des proportions spacieuses. On a le sentiment du ciel, des dieux et de l'Olympe.

Hannah Arendt avait l'air enchanté, sur la piste d'un paradoxe flambant neuf. Ses yeux et son sourire avaient un éclat plus profond que celui de la tolérance, car il jaillissait d'un besoin d'aimer ce qui était étranger, et de pardonner ce qui paraissait laid, horrible, brutal.

Les trois femmes les plus intelligentes que j'aie rencontrées dans ma vie étaient Gertrude Stein, Hannah Arendt et Marguerite Yourcenar ; chez toutes les trois, l'étonnant, c'était leur amour de l'ambiguïté, qui allait de pair avec une saisissante clairvoyance. Chez toutes les trois, le don de percevoir l'aspect inattendu des choses se trouvait lié à une foi séculaire en les pouvoirs secrets de la divination.

* En français dans le texte. (N.d.T.)

— Précisément, dit Hannah. Chez Hölderlin, il y a bien cette merveille, mais je crois que l'espace apparent ne servait en réalité qu'à déguiser sa claustrophobie. Il a franchi les monts d'Auvergne pour se rendre à Bordeaux, mais après cela il a été pris au piège chez un charpentier de Tübingen. Il est devenu fou, ne l'oubliez pas. Il croyait se nommer Scardarelli, parfois même Scaliger Rosa. Sa nostalgie de l'Olympe s'est transformée en une peur des lutins de la forêt.

— Oui, des lutins, dis-je avec passion. Les lutins m'intéressent toujours.

— Exactement, fit Hannah. Vous avez erré dans les forêts. Vos sourcils me montrent que vous avez des affinités avec les gnomes. Je ne pense pas que vous ne vous nommiez jamais vous-même Scardanelli, mais je vous imagine assez en train de franchir les monts d'Auvergne ou les Pyrénées.

Après dîner, je pris un verre avec Hannah Arendt au Salon de thé russe. Charmé par l'intelligence de sa voix et par ses yeux d'un brun de miel, la perspective de la quitter me faisait peur.

— Et que pensez-vous du XXe siècle ? lui demandai-je. Que pensez-vous de l'époque actuelle ? Avez-vous des pressentiments ?

Elle rit pour répondre joyeusement :

— Je n'arrête pas d'avoir des pressentiments. Je me repais positivement de pressentiments. Comment peut-on envisager l'avenir avec autre chose que les plus cruelles prémonitions ?

A la perspective d'une calamité, elle continuait de sourire avec ravissement.

— ...Il y a des moments où j'ai la conviction que l'art et la littérature ont fait leur temps. Je considère Picasso comme une excroissance ultime. Je sais bien qu'il y a des gens à qui cette idée répugne ; ils insistent pour trouver un *frisson* * chez la plus récente fournée de fumistes. Même les critiques consciencieux — j'en ai rencontré quelques-uns —, même eux doivent gagner leur vie, et tout naturellement les journaux refuseraient d'imprimer un perpétuel article nécrologique. Conclusion : cet affreux conte sur l'empereur et ses habits.

* En français dans le texte. (N.d.T.)

Avec une alacrité de sorcière, elle m'adressait un sourire espiègle. Il y avait quelque chose de la gouvernante dans sa précision, sa sollicitude, sa détermination enjouée, ainsi que dans son chapeau affaissé, drapé de cerise, et son vieux manteau râpé. J'eus un élan de curiosité. Hannah songeait à un paradoxe inédit. Je le voyais se matérialiser petit à petit, d'abord dans ses yeux de braise, puis dans son index levé, dans sa voix enfin.

Elle dit impétueusement :

— ...Je viens de penser à ces siècles ambigus. Il faut chercher de nouvelles perspectives. Il faut chercher de nouvelles dimensions. Le XVIIe siècle était plein de pestes et de romans picaresques. Il était obsédé par le rude, le difforme, le démoniaque. Le XVIIIe siècle était une époque de fourberie et d'érotisme. Le XIXe siècle nous a apporté ce que nous nous plaisons à nommer romantisme, châteaux hantés, orgies bestiales, sinistres figures dessinées avec un réalisme angoissé. Dieu me pardonne ! Sommes-nous l'un et l'autre des vestiges du XIXe siècle, avec un pied encore dans le XVIIIe, et un doigt toujours dans le XVIIe ?

Elle eut un rire d'exultation, et son visage recula de nouveau dans le passé, dans l'innocence ardente et brouillée d'une vieille photographie sépia.

— Et Wystan ? demandai-je.

Je sentais qu'elle pensait à Auden.

— J'aime beaucoup Wystan, ronronna-t-elle, mais je commence à me sentir mal à l'aise avec lui. Quand je médite sur Wystan, je ne peux m'empêcher d'être pessimiste. Wystan a beau être hideusement empêtré, il aspire aux certitudes simples. Il se repaît de toutes les variétés d'amour non partagé — appelez cela plutôt, si vous le voulez, amour non partageable — ; en fin de compte, il devient de plus en plus alcoolique et dissolu, en même temps que de plus en plus didactique et avunculaire. Il tente de réconcilier les deux avec un genre de masochisme spirituel, mais naturellement ça ne marche pas. Ça ne peut jamais marcher. C'est hallucinant.

Le salon de thé était presque vide, et l'on attendait notre départ, mais la pensée de prendre congé de Hannah Arendt me faisait horreur. Elle emplissait d'une vitalité scintillante le salon de thé vide. Assise bien droite, comme afin de réconcilier quelque contradiction, ses mains, sur la table de plus en plus sombre, se creusaient des lignes de la vaillance et de la patience.

— Mais il aspire également à un amour partagé, vous ne croyez pas ?

— Il a trouvé moyen de le rendre impossible, et voilà pourquoi je me sens mal à l'aise avec lui. Il s'est arrangé pour que seul, l'amour non partagé ait du piquant à ses yeux. Tout comme on devient un drogué de l'héroïne, on devient un drogué de la souffrance. Le goût du naturel s'émousse ; la faculté de joie s'évapore ; en fin de compte, on gît dans un désert à l'horizon assez écœurant. Wystan a sombré dans cette *nostalgie de la boue* *, et il n'est pas le seul, il y en a des milliers d'autres dans cette ville dévastatrice ; mais que faire ? La toxicomanie est incurable. Voilà qui explique, je suppose, ces rides pareilles à de la lave, et peut-être également ces poèmes où Wystan se trompe sur lui-même. Nous sommes dans les années cinquante, vous savez. Les dégoûtantes, les poseuses années cinquante. Les poèmes de Wystan ont perdu leur vérité du fait même qu'ils annoncent la vérité. C'étaient ses premiers vers, les vers impénétrables, qui possédaient l'éclat d'une vérité intérieure, et je me demande si la vérité n'habite que chez ceux qui n'en ont jamais conscience.

— Geoffrey Grigson le traitait de monstre. Avez-vous le sentiment qu'il soit un monstre ?

— Notre Wystan est souvent monstrueux, mais il n'est jamais tout à fait un monstre.

Nous nous levâmes. Comme nous allions nous quitter dans la Cinquante-septième Rue, Hannah se retourna soudain, et me prit par le coude.

— ...A la fin, Hitler estimait que son propre pays l'avait trahi ! Il voulait punir sa propre patrie ingrate en la détruisant de fond en comble, dût-il se détruire en même temps lui-même. Telle était sa sottise ; telle était sa vanité ; notre Wystan est vaniteux mais il n'est pas sot. Et il nous a tant donné que peut-être la chose est pardonnable.

* En français dans le texte. (N.d.T.)

Je dis bonsoir à Hannah avec une explosion de joie soudaine et en même temps une caverne de chagrin tout au fond de moi. Je la regardai s'éloigner d'un pas alerte dans la Cinquante-septième Rue ; le dos de son manteau avait un merveilleux air d'intégrité, de gaieté, de force. A l'angle, elle s'arrêta, se retourna vers moi, agita la main. Puis le bruit de la circulation s'intensifia brusquement jusqu'au cri ; vite, Hannah tourna l'angle, et disparut.

Fantômes

Avril venu, la ville s'anima d'un nouvel intérêt. Je pris un appartement dans la Cinquante-cinquième Rue ; assis à la fenêtre, je regardais les nuages, en me demandant d'où diable ils pouvaient bien venir. Puis je regardais la procession sans fin des hommes, au-dessous de moi. Ils avaient l'air encore plus éphémère et immatériel que les nuages. J'éprouvais, comme toute ma vie, depuis le début, je l'avais éprouvé, un suspense grandissant, une vigilance électrique, comme si les nuages et les gens allaient exploser, révélant, pareils à une coquille d'œuf brisée, une réalité plus profonde.

Mais en moi quelque chose avait changé. J'entrais dans une nouvelle décennie. Ma curiosité grégaire avait fini par faire son temps. Mon obsession de promiscuité, du corps autant que de l'esprit, s'était évaporée. J'aspirais à intégrer toutes les choses différentes que j'avais vues et entendues en un seul motif cohérent, un seul sens de la destinée, une seule paix, une seule force d'âme.

De plus en plus, je préférais le secret de la nuit à l'éclat du soleil. Je me mis à éviter toutes les réceptions, célébrations et cérémonies. Je ne voulais voir les gens que seuls, et non point en groupes. Je préférais les forêts aux cités. Le bavardage banal me répugnait. Je sentais que le crépuscule commençait à tomber ; je cherchais des significations ultimes, et mes sentiments pour autrui se teintaient de timidité, voire de frayeur.

Je commençais à me rendre compte que je retournais au monde de mon enfance. Le désir de significations était le désir essentiel de mon enfance. Comme un enfant, je trouvais un sujet d'étonnement inépuisable dans l'air, dans le bleu du ciel ou dans la sauvage excitation des oiseaux. Peu à peu, je me transformais en reclus, en ermite, et mes rencontres avec les gens devenaient plus hésitantes, ainsi que des antennes. Chaque rencontre avec un inconnu constituait un microscopique drame qui montait jusqu'à un paroxysme étincelant mais invisible. Je ressentais une attente, comme avant le lever du rideau, et cette attente s'intensifiait tandis que je regardais les petits détails former peu à peu la clé du dénouement. Même après la rencontre, alors que je poursuivais seul mon errance, les détails remémorés formaient un motif nouveau, plus étrange, en sorte qu'une solution du mystère se déployait souvent après l'événement, et que soudain je saisissais le secret longtemps après la rencontre.

J'avais parfois le sentiment de naviguer à travers un océan noir, sans fin, et que ces rencontres étaient comme les repères d'une carte marine. Mais alors, je me rendais compte que ces gens constituaient eux-mêmes la mer infinie, et que la carte était ma faim, mon désir et ma curiosité.

C'est ainsi qu'enfin je commençai d'apercevoir le motif secret de mon existence. Je vis une lanterne briller au loin à travers une colonnade d'arbres. La vie avait un aspect éternellement triple, exactement comme toutes choses allaient par trois. Il y avait la vie des sens, des yeux et le désir. Il y avait la vie de l'approfondissement de la connaissance, de l'expérience et de la création. Et, mieux que tout, il y avait la vie de la nature et de l'instinct.

Isak Dinesen, baronne Blixen, arriva un après-midi à New York. Extrêmement frêle et âgée, elle voulait voir une dernière fois les tableaux. « Les Fragonards et les Goyas surtout, disait-elle. J'ai assez vu les impressionnistes. J'aspire au légendaire. »

Elle vint chez moi dîner, et grignota nerveusement de la laitue. J'avais préparé un steak *tartare* *, mais elle refusa d'y tou-

* En français dans le texte. (N.d.T.)

cher. Trois bougies jaunes, effilées, brillaient sur l'étang d'acajou ; la baronne me parla de sa visite au Frick Museum, où elle était demeurée assise une heure dans une salle pleine de Fragonards.

Puis elle me raconta des anecdotes sur sa vie au Kenya. Elle parla de Finch-Hatton, dont elle avait été amoureuse, des beaux animaux et des beaux Noirs.

Écouter la baronne Blixen me passionnait. J'avais le sentiment qu'elle parlait de certains épisodes de ma propre existence, et qu'elle risquait un coup d'œil dans la caverne de mon passé non remémoré — non pas mon passé réel, factuel, mais mon passé perdu, océanique. Je sentais qu'elle avait pris part à cet énorme passé rudimentaire, et que ses anecdotes racontaient des incarnations antérieures de moi-même.

— ...Je suis devenue une partie de l'Afrique. L'atmosphère était saturée de terreur. On ne pouvait s'empêcher de faire siennes les peurs et les superstitions. C'est une chose que d'être réconcilié avec la mort dans le monde des chrétiens, mais c'en est une tout autre que de participer à la mort dans la brousse. Chez les fantômes africains l'on voit les visages de la mort, et l'on sent qu'ils ont une très grande dignité, une très grande beauté. La seule chose que j'avais en horreur, c'était le meurtre des bêtes, mais les Africains, bien sûr, le voient sous un jour très différent. Voilà des millions d'années que l'on tue les bêtes, et s'il n'avait tué les bêtes, l'homme n'aurait jamais survécu. Après tout, même ici, le massacre des bêtes est plus cruel encore qu'en Afrique.

C'était une petite dame squelettique aux lèvres rouge sang, au visage d'un bleu de lait, aux yeux phosphorescents, profondément enfoncés dans leurs poches.

Elle me parla d'un éléphant tué par Finch-Hatton ; durant sept longues nuits, les bois avaient retenti du chant des éléphants. Une fois, scrutant les bois, elle vit la forme puissante d'un éléphant, tissée de cristaux et de clair de lune ; il balançait sa trompe au rythme du chant.

Cela faisait plus de vingt ans que j'avais lu les *Sept contes gothiques* de la baronne ; un sens du macabre assombrissait leur charme emperruqué. Pourtant, je préférais encore son livre de mémoires, *Ma ferme africaine,* où la pureté du style exprimait un sentiment de terreur primitive.

— ...Il convient de raconter une histoire simple aussi simplement que possible, dit-elle avec gravité. Dans la simplicité d'une histoire il y a déjà suffisamment de complexités, suffisamment d'obscurité, de confusion, de férocité, de désespoir.

— Mais dans votre histoire intitulée « Le singe », le singe ne symbolise-t-il pas le mal ?

— Oh ! je ne crois pas au mal, je crois seulement à l'horreur. Dans la nature, le mal n'existe pas, mais seulement une abondance d'horreur : pestes, maladies des plantes, fourmis, asticots.

— Alors, un cobra, ce n'est pas un mal ?

— Mon cher, un cobra est loin d'être un mal.

— Vous disiez pourtant que tuer est mal.

— Non, je n'ai pas dit que c'était mal. Méchant, oui, et pervers, oui, si nous tuons pour l'ivoire ou l'écaille de tortue. Mais je ne fais pas de croisade, les mœurs du monde sont ce qu'elles sont, et l'on tue depuis le meurtre d'Abel.

Je m'assis tout près d'elle, sur le sofa, pour sentir sa « magie ». Je la sentais couler avec une sérénité de clair de lune. Je devinais une ancienne angoisse, un ancien renoncement. L'ossature de ce visage était si belle, si translucide, que j'avais l'impression d'être assis à côté d'une statue romane.

— Croyez-vous réellement aux fantômes ? demandai-je.

— Bien sûr, que je crois aux fantômes. C'est une *faiblesse* * que je n'ai jamais cachée. Pourtant, mes fantômes sont des *jeux d'esprit**, des paradoxes irisés. Le Danemark a ses propres spectres, à crinolines et perruques, mais l'Afrique aussi possède ses fantômes, et pas seulement ceux d'éléphants assassinés. Un fantôme hantait une petite grotte, près de chez moi. Il avait un beau visage jeune, avec une blessure à la tempe. Cet homme, bien que spectre, était extrêmement beau ; soit dit en passant, un bel homme a moins d'importance à mes yeux qu'une belle femme. Je partage avec les hommes leur appréciation des beautés d'une femme, bien que j'aie toujours eu de l'inclination pour les hommes qui n'aiment que d'autres hommes, ainsi que pour les femmes qui n'aiment que d'autres femmes. Mais revenons à ce spectre, abattu dans le temple. Il

* En français dans le texte. (N.d.T.)

regardait à travers moi de façon tout à fait impersonnelle, en parfait gentleman. Saviez-vous qu'un lion ne *vous* regarde jamais directement ? Il regarde *à travers* vous pour ne pas vous gêner. Il recule devant la sinistre lueur de l'intelligence humaine.

— Elle est sinistre, à votre avis ?

— Elle est toujours fort sinistre, bien que les masques qui la cachent soient nombreux et bizarres. J'ai beaucoup aimé votre livre sur l'Afrique, intitulé *la Tempête et l'Écho* ; il m'a à la fois charmée et étonnée, car il contient des choses qui ressemblent étrangement à des choses que j'ai vues moi-même. Il m'arrive de croire à une transmigration de l'âme, à moins qu'il ne faille la qualifier de pérégrination capricieuse. Certains l'appellent mémoire ancestrale, mais ce n'est pas aussi simple. Elle a un rapport avec les rêves. Mais que sont les rêves ? Des énigmes, des paradoxes.

Elle s'arrêta un moment, et caressa son verre de liqueur. Puis elle eut un soupir un peu impatienté, et se frotta la pommette gauche.

— ...Après tout, qu'est-ce que la réalité quand nous appliquons le terme aux gens ? N'est-ce que l'observation de divers caractères extérieurs, ou bien ce que l'on voit de la grande réalité profonde authentique, la chose-en-soi kantienne, si vous me passez l'expression ?

Elle regardait la porte, derrière moi, comme si elle s'attendait à la voir s'ouvrir.

— ...Certains grands hommes sont morts de leur mort simple et terrible, ainsi que des animaux, dans l'effort désespéré de rester authentiques.

D'un rapide mouvement de chauve-souris, elle rapprocha son visage et me regarda férocement comme pour détecter quelque spectre caché. Un sourire lui effleura les lèvres, sec et rusé, un peu satanique.

Un frisson glacé me parcourut l'échine quand ses yeux brillèrent soudain comme un pâle rayon de lune au fond d'un étang.

Elle déclara doucement :

— ...Je possède un certain don, si cela peut vous intéresser. Je vois les âmes des morts circuler autour de moi. Il s'agit des animaux et des gens pris au piège, comme des poissons aux filets de l'histoire. Je vois ces âmes solitaires aller et venir furtivement, en silence, à travers le salon. Je vois des lynx et des perroquets. Je vois des castors et des grillons. Et vous, quel genre d'animal êtes-vous ? Une panthère ? Un lézard ?

Elle tournait légèrement la tête ainsi qu'un faucon, et me regardait profondément de ses yeux rouges comme des rubis. J'avais le sentiment qu'elle s'était métamorphosée en prophétesse africaine.

Elle dit avec douceur :

— ...Vous devez retourner à vos jolis petits papillons. Allez, mon cher, passer le reste de votre vie solitaire à chercher des papillons !

Les voix du silence

J'avais coutume de marcher dans les rues plusieurs heures chaque jour, dans la rougeur du matin, dans le silence de l'après-midi, dans la bruissante agitation des nuits de plus en plus longues. J'avais entrepris un nouveau roman que j'intitulai *les Sept Sœurs*. Je voyais ces sept sœurs comme des formes au sein d'une danse fatidique où chaque sœur était une facette variable d'une personnalité unique, chacune d'elles reflétant les mouvements des six autres facettes ; le livre devait briller comme un prisme, à la fois cristallin et secret, à la fois harmonieux et chaotique.

Jour après jour, cette danse des sœurs devenait plus vivante et plus significative. Le nombre sept se mit à retentir d'échos et d'implications plus vastes. Il s'élargit au monde des fables, de la musique, des superstitions, et culmina dans la vision des sept péchés capitaux. Ces sept péchés capitaux revêtirent une application contemporaine. Les mots gourmandise, luxure et paresse jetaient sur mes amis une lumière plus claire ; l'envie et la colère apparaissaient comme des facteurs sociologiques ; l'avarice et l'orgueil se reflétaient dans le monde de Madison Avenue ; en sorte que tous les visages que je rencontrais tombaient dans l'une de ces sept catégories, et que les ombres des passants se chargeaient d'une menace médiévale.

Mais au fur et à mesure que chacune des sœurs acquérait un lustre de plus en plus profond, l'ouvrage menaçait de tourner à l'allégorie laborieuse. Les sept beaux visages ressemblaient à ceux d'un ballet. Les gestes devenaient hiératiques ainsi que ceux d'une frise. Aussi m'efforçai-je de détruire cette symétrie calculée, de saper le symbolisme et de le remplir de contradictions dans l'espoir que les sœurs quitteraient le monde de l'artifice pour le monde plus riche et plus orageux de la nature humaine.

En proie à une frénésie de frustration, je mis de côté le manuscrit ; quatre ans plus tard seulement, je finis par le reprendre, le simplifier, l'émonder, ce qui donna le roman *les Sept Sœurs.*

Un soir, je fus invité à rencontrer un très célèbre Français. Après un verre au Village, nous prîmes tous deux un taxi pour suivre la Cinquième Avenue sous une pluie battante.

Les rues paraissaient longues et dangereuses, pareilles à d'interminables vestibules ; les lampes, sous la pluie, étincelaient ainsi qu'une longue rangée de crocs. Imperméables et parapluies rampaient dans l'obscurité comme des bêtes de proie.

— Je n'ai jamais vu Harlem, dit Malraux, l'air un peu absent. Voudriez-vous m'emmener à Harlem ? J'aimerais beaucoup voir Harlem. A propos, au sujet de Gide... il y avait quelque chose de déconcertant, une obscure réprobation, voire un glacis de sévérité. Comme s'il n'avait pu vous pardonner d'être hétérosexuel.

— Et Cocteau ? demandai-je.

— Chez lui, il y avait toujours une lueur d'ironie. Comme s'il vous soupçonnait en secret de n'être *pas* hétérosexuel.

Nous arrivâmes au dancing « Le Savoy ». C'était bruyant et bondé, mais après un coup d'œil panoramique, Malraux se détendit sur son siège. Les beaux jeunes Noirs des deux sexes passaient majestueusement à côté de lui, en exhalant une odeur d'ail, de sexe, de chewing-gum et de sueur.

— ...Bien sûr, déclara-t-il calmement, il y a cette impression de jungle, mais tout ça est très américanisé, très brutal et mécanique. Un jour, j'ai vu Cocteau bavarder au Louvre avec Claudel, et j'ai remarqué cette ironique lueur de suspicion. C'était assez amoindrissant pour le pauvre vieux Claudel. Gide aussi pouvait être amoindrissant avec son glacis de sévérité, mais il s'agissait d'un amoindrissement différent. Moins sarcastique ; moins humiliant.

Malraux était venu à New York voir ses éditeurs, chez Doubleday, sur le point de publier *les Voix du silence,* présenté comme étant le chef-d'œuvre de Malraux : cet ouvrage combinait l'étendue de son érudition à la puissance de ses aperçus et à la vitalité électrique de son intelligence de vif-argent.

Les trois hommes les plus intelligents que j'aie rencontrés dans ma vie étaient George Santayana, Thomas Mann et André Malraux. Il existe bien des types d'intelligence. Il existe une intelligence intuitive, comme celle d'Auden, qui se dissipa lorsqu'il eut commencé à se méfier de son intuition. Il existe une intelligence obsédée de symboles, comme celle d'Edgar Wind, qui n'était à l'aise que dans le monde obsédé de symboles de la Renaissance. Il existait la sagesse de sorcière de la baronne Blixen, ainsi que les marmonnements sibyllins de Gertrude Stein et Marguerite Yourcenar. Il y avait l'intelligence générale d'Isaiah Berlin, et l'intelligence enjouée, pédagogique, de Maurice Bowra. J'avais vu la grandeur littéraire liée à la prétention et à la suffisance ; mais chez Mann, Santayana et Malraux, ce n'était nullement le cas. Sous la tristesse de Santayana, l'agitation de Malraux et le didactisme méditatif de Thomas Mann il y avait toujours la recherche d'une vérité sans passion, impersonnelle, étroitement liée à l'acceptation de l'impossibilité de saisir la vérité. La grandeur littéraire d'un Gide ou d'un Eliot m'impressionnait beaucoup, mais ce qui m'émouvait plus encore, c'était cette quête presque désespérée de la vérité que je sentais dans les petites pauses tâtonnantes de Thomas Mann, dans la ruée tête baissée de la verbosité de Malraux, dans les silences respectueux de George Santayana.

Je souffre d'une maladie que l'on appelle « remémoration totale ». Je me souviens du moindre détail visuel et olfactif d'une rencontre, et les intonations vocales continuent de résonner à mes oreilles. Mais, pis encore, j'entends les silences, les réverbérations inaudibles. J'entends encore les silences affligés de George Santayana, les petites pauses hantées de Thomas Mann, les trous fiévreux dans la prolixité d'André Malraux.

— ...Oui, Gide... poursuivait Malraux. Que dire de Gide ? *De mortuis,* etc. Pourtant, il a exercé une influence terrible. Si morne, si antiseptique, bref, si corruptrice. L'exemple de Gide a corrompu toute une génération. Je ne pense pas à la pédérastie ; c'est une chose sans importance. Je pense au purisme, ce vil et mortel ascétisme.

Les robes de satin rose avaient un air de sauvagerie joyeuse contre les boucles noires et les peaux d'un brun velouté. La musique se fit distante, palpitante, hallucinatoire ; Malraux joignit les mains sous son menton avec une expression d'angoisse.

— ...La musique devrait essayer de ne *rien* dire, ou plutôt elle ne devrait pas essayer de dire *quoi que ce soit,* ou plutôt elle devrait oublier tout désir de dire quoi que ce soit. Elle commence où les mots finissent, mais dans un sens il en va de même pour la poésie, qui tremble et se balance au-dessus de son échafaudage de mots. Elle transfigure les mots dans l'acte même de se servir des mots, tout comme un sculpteur transfigure le marbre en taillant le marbre. Et au bout d'un moment, les mots ne sont plus rien que des épaves ; seule reste la poésie, composée de mots bien que libérée des mots.

(Tandis qu'il parlait, je saisis soudain le véritable exploit d'Eliot. Je sentis soudain la signification sous-jacente aux *Quatre quatuors.*)

— ...Pensez, disait-il, à Botticelli. Chez Botticelli tout est rêves, mais les rêves sont plus que des rêves, et en même temps moins que des rêves. Ils affleurent sans cesse aux interstices des mythes, des légendes, des minotaures. Les visages botticelliens sont figés dans une terreur pareille à une transe, à la fois exquise et dévastatrice. La forêt se métamorphose en un mélange de paradis et d'enfer. Botticelli a tissé son art à partir d'une exaltation des rêves, et simultanément, on pourrait le nommer la trame du tissu d'or, à partir d'une subjugation des rêves et même d'une dégradation des rêves : le fait de mettre la peinture sur la toile, tout comme le fait de poser la plume sur le papier, implique inévitablement une subjugation et une dégradation. Ce qui ne veut pas dire que Botticelli n'est pas sublime. Cela veut seulement dire que les plus grands de tous les chefs-d'œuvre sont ceux qui ne sont jamais nés, qui n'existaient que dans leur monde primitif de rêves, et n'ont jamais été dégradés, subjugués pour être actualisés.

J'éprouvais un désir passionné de percer le mystère de Malraux. Même alors, des années après l'avoir lu, j'étais hanté par *la Condition humaine,* à la fois lucide et occulte comme l'inscription sur une tombe. Je murmurai, distrait :

— Et Goya ?

(Peu de temps auparavant, j'avais lu le merveilleux essai de Malraux sur Goya.)

— Oui, Goya... se dépêcha-t-il de répondre. Mais veuillez vous rappeler que les *Caprices* sont des caricatures produites à une époque où la maladie le retranchait du monde. Dans ces petites visions macabres, il s'est psychanalysé lui-même. Elles étaient son propre enfer intérieur, plein de chats et d'hyènes, de cavaliers cadavériques et de duchesses délabrées. Goya était attiré par le chaotique et non par l'architectonique. Il préférait la menace du clair-obscur à la clarté de la couleur. A cette époque, il était obsédé par un affolant besoin de protester ; on pourrait l'appeler le grand interprète occidental de l'angoisse humaine. Il a détruit la symétrie majestueuse de la Renaissance, et ouvert les vannes à l'irruption de l'art moderne.

La tête penchée afin d'écouter la musique, il regardait fixement les danseurs illuminés.

— ...Voyez Dante, au contraire. Chez Dante, les mots ne sont rien et la vision est tout. Pourtant, en vertu de ce merveilleux paradoxe qui galvanise l'art, la vision s'efface au loin tandis que les mots étincellent de magnificence ; en fin de compte, les mots sont tout et la vision même n'est rien.

Il se pencha violemment par-dessus la table.

— ...Vous comprenez ?

— Oui, je comprends !

Les joues de Malraux étaient profondément ravinées, et ses yeux sombres, injectés de sang, comme si derrière cette intelligence se cachait une grande tristesse, un chagrin plus profond que les pensées ou les intuitions. En parlant, il donnait à ses mots un certain accent de désespoir ; une tension perpétuelle animait ses lèvres. Je me sentais gagné par cette tension et ce désespoir, dont l'impersonnalité même exerçait un genre de magnétisme contagieux.

Il me lança de côté un coup d'œil acéré comme un rasoir, et sa voix se fit plus moelleuse, plus indulgente, plus conciliante.

— Bien entendu, la musique est un cas à part. A la différence de la peinture, elle se meut dans le temps. Le poème, lui aussi, se meut dans le temps, mais on peut stabiliser un poème. Le lecteur peut le transformer en tableau ou en cathédrale. La musique est donc très vulnérable, et en même temps invulnérable. Tout art est, bien entendu, vulnérable, et souffre des assauts du temps, mais les assauts du temps le rendent en fin de compte invulnérable. L'art coule sur la ruée du temps, hors de portée de la compréhension, et finit par être investi d'un nouveau mystère étrange. Le chant est assourdi mais réverbérant, la fresque est écaillée et déteinte, le marbre est grêlé mais il a acquis une étrange dignité nouvelle. Les poèmes d'Archiloque ne sont que de minuscules fragments, mais ils brillent d'une étrange et effrayante vitalité.

Tandis que nous étions assis là, je me sentais de plus en plus éloigné de Malraux comme si quelque irrésistible marée emportait sa voix dans les ténèbres. Il avait beau être un type d'homme crépusculaire, tortueux et spectaculaire, son esprit était étranger, désincarné, impénétrable.

Dans la fine lumière jaune qui fouillait la salle de bal, les mains d'André Malraux se détachaient. Elles reposaient sur la table, pressées l'une contre l'autre ainsi que les valves d'une coquille d'huître. Elles aussi, comme son visage, étaient perdues dans une méditation torturée. Elles reposaient immobiles, perdues, brillant sur une plage battue des vagues, et la voix de Malraux planait en l'air ainsi qu'un appel d'oiseau de mer.

LE MONDE
DE
LA NATURE

L'or et l'argent

Dix jours après ma soirée avec André Malraux, je repris le bateau pour l'Europe et débarquai au Havre. Là, ma vieille Continental m'attendait encore fidèlement. Je commandai une batterie de bougies d'allumage, deux nouveaux pneus et un carburateur flambant neuf. Cette voiture avait quinze ans d'âge, mais roulait comme un rêve. Je passai la nuit à Rouen puis me hâtai vers Reims, passai la seconde nuit à Metz, et entrai en Allemagne à Sarrebruck.

Je passai une année en Souabe. J'aimais conduire à travers les villages souabes; ils avaient des noms qui sonnaient comme les cloches d'un clocher villageois : Tübingen, Göppingen, Geislingen, Schwenningen, Reutlingen, Tutlingen. Je m'arrêtais dans une auberge de village pour commander un verre de vin du Rhin. Puis, à l'auberge de village suivante, je déjeunais de saucisses et de pommes de terre. Puis je reprenais la voiture jusqu'à la prochaine petite auberge pour manger une part de tarte au fromage, et dans la dernière des auberges, je buvais une tasse de café.

Ou bien j'allais dans la Forêt-Noire chercher des papillons de montagne. J'attrapais des lycénidés bleus ou de rares satyridés noirs. C'était délicieux de se promener parmi les pins de la Forêt-Noire, de sentir la résine qui coulait goutte à goutte, et les aiguilles sèches, crépitantes.

A cette époque, je travaillais à un roman sur Béatrice Cenci.

Je concevais ce livre comme une série de rencontres cauchemardesques, et la précision du détail des documents historiques ne faisait qu'intensifier la terreur onirique du meurtre et des exécutions. Je tâchais de mettre dans ces documents au légalisme glacé quelque semblant d'amour humain et de fidélité humaine. Mais l'histoire de Béatrice Cenci, de son affreux père et de son monstrueux amant constituait un paysage monotone de luxure et de perfidie. Sans relâche, j'essayais de déceler quelque bribe de tendresse ou de pitié, mais l'histoire des Cenci était une citerne sans fond où je ne voyais que mouvements de haine et de bestialité.

Plus je m'efforçais d'adoucir et d'humaniser ces figures criminelles, plus leur inhumanité devenait criante et grotesque. Ce ne fut qu'après un complexe processus de simplification que j'en arrivai enfin à un certain dépouillement dans la narration ; alors, ayant réduit tous ces personnages à l'état de squelettes, je m'aperçus qu'au bout du compte un pathétique inattendu se glissait en eux. Soudain, leurs traits se fondaient en une pitoyable vraisemblance, comme dans le cas des marionnettes une fois qu'on les a rangées dans l'armoire.

A Stuttgart, un soir, je me rendis à un récital de Walter Gieseking. C'était une froide soirée d'hiver ; la neige sale jonchait la Königstrasse, et les ruines du *Schloss* brillaient comme lave sous une demi-lune.

Gieseking commença par du Bach. Il avait l'air lointain, voire indolent. Puis vint Mozart, son bien-aimé Mozart ; deux sonates, sèches, formelles. Puis vint Beethoven, et ce fut le plus triste. Gieseking vida la grandiose *Appassionata* de tout son brillant.

Puis vint la seconde moitié du programme. Debussy, deux arabesques ; un enchantement tomba sur l'auditoire ainsi qu'un flot de soleil. Dans *Cloches à travers les feuilles,* j'entendis les cloches dans la brume dorée. Dans *l'Isle joyeuse,* une brume dorée flottait sur le lac, et dans *Poissons d'or,* l'étang s'animait d'écailles dorées. Dans *Jardins sous la pluie,* je distinguais l'or de l'averse ensoleillée, et dans *Pagodes,* la jungle radieuse changeait en or les toiles d'araignées.

Enfin, Ravel. Ici, l'or devenait argent. Dans *Noctuelles,* je voyais sur les ailes palpitantes le lointain clair de lune, et, dans les notes mourantes d'*Oiseaux tristes,* les lamentations du feuillage. *Une barque sur l'océan,* c'était dans la nuit un voilier solitaire, traînant à l'infini son sillage phosphorescent. Dans *la Vallée des cloches,* j'entendais à nouveau les cloches, non point illuminées de soleil comme celles de Debussy, mais frêles et faibles dans une vallée au clair de lune.

Je n'étais plus poussé par le besoin de rencontrer les grands artistes, mais un sentiment instinctif de parenté me donnait le désir de converser avec Gieseking. Aussi me précipitai-je en coulisse où je le trouvai assis près d'une fenêtre.

Assis là près de la fenêtre, il avait un air perdu, pathétique, la face un peu gonflée, les yeux larmoyants. Ses touffes de cheveux de neige exprimaient la défaite, et je sentais pourquoi il n'était pas tout à fait à la hauteur de l'*Appassionata.*

— L'or et l'argent ! m'exclamai-je. C'était miraculeux, Herr Gieseking !

Ses vieux yeux las m'adressèrent un regard implorant, puis soudain, comme si un souvenir eût jailli des nuages, son regard se fit intuitif et secrètement amusé. D'une voix reconnaissante et presque aimante, il me dit :

— C'est bien naïf à vous, mon ami, de comparer la musique à des métaux précieux !

— Je suis peut-être naïf, mais voilà ce que j'ai entendu : des métaux précieux !

Il jeta sur ses mains un coup d'œil un peu désespéré, furtif, comme s'il se fût agi d'objets de famille exposés à des regards étrangers.

— Stravinski, déclara-t-il, affirmait que la musique ne devrait *rien* dire. Il entendait par là que la musique ne devrait rien dire que l'on pût traduire en mots. Les mots sont des objets si gauches ! Ils ne sont que bégaiements et balbutiements ! Mais la musique ressemble à la nature ; très proche de la nature, elle peut dire bien des choses qui sont trop mystérieuses pour être exprimées en mots.

Ses joues pendaient comme celles d'un basset, et ses yeux s'affaissaient ; il se souvenait. Ayant dérivé loin du monde des poissons d'or et des pagodes, il s'était réintroduit avec sa lampe dans sa caverne d'Aladin.

— ...Permettez-moi, je vous prie, de vous raconter une anecdote. Il se trouve que je suis amoureux des papillons. J'essaie de garder secret ce péché véniel. Enfant, c'étaient les papillons allemands et autrichiens que j'adorais. Or, en prenant de l'âge, je me suis blasé. J'ai aspiré aux tropiques. Je me suis tourné vers les papillons exotiques. Je rêvais à l'Indonésie, au Venezuela, au Mozambique. Mais bien sûr, vous comprenez, je dois prendre soin de mes mains. Je dois faire attention aux épines, aux insectes. Je dois éviter les chardons. Aussi ma passion pour les papillons se limite-t-elle à mon studio. Un jour, je suis allé voir un certain M. Le Moult. On m'avait dit qu'il possédait la plus grande collection d'exotiques. J'ai grimpé l'escalier, un escalier très pénible ; c'était quelque part à Paris près du Jardin des Plantes ; j'ai frappé à la porte, et voilà Le Moult, incroyablement gros, véritable monstre d'obésité. Je lui ai demandé : « Écumez-vous encore la jungle ? » Il m'a souri pour me répondre : « *Hélas* * ! Je suis trop gros pour la jungle ! Il y a des années, sur le Bas Maroni, j'ai été piqué par une mouche ; j'ai soudain rosi, et je suis devenu rond comme un gros ballon ! »

« Après quoi, il a sorti une boîte où il avait épinglé deux petits spécimens ; ses vieux yeux gourmands étaient pleins de tendresse, comme ceux d'un amoureux. “ Regardez ! m'a-t-il dit. Regardez-les bien ! C'est le papillon d'or et le papillon d'argent ! Dans le monde entier, il n'existe qu'un seul papillon d'argent, et un seul petit papillon tout en or ! ” Il désigna les étiquettes. “ L'un et l'autre proviennent des Andes chiliennes, lointaines, pleines de périls, et presque inaccessibles ! ” Le papillon d'argent s'appelait *Argyrophorus argenteus,* et le papillon d'or, *Argopteron aureipennis.* Le lustre de l'espèce répétait le lustre du genre. “ *Très précieux* * ! s'écriait Le Moult. *Tous les deux ! Rarissimes* * ! ” Et ses vieux yeux vicieux débordaient d'une monstrueuse tendresse. »

Le pianiste jeta un coup d'œil ébahi à ses mains comme si elles étaient devenues d'or et d'argent.

Puis il me sourit avec une vieille douceur désolée et vaincue, et dit :

— ...L'or et l'argent exercent une magie, hein ?

* En français dans le texte. (N.d.T.)

Je pris congé de Herr Gieseking, replongeai dans la nuit, et arpentai pendant une heure les rues hivernales de Stuttgart. La lune avait transformé les ornières de neige sale et de glace brisée en de sauvages fragments lunaires.

Les plaques de glace boueuse et les ailes d'or et d'argent se mêlaient au souvenir des accords de musique et du vieux visage triste du pianiste solitaire, et la Königstrasse se muait en un essaim de papillons dansants.

Le lendemain de ma conversation avec Gieseking, il m'arriva une chose bizarre. Depuis mon voyage en Sicile, j'avais des ennuis de foie. Des palpitations cardiaques, chaque fois que je montais un escalier, me tracassaient aussi.

J'allai donc voir un médecin de l'Ameisenbergstrasse, le docteur Fischer ; mon hôtel me l'avait recommandé. Le docteur Fischer me prit le pouls, examina ma langue, écouta les battements de mon cœur. Après quoi, il demanda :

— M'autoriseriez-vous à tenter une petite expérience ?

— Quel genre d'expérience ?

— Une expérience d'acupuncture. Je viens d'assister à une docte conférence médicale à Munich ; elle m'a profondément impressionné, et j'aimerais beaucoup tenter une expérience.

— Sera-t-elle dangereuse ?

— Pas le moins du monde.

— Douloureuse ?

— A peine. Vous me paraissez très brave ; aussi, tentons une petite expérience.

Il explora les nerfs de mon poignet gauche, puis inséra une aiguille d'argent. Ensuite, il explora les nerfs de mon poignet droit, et inséra une aiguille d'or.

— ...L'une est pour votre cœur, et l'autre pour votre foie, déclara-t-il. Votre cœur a besoin d'être stimulé, votre foie d'être assagi. L'aiguille d'or excite, et l'aiguille d'argent pacifie. Revenez dans une semaine ; nous verrons s'il y a une amélioration.

Alors, il retira les aiguilles, d'abord l'aiguille d'or, puis l'aiguille d'argent ; il m'adressa une sourire narquois, et je lui payai vingt marks.

En suivant l'Ameisenbergstrasse, pris de vertige, je

m'appuyai contre un lampadaire pour attendre que cela passât. Au bout d'un moment, remis, je rentrai à l'hôtel où je m'étendis sur mon lit et m'endormis profondément.

Soudain, je m'éveillai d'un cauchemar inexplicable. Je rêvais que j'avançais en trébuchant dans la vaste mer de Chine, poursuivi par une armée de poissons d'or à longs tentacules d'argent. Je frissonnais de fièvre sur mon lit. Cela dura une heure, et je finis par me rendormir.

Je suis loin d'être superstitieux et mon amour des fantômes n'est qu'un gambit, mais j'avoue que mon adoration pour l'or et l'argent a quelque chose de primitif. Il n'y a rien là d'avaricieux ni même de lointainement pécuniaire; j'ai toujours été un idiot pour les questions financières. Mais dans le plus grand secret je confesse, sans la moindre trace d'abracadabra, que, depuis ma visite au docteur Fischer (je ne me suis jamais donné la peine de retourner le voir), mes palpitations cardiaques ont cessé, mon foie a recouvré sa sérénité, et j'ai ajouté à ma collection, en guise de salut au Chili et à la Chine, deux spécimens *rarissimes* * : l'*Argyrophorus argenteus,* de la Cordillera Lonquinay, et l'*Argopteron aureipennis,* du Rio Gol Gol, dans la province d'Osorno.

* En français dans le texte. (N.d.T.)

Crépuscule

J'allai écumer la Provence, en quête de papillons provençaux rares. Près de Mandelieu, je trouvai un verger de vieux pêchers abandonné, où le spectaculaire *Charaxes jasius* venait pomper le suc des fruits tombés. C'est la plus belle de toutes les espèces méditerranéennes. Ce papillon vole en zigzags rapides, comme une feuille dans un ouragan.

Près de Saint-Martin-Vésubie, je gravissais à pied une colline lorsqu'un nuage de pétales blancs vint flotter au-dessus d'un pré. C'était la belle espèce alpine de *Parnassius apollo ;* une épaisse fourrure blanche tachetée de points rouge vif. Frais émoulus de la chrysalide et encore étonnés par le monde, ces papillons se prélassaient parmi les chardons, étendant leurs ailes au soleil qu'ils venaient de découvrir.

Une autre fois, plus haut, près du village de Boréon, je fus pétrifié de ravissement lorsque j'arrivai au milieu de la forêt. L'herbe était couverte d'ailes qui réfléchissaient la lumière ainsi qu'un tapis de saphirs. Il s'agissait d'une armée de l'exquis *Lycaena essheri* dont les ailes captaient le soleil qui dérivait à travers les branches.

Un soir, en voiture, je longeais le lac de Genève. La brume duveteuse de l'automne alpin brillait dans l'air. Au bord du lac, les chênes, qui ressemblaient à des mammouths accroupis, transformaient lac et rivage en limbes préhistoriques.

Aux abords de Montreux, le moteur se mit à geindre. Peu à peu, ce geignement s'amplifia en râle apoplectique. A mon entrée en ville, le moteur poussa un cri. Je laissai l'infortunée voiture à un garage, derrière l'église, et, dans la rue, passai devant les cafés assombris.

Les lumières scintillaient déjà sous la porte cochère du Palace. Je m'assis au salon désuet, et commandai un gin-tonic. Je pris la *Gazette de Lausanne,* et jetai un coup d'œil aux titres. La pendule sonna sept heures. Puis tout se tut. Rien ne bougeait.

A côté de moi, dans un fauteuil, une silhouette apparut. La lampe se mit à luire sur le costume gris à rayures, sur les yeux froids et voilés, sur les mains aux veines épaisses. J'éprouvais un obscur sentiment d'expectative, comme devant un oracle.

— Je me suis demandé lequel est le plus joli de tous, dis-je. L'aile-d'oiseau du Rajah est le plus majestueux. Le *Thecla coronata,* le plus poétique.

— Ces épithètes littéraires sont tout à fait gratuites, dit-il. Un pathétique sophisme, pour être charitable. Les insectes eux-mêmes sont indifférents à la poésie aussi bien qu'à la majesté. Un papillon ne paraît ni poétique ni majestueux à un autre papillon. Seulement de même nature ou, parfois, instinctivement séduisant.

— La nature n'a donc aucun sens de la beauté ?

— Elle crée ce que nous appelons beauté mais n'éprouve aucune sympathie particulière pour cette prétendue beauté. Les plus beaux papillons sont invariablement les plus rares, alors que les papillons courants, comme le blanc du chou, sont habituellement les plus laids.

— Et toute cette magnificence n'est qu'un hasard ?

— Je ne la nommerais pas un hasard. Il existe un fil secret de la destinée. Prenez la famille *Agrias,* de la région amazonienne. Ce sont les plus rares de tous les papillons, ainsi que les plus spectaculaires. Ils jouissent, à l'instar de certains timbres-poste, d'un grand prestige auprès des collectionneurs. De certaines espèces, on a capturé seulement un ou deux spécimens. Ils volent dans des forêts impénétrables, des vallées à fièvre, des marécages mortels ; ils sont encore *en pleine évolution* *, pour ainsi dire : d'une vallée à l'autre, ils changent de

* En français dans le texte. (N.d.T.)

couleurs et de motifs. Leur destinée, pourrait-on dire, n'est pas encore accomplie.

Deux vieilles dames à cheveux blancs traversèrent lentement le salon, et disparurent dans les ténèbres du grand corridor silencieux.

— ...Quant au but et à la signification, ce sont des mots humains et des concepts humains qui se perdent sur l'océan de l'insondable.

Il avait la voix très lasse, désenchantée, mélancolique. Il tourna enfin la tête, et m'adressa un regard dyspepsique. Ses lèvres se tordirent légèrement, peut-être d'amusement, peut-être de souffrance. Sa tête chauve, indifférente, était hachurée d'un gris plus gris que celui des ans : le gris d'un anonymat déchirant.

— Mais toute cette beauté ne peut manquer d'avoir une raison d'être ! m'écriai-je. Le papillon est en soi la preuve que la nature a le culte de la beauté ! Il ne saurait s'agir d'un simple hasard ! Bien sûr, qu'il s'agit de plus que d'un concept humain ! Même si tous les hommes étaient exterminés, il subsisterait le miracle d'une magnificence naturelle !

— Vous parliez de pur hasard. Maintenant, vous parlez de beauté intrinsèque. Moi aussi, je me suis souvent posé la question. J'en ai parlé un jour à Le Moult ; il prétendait que la splendeur du *Morpho* amazonien n'était que le résultat du ciel brésilien, plus bleu que les autres ciels, et plus incandescent. Mais Le Moult est un avare, une fripouille et un sentimental. Toute cette beauté, j'en ai la conviction, n'est qu'un *jeu d'esprit* * de la nature. De soi-disant savants voient là-dedans un élément fonctionnel. Certains papillons ressemblent à des feuilles, avancent-ils, et par conséquent s'adonnent à un mimétisme protecteur. D'autres espèces imitent l'orchidée, le lézard ou le hibou. Je ne suis pas du tout convaincu. Cela me paraît de l'absurdité pure. J'en ai parlé avec Roger Caillois ; il est tout à fait de mon avis. L'unique raison de tout cet éclat, c'est la pure exultation, une explosion d'énergie surabondante, pourrait-on dire. Ces bleus irisés, ces argents des Andes, ces indigos plutoniens... tout cela n'est que l'explosion d'une irrésisti-

* En français dans le texte. (N.d.T.)

ble *joie de vivre* *. Comme les rayures du tigre ou les ailes de l'orfraie. Considérer cela comme fonctionnel n'est que bla-bla d'amateurs.

Il porta son verre à ses lèvres, puis le reposa sans avoir bu.

— ...J'ai essayé de voir le monde à travers les yeux imaginés d'un papillon... les feuilles, la lumière, vues par des yeux de machaon. La *nuova scienza* atomiste nous dit une chose très simple : la physique moderne a détruit la conception spatiale que nous avions de l'univers. Le monde a été scindé en des millions de perceptions étranges, très différentes de celles de l'homme, mais tout aussi vraies et tout aussi puissantes. Le monde d'une pieuvre est tout différent de celui de l'homme, de même que celui du papillon, du ver de terre ou de l'étoile de mer, étant donné que chaque espèce — il en existe des millions — reçoit ses différents stimuli selon des modes qui lui sont propres — tactiles, visuels, thermiques, auditifs, olfactifs, sexuels ou prémonitoires —, et que chacun grave une image différente et un modèle spatial différent. Ces choses sont appelées engrammes, si je ne m'abuse. A savoir, des impressions gravées sur un système nerveux par les structures environnantes, et qui peu à peu deviennent partie intégrante de son propre organisme.

Ses yeux s'affaissaient un peu à l'intérieur de leurs poches.

— ...Mais en toute franchise, cela demande un véritable effort d'imagination, vous ne trouvez pas ? J'ai essayé de sentir l'air effleurer le dessous de mes ailes étendues, de sentir les feuilles caresser mes écailles, d'entendre les pétales sous ma trompe, de sentir les approches de l'automne aux profondeurs de mon thorax, de subodorer un orage éloigné dans les renflements de mes antennes. Et aussi d'éprouver le ravissement de la larve en train de grignoter les orties, et la délirante croissance d'ailes aux profondeurs d'un cocon. Voilà ce que cela signifie qu'être papillon : tout un labyrinthe d'extases !

Il jeta un coup d'œil à l'une des colonnes, qui ressemblait au tronc d'un chêne.

— ...Quand j'étais à Cambridge, je me suis rendu à bicyclette, avec mon filet, au marais de Wickham. Je cherchais le

* En français dans le texte. (N.d.T.)

Papilio machaon, la sous-espèce *britannicus,* d'une teinte plus pâle et plus indécise que le *machaon* ordinaire. J'ai attrapé une femelle magnifique, encore fraîche et très veloutée ; c'était le plus joli petit objet du monde. Mais après cela je me suis laissé empêtrer dans les mots, les livres, les attitudes, et je n'ai jamais retrouvé ce frais bonheur.

— Avez-vous été heureux en Amérique ?

— L'Amérique est dans un continuel état de transe. Même les montagnes et les forêts ont un air halluciné. Quand on marche dans les Rocheuses, même l'exil paraît illusoire. Et de toute façon tous les artistes vivent dans un état d'exil constant, qu'il soit patent ou voilé, rageur ou didactique. Melville, Whitman, Emily Dickinson eux-mêmes étaient des exilés ; seulement, leur exil prenait une forme plus solitaire et plus torturante.

Il regarda le plafond puis ferma les yeux quelques instants. Il toucha le verre, sur la table, puis tendit les doigts sur son front.

— ...Et les exilés finissent par mépriser la terre de leur exil. Pensez à Nietzsche et à Lénine : ils ont fini par prendre la Suisse en horreur. Ils avaient une féroce nostalgie du pays de leur enfance. Mais à mesure que l'on vieillit, cela devient plus confus. Cela devient de plus en plus équivoque à mesure que les années passent.

La nuit était tombée. Parmi les colonnes, les serveurs se mouvaient en silence. Eux aussi ressemblaient à des fantômes : pâles, silencieux, crépusculaires.

— Permettez-moi de vous raconter une histoire, dis-je. L'été dernier, je suis allé en Corse. J'ai séjourné à Vizzavona, parce que vous en parliez dans un livre. Vous disiez que le sombre machaon corse vole encore à Vizzavona. Le plus rare de toute l'Europe, il est en voie de disparition. J'habitais une petite auberge en pleine forêt. Chaque matin, je partais à la recherche du sombre machaon corse. Je rôdais à travers bois, grimpais jusqu'aux prairies, suivais les vieux rails de chemin de fer poussiéreux et déserts. Je marchais jusqu'à être étourdi de soif et de découragement. Pas la moindre trace du mystérieux machaon corse. Il a nom *Papilio hospiton.* Je marmonnais sans arrêt *Papilio hospiton,* indéfiniment, comme une incantation ; pourtant, même cela demeurait sans effet. Un soir, au café, j'ai rencontré un monsieur aimable et corpulent. Il arrivait de Londres pour chercher le machaon corse. Il travaillait au British Museum et se nommait le baron de Worms. Il me dit : « Le *Papilio hospiton* a presque disparu, vous le savez sans doute. La larve se nourrit d'un certain fenouil, et l'on a détruit ce type de fenouil. Il n'existe qu'un seul endroit dans toute la Corse où l'on puisse le trouver, et c'est le plus haut sommet du col de Sorba. Demain, je grimpe avec mon filet au col de Sorba. La toute dernière chance. Vous plairait-il de m'accompagner ? »

« Le mendemain matin, nous fîmes donc l'ascension du col de Sorba. Par cette chaude journée d'été, l'air était humide, étouffant. Nous avons marché à travers les pins, suivi un sentier à travers le sous-bois ; enfin, nous sommes arrivés au faîte même du col de Sorba, d'où l'on a sur les vallées de Corse une vue magnifique. L'air palpitait de papillons bleus et noirs ; à moitié hystérique, je jouais des pieds et des mains sur les rochers et dans les ravins, en quête du *Papilio hospiton,* le sombre machaon corse. »

— Et vous l'avez trouvé ? demanda Nabokov.

— Eh bien, je vais vous le dire, répondis-je. L'histoire est longue, pathétique, et j'espère qu'elle ne vous ennuie pas mais nous avons tous deux cette profonde adoration des papillons. En tombant d'un rocher, je me suis foulé le coude gauche. La chaleur était suffocante. Je me trouvais au bord du désespoir. A cet instant précis, un papillon magnifique est passé à côté de moi, très doucement, comme pour essayer de me consoler. J'ai bondi et frappé sauvagement, en faisant une prière au fond de moi. Vous savez ce que je veux dire. On marmonne une prière au creux de son ventre. Le papillon était là, pris dans mon filet ; à ce moment, je jurai de ne jamais tuer d'autre papillon. Mais je tenais le *Papilio hospiton,* le dernier d'une espèce en voie de disparition, et je me forçai de tuer mon adorable machaon corse.

— Parfaitement, fit-il en approuvant du chef. Tout à fait.

— Mais j'ai enfreint mon serment, bien sûr.

— Naturellement. Bien entendu, murmura Nabokov.

Puis il ajouta :

— ...Et ce charmant petit baron, qu'en a-t-il pensé ?

— Je n'en suis pas sûr, mais je soupçonne le pire. Chez les lépidoptéristes, l'envie est une maladie. Je crois que si le baron avait été muni d'un stylet, il s'en fût servi à la bonne vieille manière corse.

— Allons, il se fait tard. Il va être l'heure d'aller dîner, dit Nabokov.

— Un dernier mot, Mr. Nabokov.

— Oui ? Quoi donc ? fit Nabokov.

— Vous avez écrit dans votre livre que le *Papilio hospiton,* le machaon corse, est crépusculaire. Il est tout sauf crépusculaire. Il est étincelant.

— Je parlais peut-être d'un autre type de crépuscule, dit Nabokov.

— Je le crois volontiers. Il existe bien des types de crépuscule.

La pendule sonna huit heures ; je me levai pour prendre congé du lépidoptériste solitaire, triste et désillusionné.

Dehors, dans la rue, la lune luisait ; les Alpes brillaient au loin, laissant tomber un froid reflet blanc sur les eaux du lac Léman.

Le cobra

Je me transformai en reclus. J'en revins au caractère secret de mon enfance. Je m'éloignai du monde des lettres et des gens de lettres, pour fréquenter de plus en plus celui des forêts et des insectes. Je m'enfonçai davantage encore dans les prairies et les marais ; j'explorai les endroits cachés des fourrés d'Asie. J'étais perpétuellement à l'affût de quelque étonnante espèce nouvelle, de quelque machaon poudré d'or ou d'un damier tacheté d'argent. Je grimpais sur des collines interdites, et traversais d'insalubres marécages. Je titubais à travers les vrilles de jungles infestées de fourmis. J'avais le sentiment de me rapprocher d'une forme de beauté plus instinctive et d'une variété de vérité plus subtile, plus durable.

Arrivé à Beyrouth, je me dirigeai vers l'est et pénétrai en Asie. Je suivais les traces de mon héros de trente ans plus tôt. Mais, cette fois, c'était une réalité d'avions, de trains, de cars, et non plus un songe de caravanes et de petites péniches furtives.

Je gagnai Damas en voiture, mais les abricotiers n'étaient pas fleuris. Un avion m'emporta vers l'est à Bagdad, Téhéran et Ispahan, mais je ne trouvai point de damiers sur les chauds plateaux gris. Je gagnai Delhi en avion, Āgrā en voiture et à pied le Taj Mahal où j'attrapai un papillon si pareil à un joyau qu'il aurait pu jaillir des mosaïques. Je m'envolai vers le sud jusqu'à Lucknow, Kanpur et Hyderābād ; un jour, je foulai les plages de Coromandel, près de Madras. Un magnifique *Papilio buddha,* l'une des raretés de l'Inde et l'une des gloires de l'Asie, se posa sur une grosse bûche, au bord de la route. J'abattis mon filet, dont je sortis l'insecte avec des doigts tremblants. Ce soir-là, tandis que j'errais dans les ruelles de Madras où les dormeurs à peau foncée gisaient sur la chaussée, j'avais l'impression de m'être à nouveau glissé dans un moi imaginaire, et de marcher dans les sombres ruelles écartées, trente ans plus tôt.

Je m'envolai vers le sud, jusqu'au Sri Lanka, et passai un mois à Kandy. Chaque jour, j'arpentais les collines en quête des raretés cinghalaises, de l'écarlate palpitant du *Papilio hector,* du bandeau turquoise du *Papilio parinda,* de l'orangé dansant du Catopsilias, et de la dentelle compliquée du Cethosias. Je les trouvai tous, l'un après l'autre, à l'exception du plus grand d'entre eux. Mais un jour, passant à pied devant un sombre étang bordé de roseaux où des jeunes filles se baignaient sur les hauts fonds ombragés de palmiers, je m'arrêtai pour écouter la timide et plaintive musique de leur rire, lorsqu'une grande merveille dorée traversa en flèche mon chemin. J'abattis mon filet farouchement, et le chagrin me serra le cœur : manqué. Mais après tout, le papillon était là, posé sur un petit tas de crottin de mule. M'étant baissé, je le cueillis du bout des doigts dans une transe de joie. C'était le *Troides darsius,* l'aile-d'oiseau cinghalais ; en regagnant l'hôtel, je le tenais comme un sceptre.

Il y avait des moments d'émotion moins agréable et plus nauséeuse. Un jour, à Anurādhapura, je marchais parmi les ruines ; devant moi se dressa une plante bleu ardoise, pareille à quelque iris géant. Elle oscillait dans la brise en dardant son affreuse langue noire. La splendeur et la grâce du serpent m'hypnotisaient. Soudain, il frappa ; tandis qu'il bondissait, je lançai mon filet. Le serpent déchira la gaze et passa en sifflant à côté de ma cuisse. Je sens encore le frottement des écailles contre ma peau ; j'entends encore le froissement decrescendo des hautes herbes sèches. Cet instant magnétique où le cobra frôla ma cuisse constitua une révélation. Ce fut le baiser d'une passion inconnue, majestueuse et insondable.

Je gagnai par avion la Malaisie, et montai en voiture aux

hautes terres de Cameron. Je cherchais l'incomparable *Trogonoptera brookiana,* géant de satin noir bordé d'un feuillage d'or verdâtre. Debout près d'un cours d'eau, je vis cette merveille s'envoler à côté de moi, presque au point de toucher mon coude en survolant les fougères. A cet instant, je sentis la terre se dérober sous mes pieds, et commençai de m'enfoncer dans la vase d'un marais, d'abord jusqu'aux chevilles, puis jusqu'aux genoux, puis jusqu'aux hanches, puis jusqu'aux aisselles. J'attrapai une liane qui pendait au-dessus de ma tête. Centimètre par centimètre, comme en un cauchemar, je me hissai, et restai couché pantelant, dans les roseaux, au bord de l'eau. Là, dans mon filet, plein de vase et en pièces, gisait mon beau *brookiana,* pareil à un étendard ensanglanté.

De Malaisie, je m'envolai pour Bangkok. Je marchai à travers les ruelles brûlantes ; j'écoutai les marchands et les cris des poissardes aux dents noires. Je me rendis au temple de l'Aurore avec ses prêtres vêtus de safran. Dans les jardins du temple, l'air palpitait de papillons, flocons rouges, bleus et jaunes qui flottaient sur la brise ainsi qu'un nuage de pétales. Un *Papilio agamemnon* me croisa, aussi vert qu'une émeraude, et un petit garçon aux yeux tristes, manchot, s'assit à mon côté. En regardant au fond de mon bocal à insectes, étincelant et chaotique ainsi qu'un vieux kaléidoscope poussiéreux, il fut rempli de stupeur. Jamais il n'avait soupçonné que le monde contînt de telles créatures, qui révélaient dans la mort uniquement la totalité de leur grâce. Je lui donnai un dollar ; il me baisa le poignet, et descendit lentement les marches qui menaient à la grande ville affamée.

Je m'envolai de Bangkok à destination de Siem Reap dans un vieil avion tout grinçant, et atterris dans un champ entouré de chênes-lièges. Une Citroën cabossée me transporta au Grand Hôtel où je trouvai un scorpion qui tentait de sortir de ma baignoire. Je passai une quinzaine à Siem Reap, lisant Thackeray le soir, et, le matin, gagnant à bicyclette Angkor Vat où je consacrais tout le jour à rôder en quête de proies dans les bois proches des temples. Le torse ruisselant de sueur, je fus pris d'une démangeaison brûlante : un nuage de petits moustiques tourbillonnait en bourdonnant autour de moi. Accroupi dans un ruisseau, je m'aspergeai d'eau le corps. Un oiseau caquetait avec irritation ; une cloche sonnait au loin ; un grand aile-d'oiseau cambodgien, éclat d'or sur velours noir charbon, se percha sur une liane contorsionnée qui ressemblait à un boa constrictor. J'attrapai mon filet, visai éperdument, mais le papillon s'éleva au-dessus des palmiers et des temples.

— Vous avez de la chance, me dit un vieux général français devant un Dubonnet, ce soir-là. L'aile-d'oiseau du Cambodge apporte la mort à tous ceux qui le touchent. Mort par poison, mort par épidémie, mort de soif, mort par folie...

Je m'envolai vers Hongkong où j'habitai une villa pleine de coins et de recoins près de Repulse Bay ; chaque jour, je battais les fourrés avec mon filet. Je sentais de plus en plus intensément que je revenais à mon enfance, au temps de la terreur secrète, teintée d'adoration. La passion pour une beauté cachée s'était muée en passion pour une vérité cachée. J'avais toujours cherché ce mélange de vérité et de beauté, d'abord dans les fables et les légendes, puis chez les gens, puis dans les lieux, puis dans les concepts et les idées, enfin dans le monde des cours d'eau et des forêts.

Ce fut lors d'une de ces excursions que je rencontrai le colonel Burkhart. C'était un petit homme aux yeux truités qui vivait au village de Tai Tam avec une armée de phalènes et un aquarium plein de poissons rouges. Les poissons rouges, aux nageoires anales et caudales doubles, argent tacheté de cuivre, nageaient parmi les fougères au fond de la salle à manger. Les phalènes étaient une foule d'*Atticus atlas* qu'il avait élevés à partir des cocons et qui s'accrochaient au lustre. De temps à autre, une énorme phalène s'abattait sur la table, s'installait d'un air interrogateur sur le cake, puis regagnait le lustre.

Je pris le thé avec le colonel Burkhart, et nous parlâmes papillons. Il me raconta ses voyages à Java et Bornéo. Maintenant, il était vieux, très seul, et les papillons constituaient son unique joie ; il se complaisait non pas à les tuer ni à les collectionner mais à les observer en plein jour.

— Nous devons nous rappeler qu'un papillon est une miraculeuse œuvre d'art, disait-il. J'ai beaucoup réfléchi sur la musique et la peinture ; or, derrière chaque coup de pinceau, chaque phrase d'une sonate, je distingue un homme pénétré par le monde qui l'entoure, tout comme un papillon est pénétré par la magnificence qui l'entoure.

— Mais l'homme a le sens du destin. Le papillon a-t-il le sens du destin ?

— Pas consciemment, répondit le colonel, mais dans ses ailes il est conscient de son destin. Dans ses antennes il sent la nature éphémère de la joie et l'ombre inéluctable de la mort et de la décomposition.

— Mais le cobra ?... Le cobra est-il heureux ? Le ver de terre est-il heureux ?

— Nous devons utiliser le mot bonheur avec discernement et respect. Même les têtards sont heureux. Regardez ! Même les arbres débordent de bonheur. Partout où il y a vie, il y a surprise, joie, expectative. Et même amour, si vous me passez l'expression. Même chez le cobra, il y a de l'amour.

Les flammes

J'ai vécu cinq ans à Paris, d'abord boulevard des Invalides où j'ai terminé *le Manège d'ombres,* livre sur les Mogols. Je considérais l'Inde comme une énorme et terrible mosaïque où la beauté de moments distincts, symbolisée par le sépulcre du Taj Mahal, n'était qu'un accent au sein d'une infinie monotonie, comme un papillon dans la jungle indienne.

Puis je passai à un appartement du quai de New York, qui donnait, de l'autre côté de la Seine, sur la tour Eiffel. Là, je me plongeai dans la vie et les lettres de Lord Byron. J'étais tellement imprégné des fluctuations et des éclairs de son caractère que dans ma conversation, et jusque dans mes rêves, j'employais inconsciemment des expressions tirées de ses lettres, de *Childe Harold* ou de *Don Juan.* Je me mis à le considérer comme une espèce ornée de *papilio,* vermillon moucheté d'or, déjà en voie de disparition. Moi-même, je ressemblais à une sous-espèce qui s'écartait du type ; elle n'était plus rouge et or, mais d'un bleu brumeux poudré d'argent, moins imitation qu'aberration excentrique, ayant des désirs similaires, mais des couleurs et des habitats différents.

Cette immersion en Lord Byron, au bout de quatre années passionnées, finit par se matérialiser dans *le Manuscrit de Missolonghi.* Dans ce livre, j'essayais de transformer les rythmes parlés des lettres de Byron en cadences méditatives d'un journal imaginaire. Ce journal, peu à peu, devint si vivant dans mon esprit que je pouvais distinguer les déchirures du papier, les pâtés d'encre, les zones de moisissure, un moucheron écrasé entre les pages, une tache de sang, une empreinte digitale. J'essayais d'empêcher l'ouvrage de tomber dans le pastiche, et le dirigeais vers la métrique d'une aberration ombreuse, un bleu méditatif tacheté d'un argent suranné, au lieu du rouge et or criards du caractère même de Lord Byron.

Je passais mes journées entières à travailler au *Manuscrit de Missolonghi ;* le soir, je m'asseyais pour contempler mes papillons. J'avais accumulé des milliers de petites enveloppes blanches ; dans chaque enveloppe reposait un papillon, ailes et antennes repliées en arrière avec soin, de sorte que seul apparaissait le dessous marbré. J'avais attrapé au cours de mes propres explorations la moitié de ces spécimens. L'autre moitié, je l'avais achetée à des marchands d'Afrique, d'Inde et des Amériques. Sur chaque enveloppe était inscrit le nom de l'espèce et l'endroit de la capture. Un par un, j'étendais ces spécimens sur le sable humide d'une boîte destinée à les assouplir ; le surlendemain, ils seraient prêts à être déployés sur les planches. Cela, je le faisais avec d'infinies précautions, perçant le thorax avec une épingle, ouvrant les ailes en symétrie parfaite. L'ouverture des ailes était toujours un moment de folle expectative. Je contemplais avec stupéfaction les teintes brillantes des ailes ouvertes. Il y avait une infinie variété de motifs, certains audacieux, d'autres nocturnes, et une gamme sans fin de couleurs, pures comme la perle ou riches comme l'onyx.

Je commandai une centaine de boîtes en liège et en acajou, tapissées de papier rouge, bleu, or et argent. J'épinglai les papillons dans les boîtes avec une exactitude hiérarchique, suivant les maximes du savant professeur Seitz, en commençant par les grands *Papilionidae* pour finir par les *Lycaenidae* pareils à des saphirs, en sorte que chacune des cent boîtes brillait de clarté scientifique ainsi que de mystère insaisissable comme les fragments d'une vaste mosaïque.

Je devenais résolument érémitique. J'évitais chapelles et coteries, m'abstenais d'interviews et de colloques, esquivais doctrines et manifestes, reculais devant tout ce qui empiétait, si peu que ce fût, sur mon idéalisme. Avec les années, cela se renforça et devint plus passionné, au point que le changement des valeurs reconnues me plongea dans une perplexité croissante : il permettait aux plus pures absurdités de passer pour d'importants exploits. Je devins aussi quinteux que Norman Douglas, aussi instable que le docteur Gogarty, aussi occulte que Mario Praz, aussi lointain que Granville-Barker, aussi mélancoliquement nostalgique qu'Alice B. Toklas.

Mes seuls moments de sociabilité avaient lieu lors des grands tournois de bridge parisiens, avec une excursion saisonnière aux festivals de Deauville et Juan-les-Pins. Je trouvais consolation dans ces vastes salles chuchotantes, pleines de tables, où les cartes s'étalaient sur le tapis vert en formant des motifs qui changeaient sans cesse, comme ceux qui ornent les ailes des nymphalidés himalayens. De temps à autre, je gagnais un prix, bouteille de champagne ou album de Vivaldi, chemise de chez Pucci, cravate de chez Cucci ou portefeuille de chez Gucci. Après quoi, je rentrais chez moi lire mon Cervantès et contempler mes boîtes de papillons irisés.

Pourtant, quelque chose manquait. Je souffre de crises de claustrophobie, et les rues de la grand-ville me remplissaient d'une horreur croissante. Je rêvais du vert des forêts, des odeurs des flancs de montagnes. Un été, je gagnai l'Espagne en voiture. Je descendis à travers la Dordogne, et couchai dans une petite hostellerie sombre à Pau. Le lendemain matin, je grimpais dans les Pyrénées. Je cherchais le rare *Erebia* noir des Pyrénées, petite espèce montagnarde, cerclée d'ocelles rouge vif.

Je passai en Espagne près de Roncevaux, et m'arrêtai à proximité d'un pré fleuri. L'air palpitait de papillons, et la brise sentait le pin. Un bataillon de lycènes s'agrippait aux fougères ; ils remuaient leurs antennes comme s'ils parlaient une langue secrète. Ils dansaient au-dessus de l'herbe, pareils à de petites flammes au-dessus d'un brasero. J'avais le sentiment de pénétrer dans un monde de pure félicité. Ce jour-là, je résolus de ne plus jamais tuer de papillons. Durant trois heures, je marchai dans les bois de pins de Roncevaux, puis descendis en voiture dans les plaines, en direction de Pampelune.

Je suivis l'Èbre en passant par Alfaro et Tudela, puis tournai vers le sud à Alagon en direction de la Nouvelle-Castille, pays tout à fait désolé, plein de rochers aux formes de monstres. Les hommes, sur leur ânes, avaient l'air hébété, un peu fou. Ma voiture se traînait comme à travers un épais brouillard lumineux. Je me traînai à travers la Manche, sur les traces du fantôme de don Quichotte, et bus du vin rouge sang à une outre, sur le Manzanares.

Je parvins aux grandes sierras. Ma voiture fumait et postillonnait. Je m'arrêtai sous un chêne, traversai à pied un pré, et tombai sur une ferme au bord d'un torrent. Regardant par une fenêtre, je vis un homme à barbe blanche assis devant un feu, les yeux fixés sur les braises.

Comme je remplissais d'eau mon bidon, j'aperçus une femme aux cheveux gris, debout sur un rocher ; elle me fixait d'un regard sinistre.

— Vous habitez ici ? lui demandai-je.

— J'ai toujours vécu ici, marmonna-t-elle. J'ai beau avoir soixante-dix-neuf ans, je ne suis jamais allée même à Antequera !

Elle secouait un poing exultant. Puis elle se frappa la poitrine avec orgueil.

— ...C'est mon père que vous voyez là. Toute la journée, depuis des années, il reste assis là, à regarder les flammes. Son sang s'est glacé, et il a besoin de la chaleur du feu. Il a cent ans, et il est en train de devenir un saint !

A cet instant, je sentis que quelque chose de prodigieux m'échappait encore, et que je n'avais touché qu'un fragment de l'existence humaine.

Dans une vallée au-dessous de Grasse, j'habite une villa entourée de cyprès. Derrière moi se dressent les collines, avec leurs murs perchés au soleil. Au-dessous de moi coule le froid canal vert de la Siagne. Chaque matin, je regarde la rosée accrochée aux oliviers, et me demande quelle étrange excitation nouvelle me réserve la journée ; chaque soir, je regarde les étoiles, et me demande si la nuit apportera un orage.

Je respire une rose d'un rosier.Je débarrasse d'un escargot le cognassier. Je regarde mon chien, Sambo, un vrai diable, jouer avec une balle de tennis, et je pense à tous mes amis qui sont au loin, en Angleterre et en Amérique. Je descends l'allée vers la citerne, en bas, une fois de plus bouchée par des vrilles vertes et visqueuses. Puis je grimpe en haut de la colline, et cueille une cerise sauvage. Ma traversée touche à sa fin. Je me dis combien c'est magnifique de vieillir ! Je m'étends dans le hamac, et j'entends ronronner au loin une tondeuse à gazon tout en feuilletant lentement *le Tour du monde en quatre-vingts jours.* J'entends les cris aigus des cigales, les aboiements des chiens de chasse. Puis je m'assieds près de la fenêtre, bois une tasse de café, et m'efforce une fois de plus de créer un chef-d'œuvre. Je pose la plume, et j'écoute un disque de Mozart. Enfin, je vais me coucher ; j'écoute grillons et rossignols. Je n'ai plus peur de la solitude, de la souffrance ou de la mort. Je vois les merveilleux visages du passé qui se rassemblent autour de moi, et j'entends une fois de plus le murmure des voix dans la nuit.

Index

Table des matières

LA LITTÉRATURE ÉTRANGÈRE CHEZ FAYARD

Isabel Allende : *La Maison aux esprits,* traduit de l'espagnol par Claude et Carmen Durand.

Anthologie de la prose albanaise, présentée par Alexandre Zotos, textes traduits par Jusuf Vrioni, A. Zotos, Luan Gjergji.

Joseph Conrad, Ford Madox Ford : *L'Aventure,* traduit de l'anglais par Marc Chadourne.

Julio Cortázar : *Les Gagnants,* traduit de l'espagnol (Argentine) par Laure Guille-Bataillon.

Timothy Findley : *Guerres,* traduit de l'anglais par Éric Diacron.

Henry James : *L'Américain,* traduit de l'anglais par Gilles Chahine ; *Roderick Hudson,* traduit de l'anglais par Marie Tadié.

Ismaïl Kadaré : *Le Grand Hiver,* traduit de l'albanais (tr. anonyme) ; *Le Crépuscule des dieux de la steppe,* traduit de l'albanais (tr. anonyme) ; *Avril brisé,* traduit de l'albanais par Jusuf Vrioni ; *Le Pont aux trois arches,* traduit de l'albanais par Jusif Vrioni ; *La Niche de la honte,* traduit de l'albanais par Jusuf Vrioni.

Yoram Kaniuk : *Tante Shlomzion la Grande,* traduit de l'anglais par Hélène Pasquier.

Jerzy Kosinski : *Le Jeu de la Passion,* traduit de l'américain par Bernard Mocquot.

Édouard Kouznetsov : *Roman russe,* traduit du russe par Maya Minoustchine.

Thomas Mann : *Les Buddenbrook,* traduit de l'allemand par Geneviève Bianquis ; *La Montagne magique,* traduit de l'allemand par Maurice Betz ; *La Mort à Venise,* suivi de *Tristan,* traduit de l'allemand par Geneviève Bianquis; *Souffrances et Grandeur de Richard Wagner* (épuisé).

Gregorio Manzur : *Solstice du jaguar*, traduit de l'espagnol (Argentine) par Antoine Berman.

Mary McCarthy : *Cannibales et Missionnaires*, traduit de l'anglais par Angélique Lévi.

Vladimir Nabokov : *Ada ou l'Ardeur*, traduit de l'anglais par Gilles Chahine, avec la collaboration de Jean-Bernard Blandenier; *Regarde, regarde les arlequins !* traduit de l'anglais par Jean-Bernard Blandenier; *La Transparence des choses*, traduit de l'anglais par Donarl Harper et Jean-Bernard Blandenier; *Machenka*, traduit de l'anglais par Marcelle Sibon; *Littératures I* (Austen Dickens, Flaubert, Stevenson, Proust, Kafka, Joyce), traduit de l'anglais par Hélène Pasquier.

Mykhaylo Ossadchy : *Cataracte*, traduit de l'ukrainien par Kaléna Uhryn.

Mario Pomilio : *Le Cinquième Évangile*, traduit de l'italien par Henri Louette.

Mario Satz : *Soleil*, traduit de l'espagnol (Argentine) par Laure Guille-Bataillon et Françoise-Marie Rosset; *Lune*, traduit de l'espagnol (Argentine) par Jean-Bernard Blandenier.

Richard Sennett : *Les Grenouilles de Transylvanie*, traduit de l'américain par Philippe Mikriammos.

Mario Soldati : *Le Dernier Rôle*, traduit de l'italien par Charles Portevin.

Alexandre Soljénitsyne : *Œuvres complètes* (version définitive) : tome 1 : *Le Premier Cercle*, traduit du russe par Louis Martinez); tome 2 : *Le Pavillon des cancéreux*, traduit du russe par Alfréda et Michel Aucouturier, Lucile et Georges Nivat, Jean-Paul Sémon, tr. révisée par L. Nivat; *Une journée d'Ivan Denissovitch*, traduit du russe par Lucia et Jean Cathala; *La Maison de Matriona* et autres récits, traduit du russe par L. Nivat, Léon et Andrée Robel; *Zacharie l'Escarcelle* et autres récits, traduit du russe par L. Nivat, G. Nivat, A. Aucouturier); *Les tanks connaissent la vérité*, traduit du russe par Dimitri Sesemann; *La Roue rouge — Premier nœud : Août 14* (version définitive), traduit du russe par Jean-Paul Sémon, A. et M. Aucouturier, G. Nivat, José et Geneviève Johannet.

Osvaldo Soriano : *Jamais plus de peine ni d'oubli*, traduit de l'espagnol (Argentine) par Marie-France de Paloméra ; *Je ne vous dis pas adieu,* traduit de l'espagnol (Argentine) par Laure Guille-Bataillon.

Muriel Spark : *Intentions suspectes,* traduit de l'anglais par Alain Delahaye.

L'impression de ce livre
a été réalisée sur les presses
des Imprimeries Aubin
à Poitiers/Ligugé

pour le compte de la Librairie Arthème Fayard
75, rue des Saints-Pères à Paris

ISBN 2-213-01388-8

N° d'édition, 6893. - N° d'impression, L 16832
Dépôt légal : juin 1984

Imprimé en France

H/35-33-7165-02